Karl vor

Aus dem Natur- und Völkerleben im tropischen Amerika

SALZWASSER
VERLAG

Karl von Scherzer

Aus dem Natur- und Völkerleben im tropischen Amerika

Unveränderter Nachdruck der Originalausgabe von 1864.

1. Auflage 2022 | ISBN: 978-3-75259-600-7

Verlag: Salzwasser Verlag GmbH, Zeilweg 44, 60439 Frankfurt, Deutschland
Vertretungsberechtigt: E. Roepke, Zeilweg 44, 60439 Frankfurt, Deutschland
Druck: Books on Demand GmbH, In de Tarpen 42, 22848 Norderstedt, Deutschland

Aus dem

Natur- und Völkerleben

im

tropischen Amerika.

Skizzenbuch

Leipzig

1864.

Inhaltsverzeichniß.

Seite

Central-Amerika.

Westindien.

Central-Amerika.

I.

Zur Einleitung.

Blick auf die durchwanderten Länder. — Costa Rica. — Nicaragua. — Honduras. — San Salvador. — Guatemala. — Die westindischen Inseln Haiti und Cuba, ihr Naturcharakter und ihre socialen Zustände.

Central-Amerika mit seinen fünf Republiken und dem Moskito-Staate, jene hohe Landesbrücke, welche die Feuerkräfte des Erdinnern, als sie die große Trachytkette der Cordilleren aus ihrer Meridianspalte gehoben, zur Verbindung der beiden großen amerikanischen Continente des Nordens und Südens aufgebaut, ist als ein Verkehr vermittelnder Isthmus zwischen den beiden Oceanen, besonders seit der Colonisation und Goldentdeckung Californiens das wichtigste Passageland der Welt geworden. Es ist in seinen einzelnen Theilen gleichwohl der am wenigsten bekannte und bereiste Theil Amerika's. Jede Erweiterung der Kenntniß seiner Naturverhältnisse, seines Klima's, seines Gebirgsbaues und des vorherrschenden Charakters seiner Fauna und Flora mußte aus einem noch so wenig erforschten Lande zur Bereicherung der geographischen Literatur willkommen sein. Von einem unwiderstehlichen Drange erfüllt, zu dem großen, unermeßlichen Gebäude menschlichen Wissens, welches die Errungenschaft so vieler Jahrhunderte ist, wenigstens einige kleine Bausteine hinzuzufügen, entschloß ich mich mit meinem von ähnlichen Gedanken und Wünschen beseelten Freund, dem bekannten Reisenden und Naturforscher Dr. Moritz

Wagner zu einer Reise nach den Aequatorialgegenden, in der Absicht, die ebenso großartigen als herrlichen Naturerscheinungen der amerikanischen Tropenzone zu schauen und zu studiren, die Resourcen jener südlichen Länder für Auswanderung, Colonisation und Handel kennen zu lernen und ihr, von dem unsrigen so abweichendes Staaten- und Völkerleben zu beobachten. Nach einem einjährigen Besuche Nord-Amerika's, des „Welttheils der Zukunft", welcher von der Natur reicher dotirt ist, als die meisten Länder der alten Welt und in glücklichster Abwechslung, bald durch eine große Fruchtbarkeit des Bodens, bald durch die freigebigste Verleihung der zwei nützlichsten und wichtigsten Mineralien, der Steinkohle und des Eisens, am meisten aber durch die Mannigfaltigkeit und glückliche Vertheilung der natürlichen Verkehrsmittel, namentlich durch die reiche Gliederung jener Flußrinnsale, welche Humboldt so bezeichnend das belebende, kulturweckende, menschenverbindende Element nannte, alle Keime des Nationalreichthums und einer hohen Blüthe künftiger Kulturentwicklung in sich vereint, schifften wir uns in Neu-Orleans nach San Juan del Norte oder Greytown ein. Nach einer Fahrt von sechs Tagen langten wir in diesem, zwanzig Breitegrad von der Mündung des Mississippi entfernten Hafen an. Hierauf fuhren wir in einem kleinen Canot, von braunen Eingeborenen gerudert, den San Juanfluß und den Sarapiqui-Strom aufwärts und genossen hier zum ersten Male eines Vegetationsgemäldes der Aequatorial-Zone, wie man es kaum irgendwo in Central-Amerika großartiger und formreicher finden dürfte. Selbst auf den Reisenden, der das südliche

Europa, den Orient und die Louisiana gesehen, macht die Fülle und Pracht der tropischen Naturerscheinungen in den ersten Tagen einen fast berauschenden Eindruck. Wir reisten von den Ufern des Sarapiqui auf Maulthieren durch schmale Waldpfade über die Höhen und Schluchten der Cordilleren weiter bis zur großen Hochebene von Costa Rica, wo die beiden Hauptstädte dieses Freistaates San José und Cartago in einer reizenden Landschaft heiter und wohnlich liegen, umgeben von Pisanggärten, Wiesen und Kaffeeplantagen und überragt von einer der schönsten Hochgebirgs=Scenerien. Die Paßhöhe des Gebirgskammes, welcher dieses lasurgrüne Plateau von den Waldlandschaften des Sarapiqui scheidet, erhebt sich gegen 8000 Fuß. Der höchste Berg der Kette aber ist der Vulkan Irazú, an dessen Fuß die alte Hauptstadt Cartago liegt. Ich bestieg diesen schönen Berg, dessen Höhe nahe bei 12,000 Fuß erreicht, in Begleitung unseres jüngsten Reisegefährten Jakob Hutzel aus Württemberg, den später das Fieber in Punta Arenas hinwegraffte. Der Irazú hat zwei Krater, von welchen der eine noch dünne Rauchwolken aus seinen Spalten stößt. Der Blick von dem Gipfel dieses Berges umfaßt ein Panorama von unbeschreiblicher Herrlichkeit. An vollkommen heiteren Tagen übersieht man von dort den atlantischen und den pacifischen Ocean. Cartago hat sich zwar aus den Trümmern, in welche es das letzte große Erdbeben vom Jahre 1841 stürzte, wieder erhoben, aber seinen früheren Wohlstand hat es nicht mehr erreicht. Auf diesem schönen Plateau, in einer milden und gesunden Atmosphäre sind Frost und Hitze ungekannte Plagen. Die tiefste mittlere

Tagestemperatur, die wir hier erlebten, sank nicht unter 16° C., die höchste stieg nicht über 25° C. Es ist hier recht eigentlich die Heimath des „ewigen Frühlings", den man selbst in den mildesten Gegenden des südlichen Europas nicht kennt.

Costa Rica, der einzige Staat im spanischen Amerika, welcher der politischen Ruhe und eines besonnenen Fortschritts sich erfreut, vielleicht die glücklichste aller amerikanischen Republiken, wo in reichster Abwechslung auf den Stufen und Terassen der Cordilleren die verschiedenartigsten Klimate schichtenweise übereinander lagern, war vor uns noch niemals von Reisenden zu wissenschaftlichen Zwecken besucht worden. Nur sagenhaft war das Gerücht von seinem lieblichen Klima, seiner paradiesischen Fruchtbarkeit, seiner günstigen Weltstellung zwischen den beiden Oceanen, von der politischen Ruhe, dem gesellschaftlichen Frieden und der Sicherheit, die es genoß, nach Europa gedrungen und hatte die Aufmerksamkeit einiger denkenden National-Oekonomen, sowie einer kleinen Zahl von Auswanderungslustigen auf sich gezogen, denen die traurigen Mittheilungen aus Nord-Amerika über die Zunahme und die Unduldsamkeit der nativistischen Partei gar zu abschreckend erschienen. Von gründlichen geographischen Forschern war längst die Ansicht ausgesprochen worden, daß mehrere Staaten des spanischen Amerikas, in denen keine politischen Wirren herrschen, sich in vieler Beziehung für den deutschen Auswanderer besser eignen, ihm eine glücklichere Heimath bieten und sich der Erhaltung der deutschen Nationalität entschieden günstiger erweisen würden, als Nord-Amerika. Das alte unbegründete Vorurtheil gegen die Seuchen und die entnervende Luft des Südens war durch die einfache Thatsache zu widerlegen, daß die Hochländer- und Plateau-Landschaften der Cordilleren eine niedrigere Lufttemperatur besitzen, als das mittlere Deutschland während der Sommermonate, und daß die ewige Milde des dortigen Höhenklima's dem arbeitsamen Menschen zu keiner Jahreszeit den freiesten Gebrauch seiner Körperkräfte versagt.

Nach längerem Aufenthalte im Tafellande von Costa Rica durchwanderte ich die tieferen Waldthäler der Anden im Osten, wo an den Ufern des Reventazon, in einer zwar höchst malerischen, aber völlig ungeeigneten Lage der preußische Baron Alexander v. Bülow den unglücklichen Gedanken hatte, im Namen und Auftrag der Berliner Colonisations-Gesellschaft die ersten Ansiedlungsversuche zu unternehmen, welche schon wegen der zu tiefen Lage des Thales in der Region der Tierras calientes unmöglich gelingen konnten. Dort schloß ich mich dem Unternehmen einer Entdeckungsreise an, welche der deutsche Ingenieur Kurtze im Auftrage der Wegbaugesellschaft von Cartago gegen die Ostküste versuchte. Das Unternehmen mißlang wegen der ungemeinen Schwierigkeiten der Reise durch dichten Urwald und über die schroffsten Felspartien der Cordilleren, wo aller Muth, alle Anstrengungen und Geduld zur Ueberwältigung der Hindernisse nicht ausreichten. Nach unbeschreiblichen Strapatzen und Leiden kehrte unsere aus 32 Mann bestehende kleine Expedition, ausgehungert und zum größten Theil erkrankt, von dieser schaudervollen Wanderung zurück, welche 21 Tage gedauert hatte.

Von den nordöstlichen Waldthälern Costa-Rica's wandte ich

mich zu den südwestlichen Abhängen der Anden am stillen Ocean, welche mein Reisegefährte, von mir getrennt, schon einige Monate vor mir durchzogen und bewohnt hatte und von wo er eine an neuen Arten sehr reiche entomologische Sammlung nach dem Hafen von Punta Arenas brachte. Gemeinschaftlich weilten wir am schönen Golfe von Nicoya und besuchten hierauf zusammen die interessante Landschaft von Miravalles, welche der Besitzer Don Crisanto Medina, ein edler Creole, gleichfalls zu Colonisations-Experimenten bestimmt hatte. Dr. Wagner versuchte hier den Gipfel des noch nie bestiegenen Vulkans von Miravalles zu erreichen, mußte aber nach dreitägigem, sehr anstrengendem Marsche auf einer Höhe von nahe 8000 Fuß den Versuch wieder aufgeben.

Unsere Reisen in Costa Rica, wo wir fast alle wichtigen und zugänglichen Punkte des Landes besucht hatten, schlossen in der Provinz Guanacaste.

Nicaragua, den wichtigsten unter den Isthmusstaaten Central-Amerika's bereiste ich in Gesellschaft meines Freundes bis an den Managuasee, wo wir uns in verschiedenen Richtungen trennten. An den nördlichen Ufern des großen Sees von Nicaragua, verweilten wir in der trockenen Jahreszeit, welche zu Forschungen ganz besonders einladend ist. Dieses große Wasserbassin ist vielleicht der wichtigste Binnensee der Erde. Die meisten Gebirgswasser Nicaragua's, besonders diejenigen, welche in südlicher Richtung von den Cordilleren der Provinz Segovia fließen, sammeln sich in diesem gewaltigen Seebecken, dessen Ausdehnung man im Verhältnisse zur Schmalheit des

Landes eine ungeheure nennen darf. Der Druck seiner großen Wassermasse war der südöstlichen Spitze seines Eirundes zugekehrt. Die langsam unterhöhlende und auswaschende Kraft des Wassers hat hier an dem San Juanflusse einen natürlichen Kanal zwischen dem großen Binnensee und dem caraibischen Meere geschaffen. Es ist die einzige Stelle, wo die Cordilleren auf ihrer ungeheuren räumlichen Ausdehnung über mehr als 120 Breitegrade wirklich völlig durchbrochen sind und wo die Natur selbst durch die günstigsten Niveauverhältnisse und Wasserstraßen den ausführbaren Verbindungsweg zwischen dem atlantischen Ocean und dem stillen Weltmeere angedeutet hat. Für die Bedürfnisse eines großartigen Völkerverkehrs, wie ihn der Culturzustand unserer Zeit und besonders die Zukunft verlangt, ist dieser Naturkanal allerdings nicht hinreichend und es würde der Nachhilfe bedeutender Menschenkräfte und der Anlegung sehr kostspieliger hydraulischer Werke erfordern, um alle Hemmnisse der bestehenden Kataraкten, Engen und Untiefen für den Durchgang großer Segelschiffe zu beseitigen.

Wenn aber das Riesenproject eines schiffbaren Verbindungskanales zwischen beiden Oceanen je zu Stande kommt (und wer möchte bei der Unternehmungslust unseres Jahrhunderts, getragen von dem mächtigen Associationsgeiste der Anglo-Amerikaner, an dessen künftiger Ausführung zweifeln? —) so wird es höchst wahrscheinlich durch den See von Nicaragua mit theilweiser Benutzung des San-Juan-Bettes geschehen.

Die dreimastigen Klipper mit den Flaggen aller handeltreibenden Nationen der Erde werden aber sicher einstens durch den gespaltenen Welttheil mit stolzgeblähten Segeln nicht blos nach der Westküste Amerika's, sondern auch nach dem japanischen Inselstaate, nach dem „himmlischen Reiche der Mitte," nach dem goldreichen Continent Australiens und der ganzen Inselwelt der Südsee fahren. Die Fonseca-Bai, der schönste aller bekannten Naturhäfen, wird dereinst Amerikas größter Stapelplatz werden, wo fünf Welten ihre Schätze tauschen. Wer den ersten entscheidenden Schritt zur Vollführung dieses Werkes thut, wer der Schifffahrt die lange und leidenvolle Reise um das Cap Horn mit seinen ewigen Stürmen erspart, wird dem Welthandel einen nie geahnten Schwung verleihen, wird der Zukunfts-Cultur größter Wohlthäter sein.

Obwohl in der trockenen Jahreszeit die landschaftliche Pracht Nicaragua's minder schön ist und die tropische Vegetation Central-Amerika's, besonders in den Küstengegenden am stillen Ocean, nicht ganz den frischgrünen Schmelz und den Blüthenreichthum hat, wie während der Regenzeit, so setzte uns doch in vielen Gegenden die malerische Scenerie besonders an den Seeufern in Erstaunen. In bizarrer Laune hat die Natur in Nicaragua ihre Schätze und ihre Schrecken, Paradiese und Höllenpfuhle dicht neben einander gruppirt. Diese Bemerkung machten schon die spanischen Entdecker, welche, mit Gil Gonzales de Avila im Jahre 1522 von Panama kommend, hier landeten und, den Kopf voll schimmernder Goldträume, langsam in das Innere vorrückten. Juarros, Herrera, Remesal und Pedro Martyr, Geschichtschreiber der spanischen Eroberung, deren seltene Werke wir in einigen Privatbibliotheken Guatemala's fanden, erzählen uns die Schicksale dieser spanischen Abenteurer. Alle Naturerscheinungen an diesem Küstenstriche setzten diese Entdecker in die äußerste Verwunderung. Zu dem Aroma, zu dem reichen, wohligen Hauche der Tropenluft, dem tiefen Blau des herrlichen Himmels und zu den fremdartigen Gestalten der Pflanzenwelt gesellte sich der Anblick einer Vulkannatur, wie sie eigenthümlicher und gewaltiger vielleicht in keinem andern Lande der Welt auftritt.

Aus dem blaugrünen, durchsichtigen Krystallgrunde des Nicaraguasees taucht als Insel der Omotepec auf, der schönste Vulkankegel Central-Amerika's, welcher hinsichtlich der Symmetrie der Formen unter den Feuerbergen seines Gleichen sucht. In der Ferne, vom Ufer aus gesehen, erscheint dieser erloschene Vulkan dem Auge so regelmäßig, wie die pyramidalen Kunstbauten der Pharaone. Aber wie würden jene Königspyramiden Aegyptens, die höchsten Bauwerke von Menschenhand, winzig erscheinen neben dieser Vulkanpyramide im Nicaraguasee, dem zehnmal höheren Naturbau, der hier im Schmucke seiner Palmen und Lianen aus dem leuchtenden Wasserspiegel in die tiefblaue Himmelskuppel hinaufragt, ein Tropenmärchen von Stein und Wald, wie es grandioser und lieblicher kaum die menschliche Phantasie zu ersinnen vermag.

Dieser Seevulkan war längst erloschen, als die Spanier ihn zum ersten Mal erblickten. Sie hatten keinen Begriff von der Ursache seiner Entstehung; sie kannten nicht jene bildenden Feuerkräfte des Erdinnern, welche die Andeskette sowol als die

Riesenkolosse der isolirten Vulkankegel aufgebaut. Wenn sie bei seinem Anblick in einen lauten Schrei des Erstaunens ausbrachen, so galt es nur dem überraschenden Bilde der entzückend schönen Scenerie. Mit ähnlichem Jubelschrei begrüßten den nämlichen Inselberg noch die Amerikaner, als der erste kleine Dampfer der Transit-Compagnie aus dem Rio San Juan in den großen See hineinfuhr. Die californischen Passagiere hatten während der Flußfahrt sich an anderen tropischen Erscheinungen, an den schwankenden Kronen der Cocospalmen und den grünschillernden Riesenblättern der Pisangs, an dem Geschrei der Brüllaffen und dem muthwilligen Gezänke der Papageien, an buntschillernden Trochiliden und den „scheußlich-wunderbaren" Sauriern, die dort auf dem Flusse treiben, Auge und Ohr hinreichend gesättigt. Der Anblick des Ometepec aber war auch ihnen etwas ganz Neues und Niegesehenes, und dieser schmucke Riese vermochte selbst die kalte Dollarphantasie der Anglo-Amerikaner zu momentaner Begeisterung zu entzünden. Mit anderen Eilanden, dem Madera-Vulkan, dem Zapatero, wo die räthselhaften Idole stehen, und mit der Walddekoration der Ufer vereint, ist das ganze Landschaftsbild am Nicaraguasee von mächtiger Schönheit und als reines Naturgemälde betrachtet, ohne die Beigabe der Kunstbauten, selbst unerreicht von Italiens und Griechenlands reizendsten Golfen und Inselgruppen.

Gonzales drang bis in die Nähe des Vulkans von Massaya und der Landschaft von Nindiri vor. In dieser Gegend berühren sich wirklich Paradies und Hölle. Welch' eine malerische Vertheilung der gefiederten und gefächerten Palmen, beladen mit riesigen Cocosnüssen und der köstlichen Frucht der Mauritia flexuosa! Welche Größe und Fülle der Orangen, Citronen, Bananen, Mangos, Papayas und Anonen! Ich habe später in den Hochthälern der Cordilleren von Honduras und Guatemala und in den Waldgegenden der heißen Region anbeiden Oceanen wohl großartigere Landschaftsgemälde, aber kein so liebliches, tropisches Miniaturbild wieder gefunden, wie diese Gegend von Nindiri, welche wir auf der Reise von Granada nach Managua besuchten.

Nur wenige Leguas von diesem Hesperidengarten von Nindiri traten wir in eine der ödesten und schauerlichsten vulkanischen Wildnisse, die sogenannte „Höhle von Massaya," deren Mitte der Vulkan selbst mit seinem Erhebungskrater einnimmt. Die Umgebungen dieses Feuerberges, von welchem die spanischen Geschichtschreiber so wunderliche Sagen berichten, bieten ein hohes geologisches Interesse dar. Nirgends ist der mächtige Bau eines Erhebungskraters mit einem Kessel steiler Felswände schöner ausgeprägt. Die Tiefe des Kessels füllt der kleine See von Massaya aus, welcher, ähnlich wie das todte Meer in Palästina, eine ziemlich bedeutende Depression unter dem Niveau des Oceans zeigt. Die pralligen Felswände, welche wie Cyclopenmauern den Erhebungskrater im Halbkreise umgeben, sind nur an wenigen Stellen zugängig, wo sehr schwierige Wege nach dem Bassin des Sees führen. Die Bewohner der Stadt Massaya schaffen von hier mit viel Mühe und Kosten ihr Trinkwasser herauf. Die umgebende Landschaft gehört zu den malerisch-wildesten und ödesten, die wir in Central-Amerika gesehen. Ueber dem nordwestlichen Ufer dieses merkwürdigen Kratersees, von dem einst so mächtige Bildungen und Verheerungen ausgegangen, erhebt sich der mehr breite als hohe Kegel des Massaya-Vulkans mit abgestutztem Gipfel. Die breiten Lavafelder, die sich von seinen Abhängen in südöstlicher Richtung herunterziehen, sind noch völlig kahl. Die Felsufer des Sees hingegen sind mit Wäldern geschmückt und trotz ihrer schwierigen Zugänglichkeit in der trockenen Jahreszeit durch ein reiches Thierleben charakterisirt. In ganzen Schaaren sahen wir hier des Abends die Rollschwanzaffen an der schwanken Strickleiter der Schlingpflanzen über die steilen Vulkanwände herunterklettern, um zu trinken. Buntfarbige Papageien und Tukane wiegten sich auf den Bäumen, während graue Krokodille wie Holzklötze ruhig auf der selten bewegten Flut trieben.

Der Massaya-Vulkan scheint wenige Jahrzehnte vor der Ankunft der Spanier noch eine sehr verheerende Thätigkeit gezeigt zu haben, wie die indianischen Sagen und deutlicher noch die unermeßlichen schwärzlichgrauen Lavafelder erzählen, die, noch wenig angenagt von der Verwitterung, den Fuß des Vulkans in allen Richtungen umgeben. Der letzte Ausbruch fand am 16. März 1772 statt, und zum Gedächtniß dieser Katastrophe wird in der Kathedrale der Stadt Massaya alljährlich ein Dankfest für die Rettung aus der drohenden Gefahr gefeiert. Der Lavastrom, der sich damals aus dem Hauptkrater des Vulkans herunterwälzte, durchbrach den großen Wald zwischen Massaya und Nindiri, warf alle Bäume, die an der Breite seines Bettes standen, nieder und floß über eine Meile thalabwärts. Man überschreitet denselben auf der Landstraße zwischen Massaya und Managua.

Seitdem war der Berg bis zum Jahre 1852, also volle achtzig Jahre, ohne Zeichen seines inneren Lebens. „Die Hölle von Massaya ist erloschen,“ schrieb der bekannte amerikanische Reisende Squier bei einem Besuch dieser Gegenden im Jahre 1850. Aber schon zwei Jahre nach seiner Anwesenheit, am 8. Juni 1852, beobachtete man im Wasser des Massayasees ein seltsames Kochen und Sprudeln, von Gasen hervorgebracht, die mit großer Kraft aus der Tiefe emporgeblasen wurden. Am 29. Juni darauf hörte man zugleich unterirdisches Brüllen, wie dumpfer Donner, der aus dem Innern des Vulkans zu kommen schien und den erschreckten Bewohnern nach so langer Ruhe das nahe Erwachen der vermeintlichen Vulkanleiche verkündete. Endlich, am 9. April 1853, öffnete der Berg einen neuen Krater am westlichen Abhange und blies starke Dampfwolken aus, welche seither bedeutend an Stärke zunahmen.

Auf den Massaya-Vulkan mit seinen höchst interessanten Umgebungen folgen in derselben Richtung die sogenannten „Marabios,“ eine zusammenhängende Vulkanreihe, die sich vom nordwestlichen Ufer des Managuasees bis nahe an die Fonseca-Bai in schiefer Linie hinzieht. Der berühmte Cosiguina, der eigentlich nicht zu den Marabios gehört, sondern durch eine große Waldebene von ihnen getrennt, eine selbstständige Gruppe bildet, ist in dieser Richtung das letzte vulkanische Glied bis zum Golf. Unter allen bekannten Feuerbergen unseres Planeten ist der Cosiguina der furchtbarste. Wenigstens weist die Geschichte keinen vulkanischen Ausbruch nach, der an Großartigkeit der letzten Eruption desselben im Jahre 1835 vergleichbar wäre, selbst nicht jene des Vesuvs, welche Herculanum und Pompeji mit Schlammströmen und Asche überschüttete und dem älteren Plinius den Tod brachte.

Der spanische Geschichtschreiber Oviedo, welcher die Marabios sowol als den Vulkan von Massaya im Jahre 1526 besuchte, beschrieb sie ziemlich ausführlich, sowie vor einigen Jahren Squier, der hier die Bildung und Thätigkeit eines neuen Kraters am Vulkan Las Pilas im April 1850 beobachtete. Auf diese beiden Quellen stützte sich der bekannte Geograph Heinrich Berghaus, als er den Auswanderungslustigen ein so abschreckendes Bild von den vulkanischen Schauern Central-Amerikas entwarf. Die Reihe der Marabios erblickt man am schönsten in der großen Ebene von Leon, wo auf einer Strecke von fünfzehn deutschen Meilen vierzehn Vulkane gezählt werden.

Während Dr. Wagner seine Reise von Leon nach der Fonseca-Bai fortsetzte, dort den Krater des Cosiguina bestieg und den Staat San Salvador besuchte, wandte ich mich von Managua nach der noch so wenig bekannten Provinz Segovia, dem milden Hochlande von Nicaragua. Von dort ging ich nach Honduras, zog durch die Hochthäler dieser Republik und verweilte einige Zeit in den beiden Hauptstädten Tegucigalpa und Comayagua, wo ich so manche nicht unwichtige Beiträge zur Statistik, Ethnographie und zu den staatlichen Verhältnissen dieses unbekanntesten Theiles von

Central-Amerika sammelte. Honduras ist schon aus dem Grunde überaus wichtig, weil es mit Panama, Nicaragua und dem Isthmus von Tehuantepec den Vortheil der leichten Durchgangsfähigkeit theilt und durch einen guten Hafen an der atlantischen Seite, besonders aber durch seinen wunderschönen Naturhafen, die große Fonseca-Bai am stillen Ocean, vor den anderen rivalisirenden Passageländern den Vorzug verdient, obwohl hier freilich nur von einer Eisenbahn zwischen beiden Oceanen, nicht aber von der Anlegung eines schiffbaren Kanals die Rede sein kann, wie in Nicaragua.

Im April 1854 kam ich von Honduras nach San Salvador, wo ich mit meinem Reisekollegen nach früherer Verabredung zusammen zu treffen hoffte. Ich hatte von dem schrecklichen Naturereigniß, welches in der Osternacht die Hauptstadt San Salvador bis auf den Grund zerstörte, keine Kunde. Erst eine Tagereise von dieser Hauptstadt entfernt hörte ich, daß dieselbe nicht mehr existire. Aus dem Munde der Flüchtlinge, die sich, erschreckt über die Fortdauer der Erdstöße, nach allen Richtungen zerstreut hatten, erfuhr ich bald die Bestätigung dieser traurigen Mittheilung. Meine Besorgniß hinsichtlich des Schicksals Dr. Wagner's, welcher die Katastrophe mit erlebte, und ohne den warnenden Erdstoß, der dem stärkeren Erdbeben eine Stunde vorangegangen war, wahrscheinlich mit der ganzen übrigen Bevölkerung unter den Trümmern der Stadt begraben worden wäre, wurde durch das glückliche Zusammentreffen mit dem preußischen Vicekonsul von San Salvador in Apopa, einem Indianerdorf der Gegend, beschwichtigt.

Derselbe erzählte mir, daß sich mein Freund zwar fieberleidend, aber unbeschädigt nach dem Erdbeben in die Hacienda des Herrn Walther von Bogen, eines wackern Deutschen aus Königsberg, der in der Nähe von Puerto Libertád am stillen Ocean große Ländereien besitzt, zurückgezogen hatte. Da die Trümmer der unglücklichen Hauptstadt San Salvador mir keine Unterkunft boten, so setzte ich meine Reise von dort nach Sonsonate und hierauf nach Guatemala fort. Die Hochthäler der Cordilleren, die ich auf dieser ziemlich langen Wanderung durchzog, zeigen mitunter eine herrliche Scenerie. Doch erreicht die malerische Schönheit des Landes unstreitig ihren Höhepunkt in den Umgebungen der beiden Hauptstädte der Republik Guatemala.

Dieser Freistaat genoß damals einer ziemlichen Ruhe und Sicherheit, welche derselbe der furchtbaren Energie seines Präsidenten und Dictators Raphael Carrera, eines geborenen Indianers (dessen Familienstamm offenbar nur eine geringe Beimischung des weißen Blutes hat) verdankte. Seine Minister waren indeß spanische Creolen aus altaristokratischen Familien. Von ihnen, wie von dem Präsidenten, wurde ich mit der freundlichsten Zuvorkommenheit aufgenommen und bereiste, mit ihren Empfehlungen versehen, das Land in den verschiedensten Richtungen. Mein besonderes Interesse zogen zunächst die sogenannten Altos an, das indianische Hochland von Guatemala, welches, der einstige Sitz des Reiches der Quichés und noch heute fast ausschließlich von ackerbautreibenden Indianern bevölkert, dem Ethnographen einen ebenso reichen

Stoff zur Ausbeute bietet, wie dem Naturforscher. Vielleicht ist keine andere Gegend Amerika's so günstig wie diese, um Sprache, Sitten, Charakter und Lebensweise jener eingeborenen Völker zu studiren, welche zur Zeit der spanischen Invasionen unter Cortez und Alvarado auf einer gewissen, wenn auch ziemlich niedrigen Culturstufe standen, geordnete Staaten bildeten, in großen Städten und Dörfern wohnten und ziemlich umfangreiche architektonische Bauten, ja sogar plastische Kunstwerke ausführten. Unter dem Druck der spanischen Colonialherrschaft, von welcher der Missionär Gage in seinem bekannten Werke aus der Mitte des 16. Jahrhunderts uns eine so merkwürdige Schilderung hinterlassen, sind diese Indianer wieder tief herabgesunken. Sie blieben jedoch Agrikulturvölker und haben mit einigen rohen Industriezweigen auch ihre ursprünglichen Sprachen mit so manchen heidnischen Gebräuchen hartnäckig bewahrt.

Dr. Wagner hatte inzwischen nach Herstellung seiner Gesundheit den so merkwürdigen Vulkan Isqlco im Staate San Salvador besucht, welcher mit dem von Humboldt beschriebenen mexikanischen Jorullo die Entstehung in historischer Zeit gemein hat. Der Isalco ist einer der jüngsten und nächst dem Cosiguina zugleich einer der furchtbarsten Vulkane der Erde. Vor etwa 80 Jahren öffnete sich der neue Krater in einer Ebene, eine kleine Tagereise von Sonsonate entfernt und hat sich seitdem bei einer permanenten Thätigkeit aus Rapilli und Auswürflingen bis zu einer Höhe von etwa 4000 Fuß aufgebaut. Sein Krater wurde noch nie bestiegen. Auch meinem

Freunde gelang die Besteigung nicht vollständig, obschon er sie von verschiedenen Seiten versuchte und drei Tage auf dem abhängendeu Schlackenkegel verweilte, wo er in der Nähe das schauerlich-prächtige Schauspiel einer Eruption genoß. Von dort setzte Dr. Wagner seine Reise nach Guatemala fort. Gemeinschaftlich besuchten wir das paradiesisch-schöne Thal von Antigua Guatemala', die alte Hauptstadt des Landes, die seit dem Erdbeben des vorigen Jahrhunderts in Trümmern liegt. Wir bestiegen hier in Begleitung von vier Indianern den Gipfel des sogenannten Wasservulkans, eines prächtigen Kegels von fast 10,000 Fuß Höhe, welcher an Regelmäßigkeit dem Omotepec im Nicaraguasee wenig nachsteht und an Pracht der Vegetation ihn noch übertrifft. Dieser sogenannte Vulcano de Agua scheint diesen Namen seit jener mysteriösen Katastrophe zu führen, wo unter begleitenden heftigen Erdstößen Ciudad vieja, die älteste spanische Hauptstadt Guatemala's, kurz nach dem Tode des Eroberers Pedro Alvarado in Trümmer stürzte und zugleich ein wässeriger Schlammausbruch aus einer Seitenspalte des Vulkans erfolgte, über dessen wahre Natur Remesal's dunkler Bericht nur ungenügenden Aufschluß gibt.

Nachdem mein Reisegefährte auch die übrigen Hauptvulkane Guatemala's besucht und theilweise bestiegen hatte, wandten wir uns gemeinschaftlich wieder in nordöstlicher Richtung den Küstengegenden des Antillenmeeres zu. Ein ehrenvoller Auftrag der Regierung Englands durch Vermittlung ihres Geschäftsträgers in Guatemala, Mr. Charles Lennox Wyke, empfahl uns im Interesse des britischen

Museums den Besuch der wichtigsten indianischen Denkmäler Central-Amerika's. Wir wählten zunächst die Ruinen von Quiriguà am Motaguaflusse. Unsere Absicht, hierauf auch die noch großartigeren, interessanteren Ruinen von Petèn tief im Innern des Landes und nahe von Yucatan zu besuchen, scheiterte nur an der Unmöglichkeit, während der eben herrschenden Regenzeit jene dichtbewaldeten Gebirgswildnisse zu betreten und zu durchforschen. Unsere centro-amerikanischen Wanderungen hatten in der britischen Colonie Belize ihr Ende gefunden. Im Ganzen reichten unsere Reisen in Amerika vom 50. bis zum 9. Grade nördlicher Breite und dehnten sich inclusive der Oceanfahrten über nahe an 30,000 engl. Meilen aus.

Wir führten in Central-Amerika während anderthalb Jahren ein genaues meteorologisches Tagebuch. Die von uns bestiegenen Plateaux und Vulkangipfel, sowie die Höhenverhältnisse der wichtigsten Kulturpflanzen und Thiere wurden mit einem Aneroid-Barometer annähernd zu bestimmen versucht. Das größtentheils von meinem Reisegefährten gesammelte geognostische und zoologische Material gibt viele neue Aufschlüsse über die dortige Gebirgsstruktur sowie über den Charakter der central-amerikanischen Thierwelt, von welchem bisher soviel wie nichts bekannt war. Von der Abtheilung der wirbellosen Thiere haben wir gegen 40,000 Exemplare mitgebracht. Unsere gemeinschaftlichen Sammlungen reichen wenigstens hin, von dem wesentlichen Naturcharakter der Fauna und Flora Central-Amerika's einen Begriff zu geben. Da wir ohnedies an beiden entgegengesetzten Abhängen der Corbilleren und in den Küstengegenden beider Oceane sammelten, so haben die mitgebrachten Objecte auch als ein Beitrag zur Kenntniß der geographischen Verbreitung der Organismen einen besondern Werth. Die Artenscheidung durch die Schranke des Hochgebirges ist hier für die mit geringer Bewegungsfähigkeit ausgestatteten Thiere, besonders unter den Landmolusken, Insekten und Arachniden mit Bestimmtheit bewiesen.

Den Schluß unserer amerikanischen Reisen bildete ein Besuch auf den Antillen, wo wir die wichtigsten Inseln, besonders Jamaica, Haiti, San Thomas und Cuba besuchten. Eine kurze Krankheit hielt mich leider ab, meinen Reisegefährten Dr. Wagner in die sogenannten blauen Berge von Jamaica zu begleiten, welche eine reiche Vegetation tragen und wo gegenwärtig in den Regionen von 4000 bis 6000 Fuß der beste Kaffee der Welt cultivirt wird. Dagegen durchzog ich mit meinem Freunde die noch schöneren Hochthäler der Gebirge Haiti's zwischen Jacmel und der Hauptstadt Porte-au-Prince, einst der Sitz des Generalstatthalters der französischen Colonie San Domingo und zur Zeit unsres Besuches (December 1854) die Residenz des Negerkaisers Faustin Soulouque. Mit Recht hat man Haiti schon zur Zeit der französischen Colonial-Herrschaft die „Königin der Antillen“ genannt. Der Boden ist fruchtbarer, die plastischen Formen des Landes sind mannigfaltiger, die verschiedenen Regionen des Gebirges bieten abwechselndere Klimate dar, als die Naturverhältnisse der Insel Cuba, die man heute, weniger ihrer Größe und Fruchtbarkeit als ihres Reichthums wegen, die „Perle der

Antillen“ nennt, wenngleich dieser Reichthum lediglich auf die Dauer des gegenwärtigen Zustandes der Negersclaverei gegründet ist. Auch auf Cuba, wo wir die ersten Wintermonate des Jahres 1855 zubrachten, machten wir Ausflüge landeinwärts, ohne hier die landschaftliche Schönheit und die majestätische Pracht der tropischen Urwälder des Festlandes wieder zu finden.

Die Vegetation der westindischen Inseln ist zwar in einzelnen Gegenden, wie auf den „blauen Bergen“ von Jamaica und in den mittleren Gebirgsthälern Haiti's von überraschender Anmuth und Ueppigkeit. Doch besitzt sie nicht den großartigen Charakter der Flora Central-Amerika's, steht auch an Mannigfaltigkeit der Formen, der Geschlechter und Arten, an Höhe und Pracht der verschiedenen Baumgattungen und besonders an Reichthum der Parasiten und Schlingpflanzen weit hinter dieser zurück. Reich an Palmen sind zwar auch viele ebene Landschaften der Insel Cuba und besonders die nächsten Umgebungen der Stadt Havanna, doch ist die Zahl der Arten nicht groß. Immerhin bietet der tropische Landschaftscharakter der Antillen einen schönen Contrast gegen die traurige Monotonie der Natur in den nördlichen Staaten Amerika's. Wenn in den Ebenen von Unter-Canada und an den Ufern des Obern Sees die Erde oft 7 bis 8 Monate lang unter einer starken Schneedecke begraben liegt, wenn dort nur solche organische Wesen sich entwickeln konnten, welche einer beträchtlichen Entziehung von Wärmestoff widerstehen oder einer langen Unterbrechung der Lebensfunktionen fähig sind, so nehmen hingegen auf den westindischen Inseln, welche sämmtlich schon innerhalb der tropischen Zone liegen,

Mannigfaltigkeit der Bildungen in der Vegetation, Anmuth der Formen und des Farbengemisches, ewige Jugend und Kraft des organischen Lebens zu. In seltsam schroffem Gegensatze zu jenen niederen Coniferen in den Wäldern des Nordens, zu dem Anschmiegen der Aeste gegen den Boden, zur kriechenden Tendenz der Pflanzen, drängt unter den Breitegraden der westindischen Inseln die Gesammtmasse der Vegetation in die Höhe. Die Palme, die höchste und edelste aller Pflanzenformen, wie Humboldt sie genannt hat, grünt nur auf hohem Gipfel, das Heer der Schlingpflanzen, zu schwach, aus eigener Kraft die Höhe zu erreichen, klettert an fremden Stützen hinauf oder bedarf der Erde gar nicht mehr. Schmarozerpflanzen nisten auf hohen Bäumen. Man könnte den Contrast in der Physiognomie der Pflanzen- und Thierwelt zwischen Nord und Süd am kürzesten in den Satz formuliren: Unter den Tropen erhebt sich die organische Welt am meisten über dem Boden; je mehr man sich hingegen den Polen nähert, desto tiefer senkt sie sich herab. Die prächtigsten Blumen entwickeln sich im tropischen Amerika auf hohen Bäumen mit ihren Schlingpflanzen. In der temperirten Zone tragen die Sträucher die zahlreichsten Blumen, während im Norden schon vom 46. Breitegrad an das bunteste Farbenspiel auf den Wiesen ausgestreut ist. Welche Contraste für den Reisenden, der jetzt von Quebec im britischen Nordamerika innerhalb acht Tagen nach Cuba gelangen kann! Hier sieht er, wie allenthalben unter den Tropen, die Blumengärten der Natur über sich, während er sie in den mäßig warmen mittleren Staaten der Union neben sich und in seiner nordischen Heimath unter sich gesehen.

Wichtiger als die Betrachtung des Naturcharakters der westindischen Inseln erschienen mir die dortigen Colonialzustände, die staatswirthschaftlichen Verhältnisse und besonders die Bevölkerung. Die große Mehrzahl der Bewohner Westindiens gehört bekanntlich nicht der weißen europäischen, sondern der schwarzen afrikanischen Race an. Schon seit mehr als einem Jahrhundert ist die eingeborne Bevölkerung der unglücklichen Caraiben völlig erloschen, theils ausgestorben, theils auch wohl in einer fremden Bevölkerung aufgegangen. Diese braunen Urvölker der Antillen konnten das Joch der spanischen Colonialherrschaft nicht ertragen, die Sclavenarbeit der Neger nicht verrichten. Sicher waren sie von einer minder kräftigen Körperbeschaffenheit als die schwarze Race. Sie verschwanden und ihre Stelle nahmen jene Hunderttausende von unglücklichen Aethiopiern ein, welche an der afrikanischen Westküste den Sclavenhändlern um geringes Geld verkauft, in thierähnlichem Zustande aus ihrer Heimath gebunden hinweggeschleppt und zur härtesten Arbeit gezwungen werden, ohne deren Früchte je genießen zu können. Dieser barbarische Menschenhandel und die Sclaverei rächten sich bitter durch ihre Folgen, durch die Gefahren, welche sie der weißen Bevölkerung von Seite der Neger gebracht und mit der sie noch jeden Tag die Zukunft dieser herrlichen Eilande bedrohen.

San Domingo, die schönste und fruchtbarste der westindischen

Inseln, hat sich bekanntlich durch eine blutige Revolution schon zu Ende des vorigen Jahrhunderts von der französischen Herrschaft losgerissen. Die weißen Pflanzer fielen unter dem rächenden Stahl der empörten Neger. Aber die Freiheit hat der Insel und ihrer Bevölkerung keinen Segen gebracht, da hier jeder mildernde Uebergangszustand fehlte. Das Brandmal der Barbarei und der Knechtschaft blieb dem dortigen Negercharakter tief eingeimpft. Auf den britisch-westindischen Colonien haben bekanntlich sowohl die Rücksichten der Humanität als die Furcht vor der Zukunft und vor einem ähnlichen Schicksale wie San Domingo die legale Emancipation der Neger hervorgerufen. Leider sind die Folgen dieser Emancipation, da die sogenannte Lehrzeit für den Zustand der schwarzen Bevölkerung von viel zu kurzer Dauer war, für den blühenden Wohlstand Jamaica's fast ebenso nachtheilig gewesen, wie die Folgen der Negerrevolution auf San Domingo. Wie hätte auch der befreite und bedürfnißlose Neger die Arbeit lieb gewinnen können, welche er früher im Sclavenzustand nur als eine Plage, als eine Qual gekannt, deren Früchte er nie genossen hatte! Ein kleines Maisfeld, einige Yucca's und Yamswurzeln, wenige Bananenbäume reichen dem Neger auf dieser fruchtbaren Erde zur Nahrung hin. Eine offene Hütte, mit Pisang- oder Palmblättern bedeckt, genügt ihm zur Wohnung. Kleider sind bei einem so warmen Klima mehr Luxus als Nothwendigkeit. An andere Bedürfnisse aber hat der Neger sich nicht gewöhnt, bessere Genüsse hat er als Sclave nie gekannt. Seitdem also der äußere Zwang aufgehört, fehlt dem Neger jeder Antrieb zur Arbeit. Die eingeführten Chinesen aber und die indischen Kulis konnten die heiße Luft Jamaica's nicht vertragen.

Cuba's dermaliger Aufschwung und Wohlstand hängen innigst mit der Frage der Negersclaverei zusammen. Diese traurige Institution ist der Colonie unentbehrlich geworden, trägt aber dort wie überall einen eigenthümlichen Fluch mit sich. Sie ist Schuld an der prekären Gegenwart wie an der Abhängigkeit von Spanien, sie ist zugleich höchst gefahrdrohend für die Zukunft des Eilands. Wir hatten während unseres westindischen Aufenthalts den Vortheil, die verschiedensten socialen Zustände der schwarzen Bevölkerung zu studiren; wir sahen die Neger als Sclaven auf den Inseln unter spanischer Herrschaft, als emancipirte freie Menschen auf Jamaica, endlich als ausschließliche Herrscher mit allen Prärogativen und Privilegien der schwarzen Farbe auf Haiti, wo den Weißen der Ankauf von Ländereien nicht gestattet ist, wo kein Weißer das Bürgerrecht genießt und die wenigen Europäer, welche dort als Konsule oder Kaufleute leben, nur geduldet sind.

Von Hävanna aus besuchten wir ein zweites Mal die nordamerikanischen Freistaaten und kehrten hierauf am Bord eines Oceandampfers nach Europa zurück.

Die folgenden Skizzen sind eines der literarischen Ergebnisse dieser dreijährigen amerikanischen Forschungsreise. Sie wurden von mir und meinem Reisegefährten, Dr. Moritz Wagner, (welcher mir durch seinen, auf frühern wissenschaftlichen Wanderungen in drei Welttheilen geschärften, vergleichenden Blick in die Naturverhältnisse so belehrend zur

Seite stand, und dem ich für seine nimmermüde Theilnahme und bewährte Freundschaft zu unvergänglichem Danke verpflichtet bin), zum größten Theil schon während unsres Aufenthaltes in Central-Amerika und unsern Fahrten im Antillenmeere, mitten unter dem Eindrucke des Gesehenen und Erlebten in deutscher und englischer Sprache niedergeschrieben. Anfänglich zu öffentlichen Vorträgen in einigen Hauptstädten der nordamerikanischen Union bestimmt, und später, nachdem die erste Absicht durch ein Zusammentreffen widriger Umstände vereitelt worden war, zerstreut und bruchstückweise in verschiedenen Organen der deutschen Presse mitgetheilt, übergeben wir dieselben erst jetzt zum ersten Male in ihrer ursprünglichen Form und Fassung, als abgeschlossenes Ganzes der Oeffentlichkeit. Was sich in den politischen und socialen Verhältnissen der geschilderten Länder seit unserm Besuche bis in die jüngste Zeit verändert, haben wir uns bemüht beizufügen, so daß wir dem Leser ein getreues Bild der *heutigen* Zustände der central-amerikanischen Staaten zu bieten vermögen, auf welche in diesem Augenblick durch den gewaltigen Umschwung der sich daselbst vorbereitet, die Augen der ganzen gebildeten Welt gerichtet sind.

II.

Der tropische Urwald.

Wanderleben des Naturforschers. — Reichthum der Erscheinungen. — Waldphysiognomie Central-Amerika's. — Einfluß der tropischen Luft. — Die Seligkeit der Ruhe. — Meteorische Gemälde. — Eigenthümlichkeiten der Pflanzenwelt. — Blumenchronometer. — Die Mimose. — Parasitenschmuck. — Das Gesetz der Formenschönheit in den tropischen Organismen. — Das Thierleben. — Die Stimmen des Urwaldes. — Der Congo. — Papageien und Colibris. — Das tropische Gewitter. — Der südliche Sternenhimmel. — Schattenseiten des Wanderlebens. — Die Gefahren. — Jaguare. — Kaimane. — Giftpflanzen. — Insektenplage. — Wanderheuschrecken. — Die Harmonie der Schöpfung.

Das Leben des Naturforschers im tropischen Urwalde ist zwar schon oft Gegenstand von Skizzen und Beschreibungen gewesen, welche seine Genüsse und Freuden, seine Plagen und Gefahren mit den großartigen Naturerscheinungen schildern, die ihm auf seinen Wanderzügen begegnen. Aber der Stoff ist von solcher Reichhaltigkeit, daß selbst das umfassendste Beobachterauge ihn nicht in allen Einzelnheiten zu überschauen, daß die Meisterhand des geistreichsten Darstellers ihn nicht völlig zu beherrschen vermöchte. Um alle bemerkenswerthen Gegenstände, die sich hier im Luftkreise wie auf der Erde dem forschenden Blick darbieten: die meteorischen Prozesse, die großen und kleinen Geheimnisse in der organischen Welt, der Natur abzulauschen und sie treu zu beschreiben, dazu wäre Eines Menschen Leben nicht ausreichend, wenn ihm auch alle Beobachtungskraft des hundertäugigen Hüters und alle Schreibefinger des hunderthändigen Riesen der alten Mythe zu Gebote ständen.

Die Eindrücke sind in der Tropenzone weniger von den Breitegraden, in welchen der Beobachter sich befindet, als vom Charakter der Lokalität abhängig. Sie zeigen nach diesen örtlichen Einflüssen eine unendliche Mannigfaltigkeit. Sie sind in Central-Amerika, wo die schmale Isthmusform des Landes dem Reisenden gestattet, die Naturerscheinungen der Gestade zweier Oceane innerhalb weniger Tage zu überblicken und auf der hohen Stufenreihe der Cordilleras binnen wenigen Stunden alle Klimate zu durcheilen, anders, als in ausgedehnten Flachländern, wie Hindostan und fast der ganze Osten Süd-Amerika's, wo selten Gebirgsketten von alpiner Höhe in der Nähe der Meeresküsten emporsteigen. Die Organismen der Aequatorialzone zeigen bei all ihrem Reichthum in solchen Ländern doch nicht die Abwechslung wie in Gegenden, wo die aufsteigende Gebirgskette eine Scheidewand in der geographischen Verbreitung vieler Pflanzen- und Thierarten ist. Auf einer tropischen Bergscala mit den verschiedensten Temperaturgraden und klimatischen Verhältnissen, auf den stufenartig vertheilten Terrassen, Hochthälern und Plateaux zeigt die Natur den größten Wechsel in der größten Nähe, und es berühren sich hier fast die sonderbarsten Contraste.

Der ebene Küstenstrich ist in Central-Amerika an der Seite des stillen Oceans oft so schmal, und der Lauf der Flüsse so kurz, daß man von deren Quelle bis zur Mündung leicht in einem Tag gelangen kann. Hier baden die gesenkten Kronen vieler Palmenarten, von Tillandsien umwunden, ihre gefiederten oder gefächerten Blätter im brackischen Wasser, der Jaguar klettert dem kleinen Affen auf der schwanken Leiter der Bauhinien nach und die großen Kaimane schwimmen mit den gefräßigen Haien um die Wette durch die tosende Brandung in das

Strombett hinein oder von da zurück in das Meer. Dort an der Quelle des nämlichen Flusses im Hochthal aber wachsen Tannen und Eichen, Pflanzengeschlechter von ähnlichen Formen wie in den Alpen der Schweiz, aber nie dieselben Arten. Der nordische Wanderer glaubt die wohlbekannten Sträucher und Blumen: Erlen und Himbeerbüsche, Sternkraut und Enzian wie auf den Bergen seines Vaterlandes zu sehen und Sylviaden und Drosselarten singen zu hören, die ihn an die Vogelstimmen seiner Heimath erinnern.

Central-Amerika ist im allgemeinen weniger cultivirt und dünner bevölkert als Süd-Amerika. Die Physiognomie der Landschaft ist daher noch wilder und der Wald jungfräulicher als in vielen Gegenden von Peru und Brasilien. Indeß hat auch hier die Kultur ziemlich viele einzelne Lücken in den finstern Urwald geschlagen, und die Axt des Ansiedlers hat manchen Koloß hingestreckt, der ohne diesen Zufall vielleicht noch viele Jahre fröhlich vegetirt und manchem liebkosenden Vogelpärchen zum Nestbau und Ehebett, mancher harmlosen Affenfamilie zum Tummelplatz ihrer Spiele gedient haben würde.

Die auf diese Weise gelichteten primitiven Waldstellen sind von der größten Fruchtbarkeit. Der Pisang (Musa paradisiaca), welchen der Ansiedler dort vor allen Fruchtbäumen pflanzt, trägt schon nach neun Monaten ziemlich reichlich. Wir haben in manchen solcher Waldniederlassungen des Staates Costa Rica Fruchttrauben von 60—70 Pfd. Gewicht gesehen, welche mindestens 150—170 Bananen hielten. Der Mais gibt dreifache Jahresernten und 5- bis 6hundertfältigen Körnerertrag.

Der Boden behält die gleiche Ergiebigkeit viele Jahre fort, ohne der künstlichen Nachhülfe zu bedürfen, bis auch er zuletzt dem Schicksale der Erschöpfung verfällt, wenn ihm durch Düngung nicht wiedergegeben wird, was ihm der vieljährige Anbau entzogen.

In den Staaten Guatemala und San Salvador sind es besonders die sogenannten Ladinos oder Mischlinge zwischen den Indianern und Weißen, welche mit Vorliebe den Wald lichten und oft an den einsamsten Stellen ihre Milpas oder Maisfelder anlegen. Reine Indianer sind unter diesen Waldansiedlern seltener. Diese braunen Urbewohner lieben mehr die Thäler des Hochlandes, die fruchtbaren Abhänge der Vulkane, und scheuen das feuchtwarme Küstenklima. Im Staate Costa Rica sind es meist spanische Creolen, die solche entlegene Hacienda's bewohnen. Man findet gelichtete Stellen des Dickichts, und sogenannte Ranchos, nämlich Hütten ohne Wände mit 6 Pfählen und einem Blätterdach von Palmen und Pisang, mehr in den Küstengegenden des stillen Oceans als an der atlantischen Seite, wo die Luft feuchter, die Vegetation mächtiger ist und die Lichtung unendlich mehr Schwierigkeiten bietet.

An beiden Weltmeerküsten habe ich bald allein mit indianischen Führern, bald in Begleitung meines Freundes die primitiven Waldungen durchstreift, und Jahre lang mit geringer Unterbrechung Reize und Leiden dieses tropischen Einsiedlerlebens gekostet. Doch hielten wir uns länger in der Nähe des stillen Oceans als im Nordosten der Cordilleras auf. Unvergeßlich sind den Wanderern die Eindrücke, welche sie hier bei täglichem Wiederschauen der mächtigsten Phänomene des Himmels, wie bei der Betrachtung so vieler anziehender Details in dem Leben und Treiben einer so fremdartigen Schöpfung empfingen. Der Aufenthalt in den einsamen Ranchos von Jesus Maria (so heißt im Staat Costa Rica eine reizende Waldgegend auf halbem Wege zwischen der Hauptstadt und dem Hafen Punta Arenas), die schöne Hacienda am Fuße des Vulkans Miravalles, die Hütten von Punian und Ispanguasate im Staate von Guatemala, wo die ersten deutschen Ansiedler mitten im üppigsten Dickicht der Cedrelen und Mahagonibäume sich angebaut haben, bilden in diesem Nomadenleben Central-Amerika's die freundlichsten Episoden.

Das wohlige Gefühl, das man in diesen offenen Hütten bei dem Erwachen an einem sonnenheitern Morgen empfindet, durch arme Worte wiederzugeben, und dem, der es nicht selbst erlebt hat, durch die Beschreibung mitzutheilen, geht über unsere darstellende Kraft. Man muß dieses unnennbare Behagen selbst genossen haben, um seinen Zauber würdigen zu können. Es ist besonders in der Regenzeit, dem sogenannten Winter der Aequatorialzone, wo die mit Wasserdünsten reich gesättigte Atmosphäre den athmenden Körper in einer ganz eigenthümlichen Weise erquickt, so völlig verschieden von jenem, das man an lieblichen Sommertagen in der gemäßigten und nordischen Zone empfindet.

Das Geheimniß dieses Behagens liegt wohl zumeist in der größeren Gleichmäßigkeit der Temperatur. Die Wärme ist unter dem Schatten der Bäume, selbst in der Tiefregion der

Küste, selten drückend. Der Organismus gewöhnt sich leicht und gern an alles Gleichmäßige. Hier aber ist die Temperatur nie denselben raschen Schwankungen unterworfen, wie im Norden. Eine feuchtwarme Luft reizt und erhält die Thätigkeit der Hautnerven, und man spürt hier, trotz der höhern Wärme, nach Bädern weniger Verlangen, als in der trockenen Atmosphäre des Nordens. Die Vegetation trägt viel zu diesem Luftgenusse bei, nicht nur durch die aromatischen Stoffe, die sie den Gasen der Atmosphäre beimischt, sondern auch durch die beständige Erneuerung des Sauerstoffs, den sie aushaucht.

Lebende Pflanzen sind — wie die meisten Leser längst wissen — unter allen Breitegraden auch Werkstätten der animalischen Lebensluft und Beförderer der Gesundheit. Jeder Zweig, jedes Blatt athmet bekanntlich die unsern Lungen verderbliche Kohlensäure ein und haucht den Sauerstoff wieder aus. Indem also die Pflanzen die Atmosphäre von schädlichen Stoffen befreien, geben sie ihr gesunde Luftarten zurück. Aber diese ewigen Sauerstoffquellen fließen reichlicher in einer Zone, wo der ganze Proceß des Wachsens und Regens der Vegetation bei so viel Wärme und Feuchtigkeit unendlich energischer ist, und wo die gesteigerten Lebensfunctionen der Gewächse ohne Unterbrechung fortdauern. Von den höchsten Baumkolossen bis zu den kleinsten Parasiten tragen hier alle Vegetabilien bei, die Stoffumwandlung zu befördern.

Die reiche Tropenluft sagt dem Gefühlssinne mehr zu als dem Denkvermögen. Ungleich stärker als der zu viel gepriesene Himmel Italiens lehrt diese Zone das Geheimniß jenes Genusses kennen, welchen der Bewohner des Südens in der Ruhe empfindet. Kef nennt es der Orientale, dolce far niente der Italiener. Dem spanischen Bewohner des tropischen Amerika fehlt seltsamerweise das bezeichnende Wort für das süße, selige Nichtsthun, das er doch in einer milderen Atmosphäre mit weit mehr Behagen genießt, als der Sicilianer und der Türke.

Den Bewohner des Nordens zwingt sein Klima zu einem thätigen Leben. Starke Schwankungen der Temperatur rütteln Körper- und Seelenkräfte zur Bewegung auf. Der Organismus fordert sie, und die Unthätigkeit hat dort die Qual der Langeweile im Gefolge. Den Tropenbewohner ladet die laue Luft zur beschaulichen Trägheit ein, die, ungeachtet der Apathie, von einem eigenthümlichen, träumerischen Wonnegefühl begleitet ist.

Diesen Genuß des Gefühls steigert hier eine Augenweide, welche die nördlichere Zone nicht kennt. Es ist das täglich sich erneuernde, unendlich malerische Schauspiel der meteorischen Processe und der wechselnden Decoration des Himmels. Ohne die schaukelnde Hängematte im offenen Rancho zu verlassen, sieht der Tropenländer im Luftkreise Scenen, welche empfängliche Augen wunderbar ergötzen. Die Sonne geht das ganze Jahr hindurch mit seltenen Ausnahmen an einem klaren Horizont auf. Im Norden fehlt der Atmosphäre jene Durchsichtigkeit des südlichen Luftkreises, welchen in der Regenzeit tägliche Niederschläge von Dünsten reinigen. Trockene Nebel, die trübe Erscheinung des Höhenrauchs, der selbst oft an den schönsten Sommertagen den nordischen Aether verdüstert, sind hier unbekannt. Leichte Wolkengruppen, die auch unter den Tropen jeden Morgen in wechselnder Höhe am Himmel schweben, (der Cirrus und der Cirro-stratus), scheinen vor der Sonne zu fliehen. Sie dienen ihr als verschönernde Gehänge, nicht als neidische Schleier.

Das dauert jedoch nur in den ersten Frühstunden, dann ändert sich allmälig die Scene; die leichtschwebenden Wölkchen gestalten sich zu mächtigen Wolkengebirgen, welche scheinbar unbeweglich am fernen Horizont über dem Gebirg hängen. Jene leichten Dunstgestalten gehen in die dichtere und massivere Form über, welche der Meteorolog „die gethürmte Haufenwolke“ (Strato-cumulus) nennt. Die Sonne verschwindet jetzt oft länger dem Blick, während das Ansehen des Himmels noch an Schönheit gewinnt.

Der Süden kennt nicht jenes Purpurcolorit, welches unter dem nordischen Himmel das Erscheinen und Verschwinden des Tagesgestirns begleitet. Dagegen ist das pittoreske Wolkenspiel und das tiefe, edle Blau des Firmaments zwischen den Wendekreisen dem Norden fremd.

Was ist alle Lieblichkeit der nordischen Aurora gegen das Schauspiel, welches hier in der feuchtwarmen Jahreszeit dem täglichen Gewitter vorausgeht? Die Sonne beleuchtet den zackigen Rand jener dichten Gruppe von Dunstbläschen, welche die Wirkung ihrer Strahlen auf die Erdoberfläche durch aufsteigende warme Luftströmungen in die höhern Schichten der Atmosphäre getrieben hat. Hier formen sie sich zuweilen zu den großartigsten Gebilden, welche die Conturen der Alpen mit ihren zackigen Hörnern und Firnen — prächtig contrastirend gegen das Blau des Tropenhimmels — oft so täuschend darstellen!

Die Wirkung dieses bezaubernden Gemäldes auf den Beschauer ist nach dessen Standpunkt verschieden. In den halboffenen Llanos*), wo die Baumgruppen inselartig vertheilt sind, ist sie anders als im dichten Wald, oder auf baumlosen Hochebenen. Je mannigfaltiger die Dekoration des landschaftlichen Prosceniums, desto überraschender ist gewöhnlich die Augenweide. Vom baumreichen Vordergrund sieht sich das Spiel der Wolken, die schichtenweise übereinander, wie ein Amphitheater schweben, am günstigsten an. In Gegenden, wo Pisanggewächse mit zartgewebten, seidenartig schimmernden Riesenblättern den Rancho umgeben, wo durch das gefiederte Laubdach der Mimosen die tiefe Himmelsbläue blickt, oder wo baumartige Farren und Palmen mit ihren edlen Kronen den Prospect des Luftkreises als verschönernde Coulissen zieren, da ist der Anblick jenes hohen Himmelsgemäldes oft von unbeschreiblicher Herrlichkeit.

Die lieblichste Tageszeit im tropischen Urwalde bilden die ersten Morgenstunden, wo die Milde der Luft und der eigenthümlich frische Ton in der Physiognomie der Pflanzen- und Thierwelt den nomadisirenden Sammler für viele Entbehrungen und Leiden entschädigt. Eine Frühwanderung durch den engen Pfad des Dickichts, wenn die zusammengefalteten Blättchen der schlafenden Mimosen unter dem Einflusse des

*) Die Bezeichnung Llanos oder Grasebenen ist ziemlich gleichbedeutend mit den süd-amerikanischen Pampas oder Savannen und mit den Prairien im Westen der nord-amerikanischen Freistaaten.

Lichts erwachen, wenn die schönsten parasitischen Blüthen ihre farbigen Corollen öffnen, demantsprühende Kolibris und glänzende Lepidopteren sie spielend umflattern und das lärmende Concert der Waldvögel das Erscheinen der Sonne begrüßt, — ein solcher Morgengang bildete immer die reizendste Episode unseres Tagwerkes. Welch' eine Mannichfaltigkeit der Erscheinungen und welch' eine Fülle des Lebens stellt sich hier den erstaunten Sinnen dar!

Die Summe der Erfahrungen, welche die Eingebornen und die fremden Reisenden den Geheimnissen des Waldes abgelauscht haben, wie klein ist sie im Vergleich mit den zahllosen räthselhaften Wahrnehmungen, welche hier noch die Lösung erwarten! Wenn auch durch Forschung oder Zufall die wohlthätige Kraft einer Baumrinde gegen das Fieber, einer Wurzel gegen den Biß giftiger Reptilien, eines Krautes, das der Heilkunst oder technischen Zwecken dient, offenbar geworden, wie unbekannt sind uns dagegen die Eigenschaften und Kräfte der großen Mehrzahl der Arten dieser reichen Flora geblieben! Und wie viele andere Gegenstände und Erscheinungen, die, wenn auch nicht materiellen Nutzen bietend, doch die Wissenschaft und unsere Kenntnisse der Natur bereichern, sind noch in den Lebensfunctionen dieser formenreichen Organismen zu enthüllen!

Wir erinnern hier an den merkwürdigen Einfluß des Lichtreizes auf viele Pflanzen. Der geübte und aufmerksame Botaniker erkennt bekanntlich an der Stellung der Blätter und der Blüthen vieler Gewächse sowohl die Stunden des Tages als die bevorstehende Witterung. Er bedarf keines Uhrzeigers, da ihm ein Blick auf die Pflanzenuhr hinreichend Bescheid giebt.

In verschiedenen botanischen Gärten Europas hat man solche Blumenuhren einzurichten versucht, wo die hiezu dienenden Gewächse auf einem Kreisbeet nach der Zeit des Oeffnens und Schließens der Blüthen geordnet sind. Die auf solche Weise künstlich zusammengestellten Gewächse unserer botanischen Gärten und Treibhäuser beschränken sich aber auf nur wenige Pflanzen, welche, wie die großblumige, westindische Fackeldistel (Cereus grandiflorus), ihre Blumenkronen in der Abendstunde öffnen und um Mitternacht schließen, oder wie Sonchus oleraceus und Sonchus alpinus nur den Reiz der Mittagssonne nicht vertragen können. Noch geringer ist die Zahl jener Gewächse, welche, wie die südamerikanische Wunderblume (Mirabilis jalappa), jetzt eine gemeine Zierpflanze unserer Kunstgärten, genau den Untergang des Tagesgestirns zum Oeffnen ihrer Blüthen abwarten, oder wie Mesembryanthemum noctiflorum nur der Mitternacht und dem Mond — nach des Dichters Worten — „ihr frommes Blumenangesicht entfalten.“

Zwischen den Wendekreisen wäre ein solcher künstlich gepflanzter Blumenchronometer viel weniger Bedürfniß. Es giebt unter den Blüthen der Büsche und Bäume und der zahlreichen Schmarotzergewächse, besonders in jenen Gegenden, wo Wald und Savanne sich berühren, so viele, deren Lebensfunktion der Lichtreiz steigert oder schmälert. Blüthen fehlen in keiner Jahreszeit und man findet in jedem Monat solche, welche die Sonne suchen oder ihr Licht fliehen. Im Unterholz, wie in der reichen Parasitenflora der Bäume sind so manche, welche dem Indianer die bevorstehende Veränderung des Wetters fast so sicher verkünden, als uns die Quecksilbersäule des Barometers; Pflanzen, die gleich unserer großen Eberwurz ihre Kelche schließen oder, wie die meisten Oxalisarten, ihre Blätter falten, oder wie unser gemeines Hungerblümchen (Drabaverna) die Blätter herabneigen, wenn ein Gewitter am Himmel grollt. Viele Bäume duften weit stärker als unsere Birken, wenn Regen nahe ist. Andere Arten giebt es, die mit geöffneten Blumenkronen wach bleiben, gleich der regenscheuen Ringelblume (Calendula pluvialis), wenn ein beständig heiterer Tag zu erwarten, oder die, wie die Sonchus-Arten durch das Offenbleiben oder Schließen ihrer Corollen das Wetter selbst für den nächsten Tag voraus verkünden.

Die merkwürdigste Pflanzenform bleibt hier in Bezug auf Sensibilität die der Mimosen, wenngleich nicht alle Arten dieser reichen Familie denselben Grad von Reizbarkeit besitzen wie Mimosa pudica und Mimosa sensitiva. Diese bekannten krautartigen Sinnpflanzen, bei uns Zierden der Treibhäuser, sind in Mittel-Amerika eines der gemeinsten fast unausrottbaren Unkräuter. Die „schamhafte Mimose", die hier oft zu buschartiger Höhe heranwächst, und deren Blättchen bei jeder Berührung unserer Finger sich wie mit Schmerz und Scham senken und zusammenziehen, hat schon seit ihrer ersten Versetzung nach Europa die Neugierde und Bewunderung der Beschauer erregt. Wie anders aber ist das Erstaunen des Neulings in der warmen Zone, eine ähnliche Reizbarkeit auch bei Bäumen und Sträuchern, ja bei ganzen Waldgruppen zu sehen! Eine mäßige Erschütterung der Luft oder des Bodens reicht hin eine ganze solche Pflanzenmasse in Bewegung zu setzen. Die ersten Schauer, welche die Nimbuswolke auf die Erde schüttet, der erste Windstoß, der dem Gewitter vorangeht, bewirken ein rasches Zusammenziehen dieser Hunderttausenden von zierlichen Foliolen, welche dann in der Ruhe und Heiterkeit der sonnigen Frühstunde sich wieder entfalten und wohlig ausdehnen! —

Wie hochherrlich aber auch zu jeder Tageszeit der Anblick dieser Waldvegetation bleibt, so sind es doch immer die Morgenstunden, wo das Bild am reizendsten ist, wo die grünen Blätter und farbigen Blüthen fast aller Gewächse am vergnügtesten zu glänzen scheinen. Der vom Regen des Abends oder vom Thau der Nacht wunderbar erfrischten Pflanze sieht man da die Lust und das Behagen an ihrem Leben so gut an, wie jenen höher stehenden Organismen, denen die freie Bewegung gegönnt ist; so gut wie dem kleinen Aeffchen, das auf der grünen Hängematte der Palme sich wiegt, oder wie dem Colibri, der sie naschend umflattert, oder wie den Hymenopteren und Cicaden, die um die Wette summen und kreischen.

Humboldt bemerkt als bezeichnend für den Charakter der Tropenflora, daß sie mannigfaltiger in Formen und reicher in Farben auftrete, daß ihre Gewächse saftstrotzender, mit frischerem Grün und mit größeren, glänzenderen Blättern ausgestattet seien, als die Pflanzen der gemäßigten Zone. Man könnte dieser Charakteristik noch beifügen, daß sowohl in den Formen als in der Gruppirung dieser südlichen Pflanzenwelt ein höchst wunderbares Gesetz der Anmuth und Schönheit vorwaltet, dessen Ursache uns wohl ein ewiges Geheimniß bleiben wird.

Fast alle der heißen Zone eigenthümlichen Pflanzenformen, welche die Physiognomie der Vegetation sowohl, als den Totaleindruck der ganzen Landschaft bestimmen: die Palme mit ihren hohen, schlanken, geringelten Schäften und ihrem anstrebenden glänzenden, bald gefächertem, bald gefiedertem Laube, das meist kronenartig gestellt, in Central-Amerika zwar nicht den höchsten aber den edelsten Schmuck des Waldes bildet; die Form der Scitamineen und Musaceen, deren gewaltige Blätter in so freudig grüner Farbe schimmern; die hohen leicht zitternden Tropengräser, die in Mittel-Amerika jedoch weniger kolossal sind, und nicht so schöne Gruppen bilden, wie in den Wäldern der westindischen Inseln; die baumartigen Farren, mit locker gewebtem, durchscheinendem und an den Rändern zierlich gezacktem Laube, das bei jedem Luftzug erzittert; die Mimose, deren prächtiges Laubdach sich pinienartig ausdehnt, sind es indeß nicht allein, welche von dem erwähnten eigenthümlichen Prinzip der Schönheit Zeugniß geben. Auch die schwerfälligen Gestalten der Seidenbaumwollbäume (Bombaceen); die prächtigen, hochstämmigen Voladoren mit ihren seltsam geflügelten Früchten (Gyrocarpus americanus); die Cedrelen, gewaltige Riesenbäume, ebenso dick als hochstämmig, mit aschgrauer Rinde, und röthlichem, wohlriechendem Holze, das uns für Bleistifte und Cigarrenkisten dient, in Costa Rica und Guatemala aber das gemeinste Bauholz ist; die Swietenien oder Mahagonibäume, welche hier die doppelte

Größe des Mahagonibaumes von San Domingo erreichen, aber eben deßhalb auch kein so hübsch geblümtes Möbelholz liefern; ja selbst die südlichen Eichenarten, welche zwischen den Wendekreisen erst auf einer ziemlich bedeutenden Höhe der Cordilleras in größern Gruppen auftreten, alle haben in ihren Formen und ihrer Gruppirung, in der Stellung ihres Laubes und in ihrem Parasitenschmuck vor den Baumarten des Nordens, wie vor ihren Gattungsverwandten in der temperirten und subtropischen Zone einen eigenthümlichen Zug der Anmuth voraus.

Die Pflanze ist bekanntlich ein lichtdurstiges Wesen. Sie sucht die Sonne. Aeste, Zweige und Blätter, welche man oft schon mit den Augen, den Armen und Zungen der Thiere verglichen, dehnen sich mit Vorliebe nach oben aus, so lange die Kühle der Atmosphäre sie nicht zwingt, sich dem wärmeren Boden anzuschmiegen, wie auf hohen Bergen oder in höhern Breitegraden des Nordens.

Wie verschieden gegen den Anblick des Forstes im nördlichen Amerika ist die Physiognomie des Waldes am San Juanfluße und am Motagua, wo die hochaufstrebenden Bäume mächtigen Säulen gleichen, welche Kuppeln oder ausgedehnte Baldachine tragen! Unter dem Blätterdome wandelnd, könnte man sich oft in antike Tempel versetzt glauben. Aber die Säulenknäufe und die Kapitäler sind hier nicht todter Marmor und Granit, sondern lebende Lianen, blumenreiche Winden, niedlich gezeichnete Ipomäen und Lorantheen. Wenn hoch über dem Haupte des Waldwanderers ein Luftzug die Flügel und Fächer der Palmen und die Riesenzweige der baumartigen Tropengräser in Bewegung setzt, da rauscht es so seltsam feierlich in diesen Wäldern, fast wie Aeolsharfentöne, während ein steifes und prächtiges Unterholz von Agaven, Ananasgewächsen und Cacteen den Wanderer oft durch seine Dichtigkeit zum unbeweglichen Stillstehen zwingt.

Wie monoton und traurig wird dagegen der Waldcharakter an der Mündung des St. Lorenzstromes im britischen Nordamerika, wo die Verkümmerung des Baumwuchses nach oben schon so auffallend ist wie in Skandinavien! Dominirend treten da die einförmigen Coniferen auf, und machen den wenigen Laubbäumen jedes Plätzchen streitig. Die Aeste senken sich mit den Spitzen tief abwärts und suchen die Wärme des Bodens. Die stärkste Entwicklung der Bäume ist nicht gegen den Himmel, sondern gegen die Erde gerichtet. Welch ein landschaftlicher Contrast im Vergleich mit der unendlichen Mannichfaltigkeit der Geschlechter und der Arten in der Aequatorialzone Amerika's! Dort im Norden von Untercanada an dem malerischen Granitfelsen des Saguenay bedecken in ermüdender Einförmigkeit nur gesellig lebende Pflanzen den Boden. Die traurigste Kryptogamenflora ist oft ganz vorherrschend. Flechten und Moose in mattgrüner oder grauer Farbe überziehen die Aeste der Tannen und Zwergeichen, wie ein Wollkleid den frierenden Körper.

Hier in den Waldungen von Guatemala und Costa Rica treten selbst viele Laubbäume kronenartig auf, die Zweige sehnsüchtig den Himmel und die Sonne suchend, während die

Parasiten in den mannichfaltigsten und heitersten Gestalten erscheinen. Von Baum zu Baum, zu reichen Kränzen sich verschlingend, bilden biegsame Lianen, Bignonien und Passifloren unabsehbare Guirlanden, ähnlich wie die künstlichen Rebengewinde in der Lombardei.

Das so merkwürdige und artenreiche Parasitengeschlecht der Tillandsien oder „Haarananase", wie Oken sie verdeutscht hat, Pflanzen zur Zunft der Bromelien gehörend, in den heißen Tiefregionen Central-Amerika's meist von lilienartigem Ansehen, ist in der Louisiana durch eine einzige in Massen verbreitete Art vertreten, die haarförmige Tillandsia usneoides, welche in den Mississippiwäldern bei New-Orleans eine so traurige Figur spielt. Wie silbergraue Bocksbärte hängen sie dort an den Aesten der Cypressen und Lebenseichen und geben der Gegend ein überaus melancholisches Aussehen. Dasselbe Pflanzengeschlecht ist in Central-Amerika vorherrschend, aber meist nur durch Arten von der graziösesten Form vertreten, bald mit den Blättern hoch aufstrebend und nur die gekräuselte Spitze senkend, bald strahlenartig sich ausdehnend wie grüne Sterne, oder in der Form von Vasen und Kelchen den verschiedenen Baumstämmen aufgesetzt, wie Tillandsia maculata, rubra und purpurea, oder mit riesenartigem Schaft und unten bauchigen, drei bis vier Zoll breiten Blättern, wie die sogenannte „flaschentragende Tillandsie" (Tillandsia utriculata) deren ineinander getriebene Blätter große Säcke bilden, das Regenwasser auffangen und dem Vogel wie dem Jäger und Sammler in warmen regenlosen Morgenstunden eine wahre Labung gewähren.

Loranthusarten und Ipomäen, letztere mit großen glockenförmigen Blüthen, oft tausendfach sich verschlingend, schmiegen sich den Stämmen an und klettern an ihnen empor. Ihre Blättchen ordnen sich oft zu den wunderlichsten Zeichnungen und Figuren, wie sie die Phantasie einer Kaschmirstickerin oder eines persischen Arabeskenmalers nicht zierlicher zu erfinden vermöchte. Blätterlose Bauhinien hängen aus bedeutender Höhe vom Gipfel eines Baumes in den Strom. Oft auch ziehen sie sich strickartig von Baum zu Baum, manchen alten Stamm am Sturz hindernd und im hohen Laubgehänge das zierliche Takelwerk einer Fregatte nachbildend.

Den reichsten Schmarotzerschmuck zeigen merkwürdiger Weise nicht die heißen Regionen der Tiefe, sondern jene Stufen der Cordilleras, wo beständige Frühlingstemperatur herrscht, und auf den Aesten immergrüner Eichen sich viele Schmarotzer der milden Zone mit den Schlingpflanzen der Aequatorialzone begegnen. Die schönste Parasitenflora fanden wir auf den Gehängen der Vulkangruppe des Pacaya in einer Meereshöhe von 4—5000 Fuß, besonders in jenen Thaleinschnitten, die gegen den kalten Hauch der Nordwinde geschützt sind. Hier prangen die verschiedenen Eichenarten in dem fremdartig bunten Gewande eines erborgten Laubschmuckes. Zu den saftigen Pothosgewächsen der Tropen mit dickaderigen, tutenförmig gestellten Blättern, gesellen sich nordische Kryptogamenformen, während Heliconien mit ihren großen, feuerrothen Blüthenscheiden und zartgrünen Riesenblättern, Bromelien, Pandaneen und kleine höchst bizarr gestaltete Palmen das prächtige Unterholz bilden.

Solche Waldbilder regen hier zu seltsamen Betrachtungen und Fragen an, selbst wenn man, frei von allen religiösen Einflüßen, den reinen Standpunkt als Naturbeobachter bewahrt. War hier nur der blinde Zufall thätig, der diese Bäume so herrlich zu gruppiren, diese Tillandsien zu so prächtigen Vasen zu formen und diese phantastisch gestalteten, farbenschimmernden Orchideen in die Kränze der Lorantheen und Ipomäen so reizend einzuweben wußte? Oder war der große Meister der Schöpfung nicht vielmehr absichtlich bemüht, durch die verschiedensten Mittel und Einflüsse in dieser Pflanzenwelt etwas recht Schönes und Anmuthiges, ein Werk zu seiner Freude und zur Lust und Bewunderung aller Freunde des Schönen zu vollbringen?

Waltet bei dieser räthselhaften Schönheitstendenz der organischen Welt in dieser Zone irgend ein bestimmtes und bestimmbares Naturgesetz vor, das sich vom Aequator nach den Polen, wo die Formen von der Mannigfaltigkeit und Anmuth zur Einförmigkeit und Plumpheit übergehen, allmälich modificirt? Welchen Mustern entlehnten diese südlichen Gewächse den unglaublichen Reichthum in den Formen, Zeichnungen und Farben? Wer ordnete nicht nur Leben und Wachsthum, sondern auch die Gruppirung, Vertheilung und Verbreitung der Parasiten zu einer so wunderbaren Harmonie, daß sie dem Baumgreise, auf dem sie leben, zum Dank ein Kleid der Jugend leihen und die selbst modernde Leiche noch mit ihren schönen Todtenkränzen schmücken? —

Der alte Baumkoloß antwortete uns auf keine dieser Fragen. Aber er freute sich recht sichtbar seines noch frischen Lebens. Er kannte den Wald und seine Bewohner vielleicht seit Jahrtausenden, aber er war kein Augenzeuge des letzten Schöpfungsaktes, so wenig, wie sein Vater und Großvater. Die Bäume sind hier vielleicht die glücklichsten Geschöpfe Gottes, glücklicher noch als die Singvögel, die mitten im Singen, Naschen und Nestbau oft der gefräßige Schnabel der Falken und Geier bedroht, während die lebenden Bäume im Urwalde außer dem Blitze und der Ansiedleraxt keinen Feind zu fürchten haben. Sie vegetiren fröhlich ohne Nahrungssorgen, ohne philosophische Grillen, ohne politischen Weltschmerz. Sie fragen nie nach der Vergangenheit und nach dem Warum, sondern freuen sich nur, daß sie vegetiren. Im Prachtkleide seiner tausend schönen Schößlinge schaut der hohe Baum auf den kleinen Frager stumm majestätisch herunter, wie ein König von seinem Throne. —

Vielfach beschrieben ist das Thierleben der Aequatorialzone. Aber es sind mehr die großen Umrisse, der allgemeine Charakter der Fauna, den man geschildert hat, weniger die zahllosen interessanten Züge in den Lebensgewohnheiten der einzelnen Arten. Wie viele Naturforscher und Sammler könnten hier den Wald durchwandern, ihn selbst Jahre lang bewohnen, und sie würden den Geheimnissen des Thierlebens doch erst einen verhältnißmäßig kleinen Theil abgelauscht haben! Wer vermöchte auch diesen ungeheuren Stoff zu beherrschen? Von jenem bunten Vogelheer, das mit Vorliebe in den höchsten Baumgipfeln lebt und flattert, liebelt und nistet, bis herab zu den oft noch schöner gezeichneten und ebenso buntfarbig prächtigen, aber stummen, unheimlichen, oft tödtliches Gift führenden Reptilien, die im düstern Busch versteckt lauern, — wer könnte hier alles beobachten, was in den Verwandlungen, in der Entwicklungsgeschichte und in der Lebensweise dieser Thiere uns noch verborgen ist? Wie wenig wissen wir von jenen verschiedenen zahlreichen tropischen Hymenopteren-Gattungen (den tropischen Vettern unserer Bienen und Wespen), welche, ähnlich unsern Bienen, auf der Erde, in hohlen Bäumen oder auf höheren Büschen und Baumästen in großen Gesellschaften beisammen wohnen, kleine gesonderte Staaten oder Gemeinden bilden, mit vereinten Kräften architektonische Werke oft von wundersamer Größe, Schönheit und Symmetrie aufführen und dabei Arbeit und Gewinn, Mühe und Last brüderlich theilen? Wie gering ist noch unsere Kenntniß von den kleinen Detaileinrichtungen dieser seltsamen Thierstaaten und Gemeinwesen! Und doch verdienen sie um so mehr unsere Beachtung und unser Studium, als der Instinct, der ein directes Geschenk der Gottheit ist, diesen winzigen Thierchen zur Realisirung eines socialen Problems verholfen hat, dessen praktische Lösung seit Jahrtausenden allem menschlichen Verstand, Witz und Scharfsinn spottet!

Selbst das so fröhlich bunte Schauspiel einer großen Morgenwanderung der Papageien hat uns weniger überrascht, als der erste Anblick einer wandernden und arbeitenden tropischen Myrmiciden-Bevölkerung: eine unabsehbare Procession, alle Hindernisse überschreitend und glänzende Blattstücke zum Bau tragend, die grüne Bürde oft zehnmal größer als der Träger, der unter ihrem Schirme verschwindet — der Wald von Birma in Miniatur durch Ameisen dargestellt! Und welche Ordnung und welche Emsigkeit ohne Aufseher und Commandanten! Strauchelt ein Thierchen über irgend ein Hinderniß, ist die Last ihm zu schwer, gleich sind andere bereit ihm zu helfen. Stört irgend ein Feind ihren Zug, gleich stürzen sie alle auf ihn, wie Ein Mann. Wird ein Thierchen verwundet und kampfunfähig, so tragen andere den Invaliden nach dem Bau, wo er gepflegt und gefüttert wird. Wahre Muster von Nationalateliers, wo alle gleich arbeitslustig und pflichtgetreu, gleich genügsam, einig und brüderlich sind — die wahre Fraternität, die in einem Cabet-Icarien mit menschlichen Leidenschaften wohl immer nur ein unerreichbares Ideal bleiben wird. —

Ein Punkt in welchem viele Beschreiber von Naturskizzen aus den Tropengegenden gegen die Wahrheit gesündigt haben, ist das Anhäufen von Bildern und Erscheinungen, die in Wirklichkeit fast überall nur vereinzelt und getrennt vorkommen, und selbst als Ausnahme nie massenweise zu finden sind. Bei vielen Lesern hat diese Art der Schilderung der tropischen Natur irrige Vorstellungen erzeugt. Manche Besucher der südlichen Zonen schienen enttäuscht, als sie nicht gleich an den ersten Tagen ihrer Wanderungen bunte Tigerkatzen an den Bauhinien emporklettern sahen, als sie nicht zahlreichen Affenfamilien und lauernden Riesenschlangen auf allen Pisangbüschen begegneten. Selbst in den größten Erscheinungen der Natur, sagt ein berühmter Forscher, bleibt die

Wirklichkeit noch hinter der Idee zurück. In der Naturbeschreibung aber das richtige Maß zu halten, uud statt Auswüchse der Phantasie wohlgetroffene Naturbilder dem Leser zu bieten, wie Humboldt und Eduard Pöppig gethan, ist nur wenigen Reisenden gelungen. Die Vegetation sowohl als die Fauna sind in der heißen Erdzone reich genug, um auch bei ganz getreuer Naturzeichnung noch Eindruck zu machen. Nichts ist thörichter und der Wissenschaft schädlicher als die Effecthascherei, jene Sucht durch Uebertreibung das Interesse der Leser zu fesseln und zu steigern — ein Fehler, von welchem selbst manche berühmte Reisewerke nicht frei sind.

So imposant auch das tropische Thierleben, so findet man doch nur selten eine große Mannichfaltigkeit der Formen und Arten in dichter Nähe beisammen. Mehr noch als in der Physiognomie der Flora hängt in dem Auftreten der Fauna das meiste von localen Einflüssen ab. Im Innern des tropischen Urwaldes, wo keine lichte Stelle die schauerliche Düsterheit verklärt, herrscht eine geisterhafte Stille, und man begegnet da nur selten einzelnen, lichtscheuen Thieren. Auf engen Maulthierpfaden, kann man tagelang durch den finstern Forst reisen, ohne irgend ein lebendes Wesen zu sehen, vielleicht mit seltener Ausnahme eines Vogels, oder eines von den katzenartigen Raubthieren, die jedoch überaus menschenscheu sind und sich zu verbergen wissen. Dagegen drängt sich in gelichteten Gegenden das Thierleben mehr zusammen, und bleibt hier mit Vorliebe so lange, bis es der wiederholte mörderische Knall einer Ansiedlerflinte stört und vertreibt.

Am reichhaltigsten ist immer die Fauna an den einsamen Ufern von Seen oder großen Flüssen, besonders in der Nähe ihrer Mündungen vertreten. Als die ersten kleinen Dampfschiffe der nord-amerikanischen Transitgesellschaft den Rio San Juan hinauffuhren, erstaunten die Schiffer eben so sehr über das Prachtbild der fremdartigen Vegetation, als über das damals noch so mächtige und laute Thierleben. Das oft wiederkehrende Geräusch der Schaufelräder und der Knall der Doppelgewehre und Revolvers der californischen Passagiere, haben die Kaimane, die großen Katzen, die Affen und selbst die Vögel vertrieben oder scheu gemacht. Die Passagiere müssen sich jetzt oft statt des Sehens von Gestalten mit dem Hören von Stimmen begnügen, die aus undringlichem Dickicht schallen. Die Waldthiere fliehen überall die für sie so schreckliche Erscheinung der rauchenden Schiffe, und scheinen sich mehr an die Ufer der größeren Tributärflüsse des Rio San Juan, an den Sarapiqui und besonders an den San Carlosfluß zurückgezogen zu haben.

Unvergeßlich sind uns die ersten Eindrücke der Tropenphysiognomie während unseres Nomadenlebens am Sarapiquifluß im Staate Costa Rica geblieben. Der Naturcharakter in der Flora wie in der Fauna tritt hier stellenweise in einer Großartigkeit auf, welche fast die Phantasie zu überwältigen droht. Die meiste Mannichfaltigkeit aber zeigt die Thierwelt in Gegenden, wo Wald, Gebirge und offene Llanos in der Nähe eines Flusses sich berühren, wie am Vulkan Miravalles im Staate Costa Rica, oder zu Punian in der Republik Guatemala. Die größte Fülle von tropischen Erscheinungen fanden wir an den einsamen Waldufern des Rio grande de Costa Rica zwischen Las Trojas und seiner Mündung. Hier, in einer einsamen, höchst selten von Menschen betretenen Wildniß sieht man in der Luft und auf dem Wasser ein eigenthümliches wunderbares Zusammentreffen der schönsten wie der scheußlichsten Geschöpfe der heißen Zone. Prächtige Arasse, scharlachroth, mit blau und gelben Schwungfedern, und Tukane mit Riesenschnäbeln, ebenso buntscheckig in der Farbe wie grotesk in der Form, wiegen sich schreiend und zankend auf Palmenkronen, an deren schwanken, gefiederten Blättern der gelbschwänzige Montezuma-Vogel (Cassicus Montezuma) sein beutelförmiges, kunstvolles Hängenest geknüpft hat. Wunderschöne, buntgeringelte Korallenschlangen, so giftig, daß ihr Biß in wenigen Minuten tödtet, sonnen sich unter den Büschen, auf welchen behelmte Riesen-Iguane nach glänzenden Insekten haschen. Ganz in der Nähe dieser verschiedenen Uferbewohner, treiben auf dem Fluß ruhig schwimmend die grauen Krokodile. Sie erreichen in Central-Amerika nicht ganz die furchtbare Größe des Nil-Krokodils. Man besucht selten die Mündung dieses Flusses, ohne daß man mehrere dieser häßlichen Saurier-Kolosse, deren schuppiger Rücken einige Zoll über dem Wasser ragt, erblickt, ebenso häufig wie die Rückenflossen der großen Haifische, welche mit der Fluth zu Hunderten in das Flußbeet hineinschwimmen, und über die Wellen der Brandung hervorragen. Man fürchtet die Haie ungleich mehr als die feigen Krokodille, welche nur höchst selten Menschen angreifen, während jeder Schiffer, dessen Boot die Wogen der Brandung umschlagen, gewöhnlich im nächsten Augenblick schon dem Rachen des Hais verfällt, der ihn hier nicht wieder so schonungsvoll unverletzt ausspeit, wie der Jonas-Hai den jüdischen Propheten.

Die Alligatoren wagen sich hier selten an die Ufer. Dagegen sieht man sie auf den kleinen Sandinseln des Rio grande oft in großer Zahl. Naht die Mittagsschwüle, so steigen sie schwerfällig aus dem Wasser und strecken sich träge auf den warmen Sand hin. Zu Dutzenden sahen wir sie hier auf den Inseln selbst ganz nahe an der Hütte eines dort wohnenden Fischers. Sie haben einen sehr leichten Schlaf, sind selbst in der Ruhe wachsam, und fliehen augenblicklich in das Wasser, wenn ein Kahn sich nähert. Hoch über diesen scheußlichen Ungeheuern des feuchten Elements schwingen sich die edleren Räuber des großen Thierreiches: Flußadler, weiße und schwarzgefleckte Falken, Pelikane, graue Möven, Tantalusarten, rothe Ibisse und Silberreiher. Sie suchen von der feuchten Beute zu haschen, was ihnen jene großen Fresser übrig gelassen.

Auch zur Beobachtung des Thierlebens im tropischen Walde sind die Morgenstunden am günstigsten. Das Stimmen-Concert ist beim Erscheinen am lautesten und tönereichsten, dabei aber freilich auch sehr unharmonisch. Zu andern Tagesstunden ist die eine oder andere Thierstimme vorherrschend. Die verschiedenen Virtuosen und Redner des Urwaldes lassen sich dann gerne gegenseitig zu Worte kommen. Papageien und Cicaden schweigen oft, wenn die Spottdrossel oder der Cilgero singt. In der ersten Frühe aber will fast jeder Vogel und jedes stimmbegabte Insekt mitmusiciren, und durch die lautesten Töne, welche die Kehle hervorzubringen vermag, die Freude am Licht und die Lust am Dasein kundgeben.

Der gewaltigste Redner der niedern Waldregionen, welcher alle Concurrenten überschreit, ist der Congo, ein Brüllaffe der Gattung Mycetes, dessen knöcherne Trommel am Zungenbein seiner Stimme eine solche Stärke giebt, daß sie meilenweit durch die Wälder hallt. Wenn ein paar solcher Congos zusammenheulen, dann hört man einige Minuten lang von andern Thierstimmen wenig oder nichts. Selbst das mordlustige Gebrüll der Pumas und Jaguare und der unheimlich wiehernde Baßton des Alligators sind matt neben der Grundgewalt dieses fürchterlichen Congobasses. Merkwürdiger Weise fehlt diese Affenart, die in den östlichen Wäldern Central-Amerika's so häufig ist, den meisten Gegenden am stillen Ocean. Der Congo (dessen Stimme dem Neuling im tropischen Urwalde so starken Schrecken einflößt, weil er sie irrig für das Gebrüll irgend eines gefährlichen Raubthieres hält), ist übrigens ein ganz harmloser Quadrumane, der es mit seinem schreckenerregenden Gebrüll gar nicht so böse meint, und oft die verschiedensten Empfindungen seiner Thierseele: Lebenslust, Appetit, Gewitterfurcht und selbst heißen Liebesdrang und zartes Sehnen mittelst der Töne seiner knöchernen Halstrommel ausdrücken will. Diesem Waldbassisten mit der Donnerstimme ist nun einmal von der Natur nicht gegönnt, zarte Herzensregungen mit sanften Lauten kundzugeben; mag er der Gattin aus hoher Palmenkrone nun zärtliche Worte zuflüstern, oder vor Eifersucht halblaut seufzen wollen, — immer muß er dabei laut genug brüllen, daß es alle Nachbarn deutlich hören.

Wie der reichste Parasitenschmuck der Bäume nicht der eigentlichen heißen Region des Küstenstriches, sondern den mittleren Stufen der Cordilleras eigen, so findet man auch die größte Pracht des Gefieders, und die lieblichste Melodie des Gesanges nur in den Gebirgsgegenden von 5—7000 Fuß Meereshöhe, wo Hitze wie Kälte unbekannte Plagen sind und die Milde eines immerwährenden Frühlings herrscht. Hier zeigen die Trochilus-Arten den reichsten Demantschimmer, hier wohnt auch, im Hochlande von Guatemala, der Quesal oder Incavogel (Trogon resplendens), vielleicht der schönste Vogel der neuen Welt, der mit dem reichen Metallglanz die zierlichste Form der Flügeldeckfedern und des Schweifes verbindet, und auf diesen Schmuck so stolz ist, daß er, wie die indianischen Jäger versichern, nach dem zufälligen Verlust des Schweifes in tiefe Melancholie versinkt, ja aus gekränkter Eitelkeit sich sogar zu Tode grämen soll. Auf derselben Andeshöhe singt auch jene Troglodytenart die man in Central-Amerika Cilgero, in Peru Organista nennt. Die Melodien dieses wunderbaren Vogels sind nicht so umfangreich und kräftig wie die der bekannten Spottdrossel (Turdus polyglottus), welche ein Bewohner derselben Region ist, aber von unnennbarem Wohllaute. Die Cilgero-Stimme scheint bald der Lyra, bald der Flöte ähnlich, und ist unvergleichbar lieblicher als der vielgepriesene Gesang der Nachtigall in den skandinavischen Buchenhainen.

Die lärmendsten, fröhlichsten und geselligsten Vögel der

Tropen sind aber unstreitig die Papageien, welche sich in der Freiheit ebenso vorsichtig und menschenscheu zeigen, als sie in der Gefangenschaft zutraulich werden. Sie lassen sich in der Regel nur auf den höchsten Baumwipfeln nieder, wo sie dem Schrotschusse meist unerreichbar bleiben. Gegen den Jäger sind sie noch scheuer und schlauer als unsere Raben. Das merkwürdigste an ihnen war uns ihre unversiegbare Plauderlust; gleichviel ob sie fliegen, klettern oder sitzen, ihr Schnabel bleibt nie still. Immer haben sie zu reden und zu erzählen, zu jubeln oder zu zanken. Rührend ist die eheliche Liebe und Treue, auch wenn das Papageimännchen für mehrere Weibchen zu sorgen hat. Bekannt ist diese Liebe bei den sogenannten „Unzertrennlichen“. Neu war sie uns an den größeren Vögeln dieser Gattung. Selbst die großen prachtvollen Arasse trotzen aus Verzweiflung dem Tode, und das Männchen kommt gegen den Jäger herabgeflogen, und setzt sich klagend oder mit wüthendem Geschrei auf den nächsten Busch, wenn sein Weibchen durch einen Schuß getödtet oder selbst nur flügellahm geschossen worden ist. An Farbenpracht werden diese bunten Psittacinen, welchen in der warmen Region der Tierras calientes am wohlsten ist, von den Ampeliden und Trogonarten und besonders von den kleinen Nectarinen und Trochileen übertroffen. Das Erscheinen des Colibri mit pfeilschnellem Fluge ist oft wie ein farbiger Blitz oder wie ein Feuerstrahl. Nur an den Blumen verweilt er schwebend und summend, wobei seine Flügelchen wie ein Feuerrädchen sich bewegen.

In Nord-Amerika kennt man nur den grünschillernden

Colibri, (Trochillus colubris), dessen alte Männchen noch eine Rubinkehle tragen, während die Jugend diesen Schmuck entbehrt. Dieser nordische Colibri macht im Sommer oft sehr weite Reisen in die hohen Breitegrade und begrüßt sogar die ersten Lager der Eskimos. Wir haben ihn im Sommer bis über acht Tagereisen nordwärts von Quebec an der Mündung des Sanct Lorenzstromes in den traurigen Fichtenwäldern mitten unter nordischen Singvogelarten getroffen. Doch ist er unsres Wissens der einzige seiner Gattung, den diese unermüdliche Wanderlust plagt. In Mittel=Amerika ist dieses niedliche Vogelgeschlecht durch viele Arten vertreten, alle mit schillernden Farben, die bald dem Smaragd, bald dem Rubin Farbe, Glanz und Feuer entlehnen.

An die Erscheinungen und die Lebensgewohnheiten dieses Vögelchens knüpfte die Natur ein eigenthümlich zartes Verhältniß zur Pflanzenwelt. Der Colibri ist, wie gewisse Insekten, besonders Cetonien und Hymenopteren, der Vermittler von Blumenehen. Der Bau vieler Blüthen hat bekanntlich das Eigene, daß der Antherenstaub nicht leicht auf das Pistill gelangt, was zur Befruchtung der Blüthe unerläßlich ist. Ziemlich viele Gewächse dieser Zone, darunter manche von den schönsten Formen der Monocotyledonen sind getrennten Geschlechtes. Wie manche isolirte weibliche Palme müßte ohne den Colibri einsam und unfruchtbar ihr Leben vertrauern! Den Antherenstaub, den ihre Blüthe bedarf, jagt ihr kein freundlicher Luftzug durch das Netz der Lianen zu. Aber der Colibri, der sich wie ein Pfeil von einer Palmenkrone zur andern schwingt, und durch alle grünen Netze und Gitter schlüpft, bringt ihr den ersehnten Blumenstaub, indem er den Kopf tief in die Blüthe senkt, und mit Flügelchen und Schnäbelchen das Stigma des Pistills berührt. Ein Naturbild von merkwürdiger Poesie! Der kleinsten aller Vogelgattungen ist es aufgetragen, oft die Vermählung der höchsten Bäume zu vollziehen! Aber freilich thut es dieser Blumen-Amor nicht so ganz uneigennützig, und am wenigsten „pour la gloire“. Denn ohne ein Dutzend Küsse von seiner Seite kommt die schöne Palmenbraut dabei nicht weg, und der niedliche Näscher nippt ihr zugleich den besten Nectar von den Blumenlippen weg!

Das Erscheinen der verschiedenen Thierarten, wie die Laute ihrer Stimme, sind an verschiedene Tageszeiten gebunden. Erstaunend ist die Regelmäßigkeit, mit welcher jeden Morgen und jeden Abend gewisse Vögel kommen und verschwinden, laut wie die Jugend oder stumm wie das Grab werden. Während dem Botaniker gewisse Blumen als Uhrzeiger dienen, sagen die Vogelstimmen dem Jäger im Walde, was uns in den Städten die Thurmglocke verkündet. Das lärmende Frühconcert, wo so viele Thiere um die Wette heulen oder schreien, singen oder trillern, dauert eben nur eine kurze Weile. Später treten die Töne vereinzelter auf. Manche Sing-Cicaden werden erst laut, wenn die Sonne im Zenith über den höchsten Waldbäumen strahlt; gewissen Lurchenarten scheint es am wohlsten in der Mittagsschwüle zu sein, und sie verkünden das mit einem dumpfen Stöhnen, welches auch den Schmerz bedeuten könnte. Turteltäubchen der niedlichsten Art, kaum größer als unsere deutschen Sperlinge, stoßen mit Vorliebe in derselben Stunde jene melancholischen Liebestöne aus, welche Hr. Tschudi in seinen peruanischen Skizzen sonderbarerweise als menschenähnliche Laute beschreibt.

Viele von den Morgenvögeln, besonders die Papageien und die Mehrzahl der hühnerartigen Waldvögel, erscheinen auch in den Abendstunden eben so regelmäßig wieder. In der Colonie Angostura, welche, von den dicksten Waldungen am Reventazon umgeben, eine malerische, aber auch sehr einsame und Schwermuth erregende Lage hat, hörten wir täglich Schlag 6 Uhr Nachmittags aus dem Dickicht die Stimme eines Vogels, der sich zu keiner andern Tageszeit hören ließ. Die dort beschäftigten Arbeiter waren an die Pünktlichkeit dieses Vogelrufes so gewöhnt, daß sie nach ihm den Schluß ihres Tagewerkes richteten, ohne den Stand der Sonne oder die Uhr zu befragen. Die Nacht schien mir in allen unsern Waldbivouacs stiller, als sie die Reisenden in den Wäldern Süd-Amerika's schildern. Gegen Anbruch der Dunkelheit erscheinen die unheimlichen Caprimulgen mit kaum hörbarem Flügelschlag, die sitzend, seltsam nickende Bewegungen machen, sowie die großen, blutsaugenden Fledermäuse, welche eine der schrecklichsten Plagen der Heerden sind. Auch diese treten ganz leise auf, während die Eulen nur stöhnen, wenn sie satt oder liebeschmachtend sind. Dasselbe gilt von den amerikanischen Tigern und Löwen, deren lautes Gebrüll in der Regel eine glückliche Beute bedeutet oder in gewissen Monaten dem Weibchen gilt.

Einzelne Thierstimmen wechseln in den Nachtstunden ab. Wie nach Humboldt's Wort das Leben eines Malers nicht hinlänglich wäre, um all die prachtvollen Orchideen abzubilden, welche die tiefausgefurchten Thäler der Andeskette zieren, so würde auch die lebenslängliche Erfahrung eines Jägers nicht ausreichen, die Stimmen aller Waldthiere kennen zu lernen. Denn viele dieser Schreier, Pfeifer und Sänger lassen ihre Töne nur aus den verborgensten Stellen der von Schlingpflanzen umstrickten Baumwipfel oder aus dem dichtesten Unterholz der Mimosen und Bromelien hören. Ein Jäger kann z. B. jahrelang die Andesterrassen durchstreifen, bis er nur einmal den Cilgero zu Gesicht bekommt, dessen wunderbares Lied er doch jeden Morgen aus dem Walde tönen hört.

Wir haben bisher nur der Reize des tropischen Naturlebens gedacht, nicht der Plagen erwähnt, welche dem Wanderer vom Norden noch peinlicher sind, als dem Eingebornen, den die Gewohnheit dagegen abgestumpft hat. Das Hochland der Aequatorialzone, wo der ewige Frühling wohnt, kennt diese Schattenseiten nicht, besitzt aber auch nicht die gleiche Fruchtbarkeit, dieselbe üppige Schönheit der Pflanzenwelt wie der heiße Küstenstrich. In Regionen, wo die Luft am wärmsten und feuchtesten, und die Vegetation am buntesten und großartigsten auftritt, da sind jene Leiden gewöhnlich am drückendsten, da hauchen die verwesenden Organismen im Grunde des Waldes die schädlichsten Miasmen aus. Schwächende, entnervende Fieber verschonen selten einen Fremden, der lange Zeit in den tropischen Wäldern der Küste verweilte.

In der Flora der heißen Tiefregion Central=Amerika's kommen nicht nur die stärksten Giftkräuter, sondern auch viele Pflanzen vor, die bei der geringsten Berührung schmerzliches Brennen und selbst Hautausschläge bewirken. Die Zahl der Gewächse, welche mit Stacheln und spitzigen Dornen bewaffnet sind, ist zwischen den Wendekreisen unendlich größer als im Norden. Man findet sie besonders unter den Palmen, Mimosen, Bromelien, Agaven und Cacteen. Kein Jagdausflug, kein Gang durch pfadlose Waldstellen ist frei von kleinen Leiden.. Doch sind alle Tücken der Vegetation nicht mit **den** Plagen zu vergleichen, welche dem Waldbesucher hier von Seite der Thierwelt drohen.

Die Raubthiere, die großen Katzen, sind noch am wenigsten gefährlich. Der Jaguar, von den Eingebornen el tigre genannt, die stärkste und blutdürstigste der amerikanischen Katzenarten, ist trotz seiner Stärke und seiner Wildheit ein feiges, menschenscheues Thier. Er verbirgt sich am Tage in den dichtesten Buschgegenden, und flieht selbst die Nähe des einsamsten Rancho, sobald er Menschen wittert. Es sind aus den Mittheilungen glaubwürdiger Bewohner des Landes nur wenige Fälle bekannt, wo der Jaguar ungereizt erwachsene Menschen angegriffen hätte. Er flieht auch den Jäger so lange es ihm möglich ist, retirirt im äußersten Fall immer auf die höchsten Bäume, und zeigt nur dann grimmigen Widerstand, wenn ihm die Hunde jede Möglichkeit der Flucht abgeschnitten haben. Es gibt noch jetzt in Central=Amerika ziemlich viele Jaguare, besonders in der Nähe der Llanos am stillen Ocean.

Sie erwürgen aber dort nur die schwächsten Thiere des Waldes und der Heerden, und greifen selbst Kühe und erwachsene Pferde nicht leicht an. Noch feiger und menschenscheuer ist der Puma oder der amerikanische Löwe, der sich noch mehr als der Jaguar im tiefen Dickicht zu verbergen weiß.

Mehr Furcht als diese wilden Katzen flößen dem Jäger die großen Nabelschweine ein, welche immer heerdenweise erscheinen, und in der That sehr gefährliche Thiere sind, wenn sie angeschossen werden.

Schlangen der giftigsten Art sind zwar in Central-Amerika heimisch, finden sich jedoch verhältnißmäßig ziemlich selten, und verbergen sich unter Büschen oder umgestürzten Waldstämmen an den dichtesten Waldstellen. Nur einzelne Lokalitäten sind schlangenreich. Besonders verrufen sind in dieser Beziehung einzelne barrancas, d. h. Steilschluchten der Cordilleren, namentlich in den bewaldeten Gegenden der Provinzen Chiriqui und Veragua. Die süd-amerikanische Klapperschlange (Crotalus durissus), die nicht die schöne Rückenzeichnung der nord-amerikanischen Art hat, kommt mehr in lichten und trockenen, steinreichen Gegenden als in Wäldern vor. Sie ist unter allen Schlangen des Landes die am wenigsten gefürchtete. Viel giftiger und fast immer tödtlich ist der Biß der verschiedenen Viperarten, die man in den östlichen Waldungen Costa Rica's findet und von welchen die beiden gefährlichsten Arten, nach der Benennung der Eingebornen, Toboba und Culebra del sangre heißen. Jene scheint der Gattung Lachesis, diese der Gattung Elaps anzugehören. Den schnellsten Tod aber bringt der Biß einer großen prächtig gefärbten und zierlich gezeichneten Korallenschlange, die besonders an den südwestlichen Küstengegenden von Guatemala vorkommt. Sie liegt meist träge an feuchten Stellen, hat einen kleinen Kopf und ein enges Maul, ist aber so giftig, daß ihr Biß kleinere Thiere fast augenblicklich, Menschen in weniger als zehn Minuten tödtet.

Noch größern Schrecken flößt in denselben Gegenden den Eingebornen die Erscheinung einer Schlange ein, welche sie el Cantil nennen. Wir selbst haben dieses Reptil nie gesehen. Es scheint der Beschreibung nach eine Lachesis-Art zu sein, deren Biß zwar nicht so schnell tödtet, wie das Gift der Korallenschlange, die aber auch nicht so träge still liegt wie diese, sondern die fatale Eigenschaft haben soll, gegen den Menschen, der ihr nahe kommt, zu springen, ähnlich dem bekannten Trigonocephalus lanceolatus in der Louisiana und in Florida. Sie ist übrigens die seltenste aller Giftschlangen Central-Amerika's, und wir konnten uns trotz allen Bemühungen kein Exemplar davon verschaffen.

Ueberhaupt verbergen sich hier die Viperarten ungemein. Alle Schlangen, die uns die Eingebornen von der Nähe ihres Ranchos brachten, waren giftlose Coluberiden, die sie ganz irrig für gefährlich hielten. Ausnahmen kommen freilich auch vor. Der Eigenthümer der großen Waldhacienda von Ispanguasate im Staate Guatemala, ein Deutscher, erzählte uns, daß er eines Tages Abends, mit seiner Gattin bei Licht im offenen Rancho sitzend, ein seltsames ängstliches Gackern der Hühner gehört habe. Dadurch aufmerksam geworden, leuchtete er unter die Bettstelle, und erblickte eine 4 Fuß lange Viper, welche, halb in einem elliptischen Kreise geballt, mit aufgerichtetem Kopf und offenen Rachen ihn grimmig anzischte. Er konnte den Schrecken nie vergessen. Obwohl seitdem viele Jahre vergangen und in der Folge kein ähnlicher Fall mehr vorgekommen war, behielt dieser Ansiedler doch eine solche Schlangenangst, daß er darüber alle Freude an seiner Besitzung verloren. Jedes leise nächtliche Geräusch in der Hütte hielt er für das Zeichen einer Schlange. Wir haben gleichwohl während zweijähriger Reisen in Central-Amerika nicht viel mehr Schlangen erbeutet wie an einem Bayou des Mississippi in der Louisiana in einer einzigen Woche.

Die traurigste Schattenseite des tropischen Waldlebens ist die Insectenplage. Keine Jahreszeit ist davon frei. Nur die Gattungen und Arten dieser Quäler wechseln nach den Monaten und nach den Localitäten. Je feuchter die Luft und die Waldstelle, desto größer ist die Zahl der Mosquitos, der Sancudos, der Hehenes, der Sandfliegen und ähnlicher Dipteren, die mit empfindlichem Stachel oft ein unleidliches Summen verbinden. Wer nicht mit einem soliden Mosquitonetz versehen ist, und es kunstgerecht aufzuhängen versteht, dem gönnen diese kleinen Peiniger keinen Schlaf, keine schmerzlose Minute. In vielen Gegenden ist die Plage selbst am Tage unbeschreiblich. Je trockener die Jahreszeit und der Wald, desto massenhafter erscheinen die kleinen Garapaten oder Zecken von spinnenförmigem Ansehen, die sich bei der geringsten Berührung eines Busches an die Kleider des Wanderers festsetzen und in die Haut einfressen.

Wir könnten noch eine große Zahl ähnlicher Plagegeister des Waldes und der feuchten Küstengegenden nennen. Am zahlreichsten darunter sind die Ameisen, welche durch ihre zudringliche Gefräßigkeit den sammelnden Naturforscher nahebei zur Verzweiflung bringen. An schmerzerregender Eigenschaft bleibt unübertroffen die Raupe einer Phalänenart, deren dornenähnliche Auswüchse bei der geringsten Berührung eine Qual erregen, welche die spanischen Herrn des Landes in jenen Zeiten, wo die Inquisition blühte, vielleicht zur Verstärkung der Tortur angewandt hätten, wenn sie ihnen bekannt gewesen wäre.

Auch die Thiere haben von den Insecten schwer zu leiden. Die blutsaugenden Fledermäuse sind in den Llanos die Plage der Heerden und der Schrecken der Haciendabesitzer. In den Grasebenen von Guanacaste im Staate Costa Rica kommt eine große Erdspinne vor, die alljährlich Hunderte von Pferden durch ihren Biß am Fuß tödtet, welcher Eiterung erregt und in Folge dessen die Pferde ihre Hufe verlieren.

Nicht so stationär ist in diesem Lande die furchtbare Erscheinung der Wanderheuschrecken. Man rechnet zweimal in jedem Jahrhundert auf ihren Besuch. Wenn sie aber einmal da sind, so setzen sie ihre Verheerungen drei bis vier Jahre hinter einander fort und verschwinden dann plötzlich aus unbekannten Ursachen, nachdem sie der Anwendung aller menschlichen Zerstörungsmittel getrotzt hatten. Diese Calamität stellte sich leider während unseres Besuches in Mittel-Amerika in den Jahren 1853 und 1854 ein. Sie hatte, wie gewöhnlich, gänzliche Mißernten in den tiefen Regionen und Hungersnoth zur Folge. Die Heuschrecken kamen aus dem Süden wolkenartig geflogen. Sie verbreiteten sich zuerst über Costa Rica und Nicaragua, und erschienen erst ein halbes Jahr darauf in San Salvator, Honduras und Guatemala.

Wenn die Schwärme dieser geflügelten Locustiden sich der Erde nähern, so verbreiten sie ein eigenthümlich schwirrendes Geräusch. Nur einzelne kleinere Schwärme verirrten sich in die höhern Andesregionen von 4000—5000 Fuß, und besuchten selbst die Hochebene von Guatemala, zogen sich aber bald wieder von dort in die tieferen, wärmeren Regionen zurück. Es erneuern sich davon drei Generationen in jedem Jahr, und die junge Brut bleibt 3 Monate lang kriechend und hüpfend auf Büschen und Bäumen, bis sie Flügel bekommt und ausgewachsen ist. Dann erheben sich diese Orthopteren plötzlich, in großen Schwärmen, rauschen hoch in der Luft über den Urwald hin, und lassen sich fast immer nur an gelichteten Stellen nieder; denn sie lieben mehr die Culturpflanzen als die wilde Waldvegetation, und nehmen mit letzterer gewöhnlich erst vorlieb, wenn sie eine Plantage rein abgefressen haben.

In unabsehbaren Massen von vielen tausend Millionen sahen wir diese Heuschrecken während des Sommers 1854 in den Llanos und Wäldern des Staates Guatemala zwischen Esquintla und Itapa. Alle versuchten Mittel des Schreckens wie der Zerstörung durch Trommeln, Schellen, Gewehrschüsse, oder durch Anlegen von Gräben und Anzünden großer Feuer konnten die dortigen Mais- und Zuckerpflanzungen nicht retten. Die Heuschrecken ließen sich auf ihrem Verheerungszug nicht aufhalten, und die Millionen, welche man tödtete, wurden durch nachrückende Millionen zehnfach wieder ersetzt. Sie waren noch ungeflügelt, und in diesem Alter bewegen sie sich mehr gehend als hüpfend. Die Annäherung ihrer Colonne verkündigt ein Geräusch auf den Blättern der Büsche, welches einem fallenden Platzregen ähnlich ist. Nur wenn sie durch das Kommen eines schweren Körpers einige Gefahr merken, erheben sie sich in starken Sprüngen, um dann wieder ruhig ihres Weges zu ziehen. Wir haben solche Wandercolonnen beobachtet, die eine Breite von 300 — 400 Fuß und eine Länge von einer Viertelmeile hatten. Entlaubte Bäume und Büsche bezeichneten den Weg, den sie genommen. An einigen Stellen drängten sie sich in den dichtesten Massen zusammen, und bildeten da ein scheußliches Gewimmel von vielen Hunderttausenden. Die Pferde scheuten oft, wenn sie, über eine solche Colonne wegreitend, die ungeheuern Massen der aufspringenden Grashüpfer zwischen ihren Beinen und unter ihrem Leibe sahen, hörten und spürten. Hätte man uns vergönnt, der Regierung einen Rath zu geben, so würden wir sie ersucht haben, die Vertheidigung ganz allein den Naturkräften, der schützenden Riesenmauer der Cordilleren und den dicken Schanzen des Urwaldes zu überlassen, indem bekanntlich Insekten, welche in der heißen Temperatur der Tiefe heimisch sind, dieselbe nicht leicht gegen das kühle Andes-Klima vertauschen. Die Vertilgung an der Küste aber konnte man den Oktober-Tagen oder der Januar-Dürre anheimstellen, und allenfalls noch die Insekten fressenden Vögel und die zahmen und wilden Schweine um Beistand anrufen; denn menschliche Vertilgungskräfte haben sich gegen die Milliarden solcher Raubinsecten abermals als unnütz und unmächtig erwiesen. Selbst im Süden Rußlands, wo ein mächtiger Autokrat doch über ganz andere Kräfte verfügt, und die Menschen zu andern Anstrengungen zwingen kann, als der Präsident eines neuspanischen Freistaates mit einer schlaffen Bevölkernng, die sich nicht gern kommandiren läßt, hat man nach den riesenhaftesten Versuchen den Heuschreckenfeldzug völlig aufgegeben. Dort, wo diese Plage gleichfalls periodisch wiederkehrt, schickte man ebenfalls Armeen gegen sie aus nnd bot ganze Bevölkerungen gegen sie auf; aber der Ukas hat gar oft, wie eben jetzt in Polen, mit mehr Erfolg die Ausrottung von menschlichen Bevölkerungen als von Grashüpfern befohlen! Glockenschläge und Kanonensalven konnten die Wanderheuschrecken ebenso wenig auf die Dauer verscheuchen als die Steppenbrände sie zerstören. — Selbst der Zorn eines russischen Despoten blieb ohnmächtig gegen den gewaltigeren Naturwillen! —

Forscher, welche sich nicht damit begnügen, die Naturerscheinungen zu studiren wie sie sind, sondern auch den geheimnißvollen Zwecken nachgrübeln, und nach dem Warum fragen, könnten vielleicht zu ähnlichen düstern Betrachtungen über die Nachtseiten der Natur verleitet werden, wie die indianischen Philosophen gewisser Völkerschaften Süd-

Amerika's. Ein berühmter Naturforscher, welcher auf seinen brasilianischen Fahrten tief in das Innere der Wildnisse des Amazonenstromes eingedrungen und dort oft mit eingebornen Häuptlingen und Priestern verkehrte, erzählt von Indianerstämmen, welche der Natur einen dämonischen, keinen göttlichen Ursprung zuschrieben. Die Schrecknisse und Qualen ihrer Wildnisse flößten ihnen mehr scheue Furcht vor dem Schöpfer ein, als die guten Gaben der Natur sie mit Dank gegen die Gottheit erfüllten.

Wozu — fragen die kupferbraunen wie die weißen Philosophen — wozu diese Jaguare, diese Giftschlangen, alle diese Bestien, deren ganze Lebensaufgabe zu sein scheint, andere harmlose Geschöpfe zu würgen und zu fressen? Was haben jene armen Rehe, jene Heerdenthiere der Llanos verbrochen, daß sie von nächtlichen Vampyren, gegen die sie keine Waffe schützt, verfolgt und gemartert werden? Die frischen Wunden ziehen Tausende von Fliegen an, die ihre Eier in das blutende Fleisch legen, und so die Qual des unglücklichen Thieres bis zum Tode fortsetzen. Was ist der Zweck dieser unleidigen Mosquitos, und warum sind die zweibeinigen Ebenbilder Gottes mit einer so empfindsamen Haut organisirt? Haben jene Dipteren ihre Stacheln erst seit dem ersten Sündenfall unserer Stammeltern und haben sie vordem im Paradiese nur harmlos gesummt, nicht gestochen? Gewiß ist, daß sie heute für Menschen und Thiere in so vielen Tropenlandschaften eine der trostlosesten Plagen sind. Was die Weisen der verschiedenen Farben und Schulen auf solche Fragen antworten, wollen wir hier nicht erörtern. Uns sind jene Erscheinungen nur ein Beitrag mehr zur Ueberzeugung: daß eine der großen Tendenzen der Natur in allen ihren Werken die Ausgleichung war.

Gewiß entspricht diese weise Einrichtung den Zwecken der Welt. Der Tropenbewohner hat die weichste Luft, den schönsten Himmel und die fruchtbarste Erde. Er hat auch erschlaffende Seuchen und Mosquitos ohne Zahl, und will er letztere meiden, so geschieht es nur durch den Tausch seines warmen, üppigen Wohnsitzes gegen eine kühlere, minder üppige Region. Der Bewohner des Nordens hat rauhe Winter, einen trüben Horizont und eine weniger dankbare Erde. Aber die Winterkälte stählt seinen Körper und gibt ihm die Kraft, durch Arbeit dem Boden ebensoviel abzuringen, als dem schlaffen Tropenbewohner sein paradiesisches Land freiwillig gibt.

Ein anderer Zweck des Schöpfers scheint die Verbreitung des Menschengeschlechtes und seiner Cultur über die ganze Erde gewesen zu sein. Wenn diese Zone des Südens nur Reize und Vortheile, gar keine Schattenseiten böte, wer möchte dann noch den Norden bewohnen? Wer wollte dort noch frieren und für eine magere Ernte schwitzen, wenn er wüßte, daß nahe dem Erdgürtel eine ewige Mailuft weht, und Bäume wachsen, die ihm eine gute Nahrung fast ohne Arbeit bieten? Der ganze Völkerstrom würde sich vom Norden auf die tropische Zone stürzen, wenn die Nachtheile eines erschlaffenden Klima's und der Insectenplagen hier nicht gerade in den fruchtbarsten Ebenen existirten.

Es ist ein gar bewundernswerther Zug dieser Schöpfung, daß sie ihre Schätze und ihre Uebel vertheilte, und daß die Völker sich in den natürlichen Bedingungen ihrer Lage am Ende weniger zu beneiden haben, als man auf den ersten Blick denkt. Die Natur hat die Menschenracen verschieden dotirt, ihrem Organismus aber immer die ihren Wohnsitzen entsprechenden Eigenschaften gegeben. Der Polarmensch beneidet den Neger und Indianer nicht um die Früchte seiner Palmen und Pisangs. Seine Wallrosse und Seehunde scheinen ihm bessere Leckerbissen, denn ihr Thran liefert seinem Körper reichlicher den unentbehrlichen Kohlenstoff, welchen er zur Unterhaltung der animalischen Wärme und des verstärkten Athmungsprocesses in einer so kalten Atmosphäre bedarf. Der Eskimo weiß zwar, daß der Sommer angenehmer als der Winter ist, er würde sich vielleicht ewigen Sommer wünschen, aber er kann sich kein schönes Land denken ohne Cetaceen, und jene bekannte Frage, welche die heidnischen Lappländer an die christlichen Missionäre, die ihnen mit dem Evangelium den Trost eines Jenseits verkündigten, richteten: ob es in jenem Himmel auch Seehunde gebe? war gewiß die natürlichste Erkundigung eines armen Polarvolkes, welches von der Seligkeit einer Existenz ohne Thran und Robben keinen Begriff hat!

Der Tropenbewohner, der sich in der Hängematte unter dem Palmdach wiegt, eine aromatische Luft schlürft, seinen tiefblauen Himmel in beschaulicher Trägheit betrachtet, und, wenn er Appetit spürt, die Hand nur nach dem nächsten Pisang oder Brodfruchtbaum auszustrecken braucht, kennt nicht die Mühen jener Thätigkeit, welche Bedürfnisse, Prachtliebe und Gewinnsucht der nordischen Völker auf den höchsten Grad gesteigert haben. Aber auch die Genüsse des Comforts und der Bildung sind ihm unbekannte Dinge. Das Wissen zieht ihn nicht an. Poesie und Künste erfreuen, erwärmen, begeistern ihn nicht. Sein apathischer Geist scheut selbst das Denken; seine Phantasie fühlt keinen Drang des Gestaltens, und gibt sich höchstens nur vager Träumerei hin. Er spricht selbst zu seinem Gotte nicht in seiner Sprache, nicht in verständlichem Gebet, sondern lallt, ohne Antheil der Seele, gedankenlose und gefühlsleere Formeln und Zungenlaute nach, die ihm sein Priester gelehrt hat.

Jene unerforschliche Macht, welche die Naturgesetze gegeben und das Schicksal des Menschengeschlechtes bestimmt hat, wollte nichts Vollkommenes hienieden. Es sollte dem Menschen bei einem beschränkten Maaße der Gaben und Güter die Fähigkeit des Wünschens und damit der größte Sporn der Thätigkeit bleiben. In seiner Seele aber sollte jenes wundersame Sehnen nach einer bessern Existenz nie erlöschen. Vollkommenes Erdenglück würde dasselbe längst erstickt haben, und damit wäre auch jenes herrliche Streben untergegangen, an welches aller Fortschritt der Kultur geknüpft ist.

Den allgemeinen Fortschritt aber, den uns die Geschichte der Erde in ihren begrabenen Schöpfungen, wie in der geschriebenen Geschichte der Nationen offenbart, hat der räthselhafte Lenker der Natur, zu einem ebenso unumstößlichen Gesetz erhoben, wie das elliptische Kreisen der Planeten durch Schwere und Anziehung, und die Bewegung aller Sonnen des Weltalls um die große geheimnißvolle Mitte.

Harmonie offenbart uns die Natur überall, auch wenn sie nirgends Vollkommenes zeigt. Und dem empfänglichen Beschauer tönt aus den Erscheinungen aller Zonen jener gewaltige Engelgesang der Goethe'schen Dichtung wieder:

„Die unbegreiflich hohen Werke
Sind herrlich wie am ersten Tag!"

III.

Die Feuerberge.

Allgemeine Betrachtungen über Plutonismus und Vulkanismus. — Die feuerspeienden Berge Central-Amerika's. — Der Turrialba. — Der Irazú. — Der Miravalles. — Der Omotepec. — Die „Hölle von Massaya." — Die Marabios. — Der Cosiquina und dessen Ausbruch im Jahre 1835. — Der Isalco. — Der Volcano de aqua und der Volcano de fuego im Hochlande von Guatemala. — Einstige und gegenwärtige Thätigkeit der plutonischen Kräfte im Erdinnern. — Eine Schreckensnacht in San Salvador. — Untergang der Stadt durch ein Erdbeben. — Dunkler Volksglaube und die unerbittlichen Naturgesetze.

Jene mächtigen, im Innern unseres Erdkörpers thätigen Naturkräfte, welche zu verschiedenen Epochen und in verschiedenen Richtungen die erkaltete Rinde unseres Planeten zersprengt, ungeheure Umwälzungen hervorgebracht, aber auch gleichzeitig ganzen Bergsystemen und Continenten ihre Entstehung gegeben haben, werden in der Sprache der Geologen plutonische Kräfte genannt. Sie haben, wie von der Mehrzahl der Geologen angenommen wird, über den geöffneten Erdspalten Bergketten aufgethürmt, welche sich zum Theil noch in einem feuerflüßigen, zum Theil in einem zähen, weichen Zustande befinden, und mit diesen zugleich die älteren, ursprünglich horizontal geschichteten Bildungen, die Niederschläge des Meeres, in die Höhe gehoben. Durch dieselbe Kraft sind allem Anscheine nach auch jene älteren pflanzlichen und animalischen Schöpfungen, deren versteinerte Reste wir in den Schichten unserer Erdrinde begraben finden, zerstört worden. Sind diese innern Kräfte, welche seit dem Beginne unserer jüngsten Schöpfungsperiode ihre Thätigkeit nicht wiederholt haben, erloschen? oder ist die fortschreitende Erkaltung unseres Erdkörpers schon so weit vorgeschritten, und dessen äußere Kruste bereits so mächtig und stark geworden, daß die Feuerkräfte der Tiefe sie nicht mehr zu sprengen vermögen? Hat die Erde überhaupt die Fähigkeit einer Umgestaltung verloren oder ist die Wiederholung solcher furchtbarer, ausgedehnter Katastrophen, welche den Lauf der Gewässer verändern und vielleicht die gegenwärtige Schöpfung mit allen lebenden Organismen zerstören und begraben werden, noch der Zukunft vorbehalten? Ueber diese so oft gestellten Fragen sind die Ansichten und Meinungen der Denker und Forscher getheilt. Wann und wie eine solche weltzerstörende Katastrophe eintreffen wird, auch nur annähernd bestimmen zu wollen, überschreitet das Gebiet der vernünftigen Hypothese.

Die plutonischen Umwälzungen und Bildungen gehören einer vorhistorischen Zeit an. In derselben Werkstätte aber, aus welcher die unterirdischen Kräfte ihre cyklopischen Mauern aufgebaut haben, gibt sich im tiefen Feuerherd seit Beginn der Völker-Ueberlieferungen bis zur gegenwärtigen Zeit eine andere minder mächtige Macht kund, welche, obschon sie nicht ganze Gebirgssysteme in die Höhe gehoben und aufgethürmt hat, dennoch einzelne, größtentheils einzelnstehende, kegelförmige Berge geschaffen hat, welche zuweilen eine ungeheure Höhe erreichen. Diese Kegelberge dienten gleichsam den alten Feuerherden als riesige Essen, durch welche noch bis zur Stunde Gase und Dämpfe ausströmen, und häufig sogar geschmolzene Massen, glühende Schlacken, Asche und Schlamm auf die Oberfläche geschleudert werden. So ziemlich begründet dürfte die Behauptung sein, daß dieser beschränkte Vulkanismus (eine Modification des ehemaligen Plutonismus), seine Thätigkeit erst begann, als die viel mächtigere Reaktion der älteren Epochen gänzlich aufgehört hatte oder schwächer geworden war.

Humboldt gibt als das Resultat einer mühevollen Arbeit die Zahl der bekannten Feuerberge auf dem ganzen Erdkörper auf 407 an, von welchen sich noch in neuerer Zeit 225 als entzündet gezeigt haben, nämlich als Schlünde, durch welche das geschmolzene Innere der Erde mit dem Luftkreise in vulkanischem Verkehr steht. Von diesen 225 thätigen Vulkanen befinden sich an 30, oder mehr als der zehnte Theil in Central-Amerika, und zwar in einer Linie, welche mit den wenigen Krümmungen, die sie erleidet, eine Länge von 135 geographischen Meilen einnimmt, also einer Entfernung gleichkommt, wie von Neapel nach Prag.

Central-Vulkan heißt derjenige Vulkan, welcher den Mittelpunkt vieler, fast gleichmäßig nach allen Seiten hin wirkender Ausbrüche bildet. Reihen-Vulkane dagegen werden diejenigen Vulkankegel genannt, welche in einer Richtung wenig von einander entfernt liegen, gleichsam als Essen auf einer langgestreckten Spalte.

So groß auch das Interesse sein mag, welches diese Erscheinungen und Bildungen des jüngsten Vulkanismus dem Geologen darbieten, so spielen dieselben dennoch nur eine untergeordnete Rolle in der physischen Geographie Central-Amerika's namentlich in Bezug auf ökonomische Wichtigkeit, indem sie sich im Verhältniß zu den plutonischen Bildungen und der Oberflächengestaltung des Landes ziemlich selten ereignen.

Wahrscheinlich haben alle vulkanischen Ausbrüche der letzten zwanzig Jahre nicht so viel Menschen begraben, als eine einzige epidemische Krankheit, wie die Cholera im Norden oder das gelbe Fieber in New-Orleans, Havanna und Kingstown im Laufe Eines Sommers dahingerafft hat. In den letzten fünfzig Jahren haben in ganz Central-Amerika durch Erdbeben und Vulkanausbrüche 117 Menschen ihr Leben eingebüßt; wie viel Hunderttausende haben dagegen in derselben Zeit die Kriege in Europa hingewürgt, und mit welchen Blutströmen werden den europäischen Boden jene künftigen Katastrophen tränken, deren Nahen Jeder ahnt, ohne die Stunde ihres Kommens zu wissen.

Die feuerspeienden Berge Central-Amerika's sind Reihen-Vulkane, so genannt im Gegensatze zu den Central-Vulkanen. Sie sind alle gegen die südwestliche Flanke des Andensystems gerichtet und folgen der Direktion jener gewaltigen, trachytischen Gebirgskette. Sie erheben sich zuweilen einzeln, zuweilen mit einander verbunden auf der Ebene, in der Nähe der Küste des stillen Oceans, oder sind dem Hochlande selbst aufgesetzt. An der nordöstlichen Seite der Gebirgskette, gegen das caraibische Meer zu, kennt man nicht einen einzigen thätigen Vulkan. Die Feuerberge Central-Amerika's unterscheiden sich von jenen der hohen süd-amerikanischen Andeskette im Staate Ecuador hauptsächlich durch das häufige Vorkommen von Lavaströmen, welche bei den kleineren dieser Kegelberge sogar höchst imposant sind, während bei den Vulkan-Riesen von Quito, wie z. B. bei dem Cotopaxi, Antisana, Pichincha u. s. w., welche nur Asche auswerfen, die Lavaströme gänzlich fehlen.

Die meisten der central-amerikanischen Feuerberge erheben sich, wie schon bemerkt, am äußersten Rande der Kette. Ihr südwestlicher Theil ragt gemeiniglich in die niederen Ebenen gegen die Küsten des stillen Oceans, nur wenige erheben sich auf dem Plateau des eigentlichen Tafellandes. Schon ihre mineralischen Bestandtheile lassen erkennen, daß sie aus der nämlichen großen Werkstätte hervorgegangen, welche die trachytischen Porphyrketten erbaut und gleichzeitig das Material zu den einzelnen Kegelbergen geliefert hat. Alle älteren Vulkane mit ihren Laven und Tuffsteinarten bestehen hier wie in der alten Welt aus trachytischem Felsen, in dem Feldspath vorherrscht, während der größte Theil der neueren Berstungen und Lavaströme aus einer mehr doloritischen und basaltischen Masse mit vorherrschenden Pyroxengesteinen zusammengesetzt ist.

Der höchste Feuerberg im Staate Costa Rica ist der Turrialba, welcher gegen 12,000 Fuß über die Meeresfläche ragt und sich noch gegenwärtig in Thätigkeit befindet. Ihm zunächst erhebt sich mit einer reichen prächtigen Vegetation über die alte Hauptstadt der Republik, der Irazú oder Volcano de Cartago. Er ist nicht viel niedriger als der Turrialba und besitzt zwei Krater, von welchen der ältere und höhere, nordöstliche erloschen zu sein scheint, während aus dem neueren, niederern, südwestlichen Krater noch immer dünne Rauchwolken aufsteigen, welche jedoch vom Thale aus nicht wahrgenommen werden können. Beide trichterförmige Einsenkungen sind zugängig und von aller Vegetation entblößt. Ich bestieg diesen herrlichen Feuerberg im September 1853. In einer Höhe von 10,000 Fuß zeigte das Thermometer um die Mittagsstunde nur 10° Cels., während unten im Thale von Cartago um dieselbe Zeit die Temperatur der Luft 27° C. betrug. Der höchste Gipfel des Irazú ist einer der wenigen Punkte der Erde, auf welchem man bei klarer Atmosphäre die herrliche, unvergeßliche Aussicht auf zwei Weltmeere genießt, auf den stillen und den atlantischen Ocean!

Ein anderer merkwürdiger Feuerberg im Staate Costa Rica ist der Vulkan von Miravalles, in der Provinz Guanacaste, welcher sich beinahe in der Mitte der großen Besitzung des Don Crisanto Medina erhebt, und besonders wegen seiner vereinzelten Lage und der Schönheit seiner Umgebung erwähnt zu werden verdient. Auf seinem südlichen Abhang, wo ein ungeheuerer, alter Lavastrom aus einer Seitenspalte des Berges von Norden nach Süden hervorbricht, befinden sich die sogenannten „Hornillos“, welche freilich auch an andern Feuerbergen Central-Amerika's vorkommen, aber nur selten in so großartiger Weise, wie hier.. Es sind heiße, schwefelhaltige Quellen, welche gewaltig kochen und aufwallen und schwefelige, übelriechende Dünste ausstoßen. Der Miravalles hat zwei Gipfel, die sich ungefähr 8,000 Fuß über die Oberfläche des

Meeres erheben. Der alte Krater ist unerreichbar, und der schon stark verwitterte Zustand der trachytischen Felsen und Lavamassen, sowie die dichte Vegetation, die ihn bis zum höchsten Gipfel bedeckt, zeugen dafür, daß dieser einst so gewaltige Feuerberg schon seit vielen Jahrhunderten ruhig geblieben ist. Wir machten am 1. Februar 1854 einen Versuch ihn zu besteigen, und erhielten zu diesem Behufe von dem Eigenthümer der Hacienda die Unterstützung mehrerer, im Bergsteigen erfahrener und geübter Männer. Mit unbeschreiblicher Mühe bahnten wir uns einen Weg durch dichte Wälder, welche aber immer undurchdringlicher wurden, je höher wir stiegen, so daß unser Vorhaben endlich aufgegeben werden mußte, umsomehr, als der schroffe Abhang einer tiefen Schlucht einem weiteren Vordringen an dieser Stelle unüberwindliche Hindernisse in den Weg legte. Vom höchsten Punkt eines alten Lavafeldes, das jetzt mit dem prachtvollsten Grün bedeckt ist, aus dem nur hie und da einzelne schlackige Lavaklumpen hervorragen, konnten wir indeß den Berg und dessen Umgebungen in ihrer südlichen und westlichen Ausdehnung übersehen und erhielten ein ziemlich deutliches Bild von den einstigen mächtigen Eruptionen dieses gewaltigen Feuerberges.

Im Allgemeinen machten wir nicht blos in Costa Rica, sondern durch ganz Central-Amerika die Bemerkung, daß die kleineren und niedrigeren Vulkane, die sich auf den Ebenen oder am Rande der Bergketten erheben, viel großartigere Ausbrüche und mannigfaltigere Formen zeigen, als die höheren in der Kette selbst oder auf dem Plateau und dem Tafelland gelegenen Vulkane. Der Irazú und der Turrialba weisen nur wenige Spuren von eigentlichen Lavafeldern auf, und es scheint auch der Schlacken- und Aschenauswurf hier verhältnißmäßig gering gewesen zu sein. Die verheerenden Ausbrüche, welche seit der Entdeckung jener Länder beobachtet worden sind, kommen aus den tieferen Vulkanen, die in der Nähe der Küstenebene liegen, deren Krater auch einen weit größeren Umfang haben, und aus deren unterirdischem Herde die feurigen Kräfte offenbar mit größerer Gewalt wirken.

Die Vulkane von Nicaragua, die in derselben schrägen Richtung folgen, zeichnen sich besonders durch die Regelmäßigkeit und Schönheit ihres kegelförmigen Baues aus. Unter ihnen wird der Insel-Vulkan Omotepec im Nicaragua-See in Bezug auf architektonisches Ebenmaß wohl kaum von einem andern Berge in der Welt übertroffen. Der Anblick dieser dunklen Riesenpyramide, welche sich mit imponirender Majestät aus der blaugrünen Fläche jenes Süß-Wasserbeckens erhebt, bringt einen unbeschreiblich schönen Effect hervor. Es ist ein wunderbarer geologischer Bau, welcher vom Seeufer aus gesehen, ebenso regelmäßig, ja selbst großartiger als die künstliche Pyramide des egyptischen Königs Cheops erscheint; denn ihr Gipfel ragt beinahe 7000 Fuß über die bewegliche Fläche. Die Thätigkeit des Omotepec, der aus einer einzigen gewaltigen Masse gebildet zu sein scheint, endete wahrscheinlich zur Zeit, als sein Nachbar, „Madera" oder Holzberg entstand, vielleicht auch, daß Letzterer der ältere dieser Zwillingsbrüder ist. Beide scheinen gegenwärtig erloschen.

Von minder regelmäßiger Schönheit, als die eben genannten zwei Vulkane ist der von Wasser umgebene Mombacho in der Nähe der Stadt Granada, am nordwestlichen Ufer des Nicaragua-Sees. Derselbe erhebt sich völlig isolirt aus der Ebene, wie ein großer von oben abgehauener Kegel, mit vielzackigen, zerrissenen Abhängen und bis zum Gipfel mit dichtem Wald bedeckt. Der Mombacho scheint seit langer Zeit erloschen zu sein, denn selbst indianische Traditionen erwähnen nicht das geringste über seine Ausbrüche.

Der kleine Massaya-Vulkan hingegen, sechs Meilen nordwestlich vom Mombacho, ist seit April 1853 zu neuer energischer Thätigkeit erwacht. Die Umgegend dieses berühmten Feuerberges, „die Hölle von Massaya“ genannt, von welcher spanische Geschichtsschreiber so wunderliche Sagen erzählen, ist für den Geologen von größtem Interesse. Nirgends ist der mächtige Bau eines, aus steilen Abgründen bestehenden Erhebungskraters schöner dargestellt als hier. Die Tiefe der Schlucht wird durch den kleinen Massaya-See ausgefüllt, welcher, eine bedeutende Depression unter dem Niveau des Oceans zeigt. Die steilen Felswände, welche im Halbkreis den Erhebungskrater umgeben, sind nur an wenigen Stellen durch höchst mühsame Pfade zugängig, welche nach dem tiefen Seebecken führen. Ueber dem nordwestlichen Ufer dieses interessanten Kratersees erhebt sich der mehr breite als hohe Vulkankegel von Massaya. Die großen Lavafelder, die sich auf seinen Abhängen in südöstlicher Richtung ausdehnen, sind noch völlig kahl und wüst. Die felsigen Seeufer hingegen sind bewaldet und seltsamer Weise, trotz ihrer Unzugänglichkeit, während der trockenen Jahreszeit von zahlreichen Thieren bewohnt. Wir sahen daselbst ganze Heerden von Affen an schwachen Lianen, Bauhinien und anderen Schlingpflanzen über die steilen Wände des Vulkans hinabklettern, um sich vom See ihren Trunk zu holen. Die buntfarbigsten Papageien und Tukane schaukelten sich auf den Bäumen, und graue Krokodille schwammen gleich Holzstämmen auf dem nur wenig bewegten Wasser.

Diese Schauerlichkeit des Naturcharakters, verbunden mit den vulkanischen Erscheinungen, haben auf die Einbildungskraft der braunen Urbewohner sowohl, als auf die weißen Eroberer einen eigenthümlichen Einfluß geübt. Indianische Caziken erzählten den Spaniern zur Zeit der Eroberung die sonderbarsten Märchen von einem alten Kraterweibe, welches zu gewissen Zeiten sich über dem rauchenden Schlund erhebt, um die ihr von den Indianern dargebrachten Opfer in Empfang zu nehmen, und ihnen zur Belohnung dafür wahrzusagen. Sie erinnerte sie, namentlich auf der Hut zu sein vor verheerenden Naturerscheinungen, vor drohenden Erdbeben, vor vulkanischen Ausbrüchen und ähnlichen Katastrophen. Selbst die goldgierigen Eroberer glaubten in der glühenden Lava des trichterförmigen Schlundes geschmolzene kostbare Metalle zu erblicken. Aehnlich wie bei einigen Feuerbergen der Südseeinseln scheint zu jener Zeit die Lava im Krater des Massaya heiß-flüssig gewesen zu sein, und als glühende Masse, wie das Wasser in einem Seebecken oder der schmutzige Brei in einem Schlamm-

Vulkan sich hin und her bewegt zu haben, ohne durch den unterirdischen Druck bis zur Oberfläche gehoben zu werden, oder stromartig aus der Tiefe hervorzubrechen. Der Dominikaner Blas de Iniesta machte im Jahre 1520 den Versuch an einer eisernen Kette eine Art Kessel in die Tiefe des Kraters hinabzulassen, in der Absicht das vermeintliche Gold heraufzuziehen. Die eiserne Kette schmolz aber durch die übermäßige Hitze, und der Mönch war gezwungen seinen Plan wieder aufzugeben. Die Sage, daß in jenem Feuerschlund Schätze verborgen liegen, erhielt sich jedoch, und die spanische Regierung erließ im Jahre 1551 selbst den Befehl, daß im Namen des Königs weitere Nachforschungen über diesen Gegenstand angestellt werden sollen. Man schickte Bergleute nach dem Massaya-Vulkan, welchen es endlich gelang, Proben von der glühenden Substanz im Herde auf die Oberfläche zu schaffen. Allein statt des erwarteten Goldes zogen sie nur schwarze Steine und Asche herauf und die spanische Regierung verbot seit jener Zeit alle weiteren Versuche die Schätze zu heben, welche man im Leib des Feuerberges von Massaya verborgen glaubte.

Die indianischen Ueberlieferungen und mehr noch die ungeheueren schwärzlich-grauen Lavafelder, welche sich, wenig verwittert, am Fuße des Vulkans nach allen Seiten ausdehnen, erzählen, daß derselbe noch wenige hundert Jahre vor der Ankunft der Spanier eine verheerende Thätigkeit geübt hat. Sein letzter Ausbruch ereignete sich am 16. März 1772, und zur Erinnerung an jene furchtbare Katastrophe wird alljährlich an jenem Tage im Dome der Stadt Massaya ein Hochamt abgehalten zum Danke für die glückliche Rettung aus drohender Gefahr. Der Lavastrom, der damals am Hauptkrater des Berges herabrollte, brach sich einen Weg durch die Wälder, die zwischen Massaya und Nindiri liegen, indem er alle Bäume niederschmetterte und über eine Meile weit gegen das Thal zu fortfloß. Man überschreitet diesen Lavastrom auf der Straße zwischen Massaya und Managua. Seit jener Zeit blieb der Berg bis zum Jahre 1852, also volle achtzig Jahre, ohne das geringste Anzeichen eines inneren Lebens nnd man hielt die „Hölle von Massaya“ für erloschen. Da wurde plötzlich am 8. Juni 1852 in den Fluthen des Massayasees ein seltsames Kochen und Brodeln wahrgenommen, durch Gase und Dämpfe verursacht, welche mit großer Gewalt aus der Tiefe hervorbrachen. Am 19. Juni hörte man auch ein unterirdisches, dumpfes, donnerähnliches Rollen, das aus dem Innern des Berges zu kommen schien, um nach so langer Ruhe den erschreckten Bewohnern das Wiedererwachen des vermeintlichen Todten zu verkünden. Am 9. April 1853 endlich öffnete sich an seinem westlichen Abhange ein neuer Krater, und stieß starke Rauchwolken aus, welche seit September desselben Jahres beträchtlich an Gewalt zunahmen. Rosario Cortez, ein Eingeborener und Bewohner von Massaya, dem wir für zahlreiche mündliche Mittheilungen zu vielem Danke verpflichtet sind, bestieg zu jener Zeit den Vulkan. Er konnte bis nahe an den Rand des rauchenden Schlundes vordringen. Dieser ist mehr von ovaler Form, als der ältere östliche Krater und hat etwa 150 Fuß im Durchmesser. Die Bevölkerung von Massaya, welche einen verheerenden Ausbruch fürchtete, nahm wie gewöhnlich zu religiösen Beschwörungen ihre Zuflucht. Der Krater warf jedoch weder Lava noch glühende Auswürfe aus, blos Dampf entstieg in solcher Masse der Tiefe, daß derselbe den Himmel oft bis auf große Entfernungen verfinsterte. In diesem Zustande fanden wir den Vulkan bei unserem Besuche im Jahre **1854.** Die berühmte Hölle von Massaya ist demnach gegenwärtig wieder gefährlich geworden, wenngleich sie sich bis jetzt, so viel wir wissen, damit begnügte, heiße, stark nach Schwefel riechende Dünste auszustoßen, und die Bewohner jener Gegend schreiben es nur dem Schutze ihrer „Santos“ zu, daß die Wirksamkeit der unterirdischen Mächte sich auf diese düstre Erscheinung beschränkte.

Auf den Massaya und seine interessante Umgegend folgen in derselben Richtung die sogenannten „Marabios“, eine Kette an einander gereihter Vulkane, welche sich vom nordwestlichen Ufer des Managua-Sees, bis nahe zum Fonseca-Golfe in schräger Linie hinziehen. Der berühmte Cosiguina, welcher eigentlich nicht zu den Marabios gehört, da er durch eine große Waldebene von denselben geschieden wird, bildet eine alleinstehende unabhängige Gruppe, und ist das letzte vulkanische Glied bis zum Golf. Unter allen feuerspeienden Bergen unseres Planeten ist der Cosiguina der furchtbarste. Die Geschichte wenigstens erzählt von keiner vulkanischen Erscheinung, welche in Bezug auf Großartigkeit und Folgen, mit dem letzten Ausbruch des Cosiguina im Jahre **1835** verglichen werden könnte.

Den besten Ueberblick der Marabios Gruppe, hat man

von der weiten Ebene von Leon aus, wo man in einer Entfernung von etwa 15 deutschen Meilen 14 Vulkane zählt. Es finden sich hier Lavafelder, von den Eingebornen „Malpais“ (unfruchtbares Land) genannt, die sich zuweilen meilenweit nach allen Seiten hin ausdehnen. Während des Tages gewahrt man auf der Oberfläche eine glitzernde Bewegung der erhitzten Luft, des Nachts aber ist die ganze Gegend durch eine bläuliche, brennendem Alkohol ähnliche Flamme erleuchtet, welche zuweilen über den Boden aufblitzt, zuweilen säulenartig aufsteigt und dann in höchst seltsamer Weise wieder verschwindet. Die dortigen Bewohner nennen diese Erscheinung „el baile de los demonios“ oder „den Teufelstanz“. Ein äußerst unangenehmer Fall, der meinem Reisegefährten in der Nähe begegnete, wo er in die Hände eines berüchtigten Mörders fiel, den der damalige Präsident der Republik, wegen „politischer Dienste“ beschützte, hinderte zu unserm tiefsten Bedauern eine genauere Durchforschung der Marabios.

Indeß haben wir während unserer Reise durch jene Provinz nicht unterlassen, bei den Einwohnern Erkundigungen über die vulkanischen Erscheinungen einzuziehen, von denen sie seit ihrer Kindheit Augenzeugen gewesen sind, konnten jedoch über jene seltsame Erscheinung der bläulichen, blendenden Flamme nichts Näheres erfahren, als was uns mehrere frühere Reisende davon erzählt haben. Auf dem südwestlichen Vorgebirge der Fonseca-Bai, dem sogenannten Punto de Cosiguina, erhebt sich ungefähr fünf Meilen vom Strande entfernt eine Höhengruppe, die sich von Süden nach Norden eine deutsche Meile weit erstreckt und durchschnittlich eine Höhe von 2—3000 Fuß erreicht. Die Gestalt dieses isolirten Bergzuges zeigt einen ziemlich scharfen Kamm, ohne ausgesprochene Kegelbildung. Nichts an seiner äußeren Form würde einen thätigen Vulkan verrathen, und dennoch gingen von dieser kleinen unscheinbaren Gruppe die furchtbarsten Eruptionen aus, von welchen wir in der Geschichte des Vulkanismus unserer Tage Kenntniß haben. Dr. Wagner bestieg den Feuerberg Cosiguina am 28. Februar 1854 von der Seite des stillen Meeres aus. Die Brandung ist hier außerhalb der Bai so heftig, daß man blos bei Südwind und bei ruhigem Wetter ohne Gefahr landen kann. Die Landschaft nach Südosten in der Richtung nach Chinandega ist eine Buschwildniß, in der nur wenige einzelne Indianerhütten stehen. Der Boden ist weit umher mit Schlacken, Auswürflingen und vulkanischer Asche bedeckt. Der Berg hatte früher einen Kegel auf der Nordseite, der bis zum Gipfel bewaldet war, durch die letzte Eruption aber herabgeschleudert wurde. An derselben Stelle öffnete sich der weite Schlund, aus welchem alle die Massen von festen und zerriebenen Mineralien, die weit und breit das Land bedecken, hervorkamen. Der Krater hat über eine spanische Legua, drei engl. Meilen, im Umfange, der größte, den wir an irgend einem thätigen Vulkane gesehen haben. Er zeigt steile Wände mit Rändern, deren seltsam ausgezackte Linien, von unten betrachtet, dem kundigen Auge allein den Feuerberg verrathen lassen.

Dampfwolken hat man seit Jahren vom Meere aus nicht

mehr über dem Cosiguina gesehen. Da ihn seit dem Besuche des britischen Consuls Manning und des Capitäns Belcher im Jahre 1835 wahrscheinlich Niemand bestiegen hatte, so glaubte man den Schlund seither wieder vollkommen geschlossen. Dr. Wagner beobachtete gleichwohl aus vielen Spalten und Rissen der Kratertiefe, besonders am Fuße der inneren Wände dünne, weißgraue Dampfwolken emporsteigen, welche ähnlich wie bei den Kratern des Pacaya und Irazú in der Entfernung von einigen Leguas nicht mehr bemerkt werden.

An zahlreichen Stellen im Innern des Kraters und um den Rand herum war der Boden noch heiß. Man sinkt bisweilen bis an die Knie in die losen Rapilli ein, und fühlt dann plötzlich brennende Hitze an den Sohlen. Der Krater ist tief und nur an einer einzigen Stelle der Nordseite zugänglich. Keiner von den trichterförmigen Schlünden, welche mein Reisegefährte an den vielen Feuerbergen im westlichen Asien gesehen, hält an Größe, Tiefe und wildem Charakter der Umgebung den Vergleich mit diesem Krater aus.

Von einer frühern Thätigkeit des Cosiguina ist keine Sage vorhanden. Der Körper des Berges besteht aus porphyrartigem Trachyt oder Andesit, wie bei den meisten Andesvulkanen, während die Auswürflinge bald schlackig, bald porphyrartig, mehr Augit enthalten und mehr basaltig sind. Von alten Lavaströmen scheinen nur in der Ebene auf der Ostseite noch einige Spuren vorhanden. Vielleicht sind größere Lavaströme von den Schlackenmassen der letzten Eruption überdeckt. Ausgedehnte Formationen von Tuffen und Conglomeraten, die wenigstens auf frühere Eruptionen von Asche und Schlamm sicher hindeuten, sieht man an vielen Stellen, theilweise überdeckt von den Produkten des letzten Ausbruches. Ein ehemaliger Bewohner dieser Gegend, der sich seither nach Chinandega zurückgezogen, erzählte uns, daß Retumbos*) auch vor dem Jahre 1835 hier häufig gehört wurden. Dieselben waren zeitweise ziemlich stark und schienen Vorgänge im Erdinnern anzudeuten, die ein Wiedererwachen des vulkanischen Lebens verkündeten. Seit dem Ende des Jahres 1834 wurden auch viele leichte Erderschütterungen, von ziemlich langer Dauer und mit Geräusch begleitet, verspürt. In Alt-Chinandega waren die Stöße, die sich mehr um den Fonseca-Golf zu concentriren schienen, leicht und ohne Verheerung. Sie dauerten bis Mitte Januar 1835 fort und wurden wenig beachtet. Es folgten ihnen einige Tage der tiefsten Ruhe.

Am Morgen des 20. Januar 1835 hörte man ein starkes Getöse, wie von den Salven zahlreicher Geschütze an verschiedenen Punkten um den Golf und eine ungeheure kohlschwarze Wolke wälzte sich hoch über den Gipfel des Cosiguina hin, der von ihr ganz eingehüllt wurde. Obwohl Jeder die seltsame Wolke kommen sah, schien doch anfangs Niemand den wahren Grund der Erscheinung, noch den Punkt zu errathen, von dem sie ausgegangen.

---

*) Unterirdisches Getöse.

Die Wolke breitete sich mit furchtbarer Schnelligkeit aus, die ganze Atmosphäre einhüllend, und es wurde dunkel, wie in einem Bergwerke. Die Sonne verschwand, wie wenn sie ausgelöscht geworden, der Tag war finster wie die Nacht, deren Annäherung nur die Thurmglocke und der Uhrzeiger verkündete, welche diesmal ohne den tröstenden Schein von Mond und Sternen kam. Diese schienen vielmehr am Himmel völlig verloren gegangen zu sein. Der Schein der angezündeten Lichter und Fackeln erleuchtete kaum auf wenige Schritte, und die Bewohner des nämlichen Hauses tappten, ängstlich sich einander suchend und rufend, in grauenvoller Düsterheit umher.

Zu dieser finstern Scene, die an jene pharaonische des Buches Exodus erinnert, mit welcher Moses den ägyptischen Despoten schreckte, kam eine andere, für Sinne und Lebensfunktionen noch quälendere Plage. Die Atmosphäre war mit einem grauschwärzlichen Staube dicht angefüllt. Die Lungen vermochten sie kaum zu athmen und die Augen wurden davon mehr gereizt, als von dem intensivsten Lichtstrahl. Man hielt feuchte, in das Wasser getauchte Tücher an den Mund, als das einzige Mittel, um etwas athmungsfähige Luft in die Lungen zu bringen.

In Pausen wurden dazwischen die Salven eines Donners gehört, so stark, wie wenn viele tausend Kanonen zusammenkrachten. Ueber den Golf her hallte es, wie von einer ungeheuern Seeschlacht, an der alle Flotten der Welt sich betheiligten. Mehrere hundert Meilen landeinwärts hörte man diese grauenvollen Detonationen. Die Thiere in der Nähe waren davon fast ebenso erschreckt, wie die Menschen. Die Viehherden kamen in Alt-Chinandega aus der Landschaft in die Stadt gerannt, und die wilden Thiere mit ihnen. Es war ein sonderbares Schauspiel, das an die Noah'sche Flucht erinnerte. Zum ersten Male vielleicht seit den Tagen des Diluviums stiftete der gemeinsame Schrecken und die gemeinsame Gefahr unter allen Geschöpfen einen kurzen Frieden. Panther, Pumas und Coyoten flohen mit den Rehen aus den Wäldern und rannten von dannen mitten unter Heerden von Ziegen und Schafen, denen sie nichts zu Leide thaten. Adler und Falken ließen sich auf den Dächern der Häuser mitten unter Tauben und Staaren ohne feindliche Absicht nieder. Selbst die Eulen und Fledermäuse wurden aus ihren Schlupfwinkeln verscheucht. Sogar diesen nachtfreundlichen Thieren mochte die vulkanische Nacht zu schwarz erscheinen. Es war als ob die Bestien des Waldes inmitten dieser Schrecknisse der Natur selbst vor dem Menschen ihren Schrecken verloren hätten, denn sie suchten in seiner Nähe ein Asyl. Man fand nach der Katastrophe in der Landschaft zwischen Chinandega und dem Golfe viele Tausende von Thierleichen, besonders von Vögeln, welche die Schlacken zerschmettert oder der Aschenregen erstickt hatte. Auf dem Wasser des Golfes selbst schwammen, wie man uns an verschiedenen Punkten erzählte, mitten unter den Bimssteinen, mit denen das Meer bedeckt war, die Leichen zahlreicher Seebewohner aller Größen, von den kleinsten Mollusken und Crustaceen, bis zu den Riesenkadavern der Haie und Krokodille. Sie scheinen indessen mehr durch die heiße Temperatur, welche die glühenden Schlacken dem Golfwasser mittheilten, als durch die fallenden Steine getödtet worden zu sein. Nach der Aussage glaubwürdiger Männer wurden sogar im Süßwasserbecken des Managuasees, der nahe bei 30 Leguas (90 engl. Meilen) vom Cosiguina entfernt liegt, zahllose Fischleichen auf dem Wasser treibend gefunden, dessen Oberfläche ganz mit Asche bedeckt war.

Die Bevölkerung, welche am schwersten von diesem Phänomen zu leiden hatte, war die des Hafens von La Union, an der Nordwestseite der Fonseca-Bai, dem Cosiguina gegenüber. In den entfernteren Städten, wie Leon, fand man noch Zeit, zu beten und Messe zu lesen und den Beistand der Heiligen anzurufen. Hier hingegen vertraute keiner diesen andächtigen Rettungsmitteln, sondern floh zu Pferde und zu Fuß, so schnell ihn die Beine zu tragen vermochten. In Massen zog die Bevölkerung mit Fackeln und Laternen in der Richtung von San Miguel hin. Man heulte zwar auch hier unterwegs Gebete und rief die Heiligen an, suchte aber doch sein Heil nur in der möglichst schnellen Versetzung in eine andere Gegend. In der Stadt San Miguel aber, obwohl sie 12 Leguas vom Golf entfernt liegt, sah es fast eben so düster aus. Alle die brennenden Holzfackeln verbreiteten durch die dicke Atmosphäre doch nur auf wenige Schritte einen matten Schimmer. Das Athmen war hier zwar minder beschwerlich, aber noch immer peinlich genug. Die Glocken läuteten unaufhörlich zur Kirche, doch zogen die meisten vor, weiter landeinwärts zu fliehen. Niemand wußte genau zu sagen, woher eigentlich der finstere Spuk komme. Viele glaubten an einen Ausbruch des Conchagua-Vulkans selbst. Merkwürdiger Weise leitete jedoch ein richtiger Instinkt die Menge in eine dem Cosiguina entgegengesetzte Richtung. Der starke Donner, der von der Fonseca-Bai herabdröhnte, schien ihnen ein guter Wegweiser zu sein. Die Regelmäßigkeit der Pausen zwischen den einzelnen Detonationen und deren fortdauernde Wiederholung verkündeten, daß der Donner nicht von der Höhe des Luftkreises, von den elektrischen Entladungen der Wolken, sondern von unten, aus den Eingeweiden der Erde kam, und eine begleitende Erscheinung der grauenhaften Naturscene war. Die Finsterniß erstreckte sich weit landeinwärts im Staate San Salvador. Doch war sie in der Stadt San Vicente, welche das Centrum dieser Republik, ungefähr 150 engl. Meilen vom Cosiguina, einnimmt, etwas gemilderter. In der Hauptstadt von San Salvador verbreitete die fallende Asche noch eine Düsterheit, wie in den trübsten Gewitterstunden.

Aehnlich waren die Erscheinungen östlich und südlich von der Landspitze des Cosiguina. Sehr schwer zu leiden hatte die Stadt Chinandega, deren Bewohner, ebenso wie die von Realejo, den Ausgangspunkt dieser Schrecknisse, den Sitz des Schlundes, welcher solche Massen von Staub und Asche schleuderte, vollkommen ignorirten. Daß es ein vulkanischer Ausbruch sei, ahnten sie zwar, denn die Leute sind mit den Symptomen dieses Spukes auf ihrem vulkanischen Boden wohl vertraut. Aber bei der Dichtigkeit der Aschenwolken und dem fürchterlichen Gebrüll der Explosionen, hielten auch sie das Centrum der Aktion für weit näher, als es wirklich war, und glaubten, daß ihr nächster Nachbar, der Vulkan El Viejo, diese Schauer aussende. An den Cosiguina, den man für einen längst erloschenen ganz unschuldigen Berg hielt, schien Niemand zu denken.

Wir haben in Chinandega verschiedene Augenzeugen jenes Ausbruches gesprochen, deren Antlitz noch bleich wurde bei der bloßen Erinnerung an den 20. Januar 1835 und die darauf folgenden Schreckenstage, sowie bei der Erzählung dessen, was sie damals ausgestanden. Die Bewohner flohen in Masse nach der 14 Leguas entfernten Hauptstadt Leon, wo Finsterniß und Athmungsbeschwerden kaum erträglicher waren. In Realejo hatten viele noch den Muth zu bleiben und zu beten. Lebende Priester und todte Heilige spielen bei solchen Calamitäten in Central-Amerika immer eine sehr große Rolle. Die spanischen Creolen nehmen zu ihnen die Zuflucht in allen großen Krisen, wo das Leben auf dem Spiele zu stehen scheint, wo Menschenwitz und Menschenkraft ihre Ohnmacht gegen die Naturkräfte erkennen. Nie flossen in dem frommen katholischen Staate Nicaragua die Kirchspenden so reichlich, nie wurden den Priestern die Messen so glänzend honorirt, nie hat man den Heiligen so viele Wachskerzen angezündet, wie damals. Aber alles Kerzenlicht brachte keine frohe Helle in die geweihten Hallen und dem Priester versagte oft die betende Stimme, man wußte nicht ob der Staub oder der Schrecken sie ersticken machte. Ein britischer Kaufmann, der seit vielen Jahren Realejo bewohnt und auch die Cosiguina-Eruption mit erlebte, erzählt uns, daß die Cognacflasche damals ein unerläßliches Mittel der Erfrischung und

Ermuthigung für Alle war. Selbst die Priester hatten sie neben sich auf dem Altar und der Kanzel stehen. So fehlten diesem vulkanischen Nachtgemälde auch nicht kleine komische Episoden.

Der Ausbruch dauerte in unverminderter Stärke bis zum 24. Januar 1835 fort, dann nahm er ab. Einige Monate später entstiegen nur noch Dampfwolken dem Kraterschlund. Ein heftiger Nordostwind fegte die Aschenwolken aus der Atmosphäre, jagte sie über den Ocean und befreite die Landbewohner von einer unnennbaren Plage. Ganze Bevölkerungen waren im Staate Nicaragua landeinwärts geflohen. Städte und Dörfer in der Nähe des Fonseca-Golfes waren wie ausgestorben. Selbst die Hauptstadt Leon hatte sich größentheils entvölkert. Ein englischer Reisender, Herr Byam, der damals in diesen Gegenden verweilte, erzählte, daß in der Kathedrale von Leon, als alles Beten und das Anzünden zahlloser Kerzen vor den Bildsäulen der Heiligen nichts fruchtete, das Volk diese geputzten Statuen nach dem Platze getragen und sie dort aufgestellt habe. Die Gesichter mit dem goldenen Heiligenschein wurden der Richtung der Aschenwolke zugekehrt. Es sei geschehen, meint Herr Byam, damit die „Santos“ sich selbst überzeugten, wie die Sachen eigentlich stehen. Hier und anderwärts im Staate Nicaragua wird noch am Jahrestage des Cosiguina-Ausbruchs ein großes kirchliches Dankfest den Heiligen zu Ehren gefeiert, welche vermeintlich das Volk vom gänzlichen Ersticken gerettet haben.

Die Donnersalven des Cosiguina wurden während der

drei ersten Tage auf Entfernungen gehört, die uns unglaublich erscheinen würden, wenn die Thatsachen nicht durch so viele noch lebende Augenzeugen constatirt wären. In der Hauptstadt Guatemala, die bei 240 Meilen in gerader Richtung vom Cosiguina liegt, war die Lufterschütterung noch so groß, daß die Fenster bei jeder Detonation zitterten. Sogar in der britischen Colonie Belize, welche durch 5 Breitegrade von der Fonseca-Bai geschieden, also über 300 englische Meilen vom Cosiguina entfernt ist, wurde der Schall noch so deutlich gehört, daß der englische Statthalter die Besatzung ausrücken ließ. Man dachte nämlich an ein Seegefecht in der Nähe, denn bei der Heiterkeit der Atmosphäre konnten diese Donnersalven von keinem Gewitter herrühren. Anderseits soll nach verschiedenen Aussagen der Detonationskreis der Eruption im Süden bis Neu-Granada und Quito nahe an den Aequator gereicht haben. Einen noch weit größeren Umfang hatte die Verbreitung der Auswürflinge. Nicht nur in allen Theilen Central-Amerikas, sondern selbst auf dem Hochlande von Mexico, in Veracruz, auf Cuba und Jamaica sah man graue Asche fallen, und die erstaunten Bewohner erfuhren erst Monate nachher die wahre Ursache dieses räthselhaften Phänomens.

Dove und Heinrich Berghaus halten diese Aschenverbreitung für einen Beweis südwestlicher Luftströmungen in den höheren Regionen der Tropenatmosphäre über dem Passat. Dieselbe Asche aber fiel, wie sicher erwiesen, in Süd-Amerika, zu Carracas, Santa Fé und Quito. Sollte sie erst nach dem Ereignisse der Nordwind so weit getrieben haben? Vielleicht gelangten bei der ungeheuern Schleuderkraft des Vulkans die Aschentheile in verschiedene Regionen, wo entgegengesetzte Luftströmungen stattfanden. Der Detonationskreis des Cosiguina-Ausbruchs hatte über 2000, der Verbreitungskreis des Aschenregens mindestens 4000 engl. Meilen im Umfang.

Durch die große Quantität und die ungeheuere Ausdehnung des Aschenregens, ist diese Erscheinung für die Wissenschaft von besonderer Wichtigkeit geworden. In der Nähe des Berges schwankt die Höhe der ausgeworfenen Asche und Schlacken zwischen 50 und 500 Fuß. Im Golfe wurden Untiefen sichtbar, welche man früher nicht bemerkt hatte, und noch mehrere Wochen später war das Meer bis weit hinaus so massenhaft mit schwimmenden Bimssteinen bedeckt, daß sie die Schifffahrt erschwerten. In den Ebenen der Marabios belief sich die Höhe der gefallenen Asche auf 6—10 Zoll. Das atmosphärische Wasser das sich später mit der Asche und den Schlacken vermischte, setzte an vielen Stellen Tuffsteine und Conglomerate ab, ähnlich denjenigen, die wir an vielen alten erloschenen Vulkanen wahrnehmen. Wäre die Bildung derselben nicht vor den Augen der Einwohner vor sich gegangen, so würde wohl jeder Geologe viel eher glauben, daß dieser Tuffstein von einem Ausbruche der Marabios selbst herrührt, und nicht von dem entfernten Vulkan stammt. Wenn wir in Europa und besonders in Italien in großer Entfernung von Feuerbergen ähnlichen Tuffbildungen und Niederschlägen begegnen, so finden dieselben durch diese Erscheinung ihre natürlichste Erklärung. Die Behauptung kann jedenfalls nicht widerlegt werden, daß in jenen vorhistorischen Zeiten, wo die Reaction des Innern gegen die äußere Rinde so mächtig auf die Oberfläche unsers Planeten eingewirkt hat, Ausbrüche erfolgt sind, die mit noch weit größerer Macht als der Cosiguina ihre Asche ausgeworfen und viele Meilen weit ins Innere geschleudert haben. Eine solche Annahme erklärt auch das Vorkommen vulkanischer Tuffbildungen in der Mitte von völlig verschiedenen Felsarten an Orten, wo ihr Auftreten bisher so räthselhaft schien.

Eine andere eigenthümliche Thatsache, die uns von spanischen Creolen erzählt und von einem deutschen Ansiedler Namens Walther Bogen bestätigt wurde, welcher seit vielen Jahren in der Nachbarschaft von Chinandega lebt, ist der Einfluß, den der Niederschlag des Cosiguina auf die Kultur des ganzen Landstriches ausgeübt hat. Indigopflanzungen bei Chinandega, welche ehemals eine sehr gute Ernte lieferten, mußten verlassen werden, während Zuckerrohr, das früher daselbst nicht fortkam, schon wenige Jahre später den reichsten Ertrag lieferte. Maisfelder wurden ebenfalls weit fruchtbarer auf dem neuen Tuffboden, während die Weideplätze gänzlich zerstört blieben. Große Raubthiere, Hirsche und das Hornvieh der Eingebornen, welche früher in Massen das Dickicht belebt hatten, wanderten jetzt aus. Selbst Affen und Papageien sahen wir nicht auf dem Buschwerk, das seither wieder in wilder Ueppigkeit aus der Asche rings um den Berg emporschoß. Kein Thier hatte seinen früheren Sitz wieder aufgesucht, trotzdem der Krater schon sechs Wochen nach dem Ausbruch, als der britische Consul Manning und Capitain Belcher den

Cosiguina bestiegen, keinen Stein mehr auswarf und der Berg sich vollkommen beruhigt hatte. Wie groß muß das Entsetzen bei allen Geschöpfen gewesen sein, wenn der Eindruck davon ein so bleibender war. Die tiefe Stille, die jetzt in jener Gegend herrscht und auf den Besucher einen so eigenthümlichen Eindruck macht, würde in Jedem die Vermuthung eines unheimlichen Ereignisses auftauchen lassen, selbst wenn ihm die Katastrophe von 1835 nicht bekannt wäre. Man möchte fast fragen, ist es der Tod, welcher diese Stille an einem Orte verursacht, wo riesige Bäume der tropischen Urforste mit all ihren Bewohnern unter der heißen Asche begraben liegen, oder ist es die Furcht vor der Wiederkehr einer ähnlichen Katastrophe? Vielleicht hat sich durch jenen ungeheuren Ausbruch der alte Feuerherd in der Tiefe für lange erschöpft, vielleicht wird die Gegend für viele Jahrhunderte vor der Wiederholung solcher Schreckensscenen verschont bleiben. Aber die Möglichkeit besteht immer, daß hier oder auf einem andern Punkte der Fonseca-Bai, wo so zahlreiche Spuren früherer Erdrevolutionen sichtbar sind, die vulkanische Kraft im Innern der Erde sich erneuert und jene furchtbare Erscheinung sich wiederholt!

Vom Gipfel des Feuerberges Conchagua aus, oder auch von der Terrassenhöhe des San Miguel genießt man eine vollständige Uebersicht des großartigen Golfes mit allen seinen seltsamen Felsbildungen und seinem riesigen vulkanischen Bau. Einige dieser Felsen sind wirkliche Vulkane von amphitheatralisch aufsteigenden Erhebungskratern umgeben, andere erscheinen als übereinander gehäufte Steinmassen oder Schlackenkegel, ähnlich wie der Monte Nuovo bei Neapel, und wieder andere sind große kesselförmige Einsenkungen mit alten Solfataren und Infiernillos. Unter denselben bemerkt man weit ausgedehnte Lavafelder und Niederschläge alter Schlammströme, Tuffe und Conglomerate zu Bergen aufgethürmt. All diese merkwürdigen und großartigen Bildungen erstrecken sich in einem weiten Kreise um den Golf von der Cosiguina-Spitze bis zum Punto de Conchagua und reichen gleichfalls in verschiedenen Richtungen ins Innere, besonders gegen das Hochland von San Salvador. Sie verleihen der Gegend ein ganz eigenthümliches, wildes, malerisches Aussehen. Nirgends sonst in Central-Amerika scheinen die unterirdischen Kräfte in gleicher Weise gewüthet zu haben. Aus der Vogelperspektive erscheinen einem die vulkanischen Verheerungen wie ein altes Schlachtfeld von Riesen und Titanen, wo statt Pfeilen und Schleuderwaffen ganze Berge und Felsmassen zu Wurfgeschossen dienten. Denn nur auf diese Weise scheint die Verwirrung der Felsen und die wilde Unregelmäßigkeit dieser Massen für denjenigen erklärbar, welcher die vulkanischen Kräfte, die hier einst thätig waren, nicht kennt. Man hat rings um den großen Halbkreis der Fonseca-Bai und ihren Inseln gegen dreißig Kraterkessel gezählt, welche alle mehr oder weniger Spuren ihrer einstigen Thätigkeit an sich tragen. Die vulkanischen Gegenden Italiens können in keiner Weise, weder an Ausdehnung, noch an Großartigkeit mit den Bildungen und Verheerungen des Vulkanismus in Central-Amerika verglichen werden. Selbst in dem so vulkanreichen

Westasien, wo, wie z. B. im Hochlande von Armenien, einzelne Vulkanmonolithe, gleich dem großen Ararat, sich bis 16,000 Fuß erheben, ist der Gesammteindruck kein so gewaltiger. So wild und großartig auch der Naturcharakter an der Südseite des Ararat erscheint, so ungeheure Lavaströme auch einst von den Abhängen des Noah-Berges gegen die Ebene von Bajasid geflossen sein müssen, so sind doch die Formen nicht so mannigfaltig, die Zerstörungen nicht so unübersehbar ausgedehnt wie hier. Höchst wahrscheinlich gehört die vulkanische Thätigkeit in Armenien auch einer älteren Epoche an und war nicht von so langer Dauer als in der Conchagua-Bai.

Das vulkanische Bild verliert wesentlich an Großartigkeit, wenn man sich dem Hochlande von San Salvador nähert. Alle Beobachtungen, welche wir über die vulkanischen Erscheinungen im Staate von San Salvador anzustellen Gelegenheit fanden, deuten auf eine allmälige Versetzung der vulkanischen Thätigkeit von Norden nach Süden, von den Hochebenen gegen die Seeküste. Im Distrikt von Sonsonate haben sich lange nach der Entstehung der Vulkane eine Reihe neuerer Feuerberge durch Erhebung und Anhäufung von größtentheils augitischen Gestein gebildet, die sich von Apaneka bis in die Nähe von Isalco erstrecken. Der letzte dieser Vulkankegel ist der berühmte, nach einem großen, in dessen Nähe liegenden Indianerdorfe benannte Isalco. Derselbe ist erst im vorigen Jahrhundert am Fuße des Cerro Chino auf einer schiefen Ebene entstanden. Er ist einer der merkwürdigsten Vulkane der Erde und scheint der einzige Feuerberg auf unserm

Planeten zu sein, welcher sich in beständiger, ununterbrochener Thätigkeit befindet, keinen Tag ohne bedeutende Schlackenauswürfe hingehen läßt und fortwährend aus seinem Krater sowohl, wie von seinen Seitenspalten nach allen Richtungen hin glühende Lavaströme aussendet. Wir bestiegen diesen Vulkan Anfangs Mai 1854 und hielten uns drei Tage lang an seinem Fuße und seinen steilen, wüsten, schwer zugängigen Abhängen auf. Von der etwa 21 englische Meilen vom Isalco entfernten Stadt Sonsonate aus genossen wir allnächtlich den Anblick feuriger Bänder, welche sich über seinem dunklen Rücken ausbreiteten und von drei breiten Lavaströmen herrührten. Sie flossen vom Gipfel über dessen Abhänge in einer südlichen Richtung. Nicht minder prächtig war die Girandola aus feurigen Schlacken, welche bis zu einer Höhe von 40 Fuß über den Gipfel sprühte. Das Schauspiel erinnerte uns in mehrfacher Beziehung an den nächtlichen Anblick, welchen der Vesuv, von Neapel aus gesehen, zur Zeit kleiner Ausbrüche bietet.

Der Feuerregen wiederholte sich nur nach Pausen in Zwischenräumen von fünf bis zehn Minuten. In dem großen Indianerdorfe Isalco, welches ungefähr 9 englische Meilen dem Feuerberge näher liegt, als Sonsonate uud in dem wir mehrere Nächte zubrachten, bemerkten wir die nämliche Unregelmäßigkeit.

Ebenso vermochten wir nur in den ruhigsten Stunden der Nacht jenen fernen Donner zu vernehmen, von welchem die

Schlackenausbrüche begleitet sind. Doch sollen bis um das Jahr 1850 das unterirdische Getöse und die Eruptionen weit regelmäßiger gewesen sein. Fast mit mathematischer Gewißheit konnte man alle zwei Minuten auf einen Ausbruch zählen, welcher große Massen feuriger Schlacken 40—50 Fuß in die Höhe schleuderte. Auch seine plastische Gestalt soll sich in den letzten Jahren wesentlich verändert und an Schönheit eingebüßt haben. Früher besaß der Isalco eine völlig konische Form und glich einer wundersamen Pyramide aus Lava und Asche. Gegenwärtig zeigt derselbe drei Spitzen und es haben sich zwei neue Oeffnungen gebildet, welche als eben so viele Sicherheitsventile betrachtet werden mögen. Wir unternahmen vom Dorfe Isalco aus in Begleitung eines erfahrenen Führers einen Ausflug nach dem Cerro Chino, an dessen Fuß der Isalcokegel sich lehnt und von dessen beherrschender Höhe der neue Vulkan vollkommen übersehen werden kann. Der Cerro Chino ist ebenfalls vulkanischen Ursprungs, obwohl sich keine Spur seines einstigen Kraters bewahrt hat und ist zum Theil mit Lava bedeckt, deren Verwitterung und Zersetzung auf eine sehr alte Thätigkeit des Berges schließen läßt. Man begegnet auf seinen Abhängen einer reichen Buschvegetation, während weiter oben, gegen seinen Gipfel zu, wo der Berg eine Terrasse bildet, der Naturcharakter mehr an ein kühleres, nordisches Klima erinnert. Ein Creole aus Isalco, Namens Don Lorenzo, ein schon bejahrter Mann, hat als nächster Nachbar das Wachsthum und die Veränderungen des rauchenden Berges seit mehr als einem halben Jahrhundert beobachtet.

Zur Zeit, als er noch das Vieh seines Vaters hütete, war der Isalco erst ein kleiner Hügel, der von dem Cerro Chino bedeutend überragt wurde. Er ist gleichsam unter seinen Augen gewachsen und zwar durch das allmälige Aufhäufen seiner eigenen Lava und Schlackenauswürfe bis zu einer Höhe von 3200 Fuß. Sein Gipfel ist dermalen nur 100 Fuß niederer, als die Terrasse des Cerro Chino. Diese Mittheilungen des Don Lorenzo wurden uns von allen älteren Bewohnern in der Gegend von Sonsonate bestätigt.

Der Isalco gehört gleich dem Jorullo in Mexiko, welcher durch die klassische Schilderung Humboldts einen Weltruf erlangt hat, zu den wenigen Feuerbergen unseres Planeten, deren Ursprung in die historische Zeit fällt. Die Geschichte der Entstehung sowohl, als der späteren Thätigkeit des Isalco unterscheidet sich jedoch wesentlich von jener des mexikanischen Vulkans. Leider befindet sich über seinen Ursprung weder in den Archiven von San Salvador, noch in jenen von Sonsonate irgend eine zuverlässige, von Augenzeugen geschriebene Urkunde. Wir bleiben in dieser Frage auf die mündlichen Ueberlieferungen der ältesten Bewohner der Provinz angewiesen, welche, obwohl sie vom ersten Ausbruch nicht selbst Augenzeugen gewesen, sich doch vollkommen genau der Erzählungen ihrer Väter erinnern. In ihrer eigenen Kindheit war der Isalco nur ein Hügel von sehr bescheidener Größe mit einem großen feuerspeienden Schlunde. Reisende, welche diese Gegend vor uns besuchten, versetzten den Ursprung des Isalco in das Jahr 1770. Die Meinungen über diese Punkte sind indessen schwankend und getheilt. Selbst der britische Ingenieur Bailey, der während seines Besuches mit einem Mann bekannt wurde, welcher sogar älter als der Isalco selbst schien, konnte nichts Bestimmtes über die genaue Zeit des Ursprunges und der Erhebung des Isalco erfahren. Squier bezeichnet, ohne die Quelle anzugeben, den 23. Februar 1770 als den Tag, an dem der neue Krater sich öffnete, nachdem der Erdboden seit dem Ende des Jahres 1769 unter furchtbarem Getöse unaufhörlich gezittert hatte.

Dem Richter des Dorfes Isalco, Don Marcellino Valdes, einem höchst gebildeten, gastfreundlichen Manne, verdanken wir die Bekanntschaft mit dem ältesten Bewohner des Dorfes, Francisco Castillo, dessen Geburtstag mit der Zeit der Entstehung des Vulkans ziemlich nahe zusammenfällt. Dieser alte Mann war im Jahre 1769 geboren und erfreute sich noch in seinem 85. Jahre einer seltenen Körper- und Geistesfrische. Er sprach das Spanische mit merkwürdig reinem Accent und erzählte mit vieler Klarheit die Erinnerungen seiner Jugend. Er vermochte uns zwar nicht bestimmt den Tag und das Jahr der Erhebung des Isalco anzugeben, aber das wußte er genau, daß in seiner frühesten Jugend der Feuerberg nur ein höchst unbedeutender Hügel war, welcher jedoch zu jener Zeit einen weit größeren Feuerschlund besaß und mit viel größerer Wuth brännte und donnerte als gegenwärtig. Castillos Vater hatte ihm öfters erzählt, wie sich nicht weit von einem andern Kegelberge, der früher Isalco hieß und gewöhnlich als ein erloschener Vulkan galt, mit Einem Male der Boden unter furchtbarem

Gekrache öffnete und aus seinem Schlund ungeheure Massen von glühenden Steinen und Asche in die Luft schleuderte. Auch eine große Menge Lava floß zu jener Zeit. An eine plötzliche Erhöhung des Berges konnte sich der alte Mann jedoch nicht erinnern. Gleich anderen Augenzeugen behauptete Francisco Castillo entschieden, daß der Vulkan sich allmälig aus der schiefen Fläche emporgehoben und bloß durch die Ausbrüche seiner eigenen Lava und Schlacken langsam wuchs und seine gegenwärtige Höhe erreichte. Er sagte, daß er sich öfters als Knabe mit seinen Spielkameraden dem Vulkan genähert habe, um das prächtige Feuerwerk des Kraters desto deutlicher zu sehen. So oft er mit seinen Besuchen eine Weile ausgesetzt hatte, glaubte er immer zu bemerken, daß der Berg höher geworden sei. Dies, setzte der Greis hinzu, war namentlich nach großen Ausbrüchen der Fall gewesen, von denen ihm jedoch nur drei erinnerlich waren. Der erste derselben ereignete sich in seiner Kindheit und dauerte ungefähr drei Monate lang. Die ganze Umgegend war zu jener Zeit des Nachts durch die ungeheure Feuergarbe über den Krater erleuchtet. Die Lava strömte über sechs Meilen weit nordöstlich, in der Richtung der Straße nach Santa Anna zu. Etwa dreißig Jahre später wurde die Gegend durch einen zweiten, noch viel gewaltigeren Ausbruch verheert; die Lavaströme erstreckten sich bis auf neun Meilen vom Fuße des Vulkans und der Aschenregen fiel bis in das Dorf Isalco, wo viele Bewohner die Flucht ergriffen. Der letzte große Ausbruch, dessen sich auch mehrere andere Bewohner des Ortes ganz gut erinnerten, geschah im Jahre

1802. Die Feuersäule glühender Schlacken erreichte damals eine ungeheuere Höhe, der Aschenregen bedeckte die Felder bis in eine Entfernung von zwölf Meilen, und die Donnerschläge waren so heftig, daß die Häuser in Isalco und Sonsonate bis in ihre Grundfesten davon erzitterten. Die Lava floß drei Monate hindurch langsam in östlicher Richtung mit einer Geschwindigkeit von etwa 60 Varas oder 180 Fuß des Tags. Das Mal pais oder die Schlackenfelder, welche durch diesen Ausbruch entstanden, sind theilweise kahl und theilweise nur spärlich mit Cryptogamen bewachsen. Fünf Jahre später wurden die mit Vulkanasche bedeckten Felder wieder bebaut und tragen seither sehr reiche Ernten. Auch in Sonsonate trafen wir mehrere wohlunterrichtete Männer, darunter den englischen Arzt Dr. Drivon, welcher seit vielen Jahren diese Gegend bewohnt nnd die Thatsache bestätigte, daß der Isalco durch seine eigene Lava und Auswürflinge sich zu einem so hohen Kegel aufgethürmt habe. Sollte sich gleichzeitig mit dem Ursprung des Vulkans auch der Boden der Umgebung gehoben haben, so geschah dies jedenfalls nur in höchst unbedeutender und unmerklicher Weise. Gewiß ist, daß der Isalco in den ersten Jahren seiner Thätigkeit nur ein kleiner Hügel war und gegenwärtig ein Berg von 3200 Fuß Höhe ist, welcher überdies noch alle Jahre zunimmt. Er scheint der einzige Vulkan Central-Amerika's zu sein, der nicht von Erhebungskratern umgeben ist. An den verschiedenen Rissen und Spalten bemerkt man Ströme geschmolzener Lava, welche mit Schichten von Rapillis und Asche abwechseln. Der Isalco ist der letzte der neun Vulkankegel, die sich in einem großen Halbkreise von Apaneka aus in nordöstlicher Richtung bis zum Fuße des Cerro Chino erstrecken.

Wir vermochten weder den Gipfel des Isalco zu erreichen, noch bis zum Rande seines brennenden Kraters zu gelangen. Indessen kamen wir mit unserm Führer Feliciano, der an allen bisherigen Besteigungsversuchen Theil genommen hatte, bis auf 400 Fuß unterhalb des Kraters, eine Höhe, die keiner unserer Vorgänger noch erreicht hatte. Uebrigens hätten wir auch den Krater selbst erklommen, wenn es uns nur gelungen wäre, unsern Führer oder einen Indianer aus Don Lorenzos Hacienda zu überreden, uns weiter zu begleiten. Allein alle unsere Versprechungen blieben fruchtlos, sie wollten durchaus nicht vordringen und behaupteten, die dünnen Sohlen ihrer Sandalen könnten dem scharfen, eckigen Schlackengerölle nicht widerstehen, obschon es weit mehr die Furcht vor der vulkanischen Erscheinung in der Höhe war, als die Sorge um ihre Füße, welche ihrer Weigerung eine solche Entschiedenheit verlieh. Sie hatten augenscheinlich eine allzu übertriebene Angst vor der Gefahr der Lavaströmung; denn der Abgrund schleuderte zwar bei jedem Ausbruch eine Masse glühender Steine in die Luft, allein der größte Theil davon fiel wieder in den Krater oder auf die andere Seite des Kegels. Der Nordostwind, welcher in diesen Höhen während der Mittagsstunden ziemlich regelmäßig bis zum Monat Juni zu wehen pflegt, ist in der Regel so stark, daß er die Steine von ihrem senkrechten Fall beträchtlich ablenkt und daher der Besteiger, welcher sich an der Windseite hält, ziemlich sicher ist, der Gefahr zu entgehen, von denselben erreicht zu werden. Die Schwierigkeit des Kletterns vermehrt sich indeß bedeutend, je höher man steigt, indem sich gegen den Gipfel zu die Lava in lose Schlacken und Asche verwandelt. Das Steigen wird dadurch noch bei weitem schwieriger als auf dem Schlackenkegel des Vesuvs. Am 13. Mai 1854 war der Isalco viel ruhiger als sonst und die langen Pausen zwischen den Explosionen schienen einem Erklimmen desselben äußerst günstig. Unglücklicher Weise sammelten sich jedoch gerade an diesem Tage, wo wir den Versuch der Besteigung wagten, schwere Gewitterwolken, die den Kegel gänzlich umhüllten und unser Fortschreiten dadurch wesentlich erschwerten. Wir mußten uns daher damit begnügen, die interessantesten Schlackenauswürfe zu untersuchen und zu sammeln. Selbst unter den jüngsten Auswürfen befanden sich einzelne porphyritische Blöcke von ungeheuerer Größe. Sie beweisen, daß der Krater des Isalco, obschon weniger energisch wie ehemals, gleichwohl noch eine gewaltige Eruptionskraft besitzt. Je länger die Pausen, desto stärker war der Donner, welcher den Ausbruch zu begleiten pflegte. Viele Tausende von Steinen wurden mit einem dumpfen Getöse in eine Höhe von mindestens 40 Fuß geschleudert und fielen mit einem krachenden Lärm wieder in den Feuerschlund und auf den Abhang des Kegels zurück.

Von der dominirenden Terrasse des Cerro Chino aus überschaut, gewährt der Isalco einen zauberhaften Anblick. Die vulkanischen Raketen fliegen viel höher als der Gipfel des Cerro. In hellen Nächten ohne Mondschein bietet dieses Kraterfeuerwerk ein Schauspiel von unbeschreiblicher Wirkung.

Von den von mir und meinem Reisegefährten im Staate Guatemala besuchten und bestiegenen Vulkanen will ich nur die zwei wichtigsten anführen: den Volcano de Agua und den Volcano de Fuego im herrlichen Hochlande von Guatemala.

Es ist noch immer nicht nachgewiesen, ob der berühmte Volcano de Agua oder Wasser-Vulkan diese uralte Benennung wegen der Wasserausbrüche erhalten, welche im Jahre 1541 aus den Seitenspalten des Berges hervorströmten, oder ob, wie der irländische Missionär Pater Gage meint, dieser Name von der Menge Bäche und Quellen an seinem Fuße herrührt. Der Vulcano de Agua bildet einen fast ebenso regelmäßigen Kegel wie der Omotepec in Nicaragua und ist mehr als noch einmal so hoch. Es ist unstreitig der schönste Berg von Central-Amerika, umgeben von einer herrlichen Landschaft und bedeckt mit einem reichen Schmucke von Wäldern und Savannen. Schon die ältesten spanischen Reisenden und Geschichtschreiber preisen die regelmäßige Schönheit seiner Gestalt und die immergrüne Pracht seines Pflanzenkleides. Aber selbst jene Spanier gingen in ihrem enthusiastischen Lob des schönen Bergkegels nicht so weit, als der berühmte Missionär Thomas Gage, welcher diese Gegenden vom Jahre 1625 bis 1637 bereiste und dessen Begeisterung und Entzücken beim Anblick des Wasser-Vulkans so groß war, daß sie ihm fast seine katholische Priesterwürde vergessen ließen. Der biedere Irländer gesteht selbst, daß er beim Anblick dieses Parnasses voll rauschender Büsche, duftender Blumen und plätschernder Bäche sich hingerissen fühlte, die Nymphen des Waldes in einem Gedichte zu besingen!

Wir bestiegen den Wasser-Vulkan am 4. August 1854, von einem Indianer aus dem Dorfe Santa Maria begleitet, das am Fuße des Vulkans liegt. Die Besteigung ist weniger beschwerlich als ermüdend, in Folge der ungeheuren Höhe. Der äußerste Rand der Kraterwände erhebt sich 14,000 Fuß über den stillen Ocean, der Krater selbst ist leicht zugänglich und im Verhältniß zum Umfang des Berges außerordentlich schmal, wie dies bei vielen sehr hohen Vulkanen der Fall ist. Auf dem flachen Boden des Kessels lagen einzelne Auswurffragmente, namentlich trachytische Blöcke, im wilden Durcheinander umher und zwischen denselben wuchsen und blühten zahlreiche Alpenpflanzen von völlig nordischem Charakter.

Dieser Vulkan war der Schauplatz eines höchst merkwürdigen Ereignisses kurze Zeit nach der Gründung der ersten spanischen Ansiedlung. Es war am 11. September 1541, als der Berg und dessen Umgegend von gewaltigen Erschütterungen und wiederholten heftigen Erdstößen zu leiden hatten. Unterirdische, mit Schlamm vermengte Gewässer brachen mit unwiderstehlicher Gewalt aus den Seitenspalten des Berges hervor und, indem sie ungeheure Felsstücke und Erdmassen mit sich fortrissen, stürzten die wilden Fluthen, Alles um sich verheerend, ins Thal hinab. Ciudad Vieja, die erste Hauptstadt, welche die Eroberer am Fuße des Berges gegründet hatten, wurde ebenfalls durch Erdstöße zerstört und noch überdies durch die Ströme von Schlamm und Wasser, welche aus dem Berge hervorbrachen, überschwemmt. Die Einzelnheiten dieser seltsamen Naturerscheinung, welche uns durch den Geschichtschreiber Remesal sehr umständlich geschildert werden, zeigen eine auffallende Aehnlichkeit mit der Katastrophe, die sich im Jahre 1840 auf dem Berge Ararat in Armenien zugetragen. Das große Dorf Arjuri, welches der Tradition nach durch Vater Noah gegründet wurde, als er die Arche verließ, war gleichfalls überschwemmt und begraben durch eine ähnliche kalte Eruption von Schlammmassen, Wasser und Steinen, welche aus einer Spalte des Berges hervorbrachen und von heftigen Zuckungen der Erde begleitet waren.

Am südwestlichen Ende des Thales von Antigua Guatemala erhebt sich der hohe „Volcano de Fuego“ oder Feuer-Vulkan, so genannt wegen seiner brennenden Eigenschaft, im Gegensatz zu seinem Nachbar, dem Wasser-Vulkan, welcher, außer jenem Wasserausbruch im Jahre 1541, seit Menschengedenken kein Zeichen inneren Lebens mehr gegeben hat. Von der Seeseite sowohl, als von der Höhe der umliegenden Berge aus, erscheint es dem Auge zweifelhaft, welcher von diesen beiden Riesen Central-Amerika's den andern überragt. Der Feuer-Vulkan wurde noch niemals bestiegen und ist daher auch seine Höhe mit dem Barometer niemals gemessen, sondern nur annähernd auf 12,000 Fuß bestimmt worden. Nach einer trigonometrischen Messung eines englischen Kapitäns, von der Seite des stillen Oceans aus, soll er den Wasser-Vulkan um ein paar Hundert Fuß übersteigen. Der Geschichtschreiber Juarros hingegen bezeichnet den letztern als den höchsten Berg des ganzen Vicekönigreichs Guatemala. Im Laufe der Regenzeit, vom Juni bis October, bemerkten wir auf dem Wasser-Vulkan niemals Schnee, während sich zuweilen nach einem schweren Gewitter unter dem rauchenden Gipfel des Feuer-Vulkans eine leichte Schneedecke wahrnehmen ließ. Im December und Januar blieb der Schnee auf beiden Vulkanen zuweilen Wochen lang liegen und die Indianer stiegen dann hinauf in jene hohen Regionen, um eine unter den Tropen so kostbare Substanz zu gewinnen und den Bewohnern der Hauptstadt von Guatemala den seltenen Genuß von süßem, künstlichem Eise zu verschaffen.

Am 8. und 10. August suchten wir den Feuer-Vulkan zu besteigen, zuerst von Calderas im Norden und dann von Capetillo im Westen, aber jedesmal erfolglos, indem heftige Regengüsse und Gewitter in jener Jahreszeit dem Besteigen äußerst hinderlich in dem Weg stehen. Bei unserem zweiten Versuch gelangten wir jedoch bis über die äußerste Vegetationsgrenze und konnten mit Hilfe eines Fernrohrs den Kegel bis zur höchsten Spitze genau betrachten.

Das wilde, rauhe, kahle und zerklüftete Aussehen dieses rauchenden Bergriesen, welches von ältern Reisenden mit einem gewissen Gefühl des Grauens genannt wird, bezieht sich eigentlich nur auf das oberste Drittheil seiner Höhe. Der übrige Theil, und besonders der Fuß desselben, ist dagegen von ungemein reichen Wäldern und grünen Savannen umgeben, welche erst in einer Höhe von 7000 Fuß an Fülle abnehmen, indem sie durch Schlackenfelder unterbrochen werden; 9000 Fuß über der Meeresfläche verschwinden fast alle Phanerogamen und nur Moose bedecken die älteren vulkanischen Auswürfe.

Zur Zeit als die Spanier unter Pedro Alvarado die Dynastie der Kachiquelen besiegten, und ihre erste Ansiedlung in dieser prachtvollen Hochebene, zwischen den zwei höchsten Bergen des Landes gründeten, scheint der Feuer-Vulkan in einem verschiedenen Stadium seiner Thätigkeit sich befunden zu haben. Große Lavaströme flossen damals von der Höhe herab und seine Schlacken- und Aschenauswürfe richteten bedeutende Verheerungen an.

In der ersten Hälfte des 12. Jahrhunderts fiel sein Aschenregen noch auf die Felder und Häuser von Antigua Guatemala, eine Entfernung von 18 englichen Meilen. Man entsetzte sich über die Wurfkraft seines Kraters, welche haushohe Steine in beträchtliche Entfernung schleuderte. Als Gage in jener Hauptstadt lebte, war einmal der leuchtende Wiederschein des Vulkans drei Tage und drei Nächte hindurch so hell, daß man um Mitternacht die kleinste Schrift auf der Straße lesen konnte. Der Geschichtsschreiber Juarros bezeichnet die Jahre 1623, 1705, 1710, 1717 als diejenigen, in denen die gewaltigsten Ausbrüche erfolgten.

Dermalen scheint der Volcano de Fuego in einen Zustand der Alterschwäche getreten zu sein. Er hat eine Höhe erreicht, wo es dem Drucke der elastischen Dämpfe im Erdinnern immer schwieriger wird, die flüssigen Minerale bis zur obersten Oeffnung der kolossalen Feueresse hinauf zu treiben. Die Wasserdämpfe entströmen nicht auf dem höchsten Gipfel, dessen Kanal bereits verstopft zu sein scheint, sondern kommen vielmehr aus zwei niedrigern, gegen Süden und Westen gelegenen Seitenkratern hervor. Schlackenausbrüche sind ebenfalls selten, und können bei weitem nicht mehr mit jenen des Isalco verglichen werden. Während unseres ganzen Aufenthaltes in Guatemala sahen wir nur ein einziges Mal einen Lavastrom von der Südseite des Berges gegen die Küstenebene sich hinabwälzen.

Die orographische Lage der Vulkane Central-Amerika's und ihre Fortsetzung in der Provinz Soconusco und den übrigen Theilen der Republik von Mexiko; ihre Richtung, die ziemlich genau dieselbe wie jene der Andeskette ist; die petrographische Beschaffenheit der vorherrschenden Felsarten, welche mit jenen der Cordilleren vollkommen identisch sind — alles dieses und noch viele andere Umstände, lassen keinen Zweifel übrig, daß diese Feuerberge dem nämlichen Hauptherd ihren Ursprung verdanken, welcher die Cordilleren an der Seite des stillen Ocean in die Höhe gehoben hat. Sie sind Produkte der nämlichen Kräfte, welche hier die riesige Spalte geöffnet, und das größte Gebirgssystem unserer Erde geschaffen haben. Im Laufe der vielen Jahrhunderte, welche seit der Erhebung der Cordilleren verstrichen, scheint auch die Erdkruste bedeutend mehr erkaltet, dicker und starrer geworden zu sein. Der Herd, wo sich nach der herrschenden Meinung der Geologen die Gesteine noch in roth- oder weißglühendem, feuerflüssigem Zustande befinden, muß nothwendiger Weise viel tiefer als ehemals unter der festen Erdkruste liegen. Die ungeheuren Gebirgsmassen, welche über ihn aufgethürmt wurden, haben dessen spätere Versuche, dieselben zu durchbrechen gelähmt und geschwächt, und so sehen wir jene Kräfte, welche einst in einer Ausdehnung von vielen Breitegraden die Erde gespalten und zersprengt haben, gegenwärtig auf die Erhebung von inselähnlichen Berggruppen beschränkt, auf den Bau von hohen Kegeln (die Essen für ihre Dämpfe und Gase), und auf die Erscheinung von Erdzuckungen. Die Vulkane haben sich überall gebildet, wo der Boden dem unterirdischen Drucke den geringsten Widerstand leistete. Wir gewahren daher die meisten sich von den Küstenebenen erheben, am Rand der Gebirgsketten oder den Plateaux, selten am Hochland selbst, in Nicaragua aber sogar im Becken des großen Binnensees. Hier haben sich die Reaktionsphänomene mehr concentrirt, und waren dadurch im Stande, einzelne Berge bis zu einer Höhe zu erheben, welche sogar die höchsten Spitzen der Gebirgskette selbst überragen. Durch das beständige Ausströmen der Dämpfe aus den Kraterschlünden, verliert der vulkanische Herd einen Theil jener Kräfte, welche einst spaltenähnliche Berstungen in der zu jener Zeit noch dünneren Erdkruste zur Folge hatten.

Häufiger und großartiger als durch Kraterausbrüche, verkündet dermalen der alte Feuerherd durch Erderschütterungen seine fortdauernde Thätigkeit. Dieselben sind selbst in der Meinung vieler Eingebornen, welche weder einen Begriff von der wissenschaftlichen Theorie dieser Erscheinung, noch die geringste Kenntniß von den über dieselben unter Geologen herrschenden Ansichten besitzen, nichts weiter, als Versuche von Gasen und mineralischen Substanzen aus ungemessener Tiefe an die Oberfläche zu drängen und die Erdrinde zu durchbrechen. „Die unterirdischen Kräfte zerstören ihre eigenen Werke“, bemerkte schon vor vielen Jahren ein scharfsinniger Forscher, als er von dem Erdbeben in der hohen Andeskette von Peru sprach. Auch dort sind die Zuckungen der Erdkruste in jenen Theilen besonders furchtbar und zahlreich, wo es nur erloschene und ruhige Vulkane gibt. Thätige, stark rauchende Feuerberge werden, wie allenthalben, auch in Central-Amerika als Sicherheitsventile betrachtet, und die Bewohner solcher Gegenden erschrecken nur dann, wenn das Aufhören des Rauches eine Unterbrechung des Verbindungsweges zwischen dem Feuerherde und dem Luftkreise anzeigt.

Im Gebiete von Sonsonate hat seit der Entstehung des Isalco kein verheerendes Erdbeben mehr stattgefunden, während vor seinem Ausbruche eine solche Erscheinung stets große Angst unter den Ansiedlern hervorrief. Auch in der Fonseca-Bai waren die Erdstöße vor dem großen Ausbruche des Cosiguina außerordentlich häufig und verheerend. Der Eruption im Jahre 1835 folgte eine lange Periode überraschender Ruhe; ebenso waren die Erdzuckungen in der Nähe des Massaya niemals geringer und schwächer, als seit September 1852, wo der benachbarte Vulkan seine mächtigen Dampfwolken auszuathmen begann. Das furchtbare Erdbeben, welches im April 1854 die Hauptstadt San Salvador's zerstörte, wurde in der Umgebung des kaum eine Tagereise von der Stadt entfernten Isalco so wenig gespürt, daß man sogar wiederholt den Vorschlag anregte, die neue Hauptstadt in der Nähe jenes Feuerberges zu erbauen. Kraterausbrüche sind in diesen Ländern weit weniger gefürchtet, als jene grauenhaften Erschütterungen des Bodens durch die drängenden Kräfte in der Tiefe, welche, obschon nicht im Stande die dicke Erdkruste zu sprengen, dieselbe dennoch mit solcher Gewalt erschüttern, daß kein Bau von Menschenhand zu widerstehen vermag. Die Schwingungen der Erdstöße folgen hier wie in Mexiko genau der Richtung der Bergketten und Reihen-Vulkane, nämlich von Südost nach Nordwest oder umgekehrt. Wenn die Bewegungen nicht wellenförmig sind, sondern in einer senkrechten Richtung von unten herauf zu kommen scheinen, sind dieselben gewöhnlich am meisten gefährlich und verheerend. Erderschütterungen ereignen sich viel häufiger auf der Seite des stillen Oceans, als in den Küstenregionen der Antillen am karaibischen Meere. Hier sind die plutonischen Erhebungen augenscheinlich weit älter. In flachen Gegenden und in bergigen Distrikten, wo es gar keine Vulkane gibt, und wo selbst plutonische Formationen selten sind, wie z. B. an der Mosquitoküste, fehlen auch Erdbeben gänzlich. Dasselbe ist in den Pampas oder Grasebenen von Südamerika der Fall, wo Erdbeben, wenn sie je vorkommen, jedenfalls sehr leicht sind und kaum gespürt werden. Seit Menschengedenken sind die Gegenden um Izabal und Belize von keinem zerstörenden Erdbeben heimgesucht worden, während die Bewohner des entgegengesetzten Theils von Guatemala zwei ihrer Hauptstädte unter den heftigsten Zuckungen sich heben und in Trümmer stürzen sahen! Eine merkwürdige Erscheinung, die sich bei allen derartigen Katastrophen in Central-Amerika wiederholt, ist die Reihe von Erdstößen, welche immer in kurzen Zwischenräumen auf einander folgen. Niemals kommen starke Erschütterungen einzeln vor, immer sind es Schwingungen welche sie anzeigen oder begleiten. Alle ehemaligen Erschütterungen, welche das Hochland von Cuscatlán bis San Vicente verheerten, die Katastrophen von 1541 und 1765, welche die beiden Hauptstädte von Guatemala zerstörten und der gewaltige furchtbare Erdstoß, welcher im Jahre 1811 Cartago, die alte Hauptstadt von Costa Rica, in einen Trümmerhaufen verwandelte, alle wurden durch vorhergehende Schwingungen des Bodens angezeigt und von leichteren Erdstößen gefolgt. Dieselbe Erscheinung wiederholte sich beim letzten großen Erdbeben von San Salvador in der Osternacht 1854.

Am Charfreitage um halb acht Uhr verspürte man in der Hauptstadt von San Salvador und in der nächsten Umgegend zwei schwache aber rasch auf einander folgende Erdstöße, welchen zehn Minuten darauf ein etwas stärkerer Stoß folgte. Die Umgebung von Salvador ist dieser Schütter- und Schaukelgewohnheit wegen im Lande übel berüchtigt, und die Eingebornen selbst pflegen diese Gegend die „Hängematte“ (la hamaca) zu nennen. So viele kleine Erdstöße hier aber auch alljährlich, besonders bei Anfang und Ende der trockenen Jahreszeit vorkommen, so war doch seit Menschengedenken das unterirdische Rütteln hier nie von der zerstörenden Art, wie in Valparaiso oder Lima, wo man sonst durchschnittlich in jedem Jahrhundert auf Eine totale Zerstörung rechnete. Auch betrachtete man den Vulkan Isalco, der 16 Leguas südlich von der Hauptstadt San Salvador in permanenter Thätigkeit ist, als einen ableitenden Schornstein für die Dämpfe und die flüssigen Materien des tiefen Feuerherdes, oder nach Humboldt's Wort, als ein Sicherheitsventil gegen verheerende Erderschütterungen.

Die Stöße dauerten den ganzen Charfreitag in ziemlich regelmäßigen Pausen, zwei bis drei in jeder Stunde, fort. Alle hatten die gleiche Richtung von West-Süd-West nach Ost-Nord-Ost. In dieser Richtung liegt ungefähr 500′ höher als die Stadt der große Krater von Cuscatlán, eine kleine Legua von derselben entfernt. Von dorther schienen die Stöße zu kommen.

In San Salvador, wo die Charwoche mit allem möglichem Pompe gefeiert wird, ließ man sich durch die Erdbeben des Charfreitags in der Theilnahme bei den Processionen und am Besuche der Kathedrale wenig stören. Gleichwohl kam es ein paarmal vor, daß die andächtige Menge, angstbleich aus den heiligen Hallen fliehend, den Thüren zustürzte, sobald Ruck und Stöße ungewöhnlich stark wurden. Denn selbst an der heiligen Stätte vertraut dieses andächtige Volk nicht so ganz dem Schutze der überirdischen Mächte, wenn die unterirdischen grollen.

Um halb neun Uhr Abends desselben Charfreitags kam ein derart heftiges Erdbeben, daß die Häuser bis auf den Grund wankten und die Dächer krachten. Die Mauern bekamen einige Risse, der Kalk fiel von den Wänden und zahlreiche Dachziegel stürzten herab. Der Stoß hatte in starken Wellenschwingungen wenigstens acht Secunden gedauert, und wäre die Bauart der Häuser) sie sind alle niedrig und in die Breite gebaut, ohne obere Stockwerke, mit Wänden von Lehmkoth, welche bedeutende Elasticität besitzen, mit Dachstühlen aus biegsamem enggeflochtenem Rohr) nicht so trefflich zum Widerstand gegen die stärksten Erschütterungen geeignet, so würden die Gebäude wahrscheinlich in Masse gefallen sein. Alles flüchtete ins Freie. Obwohl hierauf eine volle Stunde ohne weiteres Schwanken verstrich, beschlossen die meisten Bewohner, ihr Lager im Freien aufzuschlagen. Die Stöße dauerten die ganze Nacht fort. Innerhalb vierundzwanzig Stunden zählte man deren 42. Von Sonnabend Morgens an wurde es wieder ruhig.

Der Frühmorgen des Ostersonntags wurde durch das Knallen der Raketen und das fröhliche Spiel der Militär-Musik angekündigt. Die Menge zog in festlichen Processionen nach der Kathedrale zur Messe und zum Hochamt. Die Häuser waren mit Pisanglaub und Palmenzweigen hübsch geschmückt. Das Sanctissimum wurde im Triumph durch die geschmückten Straßen geleitet. Lange Processionen folgten, die Señoras und Señoritas der Stadt trugen ihren reichsten Putz zur Schau. Nachmittags war „der große Spaziergang der Heiligen". Kolossale Heiligenbilder aus Holz geschnitzt und mit neuen kostbaren Kleiderstoffen prachtvoll aufgeputzt, wurden nämlich am Ostersonntage nach herkömmlicher Sitte aus den Kirchen durch die Straßen getragen. Wo immer sich die Heiligen auf den

Straßen begegnen, hält man stille und läßt sie sich gegenseitig umarmen. Die begleitende Volksmenge begrüßt diese Scenen mit unendlichem Jubel und viele Hunderte von Raketen steigen dabei in die Lüfte. Das streng katholische Volk überläßt sich am heiligen Ostertage zuerst seiner Andacht, dann seiner muntersten Lustigkeit. Der Tag wurde mit Musik, Raketenlärm und Schmausereien geschlossen.

Endlich, gleich nach 9 Uhr Abends, erfolgte plötzlich ein sehr heftiger Erdstoß, weit stärker als die stärksten des Charfreitags. Er war von dumpfem Getöse bis ans Ende begleitet. Die Mauern schienen diesmal bis zum Grunde zu wanken. Die Dächer knarrten und klapperten, hie und da stürzten Mauerstücke ein, und besonders viele Dachziegeln fielen herunter. Die meisten Häuser hatten Risse bekommen. Mein Reisegefährte lag in leichtem Fieberschauer im Bett und wurde durch das Getöse geweckt. In demselben Augenblicke stürzte in seiner Stube die obere Kalkbedeckung der Wand herab; ein Theil davon fiel ihm auf den Kopf und das Gesicht, während der Staub dermaßen seine Augen traf, daß er einige Minuten unvermögend war zu sehen. Er sprang aus dem Bette und tappte nach der Thür, die er unglücklicherweise verschlossen hatte. Endlich gelang es ihm, sich zu befreien und den Hof zu erreichen, wo er bereits alle übrigen Hausbewohner laut schreiend und betend beisammen fand.

Nach einigen Minuten hatte sich jedoch der erste Todesschrecken der Leute wieder gelegt. Man scherzte und lachte sogar über die Flucht und die Bestürzung. Das furchtbare Phänomen kommt hier zu häufig vor, um einen nachhaltigen Schrecken zu verursachen, selbst wenn die Stöße sehr stark sind. Man ist schon zufrieden, wenn nur die Häuser nicht fallen. Die meisten Bewohner ließen gleichwohl ihre Betten in den Hofraum stellen und die Thüren ihrer Wohnungen öffnen. Man bezeugte viel Mitgefühl als man hörte, daß Dr. Wagner etwas beschädigt worden, und trug sein Bett unter die Gallerie des Corridors. Ein junger Doktor, der nächste Stubennachbar, meinte zwar, es werde diese Nacht kein starker „temblor“ mehr kommen, dagegen äußerte ein Geistlicher: das Haus sei alt, der Dachstuhl morsch und Vorsicht jedenfalls empfehlenswerth. Unsere Hausgenossen gingen dann in ihre Zimmer zurück, verzehrten bei offenen Thüren die Reste des Osterschmauses und die Conversation handelte natürlich eine Stunde lang hauptsächlich von dem schrecklichen „temblor“.

Schlaflos betrachteten wir inzwischen unter der offenen Halle den nächtlichen Himmel. Der Tag war wie gewöhnlich sehr warm gewesen und das Thermometer in der Mittagsstunde bis auf 32 ° C. gestiegen. Eine gethürmte Haufenwolke (Strato-Cumulus) lagerte gebirgsartig um den abnehmenden Mond. Gegen 10 Uhr verschwand sie. Der Mond leuchtete freundlich durch eine ruhige klare Atmosphäre. Nur einzelne dunstige Schleier, die leichten Wolkenformen des Cirrus und und des Cirro-Stratus hingen unbeweglich an einzelnen Punkten des Horizonts. Nichts schien in der Atmosphäre ein ungewöhnliches Naturereigniß zu verkünden.

Da erfolgte um 10 Uhr 30 Minuten jener schreckliche Stoß, welcher San Salvador zum Schutthaufen machte. Er begann mit einem heftigen Getöse und Rütteln, die Erde schwankte wie gehoben von einem unterirdischen Meere. Die Erderschütterung und der sie begleitende Donner, immer in derselben Richtung wie die früheren Erdstöße, dauerten 10 bis 12 Sekunden. Das Krachen und Stürzen der Mauern und Dächer übertäubte den Donner. Eine ungeheuere Rauchwolke erhob sich. Das Angst- und Jammergeschrei der sich Flüchtenden war unbeschreiblich. Ihm folgte ein allgemeines lautes Beten, ein jammernder Ruf der Maria Santissima und aller Santos, endlich ein tausendstimmiger Klage- und Bittgesang von allen Plätzen, wohin die Menge sich geflüchtet hatte. Die deutsche Familie Bogen aus Königsberg, welche eine halbe Stunde oberhalb der Stadt ein Landhaus bewohnte, hörte ganz deutlich, selbst von so großer Entfernung, das aus den Trümmern tönende Jammern, das Beten und das Singen.

Es begann jetzt eine Scene, welche wir kaum zu schildern vermögen. Wie matt waren neben ihr die schauerlichsten Episoden unseres Lebens, wie blaß alle Kriegs- und Revolutionsscenen, die wir in der alten Welt mit angesehen. Dort hatte man es mit bekannten Erscheinungen und mit Gegnern von Fleisch und Blut zu thun, nicht mit den unbekannten grauenvollen Mächten der Tiefe, deren Wesen wir kaum ahnen. Die Erdstöße dauerten bald schwächer, bald mit furchtbarer Stärke in den kürzesten Pausen fort. Man zählte bis zum Abend des Ostermontags gegen 120 Erdstöße! Der dumpfe Donner, der sie begleitete, glich den schweren Geschützsalven einer unterirdischen Schlacht. Zuweilen rasselte es und der Boden schwankte minutenlang ohne eigentlichen Erdstoß. Haus und Habe gab man verloren, die Leute zitterten nur noch für ihr Leben. Denn bei so starken Schwankungen des Bodens, der in allen Richtungen Risse bekommen, fürchtete man jeden Augenblick, daß die Erde sich unter den Füßen öffnen und alles Lebendige in ihrem Schlunde begraben würde. Die Menge wechselte nach jedem neuen Erdstoß das Gebet und den Namen des Heiligen, welcher helfen sollte. Aber sei es, daß die Santos nicht hörten, daß sie nicht konnten oder nicht helfen wollten, die Erdwellenstöße und die unheimliche unterirdische Artillerie arbeiteten und brüllten unerbittlich fort. Nach einigen Stunden hatten sich die gefaßteren Männer auch an diesen Spuk fast gewöhnt, und trafen Maßregeln polizeilicher Sicherheit, denn man fürchtete Plünderungen und Diebereien besonders von Seiten der Indianer.

Etwa um 1 Uhr nach Mitternacht kam einer unserer Bekannten über die Mauertrümmer unsers Hofes gestiegen, und schlug uns einen Gang durch die Stadt bei Mondschein vor. Wir nahmen zunächst die Richtung nach dem Marktplatz, wo die Kathedrale stand. Daß die ganze Stadt zerstört sei, davon überzeugten wir uns erst jetzt; auch nicht ein Haus hatte dem letzten furchtbaren Erdstoß widerstanden. Was von den Gebäuden nicht in Trümmern lag, hatte so viele Risse und Beschädigungen bekommen, daß an ein ferneres Wohnen darin nicht zu denken war. Am besten schien noch die Kathedrale, ein mehr elegantes als imposantes Gebäude aus dem vorigeu

Jahrhundert, dem Erdbeben Trotz geboten zu haben. Doch war auch von dieser Hauptkirche der Glockenthurm eingestürzt und das Portal in Trümmern, und die Mauer klaffte an einigen Stellen in weiten Rissen. Alle übrigen Kirchen hatten noch mehr gelitten, mit Ausnahme des alten Franziskanerklosters. Im Innern dieser heiligen Hallen, deren Thüren zum Theil offen standen, sah es jetzt sehr wüste aus. Es waren so viele Steine vom Dachstuhl und so vieles Mauerwerk herabgestürzt, daß die meisten Altäre entweder ganz in Trümmern oder doch mit Schutt überdeckt lagen. Mehrere von den kolossalen geputzten Heiligenfiguren waren aus den Nischen gefallen und Staub und Steine bedeckten ihre prachtvollen Kleider. Das Volk, das sie noch Tags zuvor in jubelndem Triumph durch die Straßen getragen, kümmerte sich jetzt nicht mehr um sie. Jeder dachte in diesem Augenblicke nur an die Rettung seines Lebens und seiner besten Habe. Von dem Universitätsgebäude war ein Flügel mit dem neuen Thürmchen stehen geblieben und die Glocke der Uhr schlug regelmäßig ihre Stunden fort. Vom bischöflichen Gebäude war die Decke eingestürzt, der Bischof, Don Tomaso Saldaña, ein wegen seiner Frömmigkeit und seines tugendhaften Wandels gepriesener Mann, hatte gleichfalls einige Steine auf das Haupt bekommen, gleichwie wir Profane. Noch stärker verletzt war der Expräsident der Republik, Senor Dueñas, einst Mönch, dann Advokat und Staatsmann — unstreitig die erste Capacität des Landes.

Die Straßen waren öde, nur von einzelnen Wachposten

besetzt, und man mußte, um sie zu passiren, oft über viele Trümmer steigen. Im Innern der Häuser herrschte Grabesstille. Das Volk hielt sich selbst in den breitesten Straßen nicht sicher, sondern kauerte auf den großen Plätzen, Vornehme und Arme unter einander. Die steife, spanische Etikette, welche hier die verschiedenen Stände trennt, hatte in dieser Schauernacht aufgehört, Reiche und Bettler schrien, beteten nnd sangen vereint, so oft ein neuer starker Erdstoß mit seinen schaurigen Detonationen sie erschreckte. Der neue Präsident, Don José Maria San Martin, zeigte Geistesgegenwart und Fassung und gab energische Befehle zum Schutze des Eigenthums.

An der Ecke der Kathedrale begegneten wir dem Augustiner-Mönch Don Estévan Castillo, unserem lieben Bekannten, der einer der besten Familien des Landes angehört. Er ist der geistreichste und merkwürdigste Mann, den wir in Central-Amerika gefunden. Voll von philosophischen Grübeleien, hatte derselbe Einen Geisteszug mit Pascal gemein, er liebte es nämlich, von den großen Weltgeheimnissen zu reden, an welchen die Denker- und Philosophen aller Völker und Zeiten sich längst zu Schanden gedacht. Unser letztes Gespräch über das blinde Walten der Naturkräfte paßte seltsam zu der Schauerscene, die uns umgab. Der Mönch drückte uns schweigend die Hand. Er war von handfesten Leuten begleitet, um Verschüttete aufzusuchen und auszugraben, während der Bischof mit dem übrigen höheren Klerus inzwischen die Flucht in der Richtung nach Cojutepeque ergriffen hatte. Bei Tagesanbruch hatte man schon gegen 50 Leichen aus dem Schutte hervorgezogen; ohne den vorausgegangenen starken Warnungsstoß, der den Bewohnern Vorsicht empfohlen hatte, wären Tausende verschüttet worden.

Die aufgehende Sonne des Ostermontags beleuchtete eine klägliche Scene. Verstört und angstbleich irrte ein Theil der Bevölkerung in der Stadt umher, während die Mehrzahl in der Richtung von Apopa und Cojutepeque mit Zurücklassung aller Habe geflohen war. Unter den Frauen, deren viele im äußersten Negligé sich zeigten, bemerkten wir die Frau des Präsidenten, welche ihren Mann beschwor, von dieser Stätte des Grauens gleichfalls zu entfliehen. Der Präsident blieb aber seiner Pflicht getreu und fuhr fort mit Energie zu handeln. Ein auf dem Universitätsplatz unter einem Zelte lagerndes Kriegsgericht ließ jeden Dieb erschießen, der auf frischer That ertappt und durch zwei Zeugen überwiesen war.

Da die Ruine San Salvador kein Obdach mehr bot, so kehrten wir früh Morgens zu Fuß nach einer benachbarten Hacienda zurück. Unterwegs hatten wir vier Erdstöße auszuhalten, darunter einen von der größten Stärke und den heftigsten Schwankungen des Bodens, der 6 bis 7 Sekunden dauerte, begleitet, wie immer, von einer starken Detonation, die im Freien viel deutlicher zu hören war und vollkommen den Ton der Salven des Vesuvs hatte, wenn man bei kleinen Eruptionen in dessen Krater nahe dem rauchenden und Steine schleudernden Schlunde steht. Immer bestimmter wurde jetzt unsere Ueberzeugung, daß der Centralsitz dieser unterirdischen Action, von dem die Stöße ausgingen, sehr nahe sei und daß die Dämpfe und glühenden Massen der Tiefe hier einen neuen Ausgang suchten.

Alle Flüchtlinge, die wir nach dem Grunde ihres eiligen Fortziehens befragten, gaben die gleiche Antwort: „Der hochwürdige Bischof habe nach der Zerstörung der Stadt gesagt, die ganze Gegend von San Salvador werde noch vor dem Neumond in den Schlund der Erde versinken.“ Diese Weissagung hat sich zwar nicht bewährt, indem der Neumond kam und die Ruinen der Hauptstadt sammt den Chacras und Haciendas noch immer auf der Oberfläche stehen blieben; indessen dauerte das Erdbeben und das unterirdische Getöse fort, wenn auch nicht jeden Tag 120 Erdstöße zu spüren waren, wie zwischen den beiden Osternächten. Allem Anschein nach suchen die unterirdischen Kräfte hier irgendwo die Erdkruste zu sprengen und einen neuen Schornstein für ihre Dämpfe, Gase und feuerflüssigen Mineralien zu bauen. Wer dann im Bereich dieses neuen Kraters, seiner Aschenregen und seiner Lavaströme wohnt, hat immerhin für sein Leben zu fürchten.

Obwohl mehrfache Gründe zu beweisen scheinen, daß ein gewisser unterirdischer Zusammenhang mit dem großen Feuerheerde von Costa Rica bis Mexico besteht, so deuten doch die getrennten Erscheinungen an den einzelnen Vulkanen auf eine zeitweilige Unterbrechung dieser Verbindung. Seitdem die Reaction des Erdinnern gegen die äußere Kruste an Kraft abgenommen hat, scheint sich jene riesige vulkanische Werkstätte unter den verschiedenen Vulkanen in einzelne Feuerheerde getheilt zu haben und die frühere allgemeine Communication nur zeitweise durch die Explosionen jener elastischen Kräfte wieder hergestellt zu werden, welche nur dann ihre Thätigkeit entwickeln, wenn eine ungewöhnliche Masse eindringenden Seewassers eine größere und mächtigere Quantität von Dämpfen und Gasen hervorbringt. Ein berühmter Naturforscher bemerkt, daß das eigentliche Grauen, welches Jeden erfaßt, der ein Erdbeben zum ersten Mal erlebt, hauptsächlich von der Erschütterung unseres angeborenen Glaubens an das Feste und Starre unserer Erdrinde herrührt. Das plötzliche Aufhören dieser Vorstellung, die Erinnerung an die furchtbaren Umwälzungen, deren die Oberfläche unserer Erde in früheren Perioden unterworfen war, macht auf viele Menschen einen so entsetzlichen Eindruck, daß es einiger Zeit bedarf, bis die häufige Wiederholung dieser Zuckungen ihre Schauder mildert. Zerstörende Folgen der Erdbeben sind übrigens in Central-Amerika im Verhältniß zu deren Zahl äußerst selten. Wir beobachteten häufig unter den Eingeborenen, daß sich die Furcht, selbst bei gewaltigen Erdstößen, fast unmittelbar darauf verlor. In Fällen, wo die Schwingungen nicht heftig genug sind, um die Häuser zu beschädigen, spricht man nicht einmal davon. Wie oft waren wir in Guatemala, Costa Rica und San Salvador Augenzeuge davon, wie Leute, welche im ersten Schrecken ihre Heiligen anflehten und aus den wankenden Häusern auf die offenen Straßen flüchteten, schon im nächsten Augenblick wieder ganz ruhig ihren gewöhnlichen Beschäftigungen nachgingen, gerade als wenn nichts vorgefallen wäre. Die Ausrufungen und Geberden, welche bei so entsetzlichen Anlässen die spanischen Creolen und Ladinos stammeln, sind sonderbarer Weise niemals an Gott selbst, sondern an ihre Schutzheiligen oder den Landespatron gerichtet. Ereignet es sich, daß trotz dieser Anflehungen die Erdstöße fortdauern, so wechselt das Volk gemeiniglich unter lauten Gebeten und Gesängen den Namen des Heiligen, welcher helfen soll. An ruhigen Tagen hört man gebildete Männer häufig über die muthmaßlichen Ursachen der Erdbeben vernünftige Gespräche führen, wenn aber die Erde wirklich zittert und bebt, dann wenden auch sie sich an die „Santos" und erwarten von ihrem Einflusse allein Hülfe und Rettung.

Die Geschichte unserer Erdkruste sowie ihre Formationen zeigen ziemlich deutlich, daß seit der Entstehung des Menschengeschlechts die Zerstörungen jener unterirdischen Naturkräfte, verglichen mit früheren Perioden, sowol in räumlicher Ausdehnung, als in ihren Wirkungen bedeutend abgenommen haben. Und indem wir der Vergangenheit unseres Erdkörpers gedenken, mögen wir mit ziemlicher Wahrscheinlichkeit den Schluß ziehen, daß die Erde in einer spätern Epoche durch die verminderte Reaction des Innern gegen die äußere Kruste weit weniger von vulkanischen Ausbrüchen und Erschütterungen heimgesucht werden wird. Selbst die Verheerungen jener Kräfte, welche nicht ganze Schöpfungen zu Grunde gerichtet haben, werden sich seltener ereignen und die plötzlichen Unterbrechungen im organischen Leben in immer engere Schranken zurückgeführt werden. Bis zu jener Zeit aber müssen sich die Bewohner jener herrlichen Länder des tropischen Amerika mit christlicher Ergebung in ihr jetziges Schicksal fügen. Hat ihnen doch der Schöpfer als Entschädigung für diese Calamität auf den paradiesischen Hochebenen ein Klima des beständigen Frühlings und einen Boden von unermeßlicher Fruchtbarkeit geschenkt. Der Weltregierer scheint sich nun einmal in der Erhaltung jener großen Naturgesetze, die er einst gegeben, selbst nicht durch die Intervention aller Heiligen des spanischen Kalenders stören lassen zu wollen. Wenigstens haben sich alle derlei Mittel stets ohne Erfolg erwiesen; und obschon es bei ähnlichen Ereignissen niemals an Messen und Bittgängen fehlte, und die Bischöfe von Leon sogar alle Feuerberge ihrer Provinz getauft haben, — so wiederholen sich doch in gewissen Zeiträumen immer von Neuem die Ausbrüche ihrer Krater und die Erschütterungen des Bodens —

„Denn nicht ohne Ursach' und Zweck wirkt die Natur —
Nach ewigen, ehernen, großen Gesetzen müssen
Wir Alle unseres Daseins Kreise vollenden!"

IV.

Die Indianerstämme.

Die Indianer Central-Amerikas verglichen mit jenen Nord-Amerikas. — Trachten, Sitten und Gebräuche der Quiché-Indianer. — Geringer Einfluß katholischer Missionäre. — Heidnische Ceremonien bei katholischen Kirchenfesten. — Santa Catalina-Jstlávacan. — Padre Vicente Hernandez. — Thiere oder Menschen? — Der Ach-itz oder Sonnenpriester. — Indianische Opfergaben und Gottheiten. — Gebet eines Sonnenpriesters bei der Geburt eines Kindes. — Indianische Zeitrechnung. — Die verschiedenen Theorien über die Abstammung der mittel-amerikanischen Indianer. — Wissenschaft und Offenbarung. — Die Schöpfungslegende und nord-amerikanische Ethnographen.

Während die sogenannte rothe Race Nord-Amerikas, überall im Hinsiechen begriffen, das trostlose Bild einer absterbenden, dem unaufhaltbaren Untergange geweihten Bevölkerung bietet, zeigt sich dem Reisenden die Zukunft der Indianer Mittel-Amerikas in einem weit weniger düsterem Lichte. Die Hauptursache davon liegt wohl in dem Umstande, daß die Ureinwohner Nord-Amerikas ausschließlich Jagdvölker sind, während die lohbraunen Bewohner Mittel-Amerikas sich schon zur Zeit der Entdeckung und Eroberung des Landes durch die Spanier mit der Cultur des Bodens beschäftigten. In dem Maße, als der weiße Ansiedler gegen Westen vordringt und die Axtschläge der Squatters durch die Urwälder des Missisippi und Missouri schallen, wird der indianische Jäger mit jedem Jahr auf ein engeres Gebiet zurückgedrängt und sieht die Hauptquelle seines Unterhalts immer mehr versiegen. Die Jagd wird zusehends spärlicher und, an keine andere Beschäftigung gewöhnt, ist er häufig dem Hungertode preisgegeben. Selbst die bedeutenden Geldbeträge, welche die Regierung von Washington den verschiedenen Indianerstämmen in der Form von Annuitäten für abgekaufte Ländereien alljährlich durch ihre Agenten ausbezahlen läßt*), sind bei dem hartnäckigen Festhalten des Indianers an seinen alten Lebensgewohnheiten und seiner großen Neigung zum Trunk durchaus nicht geeignet, sein Loos erträglicher zu machen, und wandernde Krämer sowie wucherische Pelzhändler ziehen weit mehr Nutzen davon, als die unwissenden Söhne der Wildniß, für deren Besserbefinden diese Summen eigentlich bestimmt sind. Die Gesammtzahl der gegenwärtig noch in ganz Nord-Amerika lebenden Indianer beläuft sich nach dem letzten Census (1860) auf 294,431 Seelen**), welche sich

---

*) Die Zahl der von der nord-amerikanischen Regierung den verschiedenen Indianerstämmen abgekauften Ländereien beträgt über 500,000,000 Acres, wofür eine Summe von ungefähr 100,000,000 Dollars den Indianern als Entschädigung gezahlt wurde.

**) Diese indianische Bevölkerung, welche noch vollkommen ihren urthümlichen Charakter beibehalten hat, vertheilt sich auf folgende Staaten und Territorien:

Im Westen von Arkansas	65,680	Seelen.
Californien	13,540	„
Georgien	377	„
Indiana	384	„
Kansas	8,150	„
Michigan	7,777	„
Minnesota	17,900	„
Mississippi	900	„
New-York	3,785	„
Nord-Carolina . . .	1,499	„
Oregon	7,000	„
Tennessee	180	„
Wisconsin	2,883	„
Collorado-Territorium .	8,000	„
Dahkota-Territorium .	39,664	„

leider in einer so raschen Abnahme befinden, daß man, ohne gerade Prophet zu sein, gewissermaßen den Zeitpunkt zu bezeichnen vermag, an welchem der letzte der amerikanischen Urrace aus den vereinigten Staaten verschwunden sein wird. Der Stamm der Winnebago-Indianer z. B., welcher im Jahre 1836 noch über 8000 Seelen zählte, ist auf 900 Individuen zusammengeschmolzen. Dasselbe Verhältniß der Abnahme zeigt sich unter den Chippewas am obern See und den Sioux oder Dahkotas im Westen des Mississippi.

Ganz verschieden dagegen erscheint der Zustand der ackerbautreibenden Indianer Mittel-Amerikas, welche, über ein Areal von 155,644 englischen Quadratmeilen zerstreut, eine Seelenzahl von mehr als eine Million Individuen oder ungefähr die Hälfte der Gesammtbevölkerurg des ganzen Ländergebietes von Soconusco an der mexicanischen Grenze bis zur

---

Nebrasca-Territorium .	3,072	Seelen.
Nevada-Territorium . .	7,550	„
Neu-Mexico-Territorium	55,100	„
Utah-Territorium . .	20,000	„
Washington-Territorium	31,000	„
	294,431	Seelen.

Rechnet man hierzu die Zahl der sämmtlichen gegenwärtig noch in den brittischen Besitzungen in Nord-Amerika lebenden Indianer, welche kaum noch 50,000 Individuen erreichen, so beträgt die Gesammtzahl der kupferfarbenen Bewohner Nord-Amerikas nur noch 344,431 Seelen, während die schwarze Bevölkerung über vier Millionen ausmacht (487,996 farbige Freie, 3,953,760 Sclaven) und in rascher Zunahme begriffen ist.

Landenge von Panama ausmachen*). Nebst ihrer landwirthschaftlichen Beschäftigung ist es namentlich ihr günstiges numerisches Verhältniß zu den weißen Ansiedlern (welche letztere kaum 100,000 Seelen betragen, während die Mischbevölkerung 800,000 und die Neger 12,000 Seelen ausmachen), sowie die äußerst geringe und nur allmälige Zunahme der nordischen Einwanderung, wodurch sich die mittel-amerikanischen Indianer über ihre Stammgenossen in den Vereinigten Staaten im entschiedenen Vortheil befinden. Mit sehr geringer Ausnahme an der Ostküste im Staate Costa Rica und an der sogenannten Balsamküste im Staate San Salvador, wo wir noch einzelne nomadisirende Indianerstämme antrafen, leben die Urbewohner Mittel-Amerikas größtentheils auf festen Wohnsitzen angesiedelt und beschäftigen sich hauptsächlich mit der Cultur eines überaus fruchtbaren Bodens. Nirgends haben sie jenes wilde, wunderliche Aussehen, wie im Westen des Mississippi, wo ich noch im Jahre 1852 in der Nähe der St. Anthony-Fälle mehrere Tausend halbnackte Dahkota-Indianer, Gesicht, Hände und Brust auf das seltsamste mit rothen, gelben und grünen Farben

*) Nach den neuesten Angaben beträgt die Zahl der Vollblutindianer in jedem einzelnen der fünf central-amerikanischen Freistaaten annäherungsweise:

In Guatemala	650,000	Indianer.
Honduras . .	120,000	"
San Salvador	150,000	"
Nicaragua .	80,000	"
Costa Rica .	5,000	"
	1,005,000	Indianer.

befleckt, eine bunte Wolldecke über die braunen Schultern geworfen, versammelt gesehen habe. Die Tracht der Indianer Mittel-Amerika's ist zwar gleichfalls nicht ohne romantischen Anstrich, aber sie hat unter dem Einfluß der Civilisation den Charakter der Wildheit eingebüßt. Selbst im Staate Guatemala, wo gegenwärtig noch die meisten Vollblutindianer anzutreffen sind und wo sie den bei weitem größten Theil der Bevölkerung bilden *), zeigen die Eingebornen in Tracht, Sitten und Gebräuchen einen Anflug von europäischer Cultur, wenngleich im Wesentlichen die Zustände noch ziemlich dieselben sind, wie zur Zeit, wo Petro Alvarado mit einer Horde spanischer Abenteurer und einer kleinen Zahl fanatischer Mönche sich beeiferte, die freien Bewohner des neuentdeckten Erdstriches durch Schwert, Brandmal und Folter dem König von Castilien zu unterwerfen und zur Religion der „Nächstenliebe" zu bekehren. Namentlich in den sogenannten Altos oder dem Hochlande von Guatemala ist der Zustand des Volkes noch von sehr primitiver Natur. Man wandelt daselbst völlig auf dem klassischen Boden der Indianergeschichte und dies ist Ursache, daß wir hauptsächlich

*) Die Gesammtbevölkerung von Guatemala beträgt 900,000 Seelen, darunter sind kaum 10,000 vollkommen Weiße und 140,000 Mischlinge (Ladinos), der Rest (750,000) sind noch Vollblutindianer vom Stamme der Tolteken, der Quichés und der Kachiquelen, welche um die Mitte des 11. Jahrhunderts die alte Toltekenresidenz Tula verließen und, der Eingebung eines Orakels folgend, nach Süden zogen, um in den Bergen des heutigen Guatemala, in der Nähe des Attitangsee, ein neues Reich zu gründen, welches sie, zur Erinnerung an ihren geliebten Führer, Quiché nannten.

die Bewohner des alten Quichéreiches zum Gegenstand dieser kulturhistorischen Skizze zu machen beabsichtigen. In Quesaltenango, Sunil, Santa Catalina-Istlavacan, Momostenango, Utatlán, Totonicapam, Santa Cruz del Quiché u. s. w. haben die Ansiedelungen der Eingebornen, sowie diese selbst ihre Urthümlichkeit bewahrt, wenn schon weder ihre Tracht, noch ihre Wohnsitze jenen barbarischen Anstrich haben, wie der Anzug und die Wigwams der nomadisirenden Jägervölker des Nordens. Die Männer, kräftige Gestalten von lohbrauner Körperfarbe mit eckig hervorstehenden Backenknochen, schmaler Stirn, stechend schwarzen Augen und struppigem, dunklem Kopfhaar, tragen in der Regel kurze, braune Jacken und weiße, weite Hosen, die, nur bis zu den Knieen reichend, um die Hüften mit einer buntfarbenen Binde befestigt sind. In diesem Anzuge besuchen sie die Märkte der größeren Städte, wohin sie die Produkte des eigenen oder fremden Bodens bringen.

Die Indianerweiber haben eine nicht minder einfache Toilette. Sie tragen ein breites, grobes, buntfarbiges Stück Tuch (enágua) in der Form eines Rockes um den Leib gewunden, das mit dem einen Ende an der linken Hüfte festgemacht ist, sodann ein kurzes, leinenes Oberhemd (quipil), das zuweilen sehr zierlich mit rothen und blauen Fäden ausgenäht erscheint. In die zu Zöpfen geflochtenen, langen, pechschwarzen Kopfhaare winden sie vielfach rothe und gelbe Bänder, wodurch der Kopfputz ein äußerst malerisches Aussehen gewinnt.

Die Indianerkinder sind meist noch naturthümlicher gekleidet und laufen bis zu einem Alter von 7—8 Jahren völlig nackt herum.

Die Lebensweise der Urbewohner der Altos ist eine äußerst einfache und anspruchslose. Ihre Wohnungen sind zwar in Rücksicht des kühleren Klimas (die mittlere Jahrestemperatur ist daselbst ungefähr 17° Cels.) nicht blos offene Ranchos aus Schilfrohr und den Blättern von Palmen und Helikonien, wie jene der Eingebornen in der heißen Tiefebene, sondern gemauerte Häuser aus Lehm mit Ziegeldächern, aber im Innern herrscht die gleiche Dürftigkeit.

In dem fast leeren Raume erblickt man außer einer einfachen, hölzernen, mit Strohgeflechten überdeckten Schlafstelle höchstens noch ein Paar Bänke und einen Tisch. Die ganzen Habseligkeiten der Familie hängen gewöhnlich an aufgespannten Stricken oder in Netzen herum, indeß das Werthvollste in einer kleinen Holztruhe in einem Winkel der Stube aufbewahrt ist. Die Koch- und Eßgeräthschaften bestehen größtentheils nur aus Thon, Holz und den ausgehöhlten Früchten des Jikarabaumes *) (Crescentia sp.). Die Nationalgerichte, welche sich auf der einfachen Tafel des Indianers häufig wieder begegnen, sind: Tamal (eine Art Maisbrot), Pipian, ein indianisches Ragout, und Pul-ik, eine mit Mais und rothem Pfeffer bereitete Fleischspeise. Der Lieblingstrank der Indianer von Guatemala ist die Chicha **), ein aus den gegohrenen, pflaumenartigen Früchten

*) Sprich: Chikara (i. e. Chokoladentasse).

**) Sprich: Tschitscha.

des Jocotebaumes gewonnenes, berauschendes Getränk, und die Pulque, welche aus dem Safte der Agave Americana bereitet wird.

Die Lebensgewohnheiten der heutigen Indianer lassen überhaupt vermuthen, daß dieses Volk auch unter der glorreichen Herrschaft Montezuma's in seinen häuslichen Einrichtungen niemals viel Luxus entfaltet hat. Ihre Wohnhäuser scheinen zu allen Zeiten in den Tiefebenen nur luftige Bauten aus Rohr und Palmenblättern, und in den Höhen gemauerte Hütten aus luftgetrockneten Ziegeln (adobes) gewesen zu sein, welche, sobald sie länger unbewohnt blieben, rasch der Zerstörung anheimfielen. Dadurch erklärt sich auch, warum bis jetzt außer den Resten von Denkmalen, welche die Urbewohner ihren Götzen errichteten, und den Trümmern einzelner, zu religiösen Ceremonien verwendeter Stufengebäude fast kein einziges bedeutendes Bauwerk aufgefunden wurde, welches man für die einstmalige Behausung irgend eines vornehmen oder reichen Indianers ansehen könnte, deren es in der Blüthezeit des Quichéreiches doch gewiß viele gab. Der einzige Luxus, welchem man zuweilen in dem sonst in jeder Beziehung dürftigen Hauswesen der Indianer der Altos von Guatemala begegnet, ist das Temaskal, eine Art Schwitzbad. Fast jedes Haus besitzt einen niederen Zubau, der einem Backofen ziemlich ähnlich sieht und in welchen mittelst einer Vorrichtung heiße Luft hineingeleitet wird. In diesem erhitzten Raum verweilt der Indianer oft stundenlang mit seiner ganzen Familie und die Eingeborenen sind sogar geneigt, eine gesteigerte

Fruchtbarkeit der Frauen dem häufigen Gebrauche dieses heißen Luftbades zuzuschreiben. Eine solche Schwitzkur, auf welche jedoch nicht, wie in Europa, eine Abkühlung mit kaltem Wasser folgt, gilt unter den Indianern als eine der wirksamsten Heilmethoden, zu welchen sie in den heterogensten Krankheitsfällen ihre Zuflucht nehmen.

Während so die Indianer Guatemala's in Tracht, Beschäftigung und Umgang nur wenig die heidnischen Urbewohner der Cordilleren verrathen lassen und sich sogar dem Anschein nach zur katholischen Lehre bekennen, halten sie andererseits in ihrem Innern noch immer fest an den rohen Sitten und Gebräuchen ihrer götzenanbetenden Vorältern. Ja, es ist überraschend zu sehen, welch geringen Einfluß die katholische Kirche seit drei Jahrhunderten, trotz dem Zauber ihres kirchlichen Apparates und den gewaltigen, oft grausamen Mitteln, welche ihr zu Gebote standen, auf die Herzen und die Ueberzeugung der Indianer zu üben im Stande war. Noch fortwährend erscheinen diese lohbraunen Bewohner der Mehrzahl nach ungläubig uud unbekehrt und würden, sich selbst überlassen, wohl bald wieder ins Heidenthum zurückfallen. Das fühlen auch sowohl die weltlichen, als die geistlichen Autoritäten des Landes, allein es liegt nicht in ihrer Macht, diesem Uebel entgegenzuwirken. Indem sich die Indianer alle Lasten und Bürden der katholischen Kirche geduldig gefallen lassen und sich stillschweigend ihren Geboten fügen, üben sie ihren Götzendienst und ihre heidnischen Gebräuche gleichwohl im Geheimen fort. Dabei hält es bei ihrem unbeugsamen Starrsinn und der Verschlossenheit ihres Charakters unendlich schwer, ihnen in dieser Beziehung auch nur die geringste Mittheilung zu entlocken. Schon die ältesten Geschichtschreiber und Missionäre klagen über die hartnäckige Schweigsamkeit des Indianervolkes, von welchen nur die Frauen zuweilen eine Ausnahme zu machen schienen. „Si no es por via de mujeres, no se sabe nada“ (wenn es nicht durch die Frauen geschieht, erfährt man gar nichts), schreibt Antonio Herrera in der 4. Decade seines spanischen Geschichtwerkes, wo von den dürftigen Traditionen die Rede ist, welche über die ältere Geschichte dieses räthselhaften Volkes uns bekannt geworden sind. Aber sogar die Frauen scheinen von den frommen Vätern jener Zeit — wenigstens in historischen Dingen — nicht häufig und nicht umständlich befragt worden zu sein oder das Wichtigste aus Furcht vor Bestrafung verschwiegen zu haben, sonst könnte sicher nicht bis zum heutigen Tage in der Kenntniß der älteren Geschichte, sowie in Bezug auf den Götzendienst der Urbewohner Central-Amerika's eine so bedauerliche Lückenhaftigkeit und Ungewißheit herrschen.

Die Beibehaltung einzelner heidnischer Ceremonien, welche den ersten katholischen Missionären eine besonders vortheilhafte Maßregel zu sein schien, um die Zahl indianischer Neophyten zu vermehren, ist um so bedauerlicher, als durch dieselben nicht im Geringsten der beabsichtigte Zweck erreicht wurde, während die Christuslehre wesentlich in ihrer Würde und ursprünglichen Reinheit einbüßte. Fast jedes Kirchenfest umgibt hier ein gewisser abgöttischer Nimbus. Mehrmals im

Monat finden unter großem Zulauf Prozessionen statt, wobei in der Regel eine mit wenig Kunstsinn geschnitzte Holzfigur, diesen oder jenen Schutzheiligen vorstellend, auf das bunteste und geschmackloseste aufgeputzt *), unter dem Vortritte des Ortspfarrers mit dem Venerabile und gefolgt von zahlreichen Indianerweibern in festlicher Tracht, mit langen brennenden Wachskerzen, um den Hauptplatz des Dorfes herumgetragen wird. Ein solcher Umzug ist gewöhnlich von häßlich maskirten Tänzern mit Thierlarven begleitet, welche unter Schellengeklingel, Pfeifenspiel und wilden, einförmigen Trommelschlägen auf die burleskeste Weise vor den Heiligen herumhüpfen und der Prozession durch ihre rohe Ausgelassenheit weit eher das frivole Ansehen eines übermüthigen Fastnachtszuges, als den ernsten Charakter einer christ-katholischen Kirchenfeier verleihen.

Derartige Prozessionen beschränken sich jedoch keineswegs auf einzelne, weltabgeschiedene Indianerdörfer, sie finden sogar in den Hauptstädten des Landes und am Sitze des Bischofs statt. Ich war wiederholt Augenzeuge solcher religiösen Feierlichkeiten, von denen mir besonders eine im Gedächtniß geblieben, welcher ich am Frohnleichnamstag in Guatemala im Stadtviertel des Calvarienberges (barrio del Calvario) bei-

*) Die Art und Weise, wie dies geschieht, muß vielfach den geläuterten Kunstgeschmack des gebildeten Reisenden verletzen. So z. B. sah ich bei Gelegenheit der Frohnleichnams-Prozession im Dorfe Istlávacan die Holzfigur des Erlösers in orientalischer Kleidung mit breitem, rothem Turban und gelben Pantoffeln auf einem plump geschnitzten Maulthier reitend, mitten unter Masken, Geigern und Tänzern einhertragen.

wohnte. Vier sogenannte Riesen, kolossale, 10 Fuß hohe Figuren mit Mohrenlarven und weiten, bunten, tief bis zum Boden reichenden Kleidern, unter denen Menschen stacken, die sie fortbewegten, eröffneten den Festzug. Ihnen folgten allerhand Carrikaturen mit Thierköpfen und langen rothen und schwarzen Perrücken, welche zu einer wilden Indianermusik tanzten, während andere weibliche und männliche Masken im buntesten Kostüm mit Trommeln, Schellen und Glocken, sogar die Umstehenden mit ihren rohen Späßen nicht verschonten. Auf diese wunderliche Avantgarde kamen die Heiligen der katholischen Kirche in ihren prachtvollsten Gewändern und zum Schluß das Sanctissimum unter einem Traghimmel, von vier katholischen Priestern begleitet und gefolgt von den höchsten geistlichen und weltlichen Würdenträgern des Staates.

Wenn der Umzug durch die Straßen vorüber ist, begeben sich die Masken in der Regel in das Haus des Pfarrers, des Alcalden und anderer angesehener Einwohner und führen daselbst gewisse Tänze auf, welche unstreitig in Beziehung zu ihrer heidnischen Vergangenheit stehen, denen aber eine so dunkle Idee zu Grunde liegt, daß sich selbst die indianischen Zuschauer über die eigentliche Bedeutung des Dargestellten nur selten Rechenschaft zu geben vermögen. Die Tänze haben zwar verschiedene Namen, wie z. B. Maurentanz (baile de los moros), Montezumatanz, Venadotanz, Partidariostanz u. s. w.; sie scheinen sich aber alle ziemlich ähnlich zu sein. Während meiner Anwesenheit im Dorfe Palin hatte ich Gelegenheit, im Pfarrhofe an der Seite des katholischen

Seelenhirten (einem geborenen Elsaſſer) den Montezumatanz aufführen zu sehen. Ein Indianer erschien, als König Montezuma verkleidet, mit vier Kapitänen, einem Mädchen Namens Malinha und zwei lustigen Personen (burlas) mit Affenlarven. Nachdem die Darstellenden vor den Zuschauern unzählige Complimente gemacht, tanzten sie nach einander zu einer höchst monotonen Musik*), blieben mit einem Male stille stehen, sprachen einige unverständliche Worte, welche die Darstellung erläutern sollten, und trippelten hierauf ohne alles Gefühl und allen Ausdruck neuerdings eine Zeit lang im Hofraum, der zum Schauplatz diente, herum. Während Malinha um die beiden lustigen Personen in Affenlarven sich drehte und sprang, saßen der König und seine vier Kapitäne auf herbeigebrachten Stühlen und hatten ihre Augen weit mehr auf die Zuschauer und die Geldgeschenke, welche auf den herumgereichten Teller fielen, als auf die Gesten der Tänzer gerichtet. Endlich erhob sich der König und sprach, gleichsam zur Erklärung des Darauffolgenden, ähnlich wie in den alten Volksspielen, die Worte: „Ahora impeza la oracion!“ (jetzt beginnt die Rede) worauf einer der Kapitäne eine kurze Anrede hielt, welche jedoch keines-

*) Die Musikinstrumente, deren sich die Indianer bedienen, sind: el pito (Pfeife), el atambor (Trommel), el tun und la tortuga (Schildkröte). Der „Tun“ ist ein 18 Zoll langes Stück ausgehöhltes Ebenholz von 4 Zoll Durchmesser, auf welches mit einem kleinen Holzstäbchen geschlagen wird. Die „Tortuga“ ist ein aus den beiden festen Theilen der Landschildkröte verfertigtes Instrument, welchem die Indianer ganz eigenthümliche Töne zu entlocken verstehen, indem sie, wie beim „Tun“ mit einem hölzernen Stäbchen darauf schlagen.

wegs zum bessern Verständniß des Dargestellten beitrug. Das Gesprochene war eben so stüpid und ausdruckslos, als das Getanzte. So z. B. sagte einmal die lustige Person mit der Affenlarve:

Yo soy mico del Monte
Y no tengo para decir,
Tengo mano por delante
Y colo por detras. *)

Den Schluß des Tanzes bildete ein Ensemble der kleinen Truppe, worauf die lustige Person noch einige Worte des Dankes in spanischer Sprache an die Versammlung richtete.

Als die Tänzer vom Pfarrhof nach dem Hause des Alkalden, eines Vollblut-Indianers, zogen, um daselbst ebenfalls den Montezumatanz aufzuführen, empfing sie der Hauswirth an der Thürschwelle, während seine Frau, auf dem Boden knieend, in indianischer Sprache ein unverständliches Gebet hermurmelte. Auch mehrere weibliche Zuschauer knieten nieder. Schon während des Tanzes wurde von dem Auditorium sehr viel geschrien und getrunken und der Hauswirth hatte vollauf zu thun, die herumgereichte Branntweinflasche immer wieder von Neuem zu füllen. Je öfter sich die Aufführung des Tanzes in den verschiedenen Häusern bemittelter Indianer wiederholte, desto mehr nahm die Aufregung der Tanzenden

*) Ich bin der Affe des Waldes
Und vermag nichts zu sagen,
Habe Hände von vorne
Und rückwärts den Schwanz.

und die Trunkenheit der Zuschauer zu, bis endlich bei einbrechender Nacht das zu Ehren des heiligen Schutzpatrons des Ortes begangene Fest in eine wilde Orgie ausartete. Männer und Weiber sah man unter der Wirkung übermäßigen Branntweingenusses in unzurechnungsfähigem Zustande nach Hause taumeln und der Verbrauch dieses geistigen Getränkes war an diesem einzigen Tage so groß, daß, wie mich der Ortsschulmeister am andern Morgen ganz naiv versicherte, „das Dorf ohne einen Tropfen Branntwein aufstand!“ *) Oft wird der Verdienst eines ganzen Monats an einem solchen Fest vergeudet. Leider besitzen die katholischen Geistlichen nur selten so viel Macht und Einfluß über ihre indianischen Pfarrkinder, um diesem Uebel abhelfen zu können. Sie stehen in Folge der vielfachen Grausamkeiten, welche sich die ersten Mönche in ihrem religiösen Fanatismus zu Schulden kommen ließen, bei den braunen Eingebornen noch heute in üblem Rufe. Die Nachkommen Quahutimoc's und Nima-Quiché's haben es nicht vergessen, daß auf den Eroberungszügen der spanischen Machthaber durch Central-Amerika das Symbol des Christenthums stets vom eisernen Brandmal (el hierro real!) und der Folter

---

*) „El pueblo maneció sin una gotta de aguardiente.“ Nach einer Mittheilung eines Dorfbewohners in Palin, einem Orte von circa 5000 Seelen, sollen jährlich am Theresienfeste (oder Tab-jel Santa Teresa, wie es die Indianer nennen) an 3000 Bouteillen Aguardiente im Werthe von 800 Pesos (1120 Thaler) verbraucht werden. Dieses Getränk, unserm Fusel ziemlich ähnlich, welches bekanntlich aus dem Saft des Zuckerrohrs bereitet wird, kommt mit 18—20° in den Handel und kostet 2 Realen oder 10 Silbergroschen die Bouteille.

begleitet war und die Unterwerfung und „Erlösung" der verschiedenen Indianerstämme weit mehr einem Werke roher Vernichtung, als dem einer christlich-humanen Bekehrung glich. Die Habsucht und der Egoismus späterer Missionäre haben nicht beigetragen, diese ursprüngliche Abneigung zu vermindern. Noch heut zu Tage nennt man den Pfarrer in der Quichésprache Ki-sol-re-le-ak-uch oder Aufesser der Hühner, was davon herrührt, daß die Indianer von diesem Geflügel einen unerschwinglichen Tribut zu leisten hatten. So müssen die Bewohner der Gemeinde Istlávacan (circa 25,000 Seelen) jährlich 7000 Hühner und 15,000 Eier dem Pfarrer als Zehent abliefern. Aehnliche Obliegenheiten bestehen in den meisten indianischen Gemeinden. Es gibt keinen einzigen wichtigen Moment im Leben eines Indianers, von dem nicht der Dorfpfarrer irgend einen erheblichen materiellen Nutzen ziehen würde. Am empfindlichsten ist dies bei ehelichen Verbindungen der Fall, wo das künftige Paar oft Monate lang auf dem Besitzthum des Pfarrers zubringen und umsonst arbeiten muß, bevor es der Padre in der „santa doctrina" hinlänglich unterrichtet erklärt, um heirathen zu können. In der That aber benutzt der katholische Pfarrer diese sogenannte Lehrzeit nur dazu, um die Arbeitskraft des jungen Paares nach allen Richtungen hin auszubeuten und sich zugleich von den besorgten Brauteltern, welche sich aus mehr als einem Grunde nach dem Vollzug der Heirath sehnen, allerhand Geschenke machen zu lassen.

Eine Hauptursache, warum das Verhältniß zwischen den

Ureinwohnern und den katholischen Seelsorgern kein erfreulicheres und herzlicheres ist, besteht in der geringen Pflege, welche man seit den Tagen der Eroberung dem Studium der indianischen Idiome geschenkt hat. Ich habe während zweijähriger Wanderung durch die fünf Staaten Mittel-Amerika's sehr wenige Geistliche kennen gelernt, welche auch nur einigermaßen der Sprache jener Bevölkerung mächtig waren, die sie in der katholischen Glaubenslehre unterrichten, welcher sie die Tröstungen der christlichen Religion gewähren und verständlich machen sollten. In den ersten Zeiten nach der Besitznahme des Landes durch die Spanier war es die Verordnung der Regierung Karls V., „die katholische Glaubenslehre den Eingebornen ausschließlich in der spanischen Sprache beizubringen," wodurch das Studium der indianischen Idiome vernachlässigt wurde. Man wollte, daß die Urbewohner gleichzeitig mit der Sprache ihrer Väter auch ihre Vergangenheit, ihre heidnischen Sitten und Gebräuche vergessen sollten. Allein es wäre viel natürlicher und zweckentsprechender gewesen, daß sich der Geistliche die Kenntniß der Sprache seiner Pfarrkinder zu eigen gemacht hätte, als von diesen die Erlernung des spanischen Idioms zu verlangen. Denn abgesehen von dem gründlichen Widerwillen der Indianer gegen Alles, was spanisch ist, finden dieselben bei ihrer trägen Natur kaum Zeit, um für mehr als ihren Lebensunterhalt zu sorgen. Sogar seinen Kindern verweigert der Indianer hartnäckig den Segen des Unterrichts, weil er diese als „seine Füße und Hände" betrachtet, welche ihm bereits von dem Zeitpunkt an, wo sie gehen und schaffen können, in seinen Arbeiten helfen und unterstützen müssen. Und als sich allmählich ein kleiner Theil der Eingebornen die spanische Sprache nothdürftig angeeignet hatte, glaubte man um so leichter und ersprießlicher auf der eingeschlagenen Bahn fortschreiten und sich bei einer scheinbaren Aussicht auf Erfolg gleichzeitig die schwere Mühe der Erlernung der verschiedenen indianischen Dialekte ersparen zu können. Nur wenige scharfsichtigere Missionäre hatten eine andere Anschauung und suchten mit großer Anstrengung die Sprachen der ihrer geistlichen Obhut anvertrauten Pfarrkinder sich so gründlich eigen zu machen, um nicht nur die Eingebornen im Idiom ihrer Väter zu unterrichten, sondern auch Grammatiken und Wörterbücher anfertigen zu können. Ihrer edlen Aufopferung verdankt die Kirche das Häuflein wahrhaft bekehrter Seelen und die Wissenschaft jenen Schatz von philologischen Arbeiten, der um so werthvoller, je kleiner er ist.*)

Einer dieser wenigen gründlichen Kenner indianischer Sprache ist der geistreiche Padre Vicente Hernandez, früher Franziskanermönch und, seit der Aufhebung der Klöster durch General Morazan, Pfarrer von St. Catalina, Istlávacan im Hochlande von Guatemala. Wunderbar ist der sittigende Einfluß, den dieser edle Mann durch seine umfassende Kenntniß der Quiché- und Kacchiquelsprache auf die Indianer seines

*) Es dürfte sich in ganz Mittel-Amerika kaum mehr als ein halb Dutzend Wörterbücher von den verbreitetsten Indianersprachen vorfinden und vielleicht eine noch geringere Anzahl von Missionären, welche von der einen oder anderen dieser Sprachen eine gründliche Kenntniß besitzen.

Kirchsprengels übt. Istlávacan (zu deutsch Frauenfuß) ist ein einsames, mitten von steilen, mächtigen Bergen umschlossenes Dorf, auf einer Höhe gelegen, wo die üppige Vegetation der Tropen längst aufgehört hat, und wo unter dem Einflusse eines nordischen Klimas nur der gesteigerte Fleiß der Bewohner die geringere Ertragsfähigkeit des Bodens zu ersetzen im Stande ist. Die nämlichen gewaltigen Berge und giganten Felsmassen, welche den Künstler, den Dichter und den Naturfreund in eine gehobene Stimmung versetzen, erscheinen dem Bebauer des Bodens als eben so viele peinliche Hindernisse, um die Mittel seiner Existenz zu vermehren.

Allein trotz der Ungunst des Klimas und der Bodenverhältnisse, mit welchen dieses rührige Völkchen auf der bedeutenden Höhe von 8000 Fuß über dem Meere, auf welcher es angesiedelt ist, zu kämpfen hat, producirt die in drei Dörfern vertheilte Gemeinde von 25,000 Seelen, welche 5600 Feldarbeiter zählt, jährlich circa 45,000 Fanegas *) Mais, 32,000 Fanegas Weizen, 5000 Fanegas Bohnen, 1500 Fanegas Kartoffeln und 20,000 Pfund Schafwolle. Dem Einflusse des Padre Hernandez, dem die Eingebornen ihre Noth in ihrer eigenen Sprache klagen können, ist es gelungen, Branntwein und Spiel aus der Ansiedlung zu verbannen und die Bewohner zu fleißigen, arbeitsamen Menschen heranzubilden. Er ist der Frennd, der Arzt, der Rathgeber und Wohlthäter der Gemeinde. Mit einem von den Indianern

*) Ein Fanega = 4 Arrobas = 1 Centner.

gewählten Governador und einer Anzahl von Alcalden und Fiscalen leitet er ihre weltlichen Angelegenheiten und hat in allen Vorkommnissen des bürgerlichen Lebens eine maßgebende Stimme.

Ich besuchte im Juni 1854 diese weltabgeschiedene, meilenweit nur von hohen Bergen und dichten Wäldern umgebene Indianeransiedlung. Die Unwirthbarkeit dieser Gegend übertrifft jede Beschreibung. Einmal kamen wir an einen ungefähr 40 Fuß breiten Bergstrom, von den Indianern Massâ genannt, den wir in einer Höhe von ungefähr 60 Fuß auf zwei dicken, quer über den Fluß gelegten Baumstämmen mit Thieren und Gepäckstücken überschreiten mußten. Nach unsäglicher Mühe am entgegengesetzten Ufer angelangt, stellten sich der Fortsetznng unseres Rittes nicht minder bedenkliche Hindernisse entgegen. Ein kolossaler, jäh aufsteigender Felsblock schien jedes weitere Vordringen unmöglich zu machen. Nirgends auf der ganzen Steinmasse vermochte man sich festzuhalten und glitt der Fuß auf der schlüpfrigen Fläche zufällig aus, so war Sturz und Tod unvermeidlich. Es vergeht auch kein Jahr, wo nicht selbst von den wenigen Wanderern, welche ihr Beruf durch diese Urforste führt, zwei oder drei der erwähnten gefährlichen Passage zum Opfer fielen. Gleichwohl sind die civilisationsscheuen Indianer dieser Bergregion nicht zur Ausbesserung dieser lebensfeindlichen Stelle zu bewegen. Bleiben sie doch durch eine solche Unwegsamkeit desto länger und sicherer von einem lebhafteren Verkehr mit der Außenwelt abgeschlossen!

Nach einem vierzehnstündigen beschwerdevollen Ritte

erreichten wir endlich Istlávacan. Der Pfarrer des Dorfes, der gastliche Padre Vicente Hernandez, durch den Corregidor des Distrikts von unserm beabsichtigten Besuche in Kenntniß gesetzt, empfing uns auf das Freundlichste und Zuvorkommenste. Seine Wohnung war klein und unansehnlich, aber gemächlich eingerichtet. Vor dem Wohnhause stand eine Anzahl von Indianerknaben, unaufhörlich bereit, die Befehle des hochwürdigen Herrn entgegen zu nehmen. Ich sah diese wilden Pagen niemals in das Zimmer selbst treten; Padre Vicente verkehrte mit ihnen immer nur durch das Fenster oder die Thür. So oft diese Jungen mit dem Pfarrer sprachen, veränderten sie stets ihre natürliche Stimme und schlugen dieselbe um ein Paar Töne höher an, was unter den meisten Indianerstämmen als ein Zeichen besonderer Hochachtung und Devotion gilt.

Am Morgen nach meiner Ankunft kam der Häuptling der Indianer von Istlávan zum Pfarrer, um sich die Erlaubniß zu erbitten, im Vereine mit den andern indianischen Autoritäten des Dorfes den Fremdling bewillkommnen zu dürfen. Die Begrüßung geschah in einer ziemlich geräumigen Stube, deren Einrichtung jedoch nur aus einem Tische und wenigen Stühlen bestand. Eine Anzahl von 20 Männern, meistentheils schöne, kräftige Gestalten, waren bereits versammelt, als der Pfarrer und ich eintraten. Die scharfeckige Form ihrer Backenknochen, die niedern, schmalen Stirnen, ihre stechend schwarzen Augen, ihre platten, breiten Nasen, ihre struppigen, dunklen Kopfhaare, ihre

Bartlosigkeit und die lohbraune Farbe ihres Körpers schienen hier mehr wie bei andern von uns besuchten Indianerstämmen Central-Amerikas den unvermischten Urtypus zu bekunden. Da das Klima in den Bergen von Istlávacan schon ziemlich rauh ist, so kleiden sich dessen Bewohner größtentheils in grobe Wollstoffe von dunkelbrauner Farbe, welche im benachbarten Quesaltenango, der Hauptstadt der Altos, fabricirt werden.

Der Häuptling hielt nun in der Quiché-Sprache eine Anrede, welche Padre Vicente die Güte hatte, mir ins Spanische zu übersetzen. Dieselbe drückte die Freude der Bewohner von Istlávacan darüber aus, einen Fremden in ihrer Mitte zu sehen, welcher durch seinen Besuch, wie durch die Aufnahme, die er findet, das verläumderische Gerücht widerlegen könne, als lebten in diesen Bergen nur Wilde und Mörder, als seien sie keine Menschen, sondern nicht viel besser als Thiere*). — Ich antwortete hierauf, wie glücklich ich mich fühlte, der Dolmetscher ihrer guten Gesinnungen bei der Regierung von

*) Die Meinung der Indianer, daß sie von der weißen Race für nicht viel besser als Thiere gehalten würden, findet ihre Begründung in den böswilligen Berichten, welche um das Jahr 1536 von den damaligen spanischen Colonisten in höchst egoistischer Absicht über die Urbewohner Mittel-Amerika's nach dem Mutterlande gesandt wurden, in Folge dessen sich Papst Paul III. sogar bewogen fand, ein besonderes Breve d. d. Rom, 10. Juni 1537 zu erlassen: „Attendentes Indos ipsos utpote veros homines non solum christianae fidei capaces existere, sed, ut nobis innotuit, ad fidem ipsam promptissime currere.“ (Vergl. Herrera, Ocho Decades. vol. I. p. 139—141.)

Guatemala sein und von dem herzlichen Empfange berichten zu können, der mir in meiner Eigenschaft als Fremder in diesem herrlichen Berglande zu Theil geworden ist. Ja, ich konnte nicht unterlassen, hinzuzufügen, daß wohl keine gebildete Nation der Erde sie mehr für vernunftlose Menschen oder gar für Thiere halte, sondern für Wesen, hervorgegangen aus derselben gewaltigen Schöpferhand, gleichberechtigt zum nämlichen Welt- und Seelenheile.

Als Padre Vicente diese Worte den anwesenden Indianern verdolmetschte, warfen sie sich alle auf die Erde und, indem sie unverständliche Worte vor sich hinmurmelten, suchten sie durch Mienen und Geberden ihren Dank und ihr Entzücken über diese Versicherung kundzugeben. Es war wirklich ergreifend, zu sehen, wie diese braunen Söhne des Waldes, an deren Race die spanischen Eroberer so mörderische Grausamkeiten verübt, jetzt einem weißen Fremdling dafür Dank wußten, daß er sie nicht für Thiere oder Mörder hielt. Erst als der Pfarrer die Indianer zu wiederholten Malen aufstehen hieß, erhoben sie sich wieder und verließen mit einem Gruß das Zimmer, nachdem vorher noch ein Jeder von ihnen einzeln sich verbeugt und dem Padre und mir den entblößten Vorderkopf zur Berührung hingestreckt hatte. Diese Betastung des Vorderhauptes mit den Fingern der rechten Hand gilt unter vielen Indianerstämmen als eine Art von Magnetismus, als die Uebertragung einer wohlthätigen Kraft auf den Berührten. Und so groß ist der Glaube dieses Urvolkes in die heilbringende Wirkung einer solchen Handauflegung, daß kein Indianer vor dem Pfarrer vorübergeht, ohne nicht jedesmal in kniegebeugter Stellung den Vorderkopf zur Berührung hinzustrecken.

Der Einfluß, den Padre Vicente seit den wenigen Jahren, die derselbe unter den Indianern von Istlávacan lebt, auf ihren sittlichen und materiellen Fortschritt geübt, hat bereits manche überraschende Resultate zur Folge gehabt. Seinem Eifer und seiner Energie ist es gelungen, die Marimba, ein indianisches Lieblingsinstrument, abzuschaffen und den Verkauf des Branntweins in seinem Pfarrbezirke zu verbieten. Durch die Verbannung der Marimba, einer Art Hackbrett, haben viele frivole Belustigungen aufgehört, welche immer wilde Trinkgelage und anstandverletzende Tänze im Gefolge hatten. Durch das Verbot des Branntweins aber wurde der Gesundheit und der Sittlichkeit ein noch größerer Dienst geleistet: denn sobald der Indianer zu trinken beginnt, weiß er sich nicht länger mehr zu beherrschen. Die wilde Orgie einer Nacht macht ihn oft für viele darauf folgende Tage arbeitsunfähig. Man mag es hauptsächlich diesen beiden Maßnahmen zuschreiben, daß die Ansiedler von Istlávacan sich gegenwärtig mit ziemlichem Fleiße der Kultur des Bodens widmen.

Weniger glücklich war der eifrige Pfarrer bisher in Bezug auf die Hebung des geistigen und religiösen Zustandes seiner Gemeinde. Obschon laut alten Kirchenbüchern, die ich im Pfarrhaus einzusehen Gelegenheit fand, die ersten regelmäßigen Taufhandlungen in diesem Dorfe bereits im Jahre 1600 von zwei Franziskanermönchen vorgenommen worden waren, so ist doch erst im Jahre 1854 den Anstrengungen des Padre Vicente die Gründung der ersten Schule gelungen. Und selbst diese wird nur von zwölf Schülern besucht, obgleich die Dorfgemeinde 6000 Köpfe stark ist und der ganze Pfarrsprengel über 25,000 Seelen zählt.

Ebenso steht die Gemeinde von Istlávacan, was ihren christlichen Fortschritt betrifft, auf einer nicht viel höheren Stufe, als zur Zeit, da katholische Missionäre die ersten Taufhandlungen verrichteten. In ihrer frommen Hast, so schnell als möglich die ganze Bevölkerung des neuen Continents den Segen der Lehre des Erlösers theilhaft werden zu lassen, und dabei der Sprache des Landes völlig unkundig, haben sich die ersten Mönche, welche mit Pedro Alvarado's Armada landeten, größtentheils nur mit der Taufe der Heiden beschäftigt*). Die späteren Grausamkeiten der Eroberer und ihr rohes Vernichten der heidnischen Idole waren nur wenig geeignet, die Eingeborenen für die neue Glaubenslehre

*) Gil Gonzales Davila hatte auf seinem ersten Zuge durch die Provinz Nicaragua (A. D. 1522) während einer Reise von 224 spanischen Leguas 32,267 Indianer getauft. Ebenso berichtet der Franziskanermönch Fray Francisco Bobadilla binnen 14 Tagen nicht weniger als 30,000 Indianer getauft zu haben. Wie mag es dieser taufsüchtige Padre wohl angestellt haben, um diesen salbungsvollen Act an so gewaltigen Massen in so kurzer Zeit zu verrichten. Der Geschichtschreiber Fernandez de Oviedo meint, er würde gern bereit sein, einen Goldthaler für jeden getauften Indianer zu bezahlen, der im Stande ist, seinen Taufnamen zu sagen und das Vaterunser und das Ave Maria zu wiederholen, und bloß einen Maravedi (die kleinste spanische Münze) für jeden Indianer nehmen, der dies nicht könnte, und gleichwohl bei dieser Operation ein sehr gutes Geldgeschäft machen.

empfänglicher zu machen, und so sehen wir zwar heute die meisten central-amerikanischen Indianer getauft, aber nur in den Herzen der Wenigsten hat trotz der aufopfernden Bemühungen mancher ihrer geistlichen Seelsorger eine aufrichtige Bekehrung zum Christenthum stattgefunden. Mit kaltem Starrsinn noch immer an ihrem alten Glauben festhaltend, haben sie ihren früheren Götzen blos andere Namen beigelegt. Sie verehren scheinbar Gott und meinen in ihrem Innern die Sonne; sie rufen die heilige Jungfrau Maria an und denken dabei an den Mond; sie beten laut zu den Heiligen der katholischen Kirche und stellen sich unter jedem einzelnen Schutzpatron einen anderen Stern vor. Die Verwegensten und Schlauesten unter ihnen gingen zuweilen sogar so weit, im Geheimen hinter dem Hochaltare ihrer Pfarrkirche Höhlungen zu machen und darin kleine Götzenfiguren zu verbergen. Und während sie der Pfarrer vor dem Christuskreuze am Hauptaltar betend dachte, waren es verborgene heidnische Gottheiten, denen sie huldigten und opferten.

Bei allen kirchlichen Anlässen spielt die Kerze eine Hauptrolle. Die Urbewohner scheinen dem Lichte eine besondere Wirkung beizulegen. Niemals tritt ein Indianerweib in die Kirche, ohne nicht mindestens eine lange, dicke Wachskerze mitzubringen. Je mehr Kerzen, desto größer ist die Feierlichkeit, desto vornehmer ist die Betende. Ich sah oft an Festtagen barfüßige Indianerinnen ganze Bündel von solchen langen, schweren Wachskerzen unterm Arm nach der Dorfkirche tragen und sie dort unter zahllosen Bekreuzigungen irgend einem

Schutzpatron anzünden. Ob jedoch bei einer derartigen Gelegenheit ihr Gebet wirklich einem Heiligen der katholischen Kirche, oder ob dasselbe fortwährend noch den Idolen ihrer heidnischen Voreltern gilt, ist ein Geheimniß, das selbst der kluge Padre Vicente noch immer nicht zu lüften vermochte. Derselbe erzählte mir vielmehr, daß er einmal selbst Augenzeuge gewesen ist, wie eine Indianerin in der Dorfkirche vor dem Standbilde des heiligen Michael niederkniete und zuerst dem Teufel zu den Füßen des Heiligen, und sodann erst dem heiligen Michael selbst eine Kerze anzündete. Die Indianer haben nämlich weit mehr Furcht vor den bösen Geistern, wie vor den guten. In ihrer Einfalt glauben sie, der Gott der Liebe könne sich unmöglich so grausam an ihnen rächen, als der Geist der Hölle; und darum opfern und beten sie in der Regel zu Beiden.

Die wichtigste Person in allen Geschehnissen des Lebens ist noch immer der Aj-itz*) oder Sonnenpriester, welcher hier ziemlich dieselbe Stellung einnimmt, wie der Medicine-man unter den Indianern des Nordens. Es soll in der Gemeinde von Istlávacan noch immer einige sechzig solcher Aj-itz oder Adivinos geben**), gegen deren betrügerisches Beginnen der

*) Sprich Ach-itz.

**) Von den folgenden Adivinos, welche noch zur Stunde in Istlávacan und San Miguelito zu gewissen Zeiten Götzendienst verrichten, sind dem Padre Vicente sogar die Namen bekannt. Sie heißen: Juan Juney, Juan Chor, Juan Zikim, Lorenzo Coti, Francisco Ximata, Manuel Lopez, Diego Xtós, Cristobal Irquiaptap, Juan Chorpatel, Cruz Jum, Isabel Lopez Napaquisis, Baltasar Irquiaptap, Manuel Perechú, Alonzo Jum, Ali Chian.

Aufklärungseifer des Pfarrers bisher vergebens kämpfte. Die Werkzeuge (Ki-ji-val), deren sich diese Sonnenpriester bei ihren Wahrsagungen bedienen, sind gewöhnlich Bohnen, Maiskörner, Bergkrystalle und Figuren aus Holz, Stein oder Glas. Sie prophezeihen Glück und Unglück, Ueberfluß und Mißwachs, Finsternisse und Kometen. Sie beschwören und citiren den Teufel, rächen sich an ihren Feinden, heilen mittelst Kräutern, Wurzeln, Baumrinden, Oel und Thierfett, und bedienen sich verschiedener mysteriöser Worte, die gerade sie selbst am allerwenigsten verstehen. Werden diese Zauberer zu einem Kranken gerufen, so drücken und saugen sie an der leidenden Stelle, um, wie sie vorgeben, durch diese Operation den Schmerz aus dem Körper zu treiben. Zuweilen schwitzen sie selbst stundenlang, seufzen, zittern und machen die wunderlichsten Geberden, bis sie zuletzt eine schwarze, kugelförmige Substanz aus dem Munde ziehen, angeblich den Teufel, der im Körper des Kranken gesteckt und ihm den Schmerz verursacht hat. Die Verwandten des Patienten bringen hierauf diese Substanz ins Freie und suchen dieselbe auf die bizarrste Weise und unter den sonderbarsten Ausrufungen zu zertreten und zu zerstören.

Ein alter, blinder Indianer, welcher mir die seltsamsten Dinge von diesen Zauberern und ihrem Treiben erzählte, meinte, dieselben seien doppelt kostspielige und gefährliche Subjekte, weil sie bloß Fleisch essen dürfen, stets vom Besten genießen müssen und sich so furchtbar an ihren Feinden und Gegnern zu rächen vermögen. Es scheint überhaupt weniger einfaltsvolle Hingebung und blindes Vertrauen in ihre Wunderkraft, als Furcht vor ihrer Rache zu sein, welche diesen indianischen Zauberern und Heilkünstlern dermalen noch einiges Ansehen unter ihren Stammgenossen sichert.

Wird ein Kind im Dorfe geboren, so erhält der heidnische Götzenpriester von diesem Ereignisse viel eher eine Kunde als der katholische Pfarrer. Erst wenn dem neuen braunen Weltbürger durch den Aj-itz das Horoscop gestellt, der Name irgend eines Thieres beigelegt, Mi-si-sal (das citronengelbe Harz des Rhus copallinum) verbrannt, ein Lieblingsgötze angerufen und noch viele andere abergläubische Mysterien verrichtet worden sind, wird das Kind nach dem Pfarrhause zur christlichen Taufe getragen. Das Thier, dessen Name dem Kinde kurz nach seiner Geburt vom Sonnenpriester beigelegt wird, gilt gewöhnlich auch als sein Schutzgeist (nagual) für's ganze Leben.

Nicht weniger eigenthümlich als diese Geburts-Ceremonie ist die Sitte, welche bei den Indianern einer Verheirathung vorausgeht. In der Regel sind es die Eltern, welche dem Sohne ein Weib bestimmen. Gefühlsheirathen kommen bei diesem wenig sentimentalen Volke nur selten vor. Oft wird das künftige Paar schon mit sechs oder acht Jahren vor Zeugen versprochen. Von der Stunde an, wo dies geschehen, wohnen Beide zusammen in demselben Hause und verkehren oft noch Jahre lang wie Gespielen miteinander. Wenn das Mädchen zwölf, der Junge vierzehn oder fünfzehn Jahre alt ist, erfolgt meistentheils schon die Verheirathung. Dieselbe wird durch Tänze und Mahlzeiten gefeiert, und auch bei diesem Anlasse werden die Person und die Instrumente des Sonnenpriesters weit mehr in Anspruch genommen, als der Pfarrer und die heiligenden Mittel der katholischen Kirche.

Und wie im Leben, so besitzt diese abergläubische Race sogar noch für den Moment des Todes ganz eigenthümliche Ceremonien, um ihren Schmerz und ihr Beileid auszudrücken. Stirbt einer von ihnen, so wird er gewaschen, frisch gekleidet und in einen einfachen Sarg aus roh zusammengefügten Bretern gelegt; hierauf wird Mi-si-sal verbrannt, ein Geiger gerufen und im wilden Reigen um den Todten herumgetanzt. Die Indianer stellen sich den Tod blos als einen Uebergang nach einem andern Orte vor, an dem der Geschiedene mit Fleisch und Blut, nur unter glücklicheren Verhältnissen, fortlebt. Darum geben sie auch ihren Todten Eßwaaren, Sandalen, Waffen und andere Gegenstände, die er im Leben besonders geliebt, mit unter die Erde. Die Messen, die sie in der Pfarrkirche für ihre Verstorbenen lesen lassen, betrachten sie als Grüße und Erinnerungen, welche sie den theuren Dahingegangenen nachsenden.

Die Opfer, welche die Indianer von Istlávacan ihren Götzen bringen, bestehen dermalen größtentheils nur in Früchten und im Verbrennen von Kopal. Gleichwohl soll es im indianischen Hochlande von Guatemala, wenn schon höchst selten und nur in den peinlichsten Nöthen, noch immer vorkommen, daß einem im Rufe großer Macht stehenden Götzen neugeborene Kinder geopfert werden. Bei einer solchen schaurigen Veranlassung wird das arme Kind durch den

Sonnenpriester aufgeschlitzt, das frische Blut als Opfergabe unter Schreien, Tanzen und Trommeltönen vor dem Idol auf einen Stein hingespritzt und sodann der Leichnam des Kindes im Walde verscharrt*).

Die bedeutendsten Gottheiten der Indianer von Istlávacau, denen sie noch bis zur Stunde zu gewissen Zeiten im Geheimen, im düstern Urforst Mais, Blumen und Früchte opfern und zu deren Ehren sie zuweilen sogar Feste begehen, heißen: Noj, der Genius der Vernunft, Ajmak, der Genius der Gesundheit, Ik, der Mond, Kanil, der Genius der Aussaat und Juiúp, der Gott der Erde, welcher unter den Indianern das böse Prinzip vorstellt, im Gegensatze zu Kij, dem Gotte des Lichts, dem guten Prinzip.

Die Gottheit Juiúp soll ein unförmiger Steinklotz von 3 Fuß Höhe und 1 Fuß im Durchmesser sein und die fratzen-

---

*) Der Corregidor von Totonicapam im Staate Guatemala, Don Rosendo Garcia de Salas, versicherte mir, daß selbst die zum Katholicismus bekehrten Indianer des Dorfes Attitang, am Fuße des Vulkans gleichen Namens, noch zu Ende der vierziger Jahre ein neugeborenes Kind geopfert haben, um ihrer Meinung nach den zürnenden Feuerberg zu beschwichtigen, aus dessen Innern sich wochenlang ein unheimliches Getöse (Retumbos) vernehmen ließ. Ebenso erzählten mir vertrauenswürdige Personen in Guatemala, daß die am Fuße des Vulkans San Pedro am Attitangsee angesiedelten Indianer zu wiederholten Malen, wenn der Feuerberg durch anhaltendes unterirdisches Getöse einen verheerenden Ausbruch befürchten ließ, das schönste Mädchen des Dorfes in dessen Krater stürzten, denn bei ihrer sinnlichen Einbildungskraft hielten die einfaltsvollen Bewohner das wilde Gedröhne gebundener Gase und feuerflüssiger Materien im Erdinnern für das unbefriedigte Aechzen eines verborgenen, mächtigen Geistes, dem nach einer indianischen beauté gelüstete.

hafte Nachbildung eines Menschenkopfes darstellen. Allein nur die wenigsten Gottheiten der Indianer sind leblose Steine oder rohgeschnitzte Holzfiguren. Ein mächtiger Berg, ein seltsam geformter Hügel, ein kolossaler Baum, eine dunkle Höhle verwandeln sich in der Phantasie des leichtgläubigen Eingebornen rasch in eben so viele Götter-Asyle. Es scheint, daß die Indianer, seitdem ihnen die Spanier die meisten ihrer Götzen zerstört haben, diese in das Innere der Berge und Höhlen geflüchtet wähnen, und darum sind es namentlich gewaltige Hügel tief im Urwald, welche sie zu ihrem Opferorte wählen und vor denen die Sonnenpriester bei gewissen feierlichen Anläßen im Geheimen ihre wunderlichen Ceremonien verrichten. — Muß aber auch der heidnische Glaube der braunen Bewohner Central-Amerika's sowohl aus christlichen, wie aus rein menschlichen Rücksichten verurtheilt werden, so kann man sich gleichwohl nicht erwehren, zuweilen die poetischen Ausdrücke zu bewundern, in denen dieses wilde Naturvolk noch bis zur Stunde zu seinen alten Göttern spricht. Ich lasse hier die wortgetreue deutsche Uebersetzung eines indianischen Gebetes folgen, welches noch im Jahre 1854 ein Sonnenpriester von Istlávacan des Nachts im Tannenwald vor einem mächtigen Hügel*) bei Gelegenheit der Geburt eines Kindes sprach und in dem sich katholische Andachtsweise und wilder

*) Die Orte, wo noch gegenwärtig Götzendienste gehalten werden (adoratorios), heißen: Chui-sija, Caxtum, Pa-cora; die Orte, wo früher Menschen geopfert wurden (sacrificatorios de victimas humanas), heißen: Tzibapek, Sempoal, Chuisibeles.

Götzenglaube auf das Absonderlichste vermischen. Ich verdanke dieses interessante Dokument der Güte des Pfarrers Vicente Hernandez und vermag dessen Aechtheit zu verbürgen.

Gebet eines indianischen Sonnenpriesters.

„O Jesus Christus, mein Gott! Du Sohn Gottes, der Du mit dem Vater und dem heiligen Geiste Ein einziger Gott bist! Heute, an diesem Tage, zu dieser Stunde, am Tage von Tijax, beschwöre ich die heiligen Seelen, welche die Morgenröthe und die letzten Strahlen des scheidenden Tages begleiten! Zugleich mit diesen heiligen Seelen beschwöre ich Dich, Du Fürst jener Geister, welche den Berg von Sija-Raxquin bewohnen! O, ihr anderen Sonnenpriester, denen Alles, was geschieht, bewußt ist, und Du, Fürst der Vernunft, Du, Genius des Windes, Du, Genius des Berges, und Du, Genius der Ebene, Don Purupeto Martin, kommet und empfanget diesen Weihrauch und diese Kerze!“

„Ich, der sich zum Pathen und zur Pathin dieses Kindes bekennt, ich, der Euch anfleht, ich, der Zeuge und Bruder dieses Säuglings, der zu Euch fleht, dieses Menschen, der sich zu Eurem Sohne bekennt, ich beschwöre Euch, o heilige Seelen, erlaubt nicht, daß ihm irgend ein Leid widerfahre, noch daß er auf irgend eine Weise unglücklich sei. Ich, der jetzt zu Euch spricht, ich der Sacerdote, ich, der diesen Weihrauch verbrennt, ich, der diese Kerze anzündet, ich, der für ihn bittet, ich, der ihn unter seinen Schutz nimmt, ich flehe zu Euch, gewähret, daß er leicht seine Nahrung finden möge! Schicke ihm, o

Gott, die nöthige Baarschaft, erlaube nicht, daß er am Fieber erkranke, oder am Keuchhusten erſticke; daß er vom Schlag gelähmt, oder durch eine Schlange gebiſſen werde; geſtatte nicht, daß er ſich verwunde, daß er von Kurzathmigkeit befallen oder gar wahnſinnig werde; laſſe nicht zu, daß er von einem Hunde gebiſſen oder getödtet werde durch den Blitz; verhindere, daß er ſich erdroſſele durch einen übermäßigen Genuß des Branntweins oder ſterbe durch das Eiſen oder den Stock; geſtatte ebenſo wenig, daß er davon geführt werde durch den Raubadler; — ſteht ihm bei, ihr Wolken, golden gefärbt durch die Abendröthe! Hilf ihm, o Blitz, hilf ihm, o Donner! Hilf ihm, o heiliger Peter, hilf ihm, o heiliger Paul, hilf ihm, Du ewiger Vater!"

„Und wie ich bisher zu ſeinen Gunſten geſprochen, ſo beſchwöre ich Euch, Ihr Götter, gleichfalls, daß Ihr Krankheit über ſeine Gegner kommen laſſen möget; machet, daß, wenn ſein Feind das Haus verläßt, er nur dem Unheil und der Noth entgegen gehe; machet, daß, wohin er immer ſeine Schritte richte, er nur Unglück und Elend finde; handelt überhaupt immer und überall gegen ihn gerade umgekehrt, wie Ihr gegen meinen Schützling handeln würdet, und thut, wie ich Euch inſtändigſt bitte! O, heilige Seelen, möge Euch Gott begleiten, Gott Vater, Gott Sohn und Gott der heilige Geiſt. So ſei es! Amen." —

Die bekehrten Indianer von Iſtlávacan bedienen ſich noch bis zur Stunde häufig der Zeitrechnung ihrer heidniſchen

Voreltern. Sie theilen, ähnlich den Indianern Mexiko's*), das Jahr in 18 Monate**) und jeden Monat wieder in 20 Tage ein und ersetzen die zur Ergänzung unseres Sonnenjahres noch fehlenden 5 Tage durch sogenannte dias baldios oder Supplement-Tage. Jeder dieser 20 Tage hat eine gewisse Bedeutung und wird von den abergläubischen Urbewohnern mit gut, schlecht oder indifferent bezeichnet. Es gibt in jedem Monate 9 gute (dias buenos), 9 böse (dias malos) und 2 indifferente Tage. Wenn die Indianer irgend etwas beginnen, so trachten sie immer, daß eine solche Handlung am Tage eines guten Zeichens geschehe, während sie an den Tagen eines bösen Zeichens Krankheit und Unglück über das Haupt ihrer Feinde beschwören. Das indianische Jahr fängt nach unserer Zeitrechnung im Monat Mai an.

Bei der großen Ignoranz der Indianer Central-Amerika's und ihrer tiefwurzelnden Abneigung gegen Alles, was spanischen Ursprungs ist***), dürfte ein oberflächlicher Beurtheiler leicht

---

*) Vergl. Antonio de Herrera, Historia general de las Indias. vol. II. Dec. III. cap. 18. p. 75 und L. de Gomara, Cronica de la Nueva Espana. c. 191. p. 177 (Edicion Barcia).

**) Die Namen der 18 Monate sind: Nox (Genius der Vernunft), Tijax, Cajux, Ajpu, Imok, Ik (Mond), Akbal (spärlich), Kat (Feuer), Kam (Schlange, auch gelb), Ka-moy (Tod, Biß), Kuyex, Kanil (Aussaat), Tox, Tzi (Hund), Batz, Eé, Tzikim, Ajmak (Genius der Gesundheit).

***) Diese Abneigung gegen die Spanier steigerte sich in früheren Zeiten bei einigen Indianerstämmen Guatemalas zum tiefsten Hasse und gab sich oft in bewunderungswürdigen Charakterzügen kund. So z. B. erzählen uns ältere Geschichtschreiber, daß diese im Allgemeinen so sinnlichen Naturen sich mehrere Jahre jedes geschlechtlichen Umganges enthielten, „damit ihre Weiber den Spaniern keine Sklaven gebären!“

versucht werden, an einer jeweiligen wirklichen Besserung des Zustandes dieses unglücklichen Volkes zu verzweifeln. Allein die Spuren sittlichen und industriellen Fortschrittes, welche wir unter den Bewohnern von Istlávacan sowohl, wie in manchen andern Indianer-Ansiedlungen im Hochlande von Guatemala und in Nicaragua getroffen, lassen die Befürchtung verschwinden, daß auch in Central-Amerika, wie im rauhen Norden, die braune Race unabweisbar dem Untergange geweiht sei. Der gegenwärtige Zustand der lohbraunen Bevölkerung Mittel-Amerika's ist hauptsächlich eine Folge des Druckes und der Knechtschaft, welche diese unglücklichen Geschöpfe seit mehr als drei Jahrhunderten durch die spanischen Gewalthaber erdulden mußten. Sind sie doch von der Stufe der Kultur, auf welcher sie Ferdinand Cortez und seine Waffengenossen getroffen, unter dem Joche ihrer Unterdrücker derart wieder in die Nacht der Barbarei zurückgesunken, daß der oberflächliche Beobachter unserer Tage in ihnen nur schwer die Abkömmlinge desselben Volkes wieder erkennt, welches einst geordnete Staaten bildete, eine förmliche Aristokratie mit verschiedenen Rangstufen und Privilegien besaß und in dessen steinernen Denkmälern wir noch heute die ersten Keime einer aufgehenden Kunst ehren. Der niedere Kulturzustand der gegenwärtigen Bevölkerer Central-Amerika's gab sogar zur Vermuthung Anlaß, als seien diese herrlichen Länder schon v o r den dermaligen Bewohnern von einem andern Geschlecht von höherer Bildungsstufe bevölkert gewesen, welches aus uns unbekannten Gründen, sei es durch Naturkatastrophen oder durch Seuchen, Hungersnoth und andere Kalamitäten wieder völlig von der Erde verschwand. Ja, einzelne geistliche Autoren, denen es weniger um die Erforschung historischer Wahrheiten, als darum zu thun war, die Geschichte der ersten Bevölkerer Amerika's mit den Traditionen des mosaischen Schöpfungsberichtes in vollen Einklang zu bringen, ließen sich sogar, durch gewisse zufällige Aehnlichkeiten in den Sitten und Gebräuchen der Urbewohner des neuen Continents mit den Völkern der alten Welt verleiten, die Behauptung einer Einwanderung der verloren gegangenen zehn Stämme Israels aus dem östlichen Asien über die Behringsstraße aufzustellen. Allerdings ist dies die einfachste und bequemste Erklärung für die Verbreitung des Menschengeschlechts über die Erde und zugleich diejenige, welche uns am wenigsten mit den biblischen Ueberlieferuugen und der Legende von der Abstammung von einem Paare in Widerspruch bringt. Ob es aber auch die richtige, bleibt für den unbefangenen Mann der Wissenschaft noch immer eine offene Frage.

Zwar kann nicht geläugnet werden, daß viele Gebräuche der Indianerstämme eine überraschende Aehnlichkeit mit denen der Israeliten haben. Viele ihrer Feste und Ceremonien, sowie gewisse Sitten der Frauen bei ihren verschiedenen Geschlechtszuständen mahnen den aufmerksameren Beobachter unwillkürlich an das semitische Volk und seine religiösen Uebungen*). Allein eine solche Uebereinstimmung ist noch

*) Vergl. A. de Herrera, Historia general de las Indias occidentales. Decad. III. lib. II. c. 7. p. 73. — Ibid. Decad. III. lib. IV. c. 5. p. 121. — Garcia, Origen de los Indios, lib. III. §. 2. p. 110. —

immer nicht stichhaltig genug, um so maßgebende Folgerungen daraus ziehen zu können, wie dies von verschiedenen geistlichen Schriftstellern über die beiden Indien geschehen. Eine gründliche, unbefangene Untersuchung des Körperbaues, der Schädelbildung, der Sprache, Künste und Kulturstufe der amerikanischen Urbewohner läßt vielmehr eine große Anzahl triftiger Gründe zum Vorschein kommen, welche der Wahrscheinlichkeit einer Abstammung derselben aus Asien schnurstraks entgegenlaufen und weit eher zur Annahme berechtigen, daß die amerikanische Race sowohl in intellektueller wie physischer Beziehung eine völlig verschiedene sei, welche keine einzige hervorstechende Eigenschaft mit den Völkern der alten Welt gemein hat. Die Urbewohner Amerika's besaßen weder ein schematisches Schriftsystem, noch läßt eine Vergleichung ihrer zahlreichen Idiome mit jenen des asiatischen Volkes irgend ein consequentes Verwandtschaftsverhältniß herausfinden. Sie waren zur Zeit der Eroberung ihres Landes durch die Spanier mit fast keiner einzigen der ältesten Künste der Völker des Ostens vertraut; der Gebrauch des Eisens war ihnen gänzlich unbekannt; zu ihren rohen Skulpturarbeiten benutzten sie nur höchst unvollkommene Werkzeuge aus Kupfer und Stein. Ihre

---

Domingo de Vico, Theologia Indorum. Part. II. p. 101. — Apostolicos Afanes de la Compania de Jesus, escritos por un padre de la mesma sagrada Religion de lan provincia de Mejico. Barcelona 1754. tom. I. p. 22. — José de Acosta, Historia Natural de las Indias. lib. 5. c. 6. — G. Roman, Republica Indorum, Part. II. lib. 2. c. 9. — L. de Gomara, Historia de la Indias. Part. II. fol. 9. — Lettres édifiantes et curieuses, écrites par les Missionaires. Paris 1839. vol. II. p. 27, 349, 642.

Opferaltäre, von denen ich eine ziemliche Anzahl in den Wäldern Central-Amerika's persönlich zu untersuchen Gelegenheit hatte, zeigen in Bau, Struktur und Bestimmung eine wesentliche Verschiedenheit von den plastischen Werken Aegyptens und Vorderasiens; ihre geringe Kultur bestand ausschließlich in einheimischen Nahrungspflanzen, unter denen der Mais, jenes wichtigste Kennzeichen amerikanischer Civilisation, den ersten Rang einnahm, während ihnen die sämmtlichen Cerealien der östlichen Hemisphäre, wie z. B. Weizen, Gerste, Hafer, Roggen, Hirse u. s. w., völlig unbekannt waren und dies zum Theil sogar noch bis heute sind, gleichwie sie zur Zeit der ersten Ankunft der Spanier noch keine einzige Gattung von Hausthieren des alten Continents, wie Pferde, Rinder, Schafe, Ziegen u. s. w. besaßen. Und welche Mittel, mag man mit Recht weiter fragen, standen den ersten Wanderern zu Gebote, um die Erde in einem verhältnißmäßig so kurzen Zeitraume von einem e i n z i g e n Punkte aus und durch ein einziges Stammpaar in ihren e n t f e r n t e s t e n Theilen zu besiedeln? Sollte wohl der Schöpfer die Verbreitung des Menschengeschlechts dem bloßen Zufalle anheimgestellt oder nicht vielmehr angeordnet haben, daß der Mensch, angepaßt den Verhältnissen der Zone, für welche er bestimmt war, sich mit einem einzigen „Werderuf" auf den verschiedensten Punkten des Weltalls der Gnade seines Schöpfers erfreue? — Naturwissenschaftliche Autoritäten Nord-Amerika's ersten Ranges, wie Morton, Nott, Glidden, Agassiz, gingen sogar soweit, die rothe Bevölkerung Amerika's als Autochthonen, als die primitiven Bevölkerer jenes weiten Continents zu bezeichnen*) und sich dadurch jener Theorie zuzuneigen, welche den Menschen an verschiedenen Punkten der Erde zu gleicher Zeit auftreten und sich von diesen Centren aus über dieselbe verbreiten läßt. Bei der hohen Verehrung der Anglo-Amerikaner für die Ueberlieferungen der heiligen Schrift, mußte es die erste Aufgabe der Vertheidiger dieser Ansicht sein, wenn sie ihrer

*) „I regard the American nation as the true autochthones, the primeval inhabitants of this vaste continent . . . Wherever I have ventured an opinion on this question, it has been in favour of the doctrin of primeval diversities of men, — an original adoptation of the several races to those varied circumstances of climate and locality, which, while congenial to the one, are destructive to the other.“ — Inedited Memoirs of Dr. Morton in: Types of Mankind, or ethnological researches based upon the ancient Monuments, paintings, sculptures and cranies of races and upon their natural, geographical, philological and biblical history. By Dr. J. E. Nott and Dr. G. R. Gliddon. Philadelphia, Lippincott & Co. 1854. — „Our species had its origin not in one, but in several or many creations, and these, diverging from their primitive centres, met and amalgamated in the progress of time and have thus given rise to these intermediate links of organisation, which now connect the extremes together...“ Sam. Morton: An inquiry into the distinctive character of the aboriginal race of America. Ms. — „By the simultaneous creation of a plurality of original stocks, the population of the earth became not an accidental result, but a matter of certainty. Many and distant regions, which, in accordance with the doctrine of a single origin, would have remained for thousand of years unpeopled and unknown, received at once their allotted inhabitants, and these, instead of being left to struggle with the vicissitudes of chance, were from the beginning adapted to those varied circumstances of climate and locality, which yet mark their respective position upon earth.“ Samuel Morton, Inedited Ms. on the Origin of human races. Types of Mankind p. 307.

Autochthonenlehre überhaupt größere Verbreitung verschaffen wollten, nachzuweisen, daß diese mit der Schöpfungsgeschichte durchaus nicht im Widerspruche stehe. Sie suchten daher darzuthun, daß man dem mosaischen Berichte eine Deutung gebe, welche von dessen Autor niemals beabsichtigt wurde, und bestehen darauf, daß das Buch der Genesis nur auf die Geschichte der weißen Race und zwar ausschließlich auf die Geschichte der Juden bezogen werden dürfe*). Durch eine derartige Auslegung aber würden die Wahrheiten jener heiligen Tradition in keiner Beziehung angetastet oder gar in Frage gestellt, sondern bloß mit Wissenschaft und Forschung in bessern Einklang gebracht und denselben durch diese edle Harmonie eine neue Weihe verliehen. Den amerikanischen Gelehrten schlossen sich bald auch europäische Naturforscher an, und es bleibt eine in mehrfacher Hinsicht höchst beachtenswerthe Erscheinung, daß die jüngsten wichtigen Theorien über die Entstehung und das muthmaßliche Alter des Menschengeschlechtes keineswegs von der Nation der Skeptiker und Philosophen, sondern von den bibeleifrigen Briten ausgingen; daß Männer wie Darwin, Lyell, Huxley es waren, welche an der Hand

*) To suppose, that all men originated from Adam and Eve is to assume, that the order of creation has been changed in the course of historical times, and to give to the Mosaic record a meaning, that it was never intended to have. On that ground we would particularly insist upon the propriety of considering Genesis as chiefly relating to the history of the white race, with special reference to the history of the Jews. L. Agassiz, on the distribution of animals in Nott's Types of Mankind p. 79.

ewiger Naturgesetze als die Apostel neuer Prinzipien auftraten und gegenüber den frommen Auslegungen glaubensstarrer Dogmatisten die Triumphe wissenschaftlicher Forschung zu verkünden wagten!

Bei der Dunkelheit der älteren amerikanischen Geschichte wird es zwar der Wissenschaft kaum jemals gelingen, die Muthmaßung einer Bevölkerung Amerika's durch Autochthonen zur bestimmten Thatsache zu erheben, allein es dürfte den Gegnern ebenso schwer fallen, ihre scholastische Ansicht einer Einwanderung aus dem östlichen Asien historisch begründen zu können. Und darum wird in unbefangenen Kreisen, deren Blick nicht durch religiöse Skrupel getrübt oder eingeschüchtert ist, schließlich diejenige Anschauung die Oberhand behalten, für welche sich allmälig die meisten Wahrscheinlichkeitsgründe werden geltend machen lassen.

V.

Die Ruinenstätten.

Allgemeine Betrachtungen über die central-amerikanischen Alterthümer. — Die Monumente von Quiriguá. — Besuch derselben im Auftrage der Directoren des britischen Museums. — Vergleich der Denkmäler von Quiriguá mit den plastischen Werken Aegyptens und Vorderasiens. — Muthmaßliches Alter und frühere Bestimmung der central-amerikanischen Monumente. — Einfluß des geistlichen Fanatismus und der Despotenherrschaft der Kastilier auf die einheimischen Künste.

Die Trümmer namenloser Städte, die steinernen Reste einer uns völlig unbekannten Kultur, die Spuren untergegangener Reiche und verschwundener Völker, welche lange vor der spanischen Invasion existirten und blühten, und von deren Entstehung und Untergang in keiner geschriebenen Geschichte irgend eine Kunde enthalten — findet man bekanntlich in verschiedenen Zonen der neuen Welt zerstreut. Die einsamen Wildnisse Central-Amerika's und der südlichen Provinzen von Mexiko bergen die größten und merkwürdigsten dieser Ruinenstätten, die uns theilweise durch Stephens' Beschreibungen und Catterwood's treffliche graphische Darstellungen näher bekannt geworden. Die schwierige Zugänglichkeit der Wildnisse, die Dichtigkeit der tropischen Wälder, welche diese Trümmer umgeben, ihre Entlegenheit in den Thalsenkungen der Cordilleras, der Mangel an Wegen, der Argwohn der spanischen Kolonial-Regierung — diese und andere Gründe erklären die späte Entdeckung und Kenntniß der wichtigsten centro-amerikanischen Alterthümer. Man kannte die sogenannten Ruinen von Copan und Palenque fast nur dem Namen nach, ehe der unternehmende Stephens mit einer bewunderungswürdigen Energie und Beharrlichkeit diese Gegenden durchwanderte und getreue Skizzen von den Ruinen aufnahm. Durch ihn sind besonders auch die wichtigsten der alten Monumente Yucatans der wißbegierigen Welt fast eben so bekannt geworden, wie die Ruinen von Theben und Palmyra.

Nicht der künstlerische Werth dieser Alterthümer, nicht der großartige Anblick oder der malerische Effekt, den sie auf den Beschauer hervorbrachten, hatte ihnen das Interesse des gebildeten Publikums gewonnen. Es war vielmehr das Geheimnißvolle, welches, sowohl den Scharfsinn des Forschers herausfordernd, als die Phantasie mächtig anregend, die Aufmerksamkeit zweier Welten an diese Zeugen einer unbekannten Vergangenheit fesselte. Es knüpften sich an diese archäologischen Entdeckungen in Central-Amerika historische Fragen von der höchsten Bedeutung, die nicht auf die Vergangenheit der neuen Welt allein sich bezogen. — Mancher Forscher glaubte in der dunkeln Geschichte der amerikanischen Urbewohner, in dem Baustyl, in dem Charakter ihrer Kunst und in ihrer Bilderschrift einen gewissen dunklen Zusammenhang mit der ältesten Kultur des Orients zu entdecken. Man stellte Hypothesen von einer asiatischen Emigration, von der Ansiedelung wandernder Priester-Kolonien des Ostens, die einstmal vom stillen Weltmeer hergekommen, von einer phönizischen Entdeckung Amerika's, welche der spanischen um Jahrtausende vorausgegangen, ja sogar von einer Einwanderung der verlorenen zehn Stämme Israel's auf unbekannten Wegen auf. Von jeder neuen Entdeckung und sorgfältigen Untersuchung verborgener Trümmer hoffte man, abgesehen von dem rein archäologischen Interesse, einen Dämmerlichtstrahl in die Nacht des Ursprungs der ältesten amerikanischen Kultur und eine Lösung jener hochwichtigen historischen Fragen.

Stephens, Catterwood, Squier hatten nur einen Theil Central-Amerika's besucht. Manche der interessantesten Ruinenstätten waren ihnen ganz unbekannt geblieben. Die Trümmer von Peten, an Größe und Wichtigkeit den berühmten Denkmälern von Palenque wohl kaum nachstehend, sind bis heute noch von keinem gebildeten fremden Reisenden besucht und beschrieben worden. Die fragmentarischen Mittheilungen, welche ein Eingeborener Guatemala's, Don Modesta Mondez, Statthalter des Indianerdistriktes Peten, von diesen Ruinen gemacht, sind nichts weniger als gründlich und erschöpfend, haben aber doch wesentlich beigetragen, unser Interesse an denselben zu steigern. Sie scheinen sogar größer und umfangreicher, als die Monumente von Palenque, sind aber noch weit entlegener, schwieriger zugänglich. Die schlechtern Wege durch die waldbedeckten Höhen der Cordilleras machen einen Transport derselben fast unmöglich. Von den sogenannten Denkmälern von Quiriguá am Montaguaflusse im Staate Guatemala waren nur wenige entdeckt und durch Zeichnungen bekannt geworden. Die Wildnisse von Vera Paz, größtentheils eine terra incognita, verbergen unter dem ewigen Grün ihrer herrlichen Wälder wahrscheinlich noch viele unbekannte Trümmer. Selbst am Montaguaflusse sind allem Anschein nach noch so manche Monumente unter der Alles überwuchernden Pflanzendecke versteckt. Nur sehr allmälig wird man eine ausführliche Kenntniß aller existirenden centro-amerikanischen Ruinen erhalten, deren Auffindung und Untersuchung unbeschreibliche Schwierigkeiten hat. Inzwischen dürfte jeder, wenn auch geringe neue Beitrag zur Kenntniß dieser räthselhaften Reste der amerikanischen Vorzeit den Freunden des Alterthums und der Geschichte eine nicht unwillkommene Gabe sein.

Die Republiken Costa Rica und San Salvador besitzen unter allen Staaten Mittel-Amerika's die geringsten Spuren einer alten einheimischen Kultur. Wenigstens hat man hier nirgends jene pyramidalen steinernen Stufengebäude und kolossalen Bildwerke gefunden, welche sich in allen größeren Ruinenstätten von Honduras, Guatemala und Yucatan wiederholen. In Costa Rica scheinen die Indianer zur Zeit der spanischen Invasion ziemlich allgemein dieselbe rohe einfache Lebensweise geführt zu haben, wie jene Indianerstämme, welche noch heute die waldigen Wildnisse im Süden dieser Republik bewohnen. Nur in einzelnen Gegenden des Hochlandes vom Golf von Nicoya scheinen die Urbewohner des Staates auf einer etwas höhern Stufe gestanden zu haben und außer Geschirr und Waffen von Kupfer auch metallenen Schmuck geformt zu haben. Der Münzdirektor Johann Barth, ein geborner Deutscher, der seit vielen Jahren zu San José, im Staate Costa Rica, ansässig ist, erhielt zu Anfang der dreißiger Jahre einen merkwürdigen Goldschmuck, der in einem Ackerfelde, unweit Cartago, in der Erde gefunden wurde, und Thierfiguren in halb erhabener Arheit, ziemlich gut ausgeführt, darstellte. Der Schmuck, der eine Zeit lang von dem im Jahre 1861 füsilirten Präsidenten der Republik Costa Rica, Don Juan Rafael Mora, als eine Kuriosität aufbewahrt worden, wanderte später in den Schmelzofen, um Münze daraus zu prägen. Kleine steinerne Idole wurden öfters am Golf von Nicoya, besonders auf der Insel Chira, gefunden. In der Provinz Guanacaste und auf dem Tafellande Costa Rica's, zwischen Alajuela und dem obern Laufe des Rio Grande, finden sich künstliche Hügel, welche fast ganz dieselbe Form haben, wie die bekannten Mohillen Süd-Rußlands und der Krim, oder die Tumuli, die man rings um das schwarze Meer und in vielen andern Ländern Europa's und Westasiens, theils einzeln, theils in Gruppen beisammenstehend, bemerkt. Es ist jedoch sehr zweifelhaft, ob sie hier, wie bei den meisten pontischen Völkern zu Grabstätten gedient haben. Man hat zwar keine Nachgrabungeu veranstaltet, allein das Vorkommen künstlicher Erdhügel von derselben Form rings um die sogenannten Sacrificatorios oder pyramidalen Gebäude von Quiriguá und Copan bestätigen die Ansicht, daß sie irgend eine Bestimmung bei den Opferfesten hatten, welche sämmtliche Völker Central-Amerika's und Mexiko's bis zur gewaltsamen Einführung des Christenthums durch die Spanier zu feiern pflegten.

An den verschiedenen Uferstellen und auf den Inseln der großen Seen von Nicaragua findet man kolossale Idole theils in Felsen gehauen, theils aus Felsenstücken gemeißelt. Herr Squier hat einige der wichtigsten abgebildet. Sie zeigen mehr Rohheit der Arbeit, als die großen Statuen der Ruinenstätten

Guatemala's. Die Bilderschrift fehlt fast immer. Altäre mit reichem plastischen Schmuck und Basreliefs wie zu Palenque, Peten, Quiriguá und Merida, sind in Nicaragua bis jetzt nicht entdeckt worden.

Auf der großen Hochebene in den Umgebungen der Hauptstadt Neu-Guatemala haben wir ähnliche künstliche Erdhügel, wie im Hochlande von Costa Rica, wie in der Provinz Guanacaste und auf dem Tafellande von San Salvador gefunden, doch sind sie dort größer und zum Theil anders geordnet. Man sieht in Guatemala auch wallförmige Erdbauten, in ziemlich regelmäßiger Viereckform mit einer Einsenkung in der Mitte — daneben steht ein höherer, fast konischer, künstlicher Hügel. Sie werden von Manchen für altindianische Befestigungen gehalten. Uns scheint es wahrscheinlicher, daß sie fast wie alle übrigen ähnlichen Erdbauten den Opferfesten der alten Völker dienten. Die künstlichen Erhöhungen gönnten der schauenden Masse, die wahrscheinlich bei der Opferfeier auf denselben Platz nahm, einen ähnlichen Ueberblick der innern Bühne, wie die römischen Amphitheater, nur fehlen hier die steinernen Stufen. Auf den höhern künstlichen Hügeln nahmen wahrscheinlich die Kaziken und Vornehmen ihren Platz ein. Die ausgedehntesten dieser alten Erdbauten stehen ganz nahe bei der Hauptstadt in der kleinen Hacienda, welche ein deutscher Ansiedler, Herr Fasen aus Köln, besitzt.

Sonderbar ist das Verschwinden fast aller älteren Bauwerke in den früher so bevölkerten und blühenden Reichen der Quichen und Kachiquelen. Die sogenannten Altos von Guatemala bergen nur sehr wenig Reste. Im herrlichen Thale von Antigua Guatemala sind alle Spuren einer ältern einheimischen Kultur verschwunden. Die zerstörende Hand der spanischen Eroberer, der Fanatismus der Mönche scheinen keinem alten Stein aus der vorchristlichen Epoche des Reiches seine ruhige Lage gegönnt zu haben. Tempel, Sacrificatorios, Altäre, Idole, Bilderschriften — alles wurde von ihnen zerstört und zerschlagen. Viele Idole sind von den Indianern vergraben oder in den Wäldern versteckt, wie wir bereits durch den englischen Missionär Thomas Gage erfuhren, der zu Cromwell's Zeit als katholischer Priester in Guatemala weilte, später nach seinem Vaterlande zurückkehrte und eine schauerliche Beschreibung des Treibens und Wüthens der Spanier in diesen schönsten Provinzen ihres amerikanischen Reiches entworfen hat. Sogar im Grunde des Sees von Amatitlan (im Staat Guatemala) sieht man durch das klare Wasser die steinernen Statuen alter Götzen, welche vielleicht die Eingeborenen selbst dort versenkten, um sie wenigstens vor der zerstörenden Hand der Spanier zu bewahren.

Was in Guatemala und Honduras von größern Denkmälern noch vorhanden, schützte nur die schwere Zugänglichkeit des finstern Urwalddickichts, wie z. B. die Monumente von Quiriguá, welche erst nach der Unabhängigkeit Guatemala's wieder aufgefunden wurden.

Die Monumente von Quiriguá haben ihren Namen von einer kleinen Ansiedelung in der Nähe, welche seitwärts von der Straße nach Izabal, am Fuße der Micoberge, etwa 220 englische Meilen von Guatemala gelegen ist. Unter den alten Ruinen Central-Amerika's sind diese noch am wenigsten bekannt geworden. Der berühmte Archäolog J. Stephens hat sie nicht persönlich gesehen und der ihn begleitende Künstler Catterwood würdigte sie, in der Meinung, daß seine persönliche Sicherheit dort gefährdet sei, nur eines sehr flüchtigen Besuches und verließ sie wieder, ohne die wichtigsten Denkmäler aufgefunden zu haben.

Da diese Reste unter allen Antiquitäten in der Republik Guatemala der Hauptstadt am nächsten gelegen und ihre geringe Entfernung von den Ufern eines schiffbaren Flusses dort am ersten die Acquisition interessanter Alterthümer hoffen ließ, hielten es Dr. Wagner und ich im Interesse der uns von der britischen Regierung übertragenen Mission am rathsamsten, hierher zuerst unsere Schritte zu lenken.

Die Regierung von Guatemala, durch den damaligen britischen Geschäftsträger, Mr. Charles Lennox Wyke, von dem Zwecke unserer Mission in Kenntniß gesetzt, hatte uns auf die zuvorkommendste Weise mit Empfehlungsschreiben an die verschiedenen Civil- und Militärbehörden des Landes versehen; wir vermochten daher über militärische Eskorte in jenen Gegenden zu verfügen, wo die Nähe räuberischer Banden dieselbe nothwendig machte. Die Reise von Guatemala bis Gualan über die verschiedenen Ketten und Hochthäler der Anden war in Folge der noch heute schlechten Gebirgswege am Ende der Regenzeit äußerst beschwerlich und nicht ohne Gefahr. Der Weg führte nahe an den Bergen von Santa Cruz vorüber, in deren Wäldern und Felsschluchten die Banden der sogenannten Lucios (halb aus Indianern, halb aus Mulatten bestehend) hausen, welche selbst durch die Waffen des nicht weniger um seiner Energie als seiner Grausamkeit wegen berüchtigten General und Präsidenten Carrera noch immer nicht völlig bezwungen sind. Alle Deserteure und Verbrecher des Landes suchen dort eine Zufluchtsstätte. Ebenso ist der Weg zwischen Quastadoya und Chimalapa noch immer durch Straßenräuber gefährdet und kann nur in Begleitung einer militärischen Eskorte ohne Gefahr zurückgelegt werden.

Unsere Fahrt auf dem Montaguaflusse von Gualan bis in die Nähe der Ruinen, in einem kleinen Kahn, der aus einem ausgehöhlten Cedrelenstamme bestand, welcher durch sechs Indianer und Ladinos gerudert wurde, bot nichts Bemerkenswerthes dar. Die Ufer sind mit Ausnahme weniger Punkte, wo kleine Pflanzungen von Pisangs und Mais angelegt sind und der Boden etwas gelichtet ist, mit dichtem Urwalde bedeckt. Höchst selten dringen einzelne Holzfäller oder Jäger in das Innere dieser schwer zugänglichen Wälder ein, deren üppige Vegetation wahrscheinlich noch so manche unbekannte Trümmer alter Bauwerke verbirgt. Der Tradition nach waren diese heute so dünn bevölkerten Landschaften einst von zahlreichen indianischen Nationen bewohnt, welche aus unbekannten Gründen, sei es durch Naturkatastrophen, durch Seuchen, Hungersnoth oder politische Ereignisse, aus diesen Gegenden verschwunden sind.

Die außerordentlichen Schwierigkeiten, die man hier hat, die einzelnen Trümmer selbst bekannter Ruinenstätten, wie die von Quiriguá, nach einigen Jahren unter der dichten Pflanzendecke wieder aufzufinden, macht es nicht unwahrscheinlich, daß selbst viele bedeutendere Monumente unter der alles überwuchernden Vegetationsdecke begraben liegen.

Nach unsäglichen Mühen und Hindernissen, von denen nur die, welche den Naturcharakter des tropischen Amerika's aus eigener Anschauung kennen, sich eine Vorstellung zu machen vermögen, gelang es uns mit dem Beistand vieler Arbeiter, die wir durch den Besitzer der großen Hacienda von Quiriguá erhielten, einen neuen Weg vom Flußufer bis zur Stelle der Ruinen zu bahnen. Wir begannen die Arbeiten ungefähr eine spanische Legua unterhalb der Besitzung.

Die bisher bekannten Monumente liegen am linken Ufer, fast zwei englische Meilen vom Flusse entfernt, angeblich auf einem Flächenraum von 3000 Quadratfuß, im Innern des Waldes zerstreut, während das ganze Besitzthum, nach Angabe des damaligen Pächters, eine Ausdehnung von 12 englischen Meilen in der Länge und 6 Meilen in der Breite haben soll. Seit Jahren waren sie auch von den Leuten der Gegend nicht mehr besucht worden. Die kräftige Vegetation hatte nicht nur jede Spur eines früheren Zuganges vertilgt, sondern auch die einzelnen Denkmäler unter einem dichten Unterholze von Palmen, Mimosen und Schlingpflanzen der verschiedensten Art begraben. Es bedurfte einige Zeit, um sie aufzufinden, und bedeutende Mühe, sie zu reinigen.

Die Waldebene, in welcher die Monumente aufgefunden worden, erhebt sich nur wenige Fuß über das gewöhnliche

Niveau des Rio Montagua. Zu Zeiten hohen Wasserstandes dringt der Fluß in den Wald. Die Lokalität der Ruinen selbst scheint öfters schon überfluthet gewesen zu sein, was sowohl der feuchte, morastige Boden, als auch die Lage einzelner Denkmäler andeutet. Notorisch ist, daß die letzte Ueberfluthung im October 1852 sich bis hierher erstreckte, daß der größte Theil der Ruinen damals unter Wasser stand und einige der noch aufrecht stehenden Idole zu jener Zeit umgestürzt wurden.

Das größte und bedeutendste Stück der alten Reste ist ein pyramidales Gebäude, ganz ähnlich den Monumenten derselben Form, welche man in Copan und Palenque gefunden und für Sacrificatorios, d. h. Opferstätten hält. Dieses Gebäude von Quiriguá ist jedoch schlechter erhalten, als jene, die Herr Stephens in seinem bekannten Reisewerk abbildete. Die Stufen, welche dasselbe umgeben, lehnen sich an einen künstlichen, aus Rollsteinen aufgehäuften Hügel an, der offenbar nur dem Bauwerk selbst als Stütze diente. Seine Form bildet ein unregelmäßiges längliches Viereck mit einem Ausläufer nach Süden. Der obere Theil bestand aus mehreren Terrassen. Das Gebäude war an verschiedenen Seiten mit Stufenreihen umgeben, die aus regelmäßig geformten, sauber zugehauenen länglichen Quadersteinen bestanden. Der Stein, der sowohl zu diesen Stufen, als zu den Skulpturarbeiten angewendet wurde, ist ein Conglomerat von verschiedenen zerriebenen, krystallinischen Felsarten, unter welchen der Quarz die größten Körner bildet. Aus diesem Conglomerat bestehen auch die Felsschichten, welche zwischen Gualan und Quiriguá unter den jüngsten Alluvialgebilden liegen.

Die amphitheatralisch um die Außenseite des Gebäudes gruppirten Stufenreihen sind sehr zerfallen. Die einzelnen Quadersteine sind weder durch Kalk, noch durch Thon oder ein sonstiges Bindemittel zusammengekittet, sondern stützen sich nur durch die eigene Schwere und lehnen sich nach der innern Seite an den Abhang des Hügels an. Fast alle Stufenreihen sind zerstört, mit Ausnahme einer kleinen Stelle der Nordostseite, wo 13 Stufen übereinander noch ziemlich gut erhalten blieben. Die Stufen sind 8 bis 9 Zoll hoch und 7 Zoll breit; die Fortsetzung nach oben ist zertrümmert.

Der ganze obere Theil dieses pyramidalen Hügels bildet ein wüstes Trümmerchaos von Schutt und behauenen Steinen, den Resten jener völlig eingestürzten Bauten, die hier einst auf den verschiedenen Terrassen gestanden und deren Trümmer jetzt von Palmen, Bromelien, Heliconien und vielen Schlingpflanzen überwuchert sind. Unter diesen Bausteinen findet man schönen weißen Marmor. Sehr merkwürdig sind auf der ersten Terrasse verschiedene in horizontaler Lage nebeneinander gruppirte ovale Vertiefungen, welche nicht mit behauenen Quadern, wie die Stufen, sondern mit kleinen Rollsteinen gepflastert und ausgelegt und ganz auffallend gut erhalten sind. In Betracht des Umstandes, daß diese im Vergleich zu den übrigen Resten aus so wenig solidem Material gebauten Nischen sich so gut conservirt haben, während die aus festerem Material bestehenden Theile des Baues zerfallen sind, wäre man fast geneigt, dieselben für spätere Werke zu halten. Vielleicht dienten sie zu Opferherden von Götzenverehrern, die hier, nach der Zerstörung ihres Haupttempels, selbst noch unter der spanischen Herrschaft ihre Opferfeste im Geheimen fortsetzten.

Vergebens sucht man hier, wie anderwärts an den Ruinenstätten von ähnlichem Charakter, rings um den pyramidalen Hügel nach Spuren von Eingängen, die in das Innere führten. Sollten wirklich Pforten, Hallen oder Gemächer mit gemauerten Decken vorhanden gewesen sein, so ist wenigstens jede Spur davon verschwunden. Auch an Skulpturen ist auf diesem Gebäude nichts zu finden.

Dagegen sind die einzelnen Skulpturfragmente, die wir gefunden, rings um diese Hauptruine gruppirt. Darunter ist ein großer Felsaltar, welcher ganz mit halberhabenen Skulpturarbeiten bedeckt ist, das Merkwürdigste. Derselbe hat 35 Fuß im Umfange und 6 Fuß Höhe. Er ist länglich oval, fast der Form eines menschlichen Kopfes ähnlich, welcher horizontal liegt. Wahrscheinlich benutzten die Erbauer einen hier schon vorhandenen großen Felsblock zu ihren Zwecken; denn der Transport eines Steines von solchem Umfange mit den bewegenden Kräften, welche diesen Völkern muthmaßlich zu Gebote standen, wäre unbegreiflich. Die in Copan und Palenque aufgefundenen Altäre sind sämmtlich viel kleiner und bilden meist regelmäßig längliche Vierecke. Das Material ist grobkörniger Sandstein, dessen Außenseite schon ziemlich verwittert ist, obwohl die einzelnen Figuren, nach mühsamer

Säuberung von überwuchernden Pflanzen, hier deutlicher zu erkennen waren, als an den übrigen Skulpturen.

An der Nordseite dieses kolossalen Altars bemerkt man eine sitzende weibliche Figur mit einem grotesken Kopfschmuck von 1 1/3 Fuß Höhe. Der obere Theil dieses stark verwitterten Kopfputzes stellt einen kleinen Götzenkopf dar, der seinerseits ein Diadem trägt. Der unterste Theil dieses Kopfschmuckes ist gut erhalten und besteht aus einem hervorragenden Stirnband von 1 1/2 Zoll Breite. Die Stirn der Figur selbst ist schmal, oben tief eingesunken, über den Augenlidern und der Nasenwurzel stark hervorragend. Von den großen Augen, der Nase und dem Mund sind nur noch schwache Spuren zu erkennen. Die Nase, kurz und breit, scheint der indianischen Form ziemlich ähnlich gewesen zu sein. Der Mund ist proportionirt. Die Brust der Figur trägt außer den Busenerhöhungen in der Mitte eine ovale Erhöhung, welche stark verwittert ist und wahrscheinlich einen Schmuck darstellt. Die Arme hängen schlaff am Körper herab und ihre Enden berühren den Boden. Von Händen ist nichts zu sehen. Auch die Beine sind nicht mehr zu erkennen.

Das Gegenstück zu dieser menschlichen Figur an der Südseite des Altars ist eine kolossale, fünf Fuß hohe Schildkröte; der Kopf und die Vorderfüße sind nach oben, der ziemlich grob gearbeitete Rücken der Schale ist auswärts gekehrt, an den Seiten sind Hieroglyphen zu erkennen. Die Ornamentirungen des obern Theils stellen Vegetabilien, Palmenfrüchte, Blätter und Coniferenzapfen dar, alles Gegenstände, die der umgebenden Natur entnommen sind. An einen Transport dieses schönsten und kolossalsten unter den verschiedenen Bildwerken von Quiriguá ist der ungeheuern Schwere wegen nicht zu denken. Die geringe Erhebung der Basreliefsiguren und die bereits ziemlich vorgeschrittene Verwitterung des Gesteins, sowie die ganze Form des Altars machten das von uns beabsichtigte Absägen der Außenseite, wie es Herr Layard in Ninive mit so viel Glück versucht hat, unmöglich.

Sehr nahe bei diesem Denkmal liegt das Fragment eines zweiten Altars, von welchem jedoch nur der unterste Theil, reich mit Ornamentirungen und Hieroglyphen bedeckt, noch vorhanden ist. Dasselbe hat 18 Fuß in der Länge und 5 Fuß in der Breite. Man erkennt unter den verschiedenen Verzierungen auch die schwachen Spuren eines menschlichen Gesichtes. Unweit davon finden wir eine länglich-viereckige, nicht völlig regelmäßige Felssäule. Die Flächen sind 5—6 Zoll breit und ganz mit viereckigen Hieroglyphen bedeckt. Der größte Theil derselben ist verwittert und die einzelnen Züge sind sehr schwer zu entziffern.

Etwas weiter von der Opferstätte entfernt liegt ein großes, umgestürztes, kolossales Idol von 21 Fuß Länge und 4 Fuß Breite mit jenem riesigen, bizarren Kopfschmucke, den man fast an allen Idolen, auch in Copan und Palenque, erkennt, jedoch von abweichender Form. Oben ein breites, diademartiges Band, darunter ein Thierkopf mit großen Augen, großer Nase und ziemlich weitem Rachen, der den Kopf des Idols berührt. Man bemerkt das Bemühen des Skulptors, durch dieses grinsende Haupt dem Beschauer Schrecken einzuflößen. Das menschliche Gesicht des Idols, das unter diesem Kopfaufputz folgt, ist sehr plump, mit vollen, runden Backen, die Nasenlöcher weit und lang gezogen, ähnlich wie die indianischen, die Nasenspitze weggewittert. Von Augen und Mund nur schwache Spuren. Die Ohren sind durch einen großen runden Ohrschmuck bedeckt, die Arme über die Brust gefaltet. Der untere Theil ist mit Hieroglyphen ausgefüllt.

Ein anderes sehr großes, bisher unbekanntes, liegendes Idol, welches unsere Führer bei ihren früheren Besuchen nicht gesehen hatten, von 12 Fuß Länge und 5 Fuß Breite, trägt einen noch kolossaleren Kopfschmuck, aus zwei Halbköpfen von Ungeheuern, halb Thier, halb Mensch, mit großen Augen und Nasen, bestehend. Der Kopf des Idols ist den übrigen Figuren ganz ähnlich, aber etwas besser erhalten. Der runde Ohrschmuck ist noch größer und unförmlicher. Das Gewand von der Brust abwärts ist ganz mit viereckigen Hieroglyphen, 5½ Zoll im Quadrat, bedeckt, die aber zum Theil durch den Einfluß der Atmosphäre sehr gelitten haben.

All' diese Skulpturen waren früher sicher aufrecht stehend. Unsere Führer erinnern sich, eine derselben noch vor der letzten Ueberschwemmung in senkrechter Stellung gesehen zu haben. Dagegen war von den beiden stehenden Idolen, welche Herr Catterwood im Jahr 1840 hier flüchtig skizzirte, keine Spur zu finden, eben so wenig von den elf stehenden Säulen, von welchem ihm sein schwarzer Führer sprach, die aber der Künstler selbst nicht gesehen hatte.

Merkwürdig ist, ganz nahe der pyramidalen Gebäude, ein runder, scheibenförmiger Stein von 4 Fuß Durchmesser und 2 Fuß Dicke, dessen eine Fläche ganz mit Hieroglyphen bedeckt ist. Die Bilderschrift ist in zwei verschiedenen Abtheilungen getheilt. Rings um den Rand der Scheibe, nahe der Peripherie, ist eine Inschrift mit den gewöhnlichen Hieroglyphen. Davon abgesondert ist die Mitte des Steins, mit verschlungenen größeren hieroglyphenartigen Zeichen, die fast ein wappenförmiges Ansehen haben. Auf dieser Hieroglyphenscheibe stand früher ein kolossaler Tigerkopf, von 4 Fuß Höhe und 3 Fuß Breite, mit Hieroglyphen auf der Stirne, von dem der Oberleib bis zum Rachen gut erhalten ist. General Païs, ein einheimischer Militair, hatte den Einfall, diesen Tigerkopf bei seinem flüchtigen Besuche der Ruinen von dem runden Stein, der ihm zum Piedestal diente, herabzuwälzen. Die beiden letztgenannten Denkmäler bestehen aus einem kompaktern, hellern, feinkörnigern, granitähnlichen Conglomerat, das dem zersetzenden Einflusse der Atmosphäre kräftiger als die andern Denkmale wiederstanden hat. Mit großer Anstrengung gelang es unsern Arbeitern, den Hieroglyphenstein von der Erde, in welche derselbe circa 1 Fuß tief eingesunken war, zu heben; die Unterseite trägt keine Bilderschrift. Von allen Monumenten, die wir gefunden, gaben diese beiden allein gegründete Hoffnung des Transportes durch Menschenkräfte, während die übrigen ihrer großen Schwere wegen nur durch Wagen nach dem Fluß gebracht werden könnten.

Außer den beschriebenen Denkmälern befinden sich noch

zwei hier, deren Existenz constatirt ist, die wir aber mit aller Mühe und Zeitaufwand nicht aufzufinden vermochten. Der einzige Führer der Hacienda, der ihren Standort genau kennt, war durch Krankheit gehindert uns zu begleiten. Unser Führer, welcher die Ruinen nur einmal früher besucht hatte, durchstreifte und durchsuchte mit uns die Waldgegend in den verschiedensten Richtungen vergebens. Alle Anstrengung, selbst bedeutende Belohnungen, die wir dem Entdecker versprachen, führten zu keinem glücklichen Resultate. Wahrscheinlich sind diese Denkmäler seither dermaßen mit Vegetation überwachsen, daß sie selbst den schärfsten Augen entgehen. Nach der Schilderung unsers Führers stellt einer von diesen Resten gleichfalls eine kolossale weibliche Götzengestalt dar, an Form und Größe den übrigen ähnlich mit Ornamentirungen und Bilderschrift bedeckt und nur dadurch von den andern verschieden, daß sie die Figur eines Kindes auf den Armen hält. Die zweite Skulptur soll angeblich den Kopf eines Alligators mit geöffnetem Rachen darstellen, von ähnlicher Arbeit wie der Jaguarkopf. Diese letztere Figur soll transportabel sein.

Daß diese sogenannten Monumente von Quiriguá, über deren Entstehung und Geschichte das tiefste Dunkel herrscht, gleich allen übrigen Ruinenstätten und Antiquitäten Central-Amerika's, das Interesse des Archäologen und Ethnographen im hohen Grade verdienen, wird Niemand bestreiten. Ziemlich gering hingegen erschien uns der künstlerische Werth dieser Denkmäler. Der Fleiß und die Ausdauer ihrer Gründer, welche so große Felsstücke mit Skulpturarbeiten förmlich übersäten und diese kolossalen Bildwerke auf einem höchst schwierigen Terrain zu bewegen wußten — die Skulpturen sind sämmtlich Monolithe — sind der Bewunderung mehr würdig als die Phantasie, der Kunstgeschmack und die Handfertigkeit der Künstler, welche vielmehr eine ziemlich niedere Kulturstufe andeuten. Die Gruppirung sowohl als die einzelne Ausführung der Figuren und Ornamentirungen, besonders auf dem großen Felsaltar, der das am fleißigsten ausgearbeitete Stück dieser Reste ist, zeigen mit den ziemlich chaotisch durcheinanderstehenden Figuren von Thieren, Blumen, Blättern, Früchten, Zweigen u. s. w. von einem noch etwas barbarischen Kunstsinn. Alle diese Denkmale sind offenbar dem gleichen Kulturzustande, wahrscheinlich auch derselben Zeit und den gleichen Händen entsprungen. Alle haben den gleichen geringen artistischen Werth. Keines ist merkbar feiner und kunstreicher ausgearbeitet als das andere. Nichts deutet an diesen Skulpturen auf einen nur einigermaßen geläuterten und fortgeschrittenen Schönheitssinn durch eigene Vervollkommnung oder fremde Vorbilder.

Schon Stephens hat sehr richtig und scharfsinnig die Eigenthümlichkeit dieser centro-amerikanischen Antiquitäten nachgewiesen, deren Styl und Charakter von den Monumenten sämmtlicher Völker der alten Welt so wesentlich verschieden ist. Er hat die irrige Meinung Derer widerlegt, welche in dem plumpen sogenannten Pyramidenbau dieser amerikanischen Urvölker den ausgebildeten Pyramidenstyl der alten Aegypter wieder zu erkennen glaubten. In der Anordnung des Ganzen wie in den Einzelheiten sind die Differenzen so auffallend, daß es fast befremdend ist, wie selbst namhafte Archäologen auf eine so ferne zufällige Aehnlichkeit große Bedeutung legen konnten. Den ägyptischen Pyramiden fehlt immer der tempelartige Oberbau der central-amerikanischen Stufengebäude, während letztere nichts von den innern Gemächern und Räumlichkeiten zeigen, die für die ägyptischen Pyramiden so charakteristisch sind.

Was die Skulpturen Quiriguá's insbesondere von den plastischen Werken Aegyptens und Vorder-Asiens unterscheidet, ist die Rohheit der Arbeit, an der man die Unvollkommenheit der Instrumente erkennt, deren sich diese Skulptoren bedienten. Sicherlich waren diese Utensilien nicht von Eisen. Selbst die ältesten ägyptischen Skulpturen, wenn sie noch so anmuthlos und steril in der Erfindung sind, zeigen doch von einer merkwürdigen technischen Fertigkeit und Sauberkeit der Ausführung, die den grobgearbeiteten Basreliefsfiguren dieser amerikanischen Monumente durchaus abgeht.

Den amerikanischen Bildhauern fehlte nicht der Fleiß, noch eine gewisse Erfindungsgabe von etwas wilder Art, die sich besonders in den einzelnen Hieroglyphenfiguren kundgiebt, wohl aber der solide Hammer und Meißel zu ihren plastischen Bildern. Bekanntlich war allen diesen Völkern zur Zeit der spanischen Eroberung der Gebrauch des Eisens fremd. Sie kannten nur Instrumente von Kupfer und Stein. Wahrscheinlich deshalb wählten sie zu ihren Statuen ein minder solides Material, nicht harte, schöne, dauerhafte Gesteinarten, wie Granit, Syenit, Porphyr und körnigen Kalk, den ihnen gleichwohl die nahen Gebirge reichlich darboten, sondern groben Sandstein nnd Conglomerate, die ihre unvollkommenen Werkzeuge leichter behauen und glätten konnten.

Wie schon Herr Catterwood richtig bemerkt, haben die Monumente von Quiriguá ganz den gleichen Charakter wie die von Copan, von welchen das Stephens'sche Werk zahlreiche Abbildungen liefert. Sie unterscheiden sich von letztern nur durch ihre bedeutendere Größe, ihre größere Plumpheit und das tiefere Relief ihrer Skulpturen. Die viereckigen Hieroglyphen sind im Wesentlichen dieselben. Die alten Bewohner von Quiriguá hatten mit denen von Copan dieselbe Bilderschrift und wahrscheinlich die gleiche Sprache gemein. Eine nüchterne Beobachtung dieser Denkmäler und ihres gegenwärtigen Zustandes bestärkt die Meinung derer, welche ihnen kein sehr hohes Alter zuschreiben, in ihnen nicht die Werke eines Volkes von hoher Bildungsstufe, aus der östlichen Hemisphäre stammend, wohl aber die wesentlichsten Merkmale derselben Bauten wieder erkennen, welche die Spanier zur Zeit der Invasion in diesen Gegenden gefunden haben und die der bekannte Bernal Diaz de Castillo, der Waffenbruder des großen Cortez, bei dem Zug nach Mexiko in den verschiedenen Aztekenstädten gesehen und mit kurzen Worten in seiner bekannten Geschichte der Eroberung geschildert hat. Schon die petrographische Beschaffenheit des Materials, aus dem alle diese Skulpturen bestehen, widerlegt durchaus die Ansicht eines sehr hohen Alters dieser Ruinen. In einer überaus feuchten Atmosphäre, welche so zersetzend auf alle Gesteine, selbst auf den Granit, wirkt, würde von den wenig erhabenen Basreliefffiguren sicherlich jede Spur verschwunden sein, wenn mehr als Ein Jahrtausend mit allen zerstörenden Einflüssen der Natur über dieselben hingegangen wäre.

Was die frühere Bestimmung dieser Denkmäler und der ähnlichen in Copan, Palenque, Merida u. s. w. betrifft, so unterliegt es kaum einem Zweifel, daß dieselben zu religiösen Zwecken, zu Götterverehrung, zu den Opferfesten der alten Völker dienten. Die Sacrificatorios, nämlich die zu dieser Feier bestimmten Gebäude, wie sie uns die spanischen Eroberer Mexiko's in den verschiedenen Aztekenstädten schildern, stimmen im Wesentlichen mit der Form und dem Charakter der größern Monumente von Quiriguá und Copan überein. In den Ruinen von Quiriguá vermißt man seltsamerweise die großen mit Skulpturen bedeckten Steine, welche in Copan vor keiner der Götzenstatuen fehlen und wahrscheinlich dazu dienten, das Blut der Opfer zu empfangen. Die erwähnten Altäre in Quiriguá stehen isolirt und in ziemlicher Entfernung von den Idolen. Sollten hier statt jenen Steinen die räthselhaften gemauerten Vertiefungen auf der untern Terrasse des Sacrificatorio zur Aufnahme des Opferblutes gedient haben?

Mysteriöser ist die Bestimmung der pyramidalen Gebäude oder der künstlichen Hügel mit amphitheatralischen Stufenreihen, welche in den verschiedenen Ruinen Central-Amerika's gewöhnlich die obersten Trümmer vorstellen. Die Stellung und Anordnung dieser Bauwerke, welche in Quiriguá wie in Copan nicht selbst Idole tragen, sondern von diesen umgeben sind, und die fast in ihrer Mitte sich erheben, machen nach unserer Ansicht die Hypothese sehr wahrscheinlich, daß sie eine Schaustätte für die verschiedenen Rangstufen jener Völker waren. Die Kaziken und ihr Hof, der Adel, die hohe Priesterschaft nahmen bei den großen Opferfesten hier wahrscheinlich ihre Plätze ein.

Bekanntlich trafen die Spanier im Aztekenreiche eine ausgebildete Aristokratie mit verschiedenen Rangstufen und Privilegien. Aehnliche Einrichtungen hatten die Reiche der Quichen und Kachiquelen. In keinem dieser geordneten großen und kleinen Staaten, welche nach dem unwiderleglichen Zeugniß dieser steinernen Denkmäler eine gewisse Kulturstufe erreicht hatten und der Bilderschrift sich bedienten, konnte eine privilegirte Adelsklasse als bindende Zwischenstufe der Gesellschaft zwischen dem Fürsten und dem niedern Volke fehlen. Bei der Ceremonienliebe dieser Völker und dem Ehrengepränge, welches die alten Kaziken umgab, ist es nicht wohl anzunehmen, daß sie bei diesen feierlichen Opferfesten als Zuschauer mit der Masse sich vermengten. Es ist vielmehr wahrscheinlich, daß ihnen und den Großen des Landes ein solcher erhöhter Ehrenplatz, von dessen Terrassen herab man die ganze blutige Feier überschaute, bestimmt war. Die obern gedeckten Bauwerke mit offenen Galerien dienten vermuthlich den Fürsten und Großen zum Schutz gegen Sonne, Wind und Wetter. Vielleicht fanden hier noch besondere, geheimnißvolle Ceremonien statt, vielleicht ertönten von diesen Höhen herab die Gesänge und Gebete der obersten Priester. Die schauende Volksmasse stand wahrscheinlich außen umher und bedeckte die Abhänge der kleinern künstlichen Hügel in der Nähe, welche keine Stufentreppen haben und keine steinernen Gebäude tragen.

Ruinen von alten Wohngebäuden, von Fürstenpalästen und dergleichen sind in der nächsten Nähe der Ruinen von Quiriguá nicht aufgefunden worden, überhaupt keine Spuren einer alten Stadt. Es ist nicht leicht anzunehmen, daß eine große Bevölkerung ihre festen Wohnplätze an einer Stelle genommen, welche in so geringer Erhebung über dem Flußbett lag und alljährlich den Ueberschwemmungen des Montagua in den stärksten Regenmonaten ausgesetzt war. Aber größere Städte und Ortschaften befanden sich zweifelsohne in geringer Entfernung, vielleicht etwas höher und näher dem Fuß der Micoberge. Es ist geschichtlich erwiesen, daß es selbst noch unter der spanischen Herrschaft am rechten Ufer des Montaguaflusses größere, ziemlich bevölkerte Ortschaften gab, welche jetzt theils verschwunden, theils entvölkert sind. Die alten Bewohner wallfahrteten vielleicht nur hierher zur Opferstätte, um ihre religiösen Feste zu begehen. Daß von solchen alten Städten noch keine Spur aufgefunden worden, ist aus mehrfachen Gründen erklärbar. Jene Völker verwandten zu ihren Wohnungen sicherlich nicht dasselbe Material, wie zu ihren Tempeln, Altären und Götzenbildern. Hütten von Rohr- oder Lehmwänden, die, wenn sie verlassen sind, in kurzer Zeit zerfallen und verschwinden, genügen den Völkern der heißen Zone. Solche sind wohl auch die Wohnungen jener alten Völker gewesen, wie sie es noch die der heutigen sind. Selbst sehr große und volkreiche Städte, wie Utatlán, die alte Residenz der Quichékönige, welche zur Zeit, als Pedro Alvarado sie mit seinen spanischen Kriegern betrat, im vollen Glanze stand, und deren Lage man genau kennt, ist heute bis auf wenige unansehnliche Trümmer völlig von der Erde verschwunden. Was von dieser prächtigen Stadt nach ihrer gänzlichen Zerstörung durch die spanische Soldateska (1524) an wüst umherliegenden Steinmassen übrig blieb, wurde später als werthvolles Material zum Aufbau der neu zu gründenden Ansiedlung und des ersten in der Nähe errichteten Dominikanerklosters verwendet. Ganz ähnlich, wie der alten Königsstadt der Quichés, erging es der Hauptstadt des Reiches der Kachiquelen *), der einst so zierlichen Niederlassung von Tecpan oder Patinamit, 1½ englische Meilen vom heutigen Tecpan-Guatemala entfernt. Wo einst zahlreiche Baudenkmale prangten, erheben sich dermalen nur wenige armselige Indianerhütten. Doch wandert seltsamerweise alljährlich am Charfreitag die Indianerbevölkerung in feierlicher Prozession nach jener Stelle, auf der sich einst die Residenz der eingebornen Könige erhob, und mischt in seine katholische Andacht die für ein gesunkenes Volk doppelt theuere Erinnerung an seine ehemalige Herrlichkeit nud Größe! —

Es ist nicht ganz unwahrscheinlich, daß die Monumente von Quiriguá noch zur Zeit der spanischen Invasion ihrer religiösen Bestimmung dienten, und daß auch eine Stadt in

*) Sprich: Kitsché, Katschikelen.

der Nähe noch bewohnt war*). Die Bevölkerung, kein anderes Mittel findend, dem Schwerte der Sieger und der Sklaverei zu entgehen, verließ vielleicht die Scholle ihrer Väter sammt ihren Heiligthümern, um in den hohen Bergen nordwärts eine Zufluchtsstätte gegen die rohen Dränger zu suchen. Der spanische Geschichtschreiber Juarros erwähnt eines Zuges von Hernandez de Chaves in dieser Richtung, sowie die Zerstörung einer Stadt mit Mauern, Tempeln und Götzenbildern. Wer die unendliche Gleichgültigkeit kennt, welche die spanischen Gewalthaber zur Zeit ihrer Herrschaft gegen solche Antiquitäten und gegen alle Spuren der alten Geschichte des Landes hegten, wer die tiefe Indifferenz beobachtet, welche noch heute die ganze spanisch-redende Bevölkerung gegen derlei Ruinen beseelt, den werden die kargen Mittheilungen und selbst das völlige Schweigen der spanischen Geschichtschreiber über die indianischen Monumente nicht Wunder nehmen. Die weißen Abenteurer und Freibeuter, welche zuerst in diese Reiche eindrangen, suchten nicht die Lösung

*) Der bekannte nordamerikanische Reisende Stephens, welcher diese Ruinenstätte 1840 besuchte, beabsichtigte die am leichtesten transportirbaren Idole und Denksteine vom Eigenthümer des Grundstücks, auf welchen sich dieselben befinden, anzukaufen, um sie nach Washington zu überführen und dort in einem besondern Museum aufzustellen. Er hatte zu diesem Zwecke bereits 20,000 Dollars zusammengebracht; allein der Besitzer überschätzte den Werth dieser steinernen Antiquitäten und der Kauf unterblieb. Aehnlich erging es uns, als wir, 14 Jahre später, einige der interessantesten und am besten erhaltenen Stücke für Rechnung des Britischen Museums in London ankaufen wollten. Und so bleiben diese merkwürdigen Zeugen einer untergegangenen indianischen Kultur auch ferner von der tropischen Pflanzendecke überwuchert und — vielleicht für immer — unter ihr begraben!

historischer Räthsel, sie waren nur lüstern nach Gold. Sie ehrten in diesen steinernen Bildsäulen nicht die ersten Kunstwerke einer Bildungsstufe, die sich über das Barbarenthum erhob, sie sahen in ihnen nur die Bilder von Götzen, die sie vernichten zu müssen glaubten. Die Zerstörung solcher „Werke des Teufels" dünkte ihnen eine christlich-ritterliche That. Der katholische Fanatismus jener sogenannten chevaleresken Kastilier wetteiferte in der Lust der Verwüstung mit dem Vandalismus der wilden Horden eines Genserich und Attila. Jene Abenteurer, welche, ihre überlegene Bewaffnung und Kriegskunst mißbrauchend, hier mit so wenig Mühe die größten Reiche eroberten, alte Fürstendynastien stürzten und Könige zu Sklaven machten, dachten nicht daran, diese Völker um ihre Vergangenheit zu befragen, und kümmerten sich noch weniger um die Erhaltung eines Kultus, den ihr religiöser Wahn verkannte. In ihrer unersättlichen Gier nach Gold und Gut waren sie einzig nur bedacht, von den besiegten, unterdrückten Völkern Schätze zu erpressen, die ihnen zu Genüssen und Ehrenstellen verhalfen; die Masse der erbeuteten glänzenden Metalle übergoldete die verübten Gräuel. Die damalige öffentliche Meinung der alten Welt staunte von der Ferne die ihr unbegreiflichen Thaten der Sieger an, und der ungeheure Erfolg schien in den Augen jener Generation ihr Verbrechen vollkommen zu sühnen. Eine aufgeklärtere Nachwelt aber wird ihnen nimmer verzeihen, daß ihr gepanzerter Tritt hier die aufgehende Blüthe einer Kultur zertrat, die, wenn auch auf niederer Stufe noch stehend, doch Interesse und Schonung verdiente.

Die grausame Herrschaft der Castilier stürzte die einzelnen Nationen wieder in die Nacht der Barbarei zurück. In starrster Knechtschaft verlernten sie ihre Künste. Die letzten Denkmäler ihrer Kultur sucht man vergebens in der Nähe großer bewohnter Städte. Sie liegen verborgen, zerstreut in den einsamen Wildnissen, wo das Dickicht des Waldes sie vor der Zerstörungswuth roher Kriegerhaufen und fanatischer Mönche schützte. Die rothe Bevölkerung allein hat dafür eine gewisse Pietät bewahrt. Ungern dienen Indianer als Führer in die Wildnisse, wo solche Reste liegen, die sie lieber verheimlichen. Ihre Miene verdüstert sich, wenn weiße Männer die mysteriösen Schriftzeichen derselben copiren. Sie lieben es noch weniger, daß neugierige Fremde kommen, um unter den alten Trümmern zu wühlen und die Denkmäler der Väter in ihrer dunklen Ruhe zu stören. Wie einst die Jungfrauen das vestalische Feuer, so bewachen sie jene historisch heiligen Trümmer, welche allein noch Zeugniß geben von untergegangenen mächtigen Reichen.

Was die Spanier, welche diese Monumente zerstört, dafür aufgebaut haben, darüber soll der nächste Abschnitt berichten.

VI.

Politische und sociale Verhältnisse.

Aeltere Geschichte. — Nachwirkung der spanischen Kolonialregierung auf die gegenwärtigen Zustände. — Der Indianerhäuptling Rafael Carrera. — Blick in die Zukunft. — Eine ganz unerwartete Wendung im Gang der Ereignisse. — Der Wille der Gottheit.

Auf beiden Hemisphären gibt es Völkerstämme, deren Namen Niemand auszusprechen vermag, ohne ein gleichsam über Gräber und Ruinen herüberklingendes Echo, einen gespenstischen Schatten damit heraufzubeschwören. Ihr tragisches Geschick und die Trostlosigkeit ihrer Lage rufen in der Seele des Beobachters schmerzliche Empfindungen wach, welche jedoch die nüchterne Einsicht wieder zum Schweigen bringt: daß es so, gerade so kommmen mußte, weil die Entwickelung und Ausbreitung einer Race den Untergang der andern zu bedingen scheint. Denn, Gesittung und Fortschritt verbreitend, rollt das große Rad der Zeit und der Geschichte, vom dienstbar gemachten Dampf getrieben, mit der verheerenden Raschheit des Orkans über die Welt dahin, unbekümmert, ob es menschliche Leiber oder ganze Völker unter seiner ehernen Wucht zermalmt und in seinem gewaltigen Umschwung vernichtet.

In Amerika ist es die gesammte rothe Bevölkerung, wo man ihr auch begegnen mag, welche dieses schmerzliche und tragische Schauspiel darbietet. Aber selbst der Anblick der Indianerstämme im Norden, welche, mißtrauisch und zäh zugleich, die Nomadensitten ihrer Väter nicht aufgeben wollen und, von der vordringenden Kultur der weißen Race immer weiter von ihren früheren reichen Jagdgründen in die Wildnisse des Westens zurückgedrängt, am Fuße der Rocky-Mountains allmälig aussterben oder an den Ufern eines reißenden Bergstromes in widerstandsloser Ergebung dem Ende ihres Elends und dem Hungertode entgegengehen, ist nicht so herzbeklemmend, als das traurige Bild der ackerbautreibenden Indianerstämme des Südens, welche der lange Druck spanischer Herrschaft decimirt und zu einer thierischen Existenz herabgewürdigt hat. Die gebildete Welt ist vertrauter mit der Geschichte des Aztekenreiches und seines Falles unter Montezuma, als mit jener der indianischen Reiche Central-Amerika's, obwohl sich dort eben so wohlorganisirte Staaten, eben so reichbevölkerte Städte und eine der mexikanischen ähnliche Kultur vorfanden. Das größere Interesse, welches das Aztekenreich erregte, lag nicht allein in dem Umstande, daß seine Eroberung durch Cortez der Unterwerfung des Quichéstammes durch Pedro Alvarado voranging, sondern wohl hauptsächlich darin, daß die Spanier dort das vorfanden, was ihre Habgier am meisten befriedigte. Guatemala hingegen war stets arm an edlen Metallen. Die Fruchtbarkeit seines Bodens, die malerische Herrlichkeit seiner Gebirge, die Pracht und der Reichthum seiner Pflanzenwelt in den Thälern und auf seinen Hochebenen, die Milde seines Klimas, alle diese vereinten Reize der tropischen Zone haben zwar den tapfern Pedro Alvarado und seine Kampfgenossen entzückt, aber ihre Schilderung erregte nicht in Spanien die Aufmerksamkeit und

Anerkennung, wie jene von Gold überfließenden Provinzen, welche andere kühne Abenteurer mit dem Schwert erobert und der spanischen Krone unterworfen hatten. Es fehlte außerdem den Waffengefährten Pedro Alvarado's ein so gewandter Geschichtschreiber und Meister der Darstellungskunst wie der feine Bernal Diaz, der Begleiter von Cortez, oder wie dieser kühne Eroberer selbst.

Mit Recht bezeichnet es Juarros, der moderne Geschichtschreiber Guatemala's, als eine ethnographische Eigenthümlichkeit des Landes, daß es weit mehr als Peru oder Mexiko in einzelne Nationalitäten zerfällt und daß auf einem verhältnißmäßig beschränkten Raum mehr scharf von einander sich unterscheidende Mundarten gebraucht werden, als irgendwo im übrigen Central-Amerika.

Es wurden zu jener Zeit im Norden Guatemala's nicht weniger als 26 verschiedene Sprachen und außer diesen noch zahlreiche Dialekte gesprochen. Unter den damals existirenden Staaten waren die blühendsten die Quiché- und Kachiquelreiche; ersteres umfaßte die kühlere Region der sogenannten Altos, der eigentlichen Hochebenen von Guatemala, wo ein gleiches Klima wie auf dem Plateau von Mexiko herrscht, während zu dem Kachiquelreiche die schönen und reichen Thäler, so wie die Hochebenen gehörten, auf welchen später sowohl die alte als die neue Hauptstadt des spanischen Vicekönigreichs von Guatemala erbaut wurde. Utatlán, die einstige Residenz der Könige der Quiché's, hatte, nach der Beschreibung seiner spanischen Eroberer, gleich der Residenz Montezuma's, große öffentliche Gebäude, prächtige Paläste, Tempel und Befestigungen. Xelatuh, die zweite Hauptstadt des Landes, stellte nicht weniger als 80,000 Streiter zum Heere des Königs Tecum-Umam, welcher im Kampfe durch Pedro Alvarado's eigene Hand fiel, während Tecum-Umam's Vater auf die bloße Nachricht von dem Vordringen der weißen „Teules," wie die ersten Spanier von den Indianern genannt wurden, vor Schreck seinen Geist aufgab. Dem Reisenden, welcher diese Länder in ihrem jetzigen Zustande sieht, mögen allerdings Zweifel an der Gewissenhaftigkeit der spanischen Geschichtschreiber aufsteigen und der Verdacht arger Uebertreibung ihn überkommen, wenn er auf den Stellen, wo jene prächtigen Denkmäler indianischer Baukunst, jene Paläste und Tempel gestanden haben sollen, in denen so prunkvolle Opferfeste begangen wurden, gegenwärtig nur wenige armselige Steinhaufen vorfindet. Aehnlich den griechischen Geschichtschreibern, welche geflissentlich die Stärke des persischen Heeres übertrieben, damit ihre Siege noch ruhmvoller, die Heldengestalten eines Miltiades und Themistokles noch leuchtender erschienen, mögen es wohl auch die Spanier nicht allzustreng mit der geschichtlichen Genauigkeit genommen haben, wo es sich darum handelte, durch die Schilderungen des Glanzes und der Größe der Besiegten und Unterworfenen ihre eigenen Heldenthaten vor der alten Welt in ein um so grelleres Licht zu setzen.

Indeß ist es eine geschichtliche und genau erwiesene Thatsache, daß die ehemaligen indianischen Reiche und ihre zahlreiche Bevölkerung sich einer weit höheren Kultur und einer blühenderen Wohlhabenheit erfreuten, als der heutige Besucher nach den wenigen und unbedeutenden Ruinen, der dünnen, spärlichen Bevölkerung und der kümmerlichen Lage der meisten Indianerstämme vermuthen mag. Und finden wir nicht in Mexiko, Peru und andern spanisch-amerikanischen Ländern die nämlichen Verhältnisse? Wir besitzen gerade über diesen Punkt so mannigfaltige und übereinstimmende Nachrichten, daß sich eine gewisse Kulturhöhe, ein einstiger blühender Zustand der indianischen Reiche nicht wohl bezweifeln läßt. Wie können wir uns aber auch nur wundern, daß Bauwerke, Tempel und Kunstdenkmäler verschwinden, daß ein Volk leiblich sich vermindern und geistig gänzlich zu Grunde gerichtet werden konnte, wenn wir erwägen, daß, im Verein mit der rohesten weltlichen Tyrannei, religiöser Fanatismus der schwärzesten Art und die willkürlichste persönliche Habsucht und zerstörende Wuth in diesen schönen und unglücklichen Ländern hausten! Die einst so zahlreichen Karaibenstämme, welche die westindischen Inseln bewohnten, sind nach nur Einem Jahrhundert spanischer Herrschaft fast gänzlich verschwunden; auf dem ganzen westindischen Archipel findet sich nicht ein einziger Vollblut-Nachkomme der einstigen indianischen Bevölkerung mehr vor. In Central-Amerika war die Behandlung, welche die Urbewohner von den Spaniern erdulden mußten, nicht weniger grausam. Schaudererregend klingen die Schilderungen, welche der von 1625—37 als katholischer Priester in Guatemala lebende Padre Gage von der Lage der Eingebornen entwirft, die, von ihren spanischen Herren zu den schwersten Sklavenarbeiten gezwungen, schlechter und mit mehr Rohheit als selbst Thiere behandelt wurden. Die Spanier wiederholten hier dieselben Gräuel von Verrath und Königsmord wie in den Inka's- und Aztekenreichen. Chignaucelut, der König der Quiché's, baumelte vor den Augen seines besiegten und erschreckten Volkes am Galgen, Angesichts des großen Palastes in Utatlán. Sein Nachfolger Segehul hatte kein viel besseres Schicksal, und schmachtete mit Sinacam, dem Könige der Kachiquelen, fünfzehn Jahre lang im Kerker.

Kaziken, Hohepriester und Adelige wurden gerade so wie die übrigen Indianer zu Sklaven gemacht, zu harter Arbeit gezwungen, gepeitscht und zu Tode gehungert, mitten in jenem paradiesischen Lande, das sie geboren und in dem sie die weißen Fremdlinge so gastfrei aufgenommen hatten.

Die spanischen Mönche, welche diese, durch die aufregenden Schilderungen von der Herrlichkeit jener Länder angelockten Streiter begleiteten, glaubten ihren christlichen Eifer durch den Vandalismus bethätigen zu müssen, mit welchem sie die indianischen Tempel, Denkmäler und Bildsäulen zerstörten. Was immer von ihren Idolen und Gottheiten wegzuschaffen war, suchten die Indianer gleich Reliquien in die Wälder zu retten, oder in Höhlen zu verbergen; aber selbst hieher wurden sie verfolgt. Wir finden in Gage's Reisebeschreibung manche interessante, auf diese Verbergungsversuche Bezug habende Episode. Die große Menge dieser alten Volksstämme, sowie das sichere Asyl, welches hier die Undurchdringlichkeit der Urwälder den Flüchtlingen gewährte, verhinderte ihre gänzliche

Ausrottung, während die Eingebornen der westindischen Inseln, ihrer kleinern Anzahl und des beschränkteren Raumes wegen, auf den sie mit ihrer Existenz angewiesen waren, vollkommen vertilgt worden sind.

Die Vorgänge in Central-Amerika während der Dauer der spanischen Kolonialregierung verdienen kaum den Namen Geschichte; es war nichts als ein trauriges Dahinsiechen der Eingebornen und eine gemeine Aussaugung des Landes. Das große und einst so schöne Vicekönigthum war halb ein Sklavenzwinger, halb eine Wildniß geworden. Die angesiedelten Indianer wurden zu Lastthieren erniedrigt, die in den Wäldern scheu sich verborgen haltenden Nomadenstämme führten dort das Leben wilder Thiere, nur von Jagd und Waldfrüchten sich nährend und ängstlich die Nähe weißer Ansiedler fliehend. Um eine erfolgreiche Empörung oder selbst eine einfache Emeute zu wagen, fehlte es den Eingebornen an Mitteln, die Massen zu beherrschen, noch besaßen sie das Talent, einen Widerstand von größerer Ausdehnung zu organisiren. Die Zerrissenheit des Volkes, die große Verschiedenheit der Sprachen, die alte nationale Feindschaft zwischen einzelnen Stämmen erleichterte den Spaniern ebenso die Eroberung, wie die Behauptung des Landes.

Erst mit dem gänzlichen Sturz der spanischen Herrschaft wurde der Zustand der Eingebornen Central-Amerika's verändert. Die Indianer traten jetzt im großen Drama wieder handelnd auf, die Menge wurde durch Ueberredung oder Gewalt auf den Schauplatz gezogen. Central-Amerika hatte wieder eine Geschichte, aber unglücklicherweise eine düstere und schmerzensreiche, wie es allerdings kaum anders erwartet werden konnte. Wie mochte man auch hoffen, daß aus dem von den Spaniern über ganz Amerika ausgestreuten verdorbenen und vergifteten Samen der Säbel- und Mönchherrschaft edle Bäume emporwachsen sollen, welche den Bewohnern kostbare Früchte tragen würden und unter deren Schatten sie friedlich und glücklich leben könnten?

Die Enkel ernteten, was ihre Ahnen gesäet hatten: Eine Reihe blutiger und tragischer Scenen, in welchen eine furchtbare Anarchie der Massen mit der rohen Gewaltherrschaft irgend eines glücklichen und gewandten Meisters des Kriegshandwerkes abwechselten. Der Einförmigkeit im Drama des öffentlichen Lebens unter der spanischen Herrschaft folgte die bunteste Mannichfaltigkeit. Der Vorhang fiel oft und schnell, und wenn er wieder aufgezogen wurde, zeigten sich jedesmal andere Helden auf den Bretern.

Eines Tages war es Morazan mit den Liberalen und Föderalisten, dem die Menge jauchzend Lorbeern zuwarf, am andern Tag erschien wieder Carrera mit den Mönchen und bewaffneten wilden Indianerhorden als der gefeierte Held, der durch Triumphbögen seinen Einzug hielt und dem die nämliche Stadtbevölkerung demüthig und zitternd Weihrauch streute, welche nur wenige Wochen früher seinem politischen Gegner zugejauchzt und dessen Weg mit Blumen überschüttet hatte. Diese ermüdenden Wirren endigten zuletzt mit der gänzlichen Auflösung des föderativen Bandes jener fünf Staaten, welche seit dem Jahre 1822, seit der Lostrennung von Spanien, nach dem Muster der Verfassung der Vereinigten Staaten die Republik von Central-Amerika gebildet hatten. Sie zerfielen in fünf einzelne, politisch in keinerlei Zusammenhang mehr stehende Republiken. Im eigentlichen Guatemala aber erklärte sich, nach einem entscheidenden Siege der Centralisten und Absolutisten, deren Anführer er war und noch jetzt ist, der Indianer Rafael Carrera zum Präsidenten. Durch ein Pronunciamiento, oder die in neuester Zeit so beliebt gewordene allgemeine Abstimmung, hatte ihm das Volk von Guatemala auf Lebensdauer die unbeschränkteste Regierungsgewalt und zugleich das Recht übertragen, selbst seinen Nachfolger ernennen zu können.

So blieb denn von der früheren Verfassung kaum noch ein Schatten übrig. Carrera und seine nächsten Freunde, das heißt seine Kreaturen und Bewunderer, sind bis heute noch über Namen und Form jener mächtigen, ihm durch den sogenannten Volkswillen übertragenen Stellung unentschieden. Nur die Rücksicht auf den üblen Zustand des Staatsschatzes, der ihm weder ein fürstliches Einkommen, noch den Aufwand eines reichen Hofstaates gewähren könnte, hielt Carrera bis jetzt ab, sich den Titel eines Kaisers von Guatemala beizulegen. Er besitzt auf diesen Titel und Rang eben so viel Recht, als der Neger Faustin Soulouque, der sich Kaiser von Haiti nannte.

Carrera ist von dunkler, geringer Abkunft. Die indianische Familie, welcher er entstammt, war mit Negerblut gemischt. Indeß ist das indianische Blut jedenfalls das vorherrschende in ihm, so daß er mit seiner lederfarbenen Haut seinem gedrungenen, kurzen Wuchs, dem straffen, pechschwarzen Haar, den hervorragenden Kinnbacken und dem durchdringenden Auge, dessen Blick eigenthümlich unsicher und scheu ist, für einen Vollblut-Indianer der Altos gelten würde, kleidete er sich in die Tracht der braunen Söhne jenes Hochlandes. Weit entfernt übrigens, sich seiner indianischen Abkunft zu schämen, ist Carrera im Gegentheil stolz auf dieselbe, wie es auch die Antwort beweist, die er gab, als man ihn bereden wollte, größeren Aufwand und mehr Bequemlichkeit in seinem Haushalte einzuführen. „Ein Indianer bedarf des Aufwandes nicht," entgegnete Carrera. Bemerkenswerth ist der Einfluß, den die Berührung mit der Kultur und den feinen, geselligen Formen der spanischen Kreolen auf diesen Halbwilden übte. Bei dem Einfall der Indianer in die Hauptstadt Guatemala's im Jahre 1839, wo Carrera das erste Mal als deren Anführer auftrat, wiederholten sich dort beinahe die gleichen Scenen, wie in Rom zur Zeit der Invasion der nordischen Barbaren.

Der Verkehr mit den schon civilisirten Städtern zähmte und sänftigte die rohen Sitten des Siegers. Carrera war schnell in dem seidenen Netz kastilianischer Höflichkeit gefangen, welches die Nachkommen der aristokratischen Familien der Hauptstadt Guatemala's mit so großer Geschicklichkeit zu handhaben verstehen. Er wählte seine Räthe und Minister nicht aus seinen früheren Kameraden und Kampfgenossen, sondern aus den vornehmsten Familien spanischer Abkunft. Männer von den glättesten, feinsten Sitten, wie Don Luis Batres oder

Marquis de Aycinena, welche bald den größten Einfluß auf ihn gewannen.

Eine große Anzahl seiner einstigen Gefährten, die auch nach jenem entscheidenden Siege über die demokratische Partei und der Wiederherstellung des Friedens ihr früheres Leben als Parteigänger und Plünderer mit Vorliebe fortsetzten, wurde auf Carrera's eigenen Befehl erschossen oder gehängt. Wer von den Indianern und Ladinos Theil haben wollte an seiner Herrlichkeit, mußte sich der neuen Ordnung der Dinge bequemen, dem früheren Nomadenleben entsagen und sich ein wenig zu civilisiren suchen. Indeß hatte selbst dieser ungewöhnliche Mensch Augenblicke, wo seine frühere Wildheit und sein Blutdurst wieder in ihm erwachten. Als Quesaltenango, die Hauptstadt der Altos, sich gegen seine Herrschaft auflehnte, übte er blutige Rache an dieser Stadt und ließ mehrere ihrer angesehensten Einwohner hinrichten. Selbst in der Hauptstadt geschah es zuweilen, daß ihm verdächtige Personen des Nachts von Soldaten aus ihren Häusern geholt, und ohne irgend eine vorhergegangene Untersuchung eingekerkert oder an eine Straßenecke geführt und dort erschossen wurden. Solche wilde Aufwallungen werden jedoch bei dem ehemaligen „faccioso de Zacapa“ immer seltener.

Carrera hat jedenfalls das unläugbare Verdienst, Sicherheit und Ruhe im Lande wieder hergestellt zu haben, ohne welche weder Ackerbau noch Handel zu gedeihen vermögen. Außerdem hat er freilich für die Entwickelung Guatemala's nur wenig gethan; er selbst ist zu unwissend und engherzig, um für ernstere Verbesserungen Interesse zu hegen, und die kleine spanische Coterie, die ihn beherrscht, ist aus Grundsatz und Eigennutz gegen alle nützlichen Neuerungen. Sie fürchtet die Fremden und ihren etwaigen Einfluß." Der leitende Gedanke ihres politischen Systems ist, den Handel mit fremden Ländern nur so weit zu begünstigen, als es nothwendig ist, um die einheimischen Erzeugnisse gegen fremde Fabrikate zu vertauschen und der Hauptstadt einige Wohlhabenheit zu verschaffen, sonst aber alle liberalen Ideen vom Lande so fern als möglich zu halten, und aus diesen Gründen sowohl die Einwanderung als die Schifffahrt an den Küsten Guatemala's möglichst wenig zu erleichtern.

Diese Partei beherrscht vollständig den Diktator Carrera und seine Politik, und überläßt ihm bloß Titel und Würden, alle Zeichen äußerer Ehre, sowie ein ziemlich fettes Einkommen. Der ehemalige Hauptmann indianischer Horden ist mit diesem Stande der Dinge wohl zufrieden und gestattet dafür seinen Ministern zu regieren und zu verwalten, so gut sie können und wollen!

Nächst Carrera ist es Morazan, der in der neuesten Geschichte Guatemala's die bedeutendste Rolle gespielt hat. Er war der Träger des modernen Liberalismus. Seine Macht fußte allein auf jener vorübergehenden Begeisterung, ein Nachklang des kurzen Befreiungskampfes, welche jedoch nur die gebildete Minderzahl in den Städten ergriffen hatte. Die Stadt San Salvador war der Sitz der Centralregierung und des Liberalismus, Guatemala aber, die Hauptstadt Central-

Amerika's unter der spanischen Herrschaft, erklärte sich sehr bald gegen die föderative Republik, weil diese die alte Landeshauptstadt nicht zu ihrer Residenz erwählt hatte.

Die Demokraten, Morazan an ihrer Spitze, führten eine Verfassung ein, zu welcher jene der nord-amerikanischen Freistaaten das Muster geliefert hatte, aber wie verschieden von dort war hier der Grund, auf dem diese geschriebene Verfassung ruhen sollte! In Nord-Amerika gab es stets nur e i n e herrschende Race: die anglo-amerikanische, und zwar war von Anfang an der größere Theil dieser Bevölkerung gebildet genug, um republikanische Freiheit in ihrem ganzen Werthe zu erkennen und zu schätzen, und das Interesse, den Ehrgeiz und die Leidenschaften jenem Segen unterzuordnen, welchen dieselbe einzelnen Gemeinden wie ganzen Völkern gewährt. In den Staaten Central-Amerika's dagegen herrschen die entgegengesetzten Verhältnisse. Hier bildet gerade die weiße Race den kleinsten Theil der Bevölkerung und selbst diesem fehlen alle republikanischen Tugenden; Costa Rica ausgenommen, besteht die Einwohnerschaft der vier übrigen Staaten aus Halb- und Vollblut-Indianern, und während jene Mischlinge alle Laster des weißen Stammes, aber nicht eine einzige seiner Tugenden eingesaugt, sind andererseits die Vollblut-Indianer durch lange Unterdrückung und Mißhandlung, durch den übermäßigen Genuß geistiger Getränke, durch physisches und moralisches Elend in einen thierischen Zustand versunken. Wer mit solchen Bestandtheilen den kühnen Bau republikanischer Freiheit aufzuführen hoffte, konnte nur ein Enthusiast oder ein Träumer sein.

Im Verlaufe der verschiedenen Regierungsexperimente der Föderalisten und Demokraten ereignete es sich überdies, daß dieselben zu den nämlichen verwerflichen Mitteln, wie ihre Gegner Zuflucht nehmen mußten. Gewaltsame Gelderhebungen von den Reichen, Confiscationen von unbeweglichem Eigenthum, zwangsweises Aufgebot des Volkes zum Militärdienst und eine leidenschaftliche Verfolgung ihrer politischen Antagonisten. Der Hauptgrund aber lag darin, daß bei einem auf so tiefer Kulturstufe stehenden, aller Erziehung ermangelnden Volke die Worte: Freiheit und Gleichheit, Verfassung und Volksvertretung, welche das Feldgeschrei der Liberalen bildeten, weit weniger Sympathien bei dem großen Haufen erregten, als der Ruf der Gegner Morazan's: „viva la religion, mueren los estrangeros!“ So versunken und gleichgültig ist niemals ein Volk, daß es nicht an den Gebräuchen seiner Kirche hinge, und so ward denn auch die Stimme seiner Priester einflußreicher, als liberale Proklamationen, die es nicht einmal zu lesen vermochte; denn es ist allezeit leichter, in der Brust der Menge die Flammen des Hasses, als das Feuer edler patriotischer Begeisterung anzufachen. Carrera und seine politischen Freunde benutzten das erste Auftreten der Cholera in Guatemala, um die Indianer und Ladinos in Massen gegen die demokratische Regierung zu bewaffnen.

In dem Volke lebte die dunkle Vorstellung, daß, wie alle politischen Neuerungen, so auch die Cholera aus der Fremde gekommen sei. Was immer Trübes und Unglückliches sich ereignen mochte, stets waren die Fremden die Ursache davon. Wie einst im Mittelalter die Worte: Teufel und Zauberei, so wurde jetzt dieses Wort das Symbol alles Uebels und aller Leiden, welche das Volk drückten. Doch richtete sich dieser Haß weniger gegen die Personen der Fremden, die zu jener Zeit, wenn auch nur in sehr geringer Zahl, in Guatemala lebten, als gegen die fremden, politischen und religiösen Ideen, welche aus der Ferne ins Land gedrungen waren und gegen den fremden Geist, welcher die Führer der demokratischen Regierung und den Föderativ-Congreß beseelte. Die Fremden, meist Engländer, (und daher noch dazu Protestanten!) wurden nicht allein angeklagt, daß sie die Cholera in's Land gebracht, die unwissende Menge, von Carrera und den Klerikalen aufgestachelt, beschuldigte sie sogar, die Brunnen vergiftet und kleine Kinder gegessen zu haben!*)

Allein je unsinniger dergleichen rohe Verdächtigungen klingen, desto leichter finden sie bei dem großen Haufen Glau-

*) Klerikale und Reaktionäre vereinigten sich, wie in den meisten Ländern, auch hier, um den leichtgläubigen Indianern die Meinung beizubringen, die Regierung der Liberalen wolle die Eingebornen ausrotten und eine fremde Bevölkerung ins Land bringen. Die Aerzte, welche, als die Cholera sich immer weiter verbreitete, nach verschiedenen Distrikten mit Arzneien gesendet wurden, verstanden theils nicht die richtige Anwendung derselben, theils nahmen die Erkrankten, im Glauben einer desto sicherern Wirkung, so übermäßige Dosen, daß sie massenhaft dahin starben, was noch mehr das Mißtrauen unter den Eingebornen steigerte. Die armen Doktoren wurden von der aufgeregten Menge förmlich gezwungen, den ganzen Inhalt ihrer Medikamentenkasten selbst zu verschlucken, oder man goß ihnen gewaltsam so lange Wasser in die Kehle, bis sie erstickten, und meinte dann einen Beweis mehr gefunden zu haben, daß die Brunnen wirklich vergiftet seien!

ben, und so reichten auch hier diese sinnlosen Gerüchte und das Rachegeschrei der Führer hin, um bewaffnete Banden in den Bergen zu vereinigen, die größtentheils aus Vagabunden und Abenteurern bestanden. Die Mönche unterstützten die Aufstände und nannten ihre Theilnehmer: „Vertheidiger der heiligen Religion.“ Mit solchen, wenn nur einigermaßen organisirten Banden hatte ein kräftiger und zugleich schlauer Anführer, wie Carrera, leichtes Spiel. Ein abenteuerliches, herumstreifendes Leben übt auf diese Völker eine höhere Anziehung, als eine ehrenhafte Arbeit. Gelüste nach Beute lockte die Menge an, die Furcht hielt sie zusammen und lähmte zugleich den Widerstand der Gegner. Raub und Plünderung gestattete man ihnen, nur wer davon zu laufen versuchte, wurde erschossen. Der Schrei der Empörung gegen die Regierung der Liberalen erscholl in den Altos von den Kanzeln herab und von den Lippen der Geweihten des Herrn.

Die erste Horde bildete sich in Quesaltenango, als die demokratische Regierung Steuern von einem Kloster einheben wollte. Das Hauptverbrechen der Liberalen in den Augen der Mönche bestand weniger in der Einführung des sogenannten Livingstone'schen Gesetzbuches, welches Civilehen und Schwurgerichte gestattete, als in dem so gerechten Beschlusse, die reichen Klöster und geistlichen Korporationen ebenso, wie die weltlichen, zu besteuern.

Carrera, der zuerst Trommelschläger und dann Schafhirt gewesen war, und jetzt als der von den Mönchen geweihte Führer figurirte, entwickelte in diesen Parteikämpfen sowohl, als beim Gebirgskrieg ein wahrhaft bewunderungswürdiges Geschick. Häufig erlitt er eine Niederlage, aber niemals ward er gänzlich auf's Haupt geschlagen. So oft Morazan mit seinen regulären Truppen ihn verfolgte und bedrohte, zog er sich in die Berge zurück, zerstreute und verbarg sich mit seinen Banden in den Wäldern und erschien wieder vor den Thoren Guatemala's in einem Augenblick, wo die Demokraten dies am wenigsten erwartet hatten.

Endlich vernichtete er völlig seine Gegner, Angesichts der vor ihm erzitternden Hauptstadt. In seinem Zorn hatte er ihre gänzliche Zerstörung beschlossen. Aber der Klerus und das adelige Patriziat, die ihn inständigst baten, die Stadt zu verschonen, und noch mehr als Alles dies, der überredende Klang der Dollars, welche die Einwohner ihm auszahlten, milderten zuletzt seine Wuth. Carrera zog es vor, statt die weiße Race zu vernichten, als unumschränkter Herrscher mit ihr zu leben; es schmeichelte seinem indianischen Stolze, diese spanisch-kreolische Aristokratie zu seinen Füßen zu sehen.

Es gibt in Guatemala keine Festlichkeit, keine Prozession, kein Banket, bei welchen nicht Carrera als der gefeierte Held erschiene, als der Mächtige, dem Jeder huldigt: nicht aus lauterer Neigung, sondern aus geheimer Furcht. In der Kathedrale sitzt er auf einem rothsammetnen Thron unter einem reich verzierten Baldachin; ihm wird die erste Besprengung mit geweihtem Wasser, der erste Segen des Priesters gespendet.

Bei öffentlichen Prozessionen schreitet Carrera unter einem Traghimmel, mit dem Ausdruck hochmüthigsten Machtbewußtseins in seinen Zügen. Seine barfüßigen, schlecht gekleideten, braunen und halbbraunen Soldaten, ächteste Banditengestalten, begleiten ihn. Die geistlichen Zöglinge singen ihm zu Ehren Hymnen, die Inschriften der festlich geschmückten Häuser preisen Carrera als den Helden Guatemala's, den Gründer der Republik und den Vertheidiger der Religion!!

Alles dies läßt Carrera über sich ergehen und wirft auf das weiße Bedientenvolk, welches mit gebeugtem Nacken vor ihm steht, höchstens einen Blick souveränster Verachtung. Die Vollblut-Indianer und die Ladinos oder Mischlinge sind stolz darauf, daß ein Mann ihrer Race über die weiße herrscht. Seine Abkunft ist einer der Grundpfeiler seiner Macht. Um ihn zu stürzen, müßte man sich derselben Mittel bedienen, die ihm einst zum Sieg verhalfen. Der Räuberhauptmann Lucio *) schien ein gefährlicher Nebenbuhler für ihn werden zu wollen. Aber Carrera gelang es, ihn durch einen gedungenen Mörder aus dem Wege zu räumen. Servilismus, Sympathie und Schrecken haben für den Augenblick die verschiedenen Racen, welche die Bevölkerung Guatemala's bilden, wenigstens scheinbar zu Gunsten Carrera's vereinigt; die Indianer würden frohlocken, wollte Carrera sich zum Kaiser erklären, ein Mann brauner

*) Nach ihm nennen sich jene in den Bergen von Santa Cruz hausenden Indianerhorden, die nun seit dem Tode ihres Häuptlings ohne Macht und der gänzlichen Auflösung nahe sind.

Farbe den alten Thron der Kaziken wieder aufrichten und die spanische Generation zwingen, „Sr. Majestät Rafael Carrera dem Ersten“ zu huldigen!

Es liegt Etwas von dem Fatum der altgriechischen Tragödie in dem Geschick der spanischen Race Guatemala's, welches die Sünden der Väter an ihren Nachkommen rächt. Der Indianerkönig Tecum-Umam, der von der Lanze Pedro Alvarado's fiel, und Chignaucelut, den die spanischen Eroberer an den Galgen knüpften — sie sind gerächt worden durch den braunen Carrera. Jene hochmüthigen castilianischen Ritter, welche die Reiche der Quiché's und Kachiquelen eroberten, ahnten nicht, daß ihre Nachkommen wieder vor einem Halbindianer, einem braunen Despoten, werden das Knie beugen müssen, vor einem Manne, der in den Bergen von Mataquescuintla die Schweine hütete und jetzt mit unbeschränkter Macht über das schöne und reizende Guatemala, über Eigenthum, Leben und Tod der spanischen Bevölkerung herrscht.

Central-Amerika ist — wir sagen es ohne Uebertreibung und ohne Rhetorik — das Paradies von Amerika, vielleicht das fruchtbarste und schönste Land der Welt. Die herrlichsten Landstriche des alten Continents, die wir dort in verschiedenen Erdtheilen gesehen, sind ihm nicht vergleichbar. Wenn die fremde Emigration sich nicht längst schon massenhaft hierher wälzte, so ist nur der Umstand Schuld gewesen, daß man es bis jetzt so wenig gekannt und beachtet hat. Wer es gesehen, wird es nicht ohne den Seufzer verlassen, daß ein so wunderschönes Land in solchen Händen sich befindet. Er wird mit uns bedauern, daß Spanier die Eroberer dieses Paradieses waren, aus welchem sie Nichts oder fast Nichts zu machen wußten, und daß solche Schätze des Bodens in die Hände eines Stammes fielen, der zu schlaff, zu entartet und zu tief gesunken ist, um sie zu heben. Welch andern Gang hätte die Geschichte dieser Länder, und vielleicht die Geschichte von ganz Amerika genommen, wenn vom Anfang an die anglo-sächsische Race mit dem Prinzip der Freiheit und der religiösen Toleranz, statt der Spanier, welche die Tyrannei und den Fanatismus auf ihre Fahnen schrieben, Central-Amerika und Mexiko entdeckt und davon Besitz genommen hätten! —

Der Zukunft scheint es vorbehalten, theilweise wieder gut zu machen, was die Vergangenheit verdorben hat. Manche Kenner jener Länder theilten zur Zeit unseres Besuches mit uns die Ansicht, daß es in nicht gar langer Zeit das Schicksal der hispano-indianischen Race sein werde, dem Sternenbanner der Union sich anzuschließen und in der nämlichen Planetenbahn zu kreisen. Die Yankees, so hoffte man, würden Industrie, Blüthe des Ackerbaues, belebten Handel, Einwanderung, Schifffahrt, Eisenbahnen und Verkehrswege in ihrem Gefolge haben. Eine wunderbare Fügung scheint es jedoch anders zu wollen. Ein erleuchteter, edelsinniger österreichischer Prinz scheint auserkoren zu sein, den ältesten Herrscherthron der neuen Welt, den Thron Montezuma's zu besteigen und durch weise, humane Gesetze, durch aufgeklärte, politisch und religiös freisinnige Institutionen den Völkern Mexiko's und Mittel-Amerika's jenen Frieden und jene Wohlfahrt zu bringen, welche sie weder durch die dreihundertjährige spanische Despotenwirthschaft, noch nach einer vierzigjährigen republikanischen Verwaltung zu erringen im Stande waren. Findet aber die mexikanische Frage, wie es allen Anschein hat, auf diese Weise ihre Lösung, dann wird der Rückschlag auf die mittelamerikanischen Staaten nicht ausbleiben, dann öffnet sich der nordischen Emigration ein neues unermeßliches Gebiet. Ackerbau, Handel und Industrie, Wissenschaft und Kunst werden aus einer solchen Neugestaltung die glänzendsten Vortheile ziehen, während die Länder selbst, unter der Aegide einer weisen, starken, fortschrittfreundlichen Regierung, einen nie geahnten Aufschwung nehmen werden. Die mit Indianerblut gemischte spanische Bevölkerung Mexiko's und Central-Amerika's allein ist nun und nimmer fähig, dem Fortschritt, der Civilisation und der Freiheit eine würdige Stätte zu gründen. Sie freilich sträubt sich noch seufzend gegen eine derartige Wendung der Dinge; sie weiß, daß sie mit einer Einwanderung der ihr in jeder Beziehung überlegenen nordischen Männer die Herrschaft im Lande, das Privilegium der fetten Stellen und den Besitz der süßen Gewalt verliert, die eben so sehr ihrer Eitelkeit schmeichelt, als ihrer Habsucht zusagt.

Nach dem Willen der Gottheit aber wird das Verhängniß sich erfüllen. Auf Ruhe und Stillstand im Leben der Völker wie in der Natur ist nach dem Worte eines großen Denkers der Fluch gelegt. Wie die Himmelskörper, so müssen Völker und Reiche sich bewegen oder der Vernichtung verfallen. Die Geschichte der Vergangenheit, wie die Erscheinungen der Gegenwart schreien ihre Lehren und Warnungen auch dem Geblendetsten donnernd ins Ohr. Nach dem Willen jener unbegreiflichen Macht, welche Bewegung zum höchsten Naturgesetze erhoben, haben die Völker nur die Wahl, dem großen Kulturfortschritt, der heute im Sturmeslaufe durch die Welt braust, sich anzuschließen, oder in Siechthum und Schwäche unterzugehen!

VII.

Handel und Emigration.

Bedeutung Mittel-Amerika's für den deutschen Handel, die deutsche Industrie und die deutsche Emigration.

Schon vor mehr als drei Decennien schrieb der edle Friedrich List in seinem berühmten Werke über das nationale System der politischen Oekonomie: „Die Staaten Central-Amerika's sind größtentheils auf die Produktion von Kolonial-„Artikeln angewiesen. Nie können und werden sie es in der „Manufaktur und Industrie weit bringen; hier ist ein ganz „neuer und reicher Manufaktur-Markt zu erobern; wer hier „feste Verbindungen angeknüpft hat, kann für alle Zukunft im „Besitz derselben bleiben. Diese Länder, ohne eigene moralische „Kraft, sich auf einen höheren Standpunkt der Kultur zu er-„heben, wohlgeordnete Regierungen einzuführen, und ihnen „Festigkeit zu verleihen, werden mehr und mehr zur Ueberzeu-„gung gelangen, daß ihnen von Außen Hilfe kommen müsse! „Hier sind die Engländer und Franzosen wegen ihrer Anmaß-„lichkeit und aus Eifersucht für die National-Independenz ver-„haßt, die Deutschen aus dem entgegengesetzten Grunde beliebt. „Gegenwärtig ist kaum der fünfzigste Theil der zur Produktion „von Kolonialartikeln befähigten Ländereien zu derselben ver-„wendet. Im Verhältniß, als die heiße Zone mehr an Reis, „Zucker, Kaffee, Baumwolle u. s. w. producirt, bedarf es auch

„Absatz für dieselben, und Consumtion in dem gemäßigten „Klima. Es handelt sich darum, die Agrikultur „der ganzen heißen Zone zu Gunsten der Manu„fakturkraft der ganzen gemäßigten Zone aus„zubilden."

Was dieser große deutsche National-Oekonom schon vor mehr als dreißig Jahren mit prophetischem Geiste über die Wichtigkeit Mittel- und Süd-Amerika's für die deutsche Manufaktur-Industrie (leider wie manches andere bedeutungsvolle Wort erfolglos!) gesprochen und geschrieben, das findet sich glänzend bestätigt durch die seither an Ort und Stelle gemachten Beobachtungen und gewonnenen Erfahrungen. Man gelangt immer mehr zur Einsicht, daß die Länder der heißen Zone, für ihren Manufakturwaarenbedarf auf die von der Natur vorzugsweise zur Fabrikation berufenen Länder der gemäßigten Zone angewiesen, ganz besonders geeignet sind, die Absatzquellen für unsere Manufakten auf die vortheilhafteste Weise zu vermehren. Sie sind es weit mehr als irgend ein Theil der gewaltigen nordamerikanischen Freistaaten, wo die Manufaktur-Industrie mit jedem Tage mehr erstarkt, und in nicht gar ferner Zeit der Manufakturwaarenbedarf zum großen Theil durch die eigene Fabrikation wird gedeckt werden können. Dazu kommt noch ein anderes wichtiges politisches Moment. Während der deutschen Nation von ihren nach Nord-Amerika ausgewanderten, nach Millionen zählenden Söhnen gar keine Vortheile erwachsen, während nicht nur ihre materielle Produktion von höchst untergeordnetem

Nutzen für das Mutterland bleibt, sondern sogar ihre Persönlichkeit der deutschen Nationalität für immer verloren geht, vereinen die Staaten Mittel-Amerika's durch ihre glückliche geographische Lage, durch die Vortheile ihrer physischen Verhältnisse und durch die Race, welche sie bevölkert, alle Bedingungen, um deutschen Auswanderern, die einmal das Unglück trifft, aus Mangel an Arbeit, Unfruchtbarkeit des Bodens oder aus Uebervölkerung ihre Heimath verlassen zu müssen, in vollkommen gesunden, fruchtbaren Gegenden eine vortheilhafte Existenz und die Erhaltung ihrer Nationalität zu sichern.

Ganz Mittel-Amerika, von Neu-Granada bis Mexiko, trägt das Gepräge eines Terrassen-Isthmus. Die vorherrschende Form sind Stufen- und Plateau-Landschaften mit einer ungemein großen Abwechslung der Höhenverhältnisse, und in dessen Folge auch der Lufttemperatur, des Klimas und der Erzeugnisse des Bodens. Vier Fünftel des ganzen Gebietes nimmt das aufsteigende Gebirge mit seinen stufenförmigen Terrassen und Thälern ein, welche dem nordischen Ansiedler den großen und seltenen Vortheil gewähren, einem paradiesischen Boden ohne das Opfer der Gesundheit die köstlichsten Erzeugnisse abgewinnen zu können. In den Hochebenen, 4—5000′ über dem Meere, herrscht das ganze Jahr hindurch die herrliche Temperatur eines lieblichen Frühlingstages. Das Thermometer erhält sich gewöhnlich auf einer Höhe von 20—22° C. Selbst während der Regenmonate, vom Mai bis Oktober, ist nur eine sehr geringe Veränderung bemerkbar.

Diese Stabilität in der Temperatur gestattet dem Ansiedler, seinen Fleiß und seine Kräfte das ganze Jahr hindurch entwickeln und verwerthen zu können. Dabei wirkt die constante Milde der Luft durchaus nicht entnervend oder abspannend auf den Körper des Europäers. Ich habe in Costa Rica und Guatemala einzelne Ansiedler gesprochen, welche schon zehn und zwanzig Jahre im Lande lebten und nicht die geringsten deprimirenden Wirkungen des Klima's auf ihre gewohnte Thätigkeit verspürten. Bei den im Lande geborenen Nachkommen europäischer Ansiedler mag dies zwar der Fall sein, allein man darf auch nicht außer Acht lassen, daß es unter den Tropen in Folge der Ueppigkeit der Vegetation nur des Aufwandes der Hälfte der Kräfte bedarf, um ein doppelt so großes Resultat als in Europa zu erzielen. Ein Boden von unermeßlicher Fruchtbarkeit liefert schon jetzt, bei höchst nachlässiger Bearbeitung und ohne gedüngt werden zu müssen, von verschiedenen Nahrungspflanzen zwei- bis drei Ernten im Jahre. Die Kultur des Cacao, des Indigo und der Baumwolle, so wie die Gewinnung vieler Schmuck- und Farbehölzer, wie z. B. Mahagoni, Brasilienholz u. s. w. sind zwar auf die heißen Tiefebenen der atlantischen und pacifischen Küste beschränkt, Kaffee hingegen, Zuckerrohr, Mais, Tabak und viele köstliche Tropenfrüchte, wie z. B. Bananen, Anonen, Papaya's, Mango's, Aguacate's u. s. w. liefern noch bis zur Höhe von 4000′ über der Meeresfläche reichen Ertrag. Central-Amerika ist vielleicht das einzige Tropenland der Erde, wo die Kolonialpflanzen von weißen Ansiedlern ohne Gefahr für ihre Gesundheit mit Nutzen gebaut werden können, und welches uns den tröstlichen Beweis liefert, daß die Bedürfnisse der Civilisation durchaus nicht die Fortdauer der Sklaverei zur unabweislichen Nothwendigkeit machen.

Dieses gesunde, fruchtbare, prächtige Land, welches, zwischen dem achten und siebzehnten Grade nördlicher Breite und dem 83. und 93. Grade westlicher Länge nach dem Meridian von Greenwich gelegen, einen Flächenraum von 9,245 geographischen Quadratmeilen einnimmt, gleicht dermalen noch an den meisten Punkten einer malerischen Wildniß. Die spärliche Bevölkerung verschwindet in dem ungeheuren Territorium, das sie bewohnt. Der Handel, obschon auf der Westseite nach Asien und Australien, und an der Ostseite nach Nord-Amerika, Westindien und Europa der großartigsten Ausdehnung fähig, ist gegenwärtig gleichwohl nur auf wenige Küstenpunkte beschränkt, und liegt in Folge der Erbärmlichkeit der inneren politischen und socialen Verhältnisse in mehreren Staaten gänzlich darnieder.

Nach den neuesten Erhebungen leben im Staate Costa Rica auf einer Bodenfläche von 746 geographischen Quadratmeilen (also ungefähr die Größe von Hannover und Sachsen-Meiningen) circa 150,000 Menschen, oder beiläufig 200 auf einer Quadratmeile. Die Hauptproduktion des Landes besteht gegenwärtig in der Kultur der Kaffeebohne. Dieselbe wird erst seit dem Jahre 1832 in Costa Rica als Handelsartikel gebaut, zu welcher Zeit — mit freudiger Erhebung sagen wir es — ein in der Stadt San José als Kaufmann etablirter Deutscher, Namens Eduard Wallerstein, die Kaffeekultur in großem

Maßstabe einführte. Gegenwärtig beträgt die jährliche Kaffee-ernte bereits über 100,000 Centner, welche im Hafen von Punta Arenas am stillen Ozean, zu 10—15 Pesos per Centner gerechnet, einen Werth von 1—1½ Millionen Pesos betragen *). Für den größten Theil dieser Summe werden europäische Manufakturwaaren u. s. w. eingeführt. Da die ersten fremden Kaufleute, welche sich hier niederließen, Engländer waren, oder wenigstens in England ihre meisten Geschäftsverbindungen besaßen, so liefert Großbritannien gegenwärtig die meisten Importartikel, obgleich viele davon aus Deutschland billiger und vortheilhafter bezogen werden könnten. Die in San José und Punta Arenas ansässigen deutschen Kaufleute versicherten mir, daß die deutsche Industrie, mit Ausnahme der Baumwollenzeuge und der Eisenwaaren, fast in allen andern Artikeln mit der englischen in ganz Central-Amerika concurriren könne.

Nach den bisherigen Erfahrungen haben sich besonders folgende Importartikel aus Deutschland als gewinnbringend erwiesen: Nürnberger und rheinische Quincailleriewaaren, mittlere und ordinäre Glaswaaren, billige Spiegel, Fensterglas, Meubel aller Art, musikalische Instrumente, Handwerkszeuge, seidene Hals- und Sacktücher aus den rheinischen Fabriken, Merinos, leichter und halbschwerer Buckskin, rother und türkischer Kattun, Westenzeuge von eleganten Sorten, Elberfelder Foulards, Barmer Bandwaaren, sogenannte

*) 1 Peso oder Piaster = 1 Thlr. 13 Sgr. = 2 Fl. 33 Xr. rhn. Währung = 2 Fl. 19 Xr. österr. W.

Schweizerwaaren von billiger Gattung zu Vorhängen, billige Bettzwilliche, wollene Bettdecken, Pferdedeckenzeuge, Wachstuch, Strumpfwirkerwaaren, fertige Kleidungsstücke, Damenschuhe, Rhein- und Moselweine, Selterserwasser, Schweizerkäse, Zündhütchen, Spielkarten, Bleistifte, Bremer Seife, Nägel, Waffen aller Art, besonders Jagdgewehre.

Die Einfuhr deutscher Waaren nach dem Staate Costa Rica hat in der letzteren Zeit dermaßen zugenommen, daß dieselbe jährlich bereits 80—100,000 Pesos betragen soll. Nächst Kaffee sind die wesentlichsten Ausfuhrartikel dieses Staates: unraffinirter Zucker, Rindshäute, Sarssaparilla, Tamarinde, Ipecacuanha.

Merkwürdiger Weise geschieht der ganze nicht unbedeutende Handelsverkehr mit Europa um das Cap Horn, eine eben so langwierige als gefährliche Reise, während der Staat an der Ostseite noch größtentheils mit dichten Urwäldern bedeckt und dem Verkehr mit Europa bis zur Stunde völlig unzugänglich ist. Welchen bedeutenden Aufschwung müßte aber der Handel Costa Rica's nehmen, wenn eine gute Verbindungsstraße zwischen dem Hochlande und dem atlantischen Ocean hergestellt würde. Durch die Eröffnung einer Fahrstraße von Cartago nach Limon (circa 84 engl. Meilen) oder einem anderen Punkte der Ostküste würde der Verkehr mit Europa mindestens um 3 Monate abgekürzt und außer der kostbaren Zeit auch viele Gefahr erspart werden.

Während unserer Anwesenheit in Costa Rica wurde soeben das Projekt einer solchen Fahrstraße sehr lebhaft diskutirt und eine Expedition zur Untersuchung des Territoriums ausgesendet. Mit einem deutschen Ingenieur, einem Yankee und dreißig Indianern wanderten wir 21 Tage lang durch die Urwälder der Cordilleren, um mit unsäglichen Mühen die geeignetste Linie zur Herstellung einer Fahrstraße von Kartago nach der Ostküste zu ermitteln. Allein je mehr die Vorarbeiten fortschritten, desto deutlicher stellte sich die Unzulänglichkeit der mittel heraus, welche die Ausführung einer Fahrstraße vom Hochlande nach dem atlantischen Ocean erfordert haben würde (circa 300,000 Pesos), und so wurde das ganze Projekt wieder aufgegeben.

Dagegen ist die Herstellung einer Pferdeeisenbahn zwischen dem Hochlande von San José und dem Hafen von Punta Arenas, ungefähr 85 engl. Meilen, durch die Energie einiger unternehmungseifriger Engländer in Ausführung begriffen, was jedenfalls den Transport der jährlich sich steigernden Produktion vom Plateau nach der Küste wenigstens auf der pacifischen Seite erleichtern wird. Allein der Hauptaufschwung dieses herrlichen Landes wird erst von dem Tage an datiren, wo der erste Frachtwagen, beladen mit den Naturschätzen des Hochlandes, auf bequemer Straße nach einem Hafen der Ostküste fahren und europäische Fabrikate in Austausch dafür zurückbringen wird.

Wenn wir der Karte von Süden nach Norden folgen, so begegnen unsere Augen dem Nachbarstaate Nicaragua, der sich über eine Bodenfläche von 1678 Quadratmeilen ausdehnt, also ungefähr so groß ist, als wenn man zu Bayern das Großherzogthum Hessen addirt. Auf diesem ungeheueren Flächenraume leben nur 300,000 Menschen, oder kaum 170 Einwohner auf der Quadratmeile, so daß dieser Staat als der mindest bevölkerte der fünf Republiken Mittel-Amerika's erscheint. Indeß eignet sich Nicaragua nur wenig für europäische Ansiedler. Denn blos die kleinere Hälfte des Areals kann zum eigentlichen Gebirgsland mit einem gesunden und milden Klima gezählt werden, während das Tiefland mit Inbegriff der beiden großen Seen die bei weitem größere Hälfte des Staates umfaßt, in welcher zwar die üppigste, reichste Vegetation, aber auch die verheerendsten Krankheiten herrschen. Alle Städte des Landes, mit Ausnahme der Ansiedelungen in den gebirgigen Provinzen Segovia und Chontales liegen in dieser gesundheitsfeindlichen Region. Dagegen scheinen die merkwürdigen plastischen Verhältnisse des Landes darauf hinzudeuten, wie die Natur selbst Nicaragua zu einem neutralen Durchgangsthor, zu einem ungeheuren Freihandelsplatz für alle Völker der Erde auserkoren hat. Der Hafen von San Juan del Norte läßt zwar Manches zu wünschen übrig, ist aber doch einer der tauglicheren Häfen an der atlantischen Seite. Am stillen Ocean hingegen besitzt Nicaragua an San Juan del Sur und Realejo gute Häfen, besonders aber gewährt die prachtvolle Fonseca-Bai, welche als Naturhafen ihres Gleichen in der Welt sucht, den größten Handelsflotten eine sichere Zufluchtsstätte. Schon dieser Hafenreichthum allein entscheidet die große Transithandel- und Weltpassage-Frage zu Gunsten des Isthmus von Nicaragua vor dem Isthmus von Panama, welcher an der atlantischen wie an der pacifischen Seite nur sehr schlechte und unsichere Ankerplätze besitzt. Dem großen Wasserbehälter des Senkungsbeckens von Nicaragua ist daher in der künftigen Kulturgeschichte des westlichen Erdtheiles eine unermeßliche Bedeutung vorbehalten.

In Folge der fortwährenden Parteikämpfe und inneren Zerwürfnisse, von welchen Nicaragua seit seiner Lostrennung von der spanischen Krone im Jahre 1821 unaufhörlich zu leiden hat, liegt der Handel dieses wundervollen Landes, das schon der bekannte irische Franziskanermönch Thomas Gage seiner überschwenglichen Bodenfruchtbarkeit und der Köstlichkeit seiner Naturprodukte wegen Muhameds Paradies nannte, gegenwärtig völlig darnieder. Obschon Cacao, Baumwolle, Zuckerrohr, Indigo, Tabak, und an höher gelegenen Orten selbst Kaffee in reichster und vorzüglichster Quantität gedeihen, bestehen gleichwohl in Folge der Indolenz seiner herabgekommenen Bastardbevölkerung die werthvollsten Ausfuhrsartikel Nicaragua's nicht in dem, was der Mensch mit Hilfe der Natur gewinnt, sondern was die Natur allein, ohne menschliches Dazuthun erzeugt, nämlich in Bau-, Schmuck- und Farbehölzern. Edle Holzgattungen sind der einzige Handelsartikel Nicaragua's, welcher nach Europa verführt wird, während die wenigen andern Erzeugnisse entweder im Lande selbst consumirt oder blos nach den Nachbarstaaten ausgeführt werden. Die jährliche Gesammtausfuhr Nigaragua's beträgt nicht mehr als circa 28,000 Tonnen Gewicht in einem beiläufigen Werthe von 250,000 Pesos. Die jährliche Gesammteinfuhr dürfte ungefähr 1000 Tonnen Gewicht oder 10,000 Collis im Werthe von 350,000 Pesos ausmachen, woran sich namentlich England mit allen Arten Manufaktur- und Baumwoll-Fabrikaten, Eisen- und Stahlwaaren, Pulver, Blei, Seife, Branntwein u. s. w. betheiligt. Deutschland liefert vorzugsweise Glaswaaren, Wachs, Einrichtungsstücke, Stahl, Papier und Spirituosen.

Die Seehäfen, von welchen der Handelsverkehr mit dem Auslande vermittelt wird, sind: San Juan del Norte oder Greytown am Atlantischen Ocean, San Juan del Sur und Realejo am stillen Weltmeer. Keiner der fünf Staaten Mittel-Amerika's hat durch die Revolutionen der letzten vierzig Jahre so sehr gelitten, als Nicaragua, und da außerdem gegenwärtig noch alle Bedingungen zu einer gedeihlichen Niederlassung europäischer Ansiedler fehlen, so dürfte dieser Staat für die nächste Zeit viel weniger das Interesse deutscher Fabrikanten und Kaufleute auf sich ziehen, als die Nachbar-Republiken.

Auch San Salvador, der kleinste und verhältnißmäßig am dichtesten bevölkerte der fünf Staaten Mittel-Amerika's, wo auf einem Territorium von 9594 geographischen Quadratmeilen (also von einem Umfange, wie ungefähr das Großherzogthum und das Kurfürstenthum Hessen) gegen 400,000 Menschen oder circa 1300 Individuen auf der Quadratmeile wohnen, erscheint für den deutschen Handel und die deutsche Auswanderung von weit geringerer Bedeutung, als z. B. Costa Rica, Honduras oder Guatemala. Die klimatischen

Verhältnisse des Landes gestatten den europäischen Emigranten nicht, ohne Gefahr für ihre Gesundheit sich daselbst niederzulassen; die Küstenentwicklung des Landes beträgt kaum mehr als 60 englische Meilen und der Verkehr mit dem Auslande ist ausschließlich auf die Westküste beschränkt. Allein in dem Maße, als in den Nachbarstaaten fremde Ansiedlungen und fremde Faktoreien entstehen werden, dürfte auch San Salvador am kommercieller Bedeutung gewinnen. Denn das Hauptprodukt des Landes ist Indigo, jenes seltsame, einheimische Staudengewächs, welches, wie der spanische Geschichtschreiber Antonio Herrera sich im Jahre 1530 ausdrückte, „das Wasser blau färbt."

Die Indigokultur, welche bekanntlich einen ungewöhnlich großen Flächenraum erheischt, indem 300 Pfund frische Pflanzen erst ein Pfund getrockneten Indigo geben, nimmt gegenwärtig in San Salvador ein Areal von nahe 1½ Millionen Morgen Landes ein. In den letzten Jahren wurden durchschnittlich 5000 Surronen oder 1,200,000 Pfund Indigo jährlich gewonnen*), die einen Werth von 1 Million Pesos vorstellen, und für welche europäische Waaren eingeführt werden. Bis jetzt hat sich Deutschland an dem Import nur mit Quincailleriewaaren betheiligt, während England und die Vereinigten Staaten von Nord-Amerika alle Arten Calicos

*) Der Gesammtverbrauch des Indigo auf der ganzen Erde beträgt jährlich circa 30 Millionen Pfund; davon kommen auf die Vereinigten Staaten 1½ Millionen, auf England 9 Millionen, auf Frankreich ebenfalls 9 Millionen, während der Rest sich auf die übrigen Länder vertheilt.

und Baumwollwaaren, Frankreich und Spanien hingegen Oel, Wein, Früchte, Seidenwaaren u. s. w. lieferten. Der Haupthandel des Landes geschieht durch die Hafenstädte La Union in der Fonseca-Bai und Acajutla, sechs englische Meilen von dem Städtchen Sonsonate entfernt.

Die glänzendsten Aussichten für den deutschen Handel bieten nächst Costa Rica die Staaten Honduras und Guatemala. In diesen beiden überaus fruchtbaren, mit einem Klima von beständiger Frühlingsmilde gesegneten Ländern ließe sich für die deutsche Industrie und den deutschen Handel ein neuer großartiger Markt erobern. Im Staate von Honduras leben auf einer Bodenfläche von einer Größe, als wenn man zu Galizien noch das Königreich Böhmen dazuschlägt, nicht mehr als 350,000 Menschen oder 150 per Quadratmeile; in Guatemala auf einem Raum, so groß wie Schottland und Irland zusammengenommen circa 900,000 Menschen. Die Eingebornen, aus Vollblut-Indianern und Mestizen, d. i. Abkömmlingen von Weißen und Indianern bestehend, haben den großen Vortheil vor den nomadisirenden Jägerstämmen Nord-Amerika's voraus, daß sie, auf festen Wohnsitzen angesiedelt, bis zu einem gewissen Grad civilisirt sind und bereits zum großen Theil die Sprache ihrer Eroberer, die spanische sprechen. Sie bearbeiten — allerdings noch mit den primitivsten Arbeitszeugen — den Boden und würden, von einer kräftigeren, tüchtigeren Race unterstützt, das Land, welches gegenwärtig noch an den meisten Punkten eine imposante Wildniß ist, bald in einen blühenden und glücklichen Kulturstaat zu verwandeln im Stande sein. In Honduras und

Guatemala begegnen sich vielfach die Produkte der heißen und jene der gemäßigten Zone. Es gibt fast keine einzige wichtige Kulturpflanze beider Hemisphären, welche hier nicht ihre Vertretung fände. Auf den Terrassen der Cordilleren und ihren prachtvollen Plateaux gedeihen fast sämmtliche Nahrungs- und Nutzpflanzen des Südens und des Nordens. Zucker, Kaffee, Reis, Cacao, Mais, Bananen, Yucca, Baumwolle u. s. w. finden daselbst eben so gut ihr Fortkommen wie die meisten Getreidearten und Gemüsegattungen der alten Welt. Ich habe selbst zu wiederholten Malen am Morgen meine Reise durch düstere Fichten- und Tannenwälder angetreten und befand mich bereits wenige Stunden später mitten unter Palmen und üppigen Bananen-Pflanzungen.

Wenn sich Honduras trotz dieser Gunst des Klimas und seiner Bodenverhältnisse dennoch in dem traurigsten Zustande der Verkommenheit befindet, wenn der jährliche Gesammtverkehr des Landes an Aus- und Einfuhr kaum mehr als 600,000 Pesos beträgt, so liegt dies hauptsächlich in der gegenwärtigen Unsicherheit seiner politischen und socialen Zustände. Allein die Nord-Amerikaner fangen an, auch in Honduras festen Fuß zu fassen. Eine englisch-amerikanische Aktiengesellschaft mit einem Kapital von zwei Millionen Pfund Sterling hat unter den günstigsten Umständen von der Regierung von Honduras das Recht zur Herstellung einer Eisenbahn über den Isthmus von Honduras, zwischen Puerto Caballos im Osten und der Fonseca-Bai im Westen, einer Strecke von ungefähr 160 englischen Meilen, erwirkt.

Vermessungen haben bereits stattgefunden und die Arbeiten an der Eisenbahn dürften bald mit Yankeegeschick von beiden Seiten zugleich in Angriff genommen werden. Das Auftreten aber von mehreren Tausend kräftigen nordischen Arbeitern, welche sich, durch Geschenke von Grundstücken aufgemuntert, nach Vollendung der Eisenbahn als Ansiedler auf der Hochebene niederlassen werden, die Herstellung eines Schienenweges in einem Lande, das gegenwärtig noch nicht einmal eine einzige mittelmäßige Straße besaß, die Schiffbarmachung seiner zahlreichen Flüsse, die systematische Ausbeute seiner Gold- und Silberminen werden Honduras bald ein von dem dermaligen völlig verschiedenes Aussehen geben.

Um den Isthmus von Honduras zwischen der Fonseca-Bai und Puerto Caballos, circa vierzig deutsche Meilen, mit einem Maulthier zu überschreiten, braucht der Reisende ungefähr fast drei Wochen. Mit Hilfe der Lokomotive wird er dieselbe Strecke binnen sechs oder acht Stunden zurücklegen. Man wird Morgens die Ufer des atlantischen Meeres verlassen und bereits in den Nachmittagsstunden an der Küste des stillen Oceans anlangen. Diese Thatsache mag genügen, die Vortheile einleuchtend zu machen, welche eine, größtentheils durch gesunde und fruchtbare Gegenden führende Eisenbahn dem Staate und der Bevölkerung bringen, wie kulturfördernd dieselbe nach allen Richtungen hin wirken wird.

Obschon alle fünf Staaten eine gleiche Fruchtbarkeit zeigen, und in jedem einzelnen derselbe Reichthum an Vegetation herrscht, so besitzt doch jeder Staat ein Naturprodukt, dem er eine ganz besondere Pflege widmet und welches den Hauptartikel der Kultur und des Exportes bildet. So z. B. besteht die Hauptkultur von Costa Rica in Kaffee, von Nicaragua in Cacao und Nutzhölzern, von Honduras in Tabak und Metallen, von San Salvador in Indigo, von Guatemala in Cochenille. Gleichwohl eiguet sich der letztgenannte, überaus reizende, fruchtbare, die verschiedensten Klimate umfassende Staat ebenso gut zur Kultur von Zucker, Kaffee, Tabak, Baumwolle und Seide. Unter 25 Staaten der nordamerikanischen Union, die ich vom hohen Norden bis zum Golf von Mexiko durch persönliche Anschauung kennen gelernt, wüßte ich keinen einzigen zu bezeichnen, welcher dem deutschen Handel und der deutschen Auswanderung größere Vortheile zu bieten vermöchte, als das herrliche Guatemala. Daß meine Ansichten in dieser Beziehung nicht vereinzelt dastehen, beweist ein Handels-, Freundschafts und Schifffahrtsvertrag, welchen der preußische General-Konsul, Geheimrath v. Hesse, der Regierung von Guatemala bereits im Jahre 1853 vorlegte und der zugleich für sämmtliche Staaten des deutschen Zollvereins Geltung haben sollte. Dieses interessante Dokument, welches 34 Artikel enthält, führt den Titel: „Proyecto de un tratado de amistad, comercio y navegacion entre la Prusia y la Republica de Guatemala.“ Der förmliche Abschluß des Traktats scheiterte damals an der kategorischen Fassung des Artikels V., in welchem der preußische Minister, ohne alle Rücksicht auf die eigenthümlichen Verhältnisse jenes bigott-katholischen Landes, die völlige Religionsfreiheit für alle preußischen Unterthanen forderte, die sich in Guatemala niederlassen sollten. Diese Schwierigkeiten sind seither gehoben, und ich habe selbst während meines Aufenthaltes in Guatemala von mehreren einflußreichen Männern, welche zu jener Zeit an der Spitze der Regierung standen, wiederholt die Versicherung aussprechen hören, daß, sobald sich nur einmal eine hinreichende Anzahl protestantischer Ansiedler im Staate befinden wird, der freien Ausübung ihres Kultus, der Erbauung eines Bethauses und einer Schule keinerlei Hinderniß im Wege stehe.

Der Staat von Guatemala umfaßt, wie schon bemerkt, eine Bodenfläche von 3060 geographischen Quadratmeilen, auf welcher 900,000 Menschen oder ungefähr 300 Bewohner per Quadratmeile leben. Trotz der Mannigfaltigkeit und des Reichthums seiner Bodenprodukte beträgt die Ausfuhr an Cochenille, Kaffee, Zucker, Tabak, Mahagoni- und Farbehölzern gleichwohl gegenwärtig nicht viel mehr als eine Million Pesos. Die Einfuhr übersteigt dermalen noch fast um ein Drittheil den Werth der ausgeführten Produkte. England importirt alle Arten von Calicos und Baumwollwaaren, welche im Handel unter dem Namen „domestics" bekannt sind, ferner Eisen-, Stahl- und Blechwaaren, Kupferkessel und andere Maschinenbestandtheile für Zuckerfabriken, Sattelzeuge, Pferdegeschirre, Steingut und Glaswaaren, Medizinen, Musikinstrumente, Waffen, Pulver und Spirituosen. Die Einfuhr aus den Vereinigten Staaten, Deutschland, Frankreich und Spanien besteht in Wein, Oel, eingemachten Früchten, Seide und Seidenfabrikaten, Wachs, feinen Leinen-, Baum- und Schafwollwaaren, ungebleichtem Kattun, Glaswaaren, Meubeln und Tapezierwaaren, Papier, Parfümerien u. s. w.

Der Hauptverkehr des Landes geschieht an der Ostküste durch den Hafen Izabal am Golf Dulce und St. Thomas in der Bai von Honduras; an der Westküste durch den minder günstigen Hafen San José de Istápa.

Im Laufe des Jahres 1857 (ein Mitteljahr in Bezug auf die Cochenille-Ernte) liefen in den Hafen von St. Thomas und Izabal an der Ostküste des Staates im Ganzen 25 Schiffe ein; nämlich 8 aus England, 7 aus Spanien, 1 aus Bremen, 4 aus Belgien, 2 aus Frankreich, 1 aus Nord-Amerika und 2 mit central-amerikanischer Flagge, mit einem Gesammtgehalt von 4093 Tonnen und beladen mit fremden Waaren im beiläufigen Werthe von 48,183 Pfd. Sterling. Höchst bezeichnend für die deutschen Handelsverhältnisse ist, daß das oben erwähnte deutsche Fahrzeug in St. Thomas blos mit Ballast ankam, um daselbst Indigo, Mahagoniholz und Thierhäute einzunehmen. Im Hafen von Istápa am stillen Ocean landeten im gleichen Zeitraum 26 Schiffe mit zusammen 5403 Tonnen Gehalt und 249 Individuen Schiffsmannschaft, nämlich 13 englische, 3 deutsche, aus Bremen und Hamburg, 1 französisches, 1 spanisches, 1 sardinisches, 1 dänisches, 1 nordamerikanisches und 5 Fahrzeuge aus Costa Rica. Der Hauptausfuhrartikel ist Cochenille, welche seit dem Jahre 1817 auf der Hochebene Guatemala's kultivirt wird, wo der erste Samen jenes wunderbaren Thierchens aus Guajaca im Staate Mexiko eingeführt wurde. Gegenwärtig beträgt die Jahresernte durchschnittlich 12,000 Tercios oder 1,800,000 Pfund Cochenille, also mehr als die Hälfte des Gesammtverbrauches dieses kostbaren Farbestoffes in der ganzen Welt. Indeß haben in neuester Zeit zahlreiche Nopalgärten-Besitzer die in Folge des beschränkten Verbrauches weniger vortheilhafte Cochenille-Produktion mit der Kultur des Kaffeebaumes und des Zuckerrohrs vertauscht und sich dadurch ein den Fluktuationen des Marktes weniger ausgesetztes Erträgniß ihrer Grundstücke gesichert.

Betrachten wir nun die fünf central-amerikanischen Republiken in ihrer Zusammengenommenheit, mit einem Areal von 9264 geographischen Quadratmeilen, das, von der Größe der Länder des deutschen Zollvereins, gegenwärtig kaum von zwei Millionen Menschen bevölkert ist; mit einem Boden von außerordentlicher Fruchtbarkeit und einem im Hochlande gesunden, überaus milden Klima, gelegen zwischen zwei Weltmeeren, welche dem Handel die weiteste Ausdehnung gestatten, so muß sich uns unwillkürlich der Gedanke aufdrängen, daß wohl nur wenige Punkte unseres Planeten dem deutschen Verkehr und der deutschen Emigration günstigere Aussichten bieten dürften, als die eben geschilderten Länder. Zwar wurden in neuerer Zeit die Donauländer als der wahre Zielpunkt für den deutschen Handel und die deutsche Emigration bezeichnet. Allein das Eine schließt das Andere nicht aus, und während es der Wunsch jedes warm fühlenden Deutschen sein muß, das germanische Element in den Donauländern durch deutsche Emigration gekräftigt zu sehen, wird der Nationalökonom wie der Politiker gleichwohl seine Blicke auch nach der westlichen Hemisphäre richten. Und da man nun einmal nicht im Stande ist, der ganzen bisherigen westlichen Völkerströmung einen östlichen Lauf zu geben, da sich ferner unserm Handel und unsrer Industrie jenseit des atlantischen Oceans Vortheile bieten, welche im Osten schon aus klimatischen Rücksichten nicht erzielt werden können, indem deutsche Emigranten im Donaureiche doch immer nur die Nahrungspflanzen des Nordens, niemals aber Kaffee, Zuckerrohr oder Baumwolle zu kultiviren vermögen, so ist schon aus diesem Grunde wünschenswerth, die Emigration auch nach solchen außereuropäischen Staaten zu richten, in welchen ein Austausch der Kolonial-Produkte mit den Fabrikaten des Mutterlandes ermöglicht ist.

Die deutsche Auswanderung findet zugleich in Central-Amerika für ihre Thätigkeit ein in mehrfacher Beziehung weit günstigeres Terrain als in den nord-amerikanischen Freistaaten. Das Isthmusland von Costa Rica bis Mexiko ist bekanntlich in Beziehung auf Agrikultur, Industrie und Handel gegen Nord-Amerika bedeutend zurück. Fast alle bestehenden Gewerbe befinden sich noch in der Kindheit. Für die Blüthe der Staaten im Allgemeinen erscheint dieser Umstand allerdings als ein bedenkliches Uebel, für die fremden Einwanderer aber ist er ein höchst lockender Vortheil. Der nordische Landwirth oder Handwerker findet hier nicht jene erdrückende Concurrenz, welche in Nord-Amerika bereits das Leben und Fortkommen so schwer und sauer macht. Dabei wird der Deutsche in Neuspanien seine Sprache und Nationalität weit länger bewahren, als in irgend einem andern Lande, wo sich bis jetzt deutsche Emigranten in größerer Zahl niedergelassen haben. Er fühlt seine persönliche Ueberlegenheit zu sehr, um den Wunsch zu hegen, in diesem schlaffen Volkselemente aufzugehen. Er wird noch weniger Lust dazu verspüren, wenn einmal ein kompaktes deutsches Element auf irgend einem Punkte Mittel-Amerika's sich vereinigt hat. In Nord-Amerika herrscht bekanntlich bei den deutschen Ansiedlern die entgegengesetzte Tendenz vor. Die Energie, die Tüchtigkeit und nationale Ueberlegenheit der Anglo-Amerikaner imponirt ihm und zieht ihn an. Er streckt sich gern unter die Fittige des gewaltigen Adlers der nordischen Republik und läßt sich, trotz seiner angebornen Zähigkeit, von einem mächtigen, stammverwandten Körper leichter als von der romanischen Race assimiliren.

Während, wie schon früher bemerkt, sowohl die Arbeitskräfte als die Kapitalien der fünf Millionen Deutschen, welche gegenwärtig in den Vereinigten Staaten von Nord-Amerika leben, für die Heimath gänzlich verloren gehen, während der Handel mit europäischen Manufakturwaaren in dem Maße, als sich die Industrie in der Union entwickelt, eine empfindliche Abnahme unabwendbar macht, könnten deutsche Niederlassungen auf den gesunden und fruchtbaren Plateaux der Cordilleren Mittel-Amerika's mit der Heimath in fortwährenden Wechselbeziehungen verbleiben; Schiffe aus den Hansestädten und aus den österreichischen Seehäfen, mit deutschen und österreichischen Waaren nach der Ostküste Mittel-Amerika's segelnd, würden daselbst die edelsten Produkte der Tropenzone, durch deutsche Arbeiter ohne irgend einen Nachtheil für ihre Gesundheit gewonnen, gegen die Manufakte unserer Fabrikstädte eintauschen; wir hätten nicht mehr nöthig, unsern Bedarf von Kolonialwaaren auf fremden Märkten mit baarem Gelde decken zu müssen, sondern befänden uns, gleich den Engländern und Holländern, in der glücklichen Lage, die Agrikultur der Tropenzone zu Gunsten unserer Manufakturkräfte ausbeuten zu können. Aber nicht nur die Segnungen des Fleißes deutscher Fabrikarbeiter, auch deutsche Wissenschaft, deutsche Kunst und deutsche Gesittung würden die Schiffe aus den Häfen Germaniens nach den fernen Küsten Central-Amerika's tragen und nebst der Förderung allgemeiner materieller Interessen zugleich das hehre Ziel erreichen helfen: das deutsche Element auch in der westlichen Hemisphäre zu stärken und zu festigen und der verkommenen hispano-amerikanischen Race durch die Mischung mit dem tüchtigeren germanischen Stamme ein neues Leben zu verleihen.

Westindien.

VIII.

Der letzte Kazike von Haiti.

Aeltere Geschichte der Insel. — Zustände zur Zeit der ersten Ankunft der Spanier. — Grausamkeiten der Eroberer. — Erste Einführung der Negersklaven in Westindien. — Der Gouverneur Nicolas Ovando und seine Schreckensherrschaft. — Cotubanama. — Indianer-Kolonie in den Bergen von Boaruco. — Henri, der letzte Kazike.

Die ältere Geschichte Haiti's hat für den ernsten Forscher und Politiker wie für den schlichten Menschenfreund ein ganz besonderes Interesse. Keine andere Insel des Antillenmeeres ist so reich an wichtigen Ereignissen und erschütternden Contrasten. Auf Haiti, der Wiege europäischer Civilisation, war es, wo das erste Missionskirchlein sich erhob, wo der erste Saame des Christenthums in der neuen Welt gelegt, wo die erste spanische Ansiedlung gegründet wurde; aber auf Haiti war es auch, wo durch die Grausamkeit und den Fanatismus ihrer Eroberer eine friedliche, harmlose Race völlig ausgerottet, wo die afrikanische Sklaverei mit ihren Schrecken und Schauern zuerst in Westindien eingeführt, wo der erste furchtbare Freiheitsschrei der sich empörenden Negersklaven erscholl und wo die geknechteten, wider ihren Willen gleich Zuchtthieren importirten Afrikaner sich zuerst als freies, unabhängiges Volk proklamirten!

Keine Insel der neuen Welt bietet dem Auge eine größere Vegetationspracht, kein Stück Erde hat mehr Menschenblut getrunken als das unglückliche Haiti oder San Domingo, wie die Insel von den spanischen Eroberern genannt wurde, welche mit der Inquisition, der Tortur und dem eisernen Brandmal gemeiniglich auch einen Heiligennamen mit ins Land brachten.

Als Christoph Columbus und seine Gefährten bald nach der Entdeckung Cuba's, am 6. December 1492, auf Haiti landeten, wurden sie von den indianischen Urbewohnern für vom Himmel gefallen, für überirdische Wesen gehalten. Zu dem Gefühle der Furcht und des Schreckens mischte sich bei den Eingeborenen das der Bewunderung und Verehrung. Außer ihren Inselnachbarn, den feindlichen Caraiben, welche mit ihrem kräftigen Muskelbau und ihrer Rohheit der Sitten einen so schroffen Gegensatz zu den weichen, friedlichen Haitiern bildeten und diese oftmals bekriegten, hatten sie niemals früher Fremde gesehen. In der naiven Voraussetzung, daß die Welt nur aus wenigen Inseln bestehe, von welchen die ihrige den Mittelpunkt bilde, führten sie auf einem von Naturgaben überreichen Boden ein höchst idyllisches, glückliches Leben. Ihre Vorstellungen über die Schöpfung entsprachen der Einfalt ihres Gemüthes und ihres Geistes. Die Sonne und der Mond, in der Sprache der Eingebornen Huoiú und Nonún genannt, hatten sich, ihrer Meinung nach, eines Tages aus einer der geheimnißvollen Höhlen der Berge gegen den Himmel geschwungen und wandelten eine Zeitlang am Firmament den gleichen Weg. Da geschah es, daß der Mond, gekränkt darüber, durch den Glanz der Sonne den seinigen geblendet zu sehen, entfloh und sich vor Gram verbarg. Seitdem hat man ihn nur des Nachts erblickt. Vor dieser Trennung war die Sonne der einzige Gegenstand haitischer Verehrung; als aber jetzt

Nonún die Nächte mit seinem lieblich-keuschen Lichte verklärte, gewann er rasch unter den Eingeborenen viele Anhänger, welche seiner zarten Helle vor dem blendenden Feuer Huoiú's den Vorzug gaben. Sie fingen an, ihre Monate nach dem Monde zu zählen und ihre Jahre nach dessen Lauf einzutheilen. Daher sagten sie nicht, ein Monat, sondern ein Mond, und frugen nicht: „Wie viel Tage brauchst Du zu dieser Reise?" sondern: „Wie viele Nächte schläfst Du unterwegs?" — Zur Zeit des Neumondes harrten die Eingebornen stets erwartungsvoll seiner Erscheinung, und eilten, sobald sie ihrer ansichtig wurden, mit dem Rufe: Nonún! Nonún! aus ihren Palmenhütten heraus. Es war ein allgemeiner, erhebend feierlicher Gruß.

Die Erschaffung der Welt ging nach den Sagen der Haitier auf folgende Weise von statten. Luquo, zugleich Adam und Noah, zog mittelst Einschnitten aus seinem Nabel und seinem Unterschenkel die ersten Menschen hervor: Racumon, Savacu, Atschinaon und Kurumon, welche nach verschiedenen vorausgegangenen Transformationen endlich in Sterne verwandelt wurden. Luquo lebte lange Zeit ohne Genossen. Seine Beschäftigung war die Kultur des Bodens. Nachdem er Menschen und Thiere erschaffen hatte, hinterließ er, sterbend, einen großen Garten, vollbepflanzt mit Ajis *), Yams (Dioscorea sativa), Camotes (Convolvulus batata) und Yucca (Jatropha manihot), von welchem jedoch seine Nachkommen keinen Gebrauch zu machen

*) Sprich: Achis, rother Pfeffer (Capsicum annuum).

verstanden. Da erschien Luquo in der Gestalt eines Greises und lehrte sie pflanzen, ernten und ihre Nahrung bereiten. Savacu, der zweite Abkömmling Luquo's, präsidirte in seiner Sideralform den tropischen Regen, Atschinaon war der Veranstalter der Nebel und Winde, während Kurumon, der Genius der Stürme, die großen Wogen aus dem Meere hob, Schiffe bedrohte und verschlang, und Ebbe und Fluth veranlaßte.

Als die ersten Spanier auf dieser herrlichen und fruchtbaren Gebirgsinsel landeten, lebten die Eingebornen von der Jagd, vom Fischfang und von der Bodenkultur. Sie pflanzten Mais, Yams, Yuccas und süße Kartoffeln, und bereiteten aus dem Mehl der Yuccawurzel eine Art Teig (cassava), welcher bei ihnen die Stelle des Brotes vertrat, und den noch heute viele Indianerstämme des spanischen Amerika's mit besonderer Vorliebe genießen, ja sogar dem Maiskuchen (tortilla) vorziehen. Die ganze Insel war zu jener Zeit in fünf große Provinzen eingetheilt, von denen eine jede durch einen besonderen Häuptling oder König (Kazike) regiert wurde. La Magua, oder das Reich der Ebene, umfaßte den ganzen nordöstlichen Theil der Insel und wurde vom Kaziken Guarionex beherrscht. Die Provinz Marien, nebst den kleinen Gebieten Guahaba und Cayaha, wo der Kazike Guacanagaric regierte, lag hoch im Norden. Xaragua, von einer großen Anzahl kleiner Bergflüsse bewässert, bildete die westliche und die südliche Grenze der Insel. Ihr Herrscher war Bohechio und nach ihm dessen Schwester Anacaona, deren große geistigen und namentlich poetischen Fähigkeiten noch jetzt die

Sage preist. Maguana, dem stolzen Caonabo unterworfen, nahm das Centrum der Insel ein. Die Kette des Cibaogebirges, wo der Yaquifluß entspringt, breitet sich hier in zahlreiche Verzweigungen aus. Endlich stand die fünfte Provinz, Higuey, im äußersten Osten, nacheinander unter der Botmäßigkeit des Kaziken Cayacoa, seiner zum Christenthum übergetretenen Wittwe Agnes, und endlich des wilden Cotubanama. Dies waren in der Sprache der Eingebornen die hauptsächlichsten, wenn nicht zu sagen einzigen geographischen Bezeichnungen. In ihrem primitiven Zustande genügte es ihnen, die Grenzen verschiedener Territorien, ihre höchsten Berge, ihre größten Flüsse zu benennen. Die Regierung war eine absolute, aber wohlwollend milde. Die Oberherrschaft war dem Kaziken übertragen, welcher vielleicht noch mehr als irgend ein weißer König der Erde auf den Gehorsam und die Treue seiner Unterthanen zählen mochte. Die Regierungsgewalt war erblich in seiner Familie und ermangelte sogar nicht einer blendenden Umgebung des Adels. Der dem Kaziken bezahlte Tribut bestand in Goldstaub, Baumwolle und Tabak; letzterer, in der Sprache der Eingebornen cohiba genannt. Der Kazike war zugleich das geistliche Oberhaupt, so daß die Priester oder Butios ihre religiösen Ceremonien nach seiner Leitung vollzogen. Das zusammenberufene Volk begab sich, den Herrscher an der Spitze, singend und tanzend nach den geweihten Höhlen und Opferstätten. Der Kazike dirigirte den Gesang und schlug persönlich die Trommel zum Tanze, welcher selbst an der geheiligten Stelle noch fortdauerte. Freudenhymnen und

Lobgesänge wiederholten sich, bis mit einem Male lautlose Stille eintrat und die Tempelpriester nach unzähligen abergläubischen Vorbereitungen den Zemès *) oder Göttern zu opfern und das Orakel zu befragen begannen.

Die friedlichen, einfaltsvollen, gastlichen Bewohner nahmen die spanischen Abenteurer mit der größten Zuvorkommenheit auf. Kaziken und Volk beeilten sich, ihnen Geschenke zu bringen und sie zu bewirthen. Guacanagaric lud die Fremdlinge ein, sich dauernd auf der Insel niederzulassen und gestattete ihnen sogar, eine Festung zu bauen, welche Columbus zur Erinnerung an den Tag seiner Landung Natividad nannte. Allein der unersättliche Durst der Spanier nach Gold ließ schon die ersten Ansiedler, trotz der segensreichen Fruchtbarkeit des Bodens, an einer landwirthschaftlichen Thätigkeit durchaus keinen Gefallen finden. Sie wollten nämlich rasch und ohne große Mühe reich werden und frugen nicht viel nach den Mitteln, um diesen Zweck zu erreichen. Ihre erste Frage an die Eingebornen war stets nur nach Gold und Goldminen. Ueberall wußten sie dieses edle Metall durch Tribut und Steuererhebungen von den erschreckten Urbewohnern zu erpressen. Jeder Indianer von mehr als vierzehn Jahren mußte alle Trimester eine Quantität Goldstaub an die spanischen Re-

*) Die Zemès oder Chemis scheinen eine Art Hausgötter gewesen zu sein, welche die Eingebornen aus Holz, Stein oder gebrannter Erde formten und, gleich Reliquien, überall mit sich herumtrugen. Sie zeigten bald menschliche, bald Thiergestalten, wie Schlangen, Fledermäuse, Affen, Eichhörnchen u. s. w.

gierungsbeamten abliefern. Die Abgaben der Kaziken und Adeligen an die Spanier waren noch weit beträchtlicher. Manicaotex z. B. lieferte alle Trimester einen Flaschenkürbis von Goldstaub ab, welcher ungefähr 150 Pesos (210 Thlr.) wog. In jenen Orten, wo es keine Minen gab und kein Gold vorhanden war, mußten die Eingebornen ihren Tribut mit Baumwolle bezahlen, und zwar hatten sie vierteljährlich 25 Pfund abzuliefern. Sobald ein Indianer seinen Tribut erlegt hatte, erhielt er als Zeugniß der geleisteten Pflicht eine kleine Kupfermünze, welche er dann gewöhnlich um seinen Hals hing. Wer immer unter den braunen tributpflichtigen Eingebornen keine solche Medaille besaß, wurde angehalten und auf das Roheste mißhandelt und bestraft. Selbst die Flucht rettete sie nicht vor der Rache ihrer Dränger. Bis in die einsamsten Urwaldverstecke wurde ihnen von einer wenig ritterlichen Schaar kastilischer Abenteurer gierig nachgestellt, mit Hunden wurden sie, wilden Thieren gleich, aufgespürt und unversöhnlich bekriegt.

Zwar sind alle ältern Geschichtswerke über das spanische Amerika voll der grauenerregendsten Schandthaten, welche sich die Eroberer gegen die armen Indianer, die sie unterjochten, zu Schulden kommen ließen; aber auf keinem der eroberten Gebiete haben sie furchtbarer gehaust, als auf der Insel Haiti, deren Geschichte eigentlich nur eine Reihe brutaler Vernichtungskämpfe ist*). Binnen weniger als

*) Ein Mulatte, Herr Emile Nau in Port-au-Prince, welcher im Jahre 1854 eine Geschichte der Kaziken von Haiti in französischer Sprache schrieb und unter der Aegide des damaligen Kaisers Faustin Soulouque

fünfzig Jahren nach der ersten Landung der Spanier auf Haiti war die ganze Race der Urbewohner ausgerottet und von der Erde verschwunden. Es muß ein blutiges Stück Arbeit gewesen sein, das selbst einem Murawieff zu schaffen gemacht hätte. Zur Zeit der Eroberung durch die spanischen Freibeuter zählte die Insel nach der Schätzung von temporären Historiographen und Reisenden 2—3 Millionen. Aber selbst vorausgesetzt, daß diese Angabe übertrieben ist, so dürfte die Zahl der Urbewohner um jene Zeit jedenfalls nicht geringer gewesen sein, als jene der heutigen Bevölkerung, welche circa 800,000 Seelen beträgt. Denn ein gesundes, mildes, fruchtbares Land bot auch einem Nomadenvolke reichlichen Unterhalt und alle Bedingungen des Gedeihens und der Vermehrung. Im Jahre 1501 (neun Jahre nach der Ankunft der Söhne der europäischen Civilisation) hatte sich die eingeborne Race durch einen ununterbrochenen Vernichtungskampf bereits derart vermindert, daß, um die Insel vor Verfall zu retten, selbst von Männern wie Las Casas *) die Einführung der afrikanischen Race (als die den klimatischen Verhältnissen am meisten zusagende) dringend

herausgab, schildert das Schicksal der einfaltsvollen Inselbewohner ziemlich ausführlich von der Zeit der Eroberung der Insel durch die Spanier bis zum völligen Untergange der einheimischen Race, in der ersten Hälfte des 16. Jahrhunderts. Einem anderen Mulatten, Herrn B. Ardouin, verdanken wir dagegen in einem fünfbändigen, in Paris 1853 bei Dezobry erschienenen Werke (Etudes sur l'histoire d'Haiti) sehr schätzbare Mittheilungen über die neuere Geschichte dieser merkwürdigen Insel.

*) Der Dominikaner Las Casas glaubte in der Einführung der Negersklaven ein Mittel gefunden zu haben, um der völligen Ausrottung der eingebornen Race vorzubeugen und ward so, in der edlen Absicht, das Loos

empfohlen und sogar durch königliche Verordnungen sanktionirt wurde. Im Jahre 1516 war die Zahl der Eingebornen bereits auf 40,000 Seelen zusammengeschmolzen. Es regierten zu jener Zeit auf der ganzen Insel nur mehr zwei Kaziken, in den Provinzen Xaragua und Higuey, den beiden äußersten Punkten von Haiti. Obschon diese beiden letzten indianischen Herrscher bereits der kastilianischen Krone Tribut entrichteten, so erregte doch selbst die geringe, ihnen noch gebliebene Unabhängigkeit den Neid und Haß des damaligen Gouverneurs, Don Nicolas Ovando. Derselbe war von der spanischen Regierung ausersehen worden, um die Insel aus dem Zustande der Anarchie und des Verfalles zu retten, in welchen es sein Vorgänger, der heftige, aufbrausende, eitle und energielose Bobadilla gestürzt hatte. Ovando wurde zu diesem Zwecke mit den weitreichendsten Vollmachten versehen; seine Gewalt sollte sich über sämmtliche Inseln der spanischen Krone im Antillenmeer erstrecken. Alle Hoffnungen der Regierung, sowie der sich nach Ruhe und Ordnung sehnenden Inselbewohner waren auf ihn gerichtet. Ovando wird von den spanischen Geschichtschreibern als ein Mann von strenger Sittlichkeit, Klugheit, Geschicklichkeit und Rechtsliebe geschildert, aber seine schauervolle Thätigkeit scheint weit eher das Gegentheil zu beweisen! Die Flotte, welche ihn nach Haiti brachte, war die ansehnlichste, die man bisher nach der neuen Welt entsendet hatte; sie bestand aus 30 Segel-

der Indianer minder hart zu machen, ohne es zu wollen und zu ahnen, ein Mitschuldiger an der Verpflanzung der afrikanischen Sklaverei nach der neuen Welt.

fahrzeugen. Ueber 2500 Ansiedler hatten sich auf derselben nach Haiti eingeschifft.

Ovando's Aufgabe war eine äußerst schwierige, aber ehrenvolle, lohnende. Er hat es nicht verstanden, dieselbe im Geiste der Humanität und des Gemeinwohls zu lösen, vielmehr füllt die Geschichte seiner Verwaltung die blutigsten Blätter in den Annalen dieser unglücklichen Insel. Sein erster Rachezug war nach der Provinz Xaragua, wo die geistvolle, wegen ihrer poetischen Begabung weitberühmte Anacaona, die Wittwe des unglücklichen Caonabo, herrschte. Ovando ließ der Königin von Xaragua als neuer Befehlshaber seinen Besuch anmelden. Großartige Vorbereitungen wurden in der ganzen Provinz getroffen, um den Vertreter der kastilischen Majestät auf das Pomphafteste und Auszeichnendste zu empfangen. Ovando begab sich an der Spitze von 300 Mann Fußvolk und 70 wohlbewaffneten Reitern mit Harnischen, Lanzen und Schildern in langsamem Zuge nach dem Westen der Insel. Anacaona hatte nach Landesbrauch alle Nitaynos oder Großen des Reiches nach ihrer Residenz beschieden, aus allen Theilen der Provinz waren Neugierige herbeigeströmt, um dem großartigen Huldigungsfeste beizuwohnen. Niemals früher war eine so gewaltige Menschenmenge in Yaguana versammelt gewesen. Die ganze Ansiedlung sah heiter, frisch, reinlich, blühend aus; alle Palmenhütten waren sauber gefegt und mit Blumen und Laubwerk geschmückt. Die größten und schönsten dieser tropischen Behausungen waren für die spanischen Besucher bestimmt. Sobald die aufgestellten Wächter das Zeichen vom Nahen der mit Spannung erwarteten

Fremden gaben, ließ sich Anacaona in ihrer schönsten Sänfte ihnen entgegentragen, gefolgt von einer großen Zahl ihrer theilnehmenden Unterthanen. Die Hände Aller waren mit Palmenblättern und Sträußern gefüllt. Die Begegnung fand mehrere Meilen von Yaguana statt. Sobald man Ovando ansichtig wurde, empfing ihn ein Hurrah der Freude, man umringte ihn und über seinem Haupte ergoß sich ein duftender Regen von Blüthen und Blättern. Sein ganzer Weg bis zur Ansiedlung war mit diesen Blumengrüßen bedeckt. Nach dem Austausche der gewöhnlichsten Höflichkeiten setzte sich der Zug sogleich wieder in Bewegung. Die Königin nahm ihren Platz an der Seite Ovando's. Sie sah lächelnd und graziös aus wie immer. Ovando hingegen schien schweigsam, gleichgiltig, trübsinnig; sein großer rother Bart trug nicht wenig bei, das Düstere seiner Physiognomie zu erhöhen. Man kam endlich in Yaguana an. Die Fremden wurden in die verschiedenen Quartiere vertheilt, um sich von den Mühen und Beschwerden der Reise erholen zu können. Am nächsten Morgen erwachte Alles unter dem heitern Lärm der Trommeln und indianischer Gesänge. Gastmale, Tänze und Spiele folgten und dauerten mehrere Tage hindurch fast ohne Unterbrechung fort. Die Spanier wohnten nicht blos als einfache Zuschauer bei, sie nahmen selbst Theil daran. Dem Befehlshaber war nichts erwünschter, als die Indianer sich zügellos der Freude hingeben und seine Soldaten so vertraut mit ihnen verkehren zu sehen. Eines Tages versammelte er in seinen Gemächern die angesehensten Offiziere und eröffnete ihnen, unterrichtet zu sein, daß alle diese Festlichkeiten nur eine Falle wären und daß die Königin von Xaragua, welche den Spaniern längst den Untergang geschworen habe, nur den gelegenen Moment erwarte, um alle ihre Gäste niedermetzeln zu lassen. Ovando machte sie hierauf mit seinem Plane vertraut, dieses Vorhaben zu vereiteln, und man kam sofort über Mittel, Stunde und Signal der Ausführung desselben überein. Gleichwohl bestand nicht das leiseste Zeichen einer Indianerverschwörung, vielmehr waren die schwerbedrückten Urbewohner froh, mit den ihnen bei weitem überlegenen Fremden auf friedlichem Fuße zu leben. Daher war auch kein einziger der anwesenden Indianer mit Waffen gekommen, während die fremden Gäste noch niemals früher in so glänzender, aber zugleich auch in so formidabler Rüstung erschienen waren. Mitten unter den heitersten Spielen wurden die spanischen Soldaten zu einigen militärischen Evolutionen aufgefordert, welche schon durch ihre Neuheit für die Indianer immer einen besonderen Reiz hatten. Ovando stellte seine kleine Armee in Schlachtordnung auf und ließ die Infanterie ihre Uebungen beginnen. Hierauf folgte die Kavallerie. Die Menge der Indianer wuchs immer mehr. Auch die Königin wohnte diesem seltenen Schauspiele ganz nahe bei und war sichtbar davon überrascht und entzückt. Einen Moment lang trat eine Pause ein, dann begannen die Evolutionen von Neuem. Ovando hatte jetzt die Hand auf das Ordenskreuz gelegt, das auf seiner Brust glänzte. Dies war das verderbliche Signal. Die Trompeten schallten, die Infanterie gab Feuer, die Kavallerie hieb ein. Der heitere Turnierplatz verwandelte sich plötzlich in ein schauerliches Blutbad. Die ganze Masse unschuldiger, wehrloser Zuschauer wurde unerbittlich niedergemetzelt. Kein Geschlecht, kein Alter fand Mitleid oder Gnade. Anacaona war die einzige Gefangene, deren Leben man vorläufig schonte. Viele Indianer, die sich in benachbarte Hütten geflüchtet und in denselben eingeschlossen hatten, wurden durch das Feuer verzehrt, welches eine allen Gefühlen der Menschlichkeit trotzende Horde anzündete. Zwölf Indianer wurden an einen Pfahl gespießt und so den Flammen übergeben und die christlichen Peiniger meinten mit scheußlicher Ironie: „dies seien die zwölf Apostel!..“ Es war die Absicht Ovando's, das Königreich Xaragua für immer zu zerstören und den anderen Territorien, die bereits unter der Kolonialregierung standen, einzuverleiben. Nachdem er diesen Zweck erreicht zu haben glaubte, kehrte er wieder nach San Domingo zurück, Anacaona, die graziöse Königin, die erhabene Dichterin, gebunden und gefesselt mit sich führend, die er bald darauf den schimpflichen Tod am Galgen sterben ließ.

Die Mehrzahl der Indianer, welche dieser Massacre entgingen, flüchteten nach dem Meeresufer, warfen sich in Kanots und emigrirten nach den benachbarten Inseln. In diese Zeit dürfte die Wanderung eines haitischen Kaziken, Hatuey, nach der Insel Cuba fallen. Von den dortigen Eingebornen mit großmüthiger Gastfreundschaft aufgenommen, gründete er mit seinen Genossen in dem Haiti zunächst gelegenen Theile der Insel eine kleine Kolonie. Sie hatten ihre Götter mitgebracht und fast schon ein Land vergessen, wo es für sie blos Tod oder Knechtschaft gab, als sie, acht Jahre nach ihrer ersten Niederlassung, durch die Kunde aus ihrem Frieden aufgeschreckt wurden, daß die Spanier im Anzuge seien, um sich auch dieser Insel zu bemächtigen. Sie trugen ihre kostbaren Metalle und ihre Reliquien zusammen und erwarteten schweigend den Rath und Befehl ihres Häuptlings. „Diese Metallschätze," rief Hatuey aus, „waren das Unglück Haiti's, dieses Gold ist die Ursache, daß die Spanier so viele Grausamkeiten begangen und uns sogar noch bis in dieses friedliche Asyl verfolgen." „„Aber wo sollen wir sie verbergen,"" schrie einer aus der bestürzten Menge, „„damit sie uns die spanischen Freibeuter nicht zugleich mit unserer Freiheit und unserm Leben rauben?"" „Versenken wir sie in des Meeres Tiefe!" empfahl Hatuey, und sofort warfen die Eingebornen ihre Götzen und ihr Metall in die Fluthen. Allein alle diese Vorsichtsmaßregeln hinderten nicht, daß sich ihr furchtbares Geschick erfüllte. Die anstürmenden Spanier zerstörten die kleine Kolonie und verurtheilten ihren Führer zum Flammentod. An einen Pfahl gebunden, der über dem Scheiterhaufen emporragte, sah der Indianer muthvoll und entschlossen dem Tode entgegen. Ein anwesender Dominikanermönch wollte diesen ergreifenden Moment benutzen, um den Heiden noch vorher zum Christenthum zu bekehren, und schilderte ihm mit glänzenden Farben die Wonne und die himmlischen Seligkeiten des Paradieses. Da fiel Hatuey plötzlich dem redseligen Mönch ins Wort und frug, ob es in diesem Paradies voll Seligkeiten auch Spanier gäbe?

„Ja," antwortete der Dominikaner, „aber nur solche, die gut und würdig sind, darin zu wohnen!"

„Die besten unter ihnen," antwortete der Kazike, „sind weder gut, noch eines solchen Lohnes würdig. Ich möchte nicht, daß mein Geist nach einem Orte wandere, wo sich ein einziges Wesen dieser grausamen Race befindet!"

Und die Flammen loderten auf und verzehrten die Leiche des heidnischen Märtyrers. —

Um das Jahr 1528 gab es nur noch ein kleines Häuflein unbesiegter Eingebornen auf Haiti, welche unter der Führung des wilden Cotubanama den östlichsten Theil der Insel, die Provinz Higuey, bewohnten. Spanische Geschichtschreiber schildern Cotubanama von kolossaler Größe und Muskelkraft. Von einer Achsel zur andern soll er nicht weniger als einen Metre gemessen haben. Seinen imposanten Kopf zierte langes, dichtes, wallendes Haar. Die ungewöhnliche Schönheit seiner Züge und seiner Körperproportionen erfüllte selbst die Spanier mit Bewunderung. Er war an Gestalt, Körperkraft und Seelenstärke ein Riese. Aber auch er sollte bald den thierisch-rohen Mächten unterliegen. Die Veranlassung dazu fand sich bald, wo man, wie bei einem bekannten religiösen Orden, des Zweckes willen in der Wahl der Mittel so wenig skrupulös war. Ein junger Spanier neckte einen jener gierigen Fanghunde, welche bei den Kämpfen gegen die Eingebornen so furchtbare Hilfstruppen bildeten, und ließ ihn, gleichsam zum Scherze, auf einen zufällig vorübergehenden Indianer los. Im Augenblick war der Aermste in Stücke gerissen und hauchte unter dem Mordzahn des Hundes sein Leben aus. Diese Greuelthat entrüstete tief die Bevölkerer von Higuey. Sie führten Beschwerde beim Gouverneur, erhielten aber keinerlei Genugthuung. Bald darauf landeten mehrere Spanier auf der benachbarten kleinen Saona-Insel und wurden nun von den Eingebornen gleichsam als Vergeltung umgebracht.

Dieser Vorfall war für den rachedürstenden Ovando mehr als genügend, um gegen die letzten Reste der indianischen Race auf Haiti einen Vernichtungskrieg zu unternehmen. Vierhundert Mann wurden befehligt, in das Territorium Cotubanama's einzufallen, um sich des Kaziken und der Seinigen mit Gewalt zu bemächtigen. Diesmal aber schienen die Eingebornen Sieger bleiben zu sollen. Die gebirgige Beschaffenheit der Provinz, die Unwirthbarkeit der Wege kamen den mit seltener Kühnheit und Ausdauer kämpfenden Indianerhorden wohl zu statten. Die Spanier hatten in zahllosen Kämpfen bereits so viel Mannschaft eingebüßt, daß sie sich entschlossen, mit den Eingebornen unter günstigen Bedingungen Frieden zu schließen. Das Königreich Higuey stellte sich unter den Schutz der spanischen Krone und unterwarf sich zum ersten Male dem in Erwiderung dieser „Gunstbezeugung" geforderten Tribut, welcher, da es in dieser Provinz kein Gold gab, in Lebensmitteln bestand. Zugleich wurde den Spaniern gestattet, auf dem Territorium von Higuey eine Festung zu errichten. Am Schlusse dieser Uebereinkunft und zur Besiegelung dieses Treubundes fand zwischen dem spanischen Kommandanten Esquibel und Cotubanama eine Begegnung statt.

Der martialische Indianerhäuptling wurde mit militärischen Ehren empfangen. Bevor die beiden Heerführer sich wieder trennten, kamen sie überein, ihre Namen zu wechseln, und zwar machten sie bereits für den Rest der Unterredung von dieser indianischen Sitte Gebrauch *). Der Kazike nannte im Gespräch Esquibel nicht anders als Cotubanama, während der spanische Kommandant den Indianerhäuptling seinen eigenen Namen gab. Es schien dies ein Beweis mehr für die Aufrichtigkeit der geschlossenen Freundschaft. Und in der That waren es nicht die Indianer, sondern die im neu errichteten Fort als Besatzung zurückgelassenen Spanier, welche durch ihre Excesse und Gewaltthaten gegen die Eingebornen, ihre Frauen und Töchter, den ersten Anstoß zum Wiederbeginn der Feindseligkeiten gaben. Es war eben nur eine Wiederholung jener Scenen, welche sich seit der Eroberung der Insel durch die Spanier schon so oft ereignet und stets mit der Niedermetzelung der Eingebornen geendet hatten. Kaum war in San Domingo die Nachricht eingetroffen, daß die kleine in Higuey zurückgelassene spanische Besatzung von den Indianern ermordet und

*) Wir trafen diese Sitte seltsamerweise auch in Ostasien, unter den Eingeborenen des Nikobararchipels. Sobald diese nur einigermaßen vertraut geworden waren, verlangten sie fast mit Ungestüm unsern Namen zu wissen und diesen gegen den ihrigen auszutauschen. Mehrere der Häuptlinge oder Umiahas hatten bereits berühmte englische Namen angenommen, die ihnen von Schiffskapitänen, welche diese Inseln besuchten, scherzweise beigelegt worden waren.

das Fort selbst eingeäschert worden sei, so erhob sich ein Schrei der Entrüstung und der Rache gegen die unglücklichen Eingebornen. Niemand trug den brutalen Handlungen Rechnung, welche vorausgegangen waren, Niemand kümmerte sich darum, daß es die Männer geschändeter Weiber, die Väter verführter Töchter waren, welche diesen furchtbaren Akt der Vergeltung übten.

Die spanische Soldateska wollte keine halben Maßregeln, keine halbe Eroberung, keinen Frieden mit den Indianern mehr, sie verlangte deren Vernichtung und die völlige Einverleibung des Territoriums von Higuey in die übrigen Theile der von den Spaniern beherrschten Kolonie. Eine noch größere Truppenzahl als bei der ersten Expedition brach nach dem Osten auf. Esquibel war auch diesmal ihr Befehlshaber. Man war auf einen beschwerdevollen, langwierigen Feldzug gefaßt. Die Eingebornen leisteten hartnäckigen Widerstand. Jeder Einzelne kämpfte wie ein Held. Ihre geringen militärischen Erfolge machten die spanischen Soldaten noch wüthender und grausamer. Frauen und Kinder, welche in Felsenhöhlen ein sicheres Versteck gefunden zu haben glaubten, wurden erbarmungslos niedergemacht oder fanden einen nicht minder schaudervollen Tod, indem ihre Feinde am Eingange der Höhlen, in denen sie sich verbargen, Scheiterhaufen anzündeten. Gefangene Indianer wurden wieder freigelassen, nachdem man ihnen zuvor beide Hände abgehauen hatte, damit sie ihren Genossen Zeugniß bringen konnten von der geringsten Strafe, welche diejenigen erwartete, die noch länger den spanischen

Waffen Widerstand zu leisten wagten. Der ehrwürdige Las Casas, welcher diesen Eroberungszug in seiner Eigenschaft als junger, bekehrungseifriger Missionär mitmachte, äußerte, als er viele Jahre später diese schauerlichen Scenen, von welchen er einst Augenzeuge war, erzählte, daß er oftmals selbst sich frage, ob er denn diese Gräuelthaten, gegen welche sich die menschliche Natur sträube, wirklich erlebt habe, oder ob sie nicht vielmehr nur böse Träume einer fieberkranken Phantasie wären?

Auch im Kampfe mit den Bewohnern von Higuey war der Ausgang nicht zweifelhaft. Unzählige Indianer wurden getödtet oder versprengt und suchten ihr letztes Heil in nächtlicher Flucht. Auch Cotubanama wurde in seinem Versteck auf der Insel Saona aufgespürt und von den spanischen Soldaten verfolgt. Im Begriffe, gefangen genommen zu werden, stellte sich der kühne Indianerchef ungebeugt und unerschrocken dem Hauptmann mit der Erklärung vor, er sei Esquibel. In seiner Urwaldeinfalt glaubte er, der Name, den er bei einem früheren Anlaß mit dem spanischen Heerführer ausgewechselt, werde ihn vor jeder weitern Verfolgung und Gefahr sicherstellen. Bei der urwüchsigen Indianerrace wäre dies nach Landessitte allerdings der Fall gewesen; die civilisirten Spanier kehrten sich nicht viel nach indianischem Brauch, ließen Cotubanama Fesseln anlegen und in einem Schiffe wohlbewacht nach San Domingo bringen, um ihn dort, Angesichts einer brutalen, blutdürstigen Menge, unter Henkershand sterben zu lassen.

Durch Cotubanama's Gefangenschaft und Tod ging auch die letzte der unabhängigen Provinzen der Insel in spanischen

Besitz über. Die wenigen Indianerhorden, welche in der Flucht Rettung suchten, vermochten nur durch ein beständiges Nomadisiren in den Bergen und den unzugänglichsten Theilen der Insel den hartnäckigen Verfolgungen ihrer Unterjocher zu entgehen. Sie waren sich's bewußt, daß sie endlich unterliegen würden, aber sie wollten wenigstens als freie, unabhängige Männer sterben und fallend noch rächen das Blut ihrer gemeuchelten und durch Verrath geschlachteten Brüder. Henri, ein Abkömmling des Kaziken von Baoruco, welcher während des Blutbades in Xaragua von Mönchen gerettet, getauft und im Dominikanerkloster zu San Domingo erzogen worden war, stellte sich als Führer an ihre Spitze. Vierzehn Jahre lang behauptete sich die Horde siegreich in den rauhen Bergen von Baoruco und wurde sogar wiederholt der Schrecken der spanischen Kolonisten. Alle Versuche, diese Indianer durch friedliche Zusicherungen oder durch List und Gewalt zu unterwerfen, blieben fruchtlos. Mit ihrem Erfolg wuchs auch ihre Macht. Zahlreiche flüchtige indianische Sklaven, Frauen und Kinder, suchten bei ihnen Hülfe und Schutz. Allmälig schwellten ihre Reihen bis auf 3000 Seelen an. Nach beendeten Kämpfen und blutig erfochtenen Siegen kehrten sie zu ihrer landwirthschaftlichen Thätigkeit zurück. Hütten und Gärten erhoben sich überall, wie durch einen Zauberschlag, und binnen kurzer Zeit gewann diese bisher so ungastliche und öde Gegend ein heiteres, lachendes Ansehen. Vom Ackerbau, vom Fischfang und von der Jagd lebend, gewährten den Eingebornen ein fruchtbarer Boden und jungfräuliche Wälder mehr, als sie zu ihrem Unterhalt bedurften. Je gedeihlicher sich die kleine Kolonie entwickelte, welche durch flüchtige Indianer aus der Ebene immer neuen Zuwachs erhielt, desto größer wurde die Angst und Besorgniß der spanischen Ansiedler. Da man nicht mit Gewalt ihrer Herr zu werden vermochte, wollte man es durch friedliche Mittel versuchen. Pater Rémy, welcher den so gefürchteten Henri im Dominikanerkloster zu San Domingo erzogen hatte, und der vom Häuptling verehrt wurde, sollte als Parlamentär nach den Bergen von Baoruco entsendet werden. Der königliche Rath hatte ihn zu diesem Zwecke mit den umfassendsten Vollmachten ausgestattet. Pater Rémy machte sich auf den Weg. Nach unsäglichen Schwierigkeiten gelang es ihm endlich, Henri's Wohnstätte zu erreichen. Die Begegnung war eine herzliche, wie es dem Schüler einem Lehrer gegenüber ziemte. Allein alle Vorstellungen, alle Zusicherungen, alle Bitten, diese wilden Berge zu verlassen und sich mit seinen Genossen in der Ebene, im Bereiche europäischer Civilisation anzusiedeln, blieben auf den Häuptling wirkungslos. Henri erwiederte entschlossen, daß er zwar niemals angreifen, aber stets sich vertheidigen werde; daß er, trotz aller Verehrung für den abgesandten Missionär, gerechtes Mißtrauen in das Anerbieten der spanischen Behörden setze, welche die armen Indianer beständig betrogen und hintergangen hätten und sie auch ferner hintergehen würden!

„Uebrigens," fügte Henri nach einer kurzen Pause hinzu, „was bietet Ihr uns? — Die Freiheit? Wir besitzen sie bereits, wir haben sie schon durch unsere Waffen errungen!

Man kann nicht freier sein, als wir es in unsern Bergen sind und hier wollen wir auch bleiben!"

Alle Anstrengungen und Versuche des Pater Rémy, den früheren Schüler zu bewegen, seine kriegerische Laufbahn zu verlassen, blieben fruchtlos; er mußte unverrichteter Dinge den langen, beschwerdevollen Weg nach der Ebene wieder zurückkehren. Auch ein zweiter Besuch des ehrwürdigen Missionärs war von keinem günstigen Resultat begleitet. Vielmehr gelang es ihm diesmal gar nicht, Henri zu sprechen, und um ihn vor jedem weitern Versuch abzuschrecken, mußte Pater Rémy, als er sich in einem Kanot wieder entfernte, zu seinem Gram und Schrecken sehen, wie die Eingebornen den Indianer, welcher ihm als Führer nach den Bergen von Baoruco gedient hatte, an einem Baume aufknüpften.

Ein Mann von großem Talent und versöhnlichem Geiste, der Erzbischof Don Sebastian Ramirez, war inzwischen von Karl V. zum geistlichen und politischen Verweser der Kolonie von San Domingo ernannt worden. Von diesem wurde St. Miguel de Ledesnia, ein erfahrungsreicher Mann, welcher ganz jung mit Columbus nach der Insel gekommen war und seither fast alle Kämpfe gegen die Eingebornen mitgemacht hatte, gewählt, um mit 150 Mann eine neue Expedition gegen den Kaziken von Baoruco zu unternehmen. Es sollte womöglich ein friedlicher Ausgleich erzielt werden. Aber Ledesma vermochte nicht, auch nur eine Unterredung mit Henri zu Stande zu bringen. Ein einziges Mal standen sich die beiden Anführer auf zwei Felsenspitzen, durch einen furchtbaren Abgrund getrennt, gegenüber. Hier, am Rande eines gefahrvollen Abhanges, wechselten sie zwar einige Worte und verabredeten eine Zusammenkunft, aber dieselbe wurde durch ein allzu kriegerisches Auftreten Ledesma's vereitelt und die spanischen Soldaten kehrten ebenso erfolglos wie der Dominikaner Rémy nach San Domingo zurück.

Vier Jahre lang wurden die Indianer in ihren Bergen nicht mehr behelligt. Aber selbst diese kleine Zahl von Eingebornen, welche sich noch unabhängig erhalten hatte, ließ die spanischen Kolonisten nicht zur Ruhe kommen. Wiederholt wendeten sie sich bittend und klagend an das Mutterland, man möge doch einmal dieser Insurrektion ein Ende machen und der armen Insel zu Hülfe kommen! Karl V. schickte einen seiner verdienstvollsten Offiziere, Barrio-Nuevo, nach Haiti, mit den gemessensten Befehlen und Instruktionen, die Insel zu pacificiren. Er war Träger wichtiger Dokumente und sogar eines Briefes des Kaisers an den Kaziken von Baoruco. In diesem fordert Karl V. den Kaziken auf, zum Gehorsam zurückzukehren, indem er ihm und den Seinigen „Vergessen und Verzeihung alles Geschehenen, sowie vollständige Freiheit für alle Zeiten" zusichert, ihm dagegen mit dem ganzen Gewicht seiner Macht und der Strenge seines Zornes droht, im Falle Henri diesen loyalen Zugeständnissen nicht Rechnung tragen und in seinem Widerstande verharren sollte. Das einzige Segel der spanischen Marine, welches zu jener Zeit unbeschäftigt war, wurde Ledesma zur Verfügung gestellt, um ihn nach den Ufern Haitis zu bringen, und in dem Bewußtsein, Alles gethan zu haben, um die dringenden Bitten seiner entfernten Kolonie zu befriedigen, sagte Karl V, zu Barrio-Nuevo, als dieser sich zu seiner wichtigen Mission einschiffte: „Nun ist es aber auch „gerecht, zu fordern, daß alle Bewohner der Insel sich beeifern, „die Anstrengungen der Regierung zu unterstützen, daß sie mit „ihren Personen, mit ihren Dienern und ihren Mitteln bei„tragen um endlich einmal die Rebellen zu zerstäuben, damit „die Insel von ihnen gereinigt werde und Jeder in Sicherheit „seines Besitzes sich erfreuen könne!“

Kaum war Barrio auf Haiti gelandet und hatte sich mit den Behörden berathen, als er auch seinen Feldzugsplan ins Werk setzte. Auf einem Fischerfahrzeuge schiffte er sich mit einer Eskorte und einigen Dominikanermönchen nach dem Hafen von Yaquimo ein, wo ein Fluß ins Meer mündet, welcher das Vordringen ins Innere von Baoruco wesentlich erleichterte. Der spanische General fuhr den Fluß eine gute Strecke aufwärts, bis er einige Indianerhütten erreichte. Dieselben waren von kultivirten Feldern umgeben, aber sämmtlich von den Bewohnern verlassen. Man setzte nun die Wanderung durch Urwalddickicht über schroffe Felsabhänge und steile Berge nach dem Aufenthalte Henri's fort. Ein Indianer diente als Führer. Eine zahlreiche Expedition schien durch diese Wildniß unmöglich. Barrio entschloß sich, mit nur fünfzehn, blos mit Säbeln bewaffneten Gefährten den Weg fortzusetzen. Er hatte einen mit der Gegend vertrauten Eingebornen mit einem Schreiben an den Kaziken Henri vorausgeschickt. Mit jedem Tage wurde der Marsch beschwerdevoller, anstrengender. Zuweilen waren die Fremdlinge genöthigt, gleich den vierfüßigen Waldbewohnern, auf Händen und Füßen weiterzukriechen und sich an den Schlingpflanzen sowie an zähen, hundertjährigen Baumwurzeln festzuklammern, um einzelne Bergabhänge erklimmen zu können. Zwanzig Tage waren bereits auf so peinliche Weise verstrichen, als endlich Alfaro, ein Verwandter Henri's, als dessen Abgesandter, die Wanderer erreichte und Barrio im Namen seines Gebieters einlud, ihm nach dessen Lager zu folgen. Der Umstand, daß man sich einem Königssitze näherte, hinderte nicht, daß man durch Urwalddunkel, ohne jegliche Wegspur die Wanderung weiter fortsetzen mußte. Endlich erreichte man das Ziel. Barrio war so erschöpft, daß er geführt werden mußte. Nach einiger Rast begann unter einem gewaltigen, schattenreichen Baume, an dessen Fuß man einige Baumwollenstoffe ausgebreitet hatte, die Unterredung. Barrio theilte den Zweck seiner Mission mit und las den Brief des Kaisers laut vor. Henri hörte dem Spanier mit achtungsvoller Aufmerksamkeit zu, nahm hierauf das kaiserliche Schreiben, küßte es und erwiederte, daß er bisher nicht das geringste Vertrauen in das Wort und die Aufrichtigkeit der spanischen Kolonisten gehabt und er sich daher auch geweigert habe, einen Frieden zu schließen, welcher jeder Garantie einer getreuen Durchführung entbehrte. „Jetzt aber," setzte der Indianer mit gehobener Stimme hinzu, „wo Euer erhabener Kaiser mir sein Wort gibt, empfinde ich tief die Ehre, welche man mir dadurch erweist, und nehme mit demüthiger Erkenntlichkeit die Gnade an, welche Se. Majestät mir zu Theil werden läßt."

Die versammelten Indianer begleiteten mit enthusiastischen Beifallsbezeugungen diese Worte ihres Führers. So wunderbar sind die Veränderungen, welche Eroberungskriege zur Folge haben, daß die kürzlich noch legitimen Herren des Bodens jetzt aus der Hand ihrer Unterdrücker ein Asyl und die Freiheit als eine Gnade, als ein Almosen empfingen! — Der Vertrag wurde geschlossen und sollte in San Domingo ratificirt und ausgewechselt werden. Durch denselben wurde die bisherige Dienstbarkeit, um nicht zu sagen Knechtschaft, aller Eingebornen der Insel aufgehoben, die Vorstadt Boya und die sie umgebenden Grundstücke den Indianern zum künftigen Aufenthalt angewiesen und Henri zur Bestreitung seines Lebensunterhaltes eine Schäferei zum Geschenk gemacht. Dagegen sollten Henri und die Seinigen den Kaiser als ihren Herrn anerkennen, die Berge verlassen und sich dauernd in der Ebene ansiedeln. Henri versprach, bald persönlich nach San Domingo zu kommen, um durch seine Anwesenheit seine heutige Zusage zu bekräftigen. Inzwischen sollte einer seiner Offiziere, der Indianer Gonzalez, den spanischen Abgesandten bis nach der Hauptstadt begleiten. Derselbe hatte nebenbei den geheimen Auftrag, daselbst nachzuforschen, ob den Spaniern mit dem Frieden wirklich Ernst sei, ob sie keinerlei Hintergedanken hätten und ob sich Henri auf das geschriebene Wort des Kaisers und auf die aufrichtige Erfüllung des Vertrages verlassen könne. Gonzalez wurde in San Domingo mit den größten Auszeichnungen empfangen und mit Aufmerksamkeiten aller Art überhäuft. Die Berichte, die er nach einem längern Aufenthalt in der

Hauptstadt in die Berge von Baoruco mitbrachte, waren äußerst befriedigend. Ohne jegliche Aussicht, seiner Race die Herrschaft über jene Insel wieder zu sichern, welche bereits durch eine hundertmal zahlreichere spanische Bevölkerung besiedelt war, wollte Henri wenigstens mit den Seinigen in Ruhe und Frieden seine Tage beschließen. In der Ausführung dieser Absicht bestärkte ihn noch der edle Las Casas, welcher bald nach Barrio's Zusammenkunft mit Henri, seine alten Freunde, die Indianer von Baoruco besuchte, sich lange Zeit unter ihnen aufhielt und die ganze Dauer seiner Anwesenheit dem Werke der Bekehrung und Versöhnung widmete.

Um das Jahr 1528 erfüllte Henri endlich sein Versprechen. Er kam mit allen seinen Getreuen aus den Bergen in die Ebene und ließ sich im Burgflecken von Boya, ungefähr 22 deutsche Meilen von der Hauptstadt San Domingo auf den ihm vom Staate angewiesenen Grundstücken nieder. Hier gründeten die letzten Sprossen der eingebornen Race eine kleine Kolonie und bebauten mit Eifer und Erfolg den Boden. Erst abgesondert von den europäischen Ansiedlern lebend und allmälig sich mit diesen vermischend, gingen sie endlich völlig in der hispano-amerikanischen Race auf. Ihre Geschichte endete mit ihrem Leben. Henri, der letzte Kazike von Haiti, starb unbeachtet und unbehelligt in dunklem Frieden, und bald darauf, noch ehe ein halbes Jahrhundert seit der Eroberung der Insel durch die Spanier verfloß, war dieses merkwürdige Urvolk mit seiner Sprache, seinen Sitten und Denkmalen völlig von der Erde verschwunden! Im Volke erhielt sich gleichwohl bis heute die

Sage, daß in den Bergen von Baoruco noch immer ein wilder Indianerstamm unberührt vom Hauche europäischer Civilisation hause. Einige dieser Waldbewohner sollen, aus Reue darüber, daß ihre Nation den alten Indianerglauben abgeschworen, wiederholt versucht haben, ein großes hölzernes Kreuz, welches die Spanier im Weichbilde von Santiago errichteten, niederzuhauen. Allein auch die ungeheuersten Anstrengungen, dies zu thun, blieben fruchtlos. Jedes Stück, welches der feindlichen Hacke zum Opfer fiel, erneuerte sich augenblicklich wieder, so daß trotz einem tagelang fortgesetzten Frevel am heiligen Holze dieses völlig unversehrt blieb. Ebenso wenig Erfolg hatte der Versuch, das Zeichen des Christenthums durch Feuer zu vertilgen. Die Flammen, die es umhüllten, schienen zwar dasselbe zu verzehren, allein immer wieder erhob sich von Neuem das alte hölzerne Kreuz. Diese Legende ist wohl unter dem Eindrucke entstanden, daß die Eroberung für alle Zeiten als beendet zu betrachten sei, und daß die Religion des Christenthums, gleich dem Kreuze auf bisher heidnischen Boden gepflanzt, auch wie dieses, nicht mehr vertilgt werden könne!

IX.

Ein schwarzer Kaiser und sein Hof.

Die Insel Haiti. — Erste Eindrücke. — Der Kaiserpalast in Port-au-Prince. — Die Armee und die schwarze Garde. — Eine Heerschau. — Der Kaiser Faustin Soulouque. — Persönlichkeit, Lebensgeschichte, Charakter und Lebensweise des Kaisers. — Sein Adel und sein Hof. — Die Kaiserin Adeline. — Kaiserliche Audienzen. — Schlußbetrachtungen über den Negerstaat Haiti.

Hispaniola, die jetzige Insel Haiti, galt schon zur Zeit der spanischen Conquistadoren als der herrlichste „Diamant“ des westindischen Archipels. Cuba, das größere Eiland, war neben ihm nur die „Perle“ des Antillenmeeres. Der Entdecker der neuen Welt hatte sich dermaßen verliebt in diese schöne Insel, daß er sterbend den Wunsch aussprach, in ihrem immergrünen Schooß die ewige Ruhe zu finden. Seinem Testamente gemäß ward seine Leiche auch wirklich nach Hispaniola gebracht. Der Gang der Weltereignisse aber sollte den ruhelosen Mann selbst noch in seinem Grabesfrieden stören. Der „Diamant der Antillen“ ging für die spanische Krone verloren. Spanien reklamirte von Frankreich nach Abtretung der schönen Insel die Gebeine des berühmten Todten. So kam Columbus' Asche nach Cuba und wieder an den nämlichen Staat zurück, der jene Hand mit Ketten beladen, die ihm das reichste Geschenk geboten, welches je ein Sterblicher vertheilen durfte.

Ueppige Fruchtbarkeit des Bodens unter der Strahlenpracht eines wunderbaren Tropenhimmels hatten die beiden wichtigsten Inseln Westindiens mit einander gemein, und sie tauschten noch im letzten Jahrhunderte ihre kostbaren Erzeugnisse in fast gleicher Menge und Schönheit gegen europäische Industriewaaren aus. Heute ist es anders geworden. Auf Cuba hat die Kultur der Felder, freilich mit dem Schweiß von Millionen Sklaven gedüngt, sich verdoppelt. Haiti, im vorigen Jahrhundert San Domingo geheißen, hat seit der Aufhebung der Sklaverei Kultur, Handel und Reichthum verloren. Aus einem blühenden Kolonialgarten ist das Land zu 19/20 Theilen seiner Bodenfläche wieder eine Wildniß geworden, welche das tropische Unkraut überwuchert.

Welche Ursachen haben diese traurige Metamorphose hervorgebracht? Hatte die natürliche Faulheit der afrikanischen Race und ihr niedriger Seelen-Organismus oder die Schlechtigkeit ihrer Regenten die größere Schuld dieses trübseligen Resultats? Hat die republikanische Regierungsform oder der militärische Despotismus dort größere Uebelstände erzeugt? Trägt die Negerrace wirklich die moralische Impotenz zu einem gedeihlichen Fortschritte in sich? — Oder war auf Haiti mehr das Verhängniß und das historische Unglück Schuld an dem Verfall des Landes; die frühere Sklaverei und die spätere Revolution, der Racenhaß und Racenkampf zwischen Negern und Mischlingen, die Republik und die endlose Anarchie? — War vielleicht ein eiserner Militärdespotismus doch ein Glück für die Insel, und sollte er dem einzigen unabhängigen Negerstaate der westlichen Hemisphäre am Ende doch eine glücklichere Zukunft bereiten?

Diese Fragen beschäftigten uns lebhaft im Laufe unserer Fahrten im westindischen Meere. Der Wunsch, mit dem Naturcharakter der Antillen auch ihre politischen und socialen Einrichtungen zu studiren, bewog uns zunächst zur Reise nach Haiti. Mehr noch als die Palmenschönheit und die Pisangpracht der Insel zog unsere Wißbegierde jene sonderbare historische Episode an, die damals — im Jahre 1854 — die Freunde der Völkerkunde in ein fast komisches Erstaunen setzte.

Aus den Wehen der republikanischen Wirren, der Anarchie und des Racenkampfes war ein Kaiserthron geboren worden. Die Zustände und die Lebensbilder, die mit ihm auftauchten, — wenn sie auf der Bühne der Zeitgeschichte auch fast so schnell vorübergaukelten wie die schwarzen Figuren eines Schattenspiels — verlohnten doch beobachtet zu werden.

Das Schauspiel war in der That für die westliche Hemisphäre neu und merkwürdig genug für das Studium eines reisenden Ethnographen. Ein Negerkaiser und ein Negerhof, welcher alle Reminiscenzen und modernen Formen französischer Königs- und Kaiserhöfe durch seinen Ceremonienmeister kopirte! Eine schwarze Kaiserin, schwarze Hofdamen, schwarze Kammerherren und ein zahlreicher Adel. Herzoge und Grafen, Barone und Ritter, alle im Kolorit der Kentuckykohle mehr oder minder ähnlich. — Eine solche Scene, die wie ein afrikanisches Märchen mitten in den grünen Gewässern des Antillenmeeres emporgestiegen war, schien uns der Mühe, Kosten und Leiden einer Reise nach Port-au-Prince vollkommen werth.

Se. schwarze Majestät, Kaiser Faustin Soulouque der Erste, genoß das seltene Glück, auch englischen Diplomaten zu gefallen.

Es war ein Geschäftsträger Ihrer „gnadenreichen“ Majestät der Königin von England, der, früher in Port-au-Prince wohnhaft, uns zuerst mit fast enthusiastischem Lobe nicht nur die tropische Naturpracht des schönsten Eilandes der Antillen, sondern auch „die Eleganz und Anmuth“ des dortigen Hoflebens gepriesen hatte. Dringend forderte er uns bei unserer Anwesenheit in Guatemala auf, dem neuen Weltwunder auch unsere persönliche Huldigung darzubringen. Einer so lockenden Schilderung, die auch hinsichtlich der Liebenswürdigkeit des dortigen Negervolkes im Allgemeinen überaus günstig lautete, war nicht zu widerstehen. So machten wir uns im November 1854 mit dem Dampfer von Jamaika nach Haiti auf den Weg.

Die ersten Eindrücke, welche wir in diesem Negerstaate empfingen, waren gerade nicht sehr angenehm. Im Hafen von Jacmel, wo der westindische Dampfer anlegt, wurden wir im Augenblicke, wo wir den Boden dieser glücklichen Insel betraten, auch gleich das löbliche Streben der Behörden gewahr, Autorität zu zeigen.

Diese schwarze Autorität hatte aber etwas beinahe Feierliches. Sie war ganz darauf berechnet, den Fremden zu imponiren. Man examinirte strenge den Paß. Man durfte nicht im Innern reisen, ohne einen kaiserlichen Geleitsbrief, und dieser mußte auf einen kaiserlichen Stempelbogen geschrieben sein. Ein Spaziergang war in der Nähe des baufälligen Forts verboten. Die schwarzen Zollbeamten visitirten sorgfältig Koffer und Nachtsäcke, und ließen den Reisenden, besonders wenn er ein Weißer war, geraume Zeit in der Vorhalle des Zollamtes warten. All' das, sagte man, geschähe in der Absicht, den Fremden gleich zu offenbaren, daß es in dieser vormaligen schwarzen Republik nunmehr kaiserliche Obrigkeit und kaiserliche Beamten gäbe.

Statthalter von Jacmel war Seine Durchlaucht der edle Herzog von Leogane, ein schon bejahrter Herr, übrigens ein großes breitschulteriges Negerexemplar purer Race. Noch vor zwanzig Jahren im St. Louis-Hôtel zu New-Orleans feilgeboten, würde dieser edle Herzog um 1200 Dollars sicher noch seinen Käufer gefunden haben. Der Kommandant der Stadt war nur Baron, es fing also bei ihm, nach dem denkwürdigen Ausspruch eines, in der reaktionärsten Epoche der neueren österreichischen Geschichte vielgenannten Aristokraten „der Mensch erst an"; dafür aber war er Inhaber der Ehrenlegion und des St. Faustinordens. Er hatte eine weniger großartige Gestalt als der Herzog, zeigte jedoch nebst wulstigen Lippen einen noch weiter vorspringenden Unterkiefer, der keinen Zweifel ließ, daß sein schwarzadeliger Stammbaum direkt von Guinea herdatirte.

Zu diesen ersten eigenthümlichen Eindrücken gesellten sich auf der Weiterreise von Jacmel nach der Hauptstadt Port-au-Prince noch andere, welche den Fremden noch weniger gefielen, z. B. sehr schlechte Verkehrswege, die zur Hälfte durch Wasser und Sümpfe führen; kein Comfort in den kahlen und schmutzigen Negerhütten, wo Bananen und Schweinespeck in hinreichender Quantität, sonst aber wenig Genießbares zu finden war; schwarze Maulthiertreiber und Diener, welche durch ihre Arroganz dem Weißen zeigen zu wollen schienen, daß die

Neger die Herren des Landes, und die Weißen nur die Geduldeten seien.

In der Hauptstadt Port-au-Prince fehlt eine dem Reisen in civilisirten Ländern unerläßliche Institution: das Hôtel oder Wirthshaus. Vielleicht ist in keiner Stadt der Welt der Fremde in dieser Beziehung übler daran. Die fremden Konsuln sind nicht von hospitabler Laune, auch wenn man ihnen dringende Empfehlungsbriefe präsentirt. Man entschuldigt es, indem sie in der Stadt selbst enge logiren und die Abende in ihren entfernten Landhäusern bei ihren Familien zubringen. Der Besitzer einer kleinen schmutzigen Kaffeeschenke am Hafen, ein Mulatte, war zwar zur Zeit unsers Besuches aus christlicher Liebe und gegen Bezahlung von zwei Dollars täglich per Kopf bereit, Fremde in seine miserable Baracke aufzunehmen. Er sorgte zugleich dafür, daß man sich an seinem Tische nie durch Ueberfülle von Speisen den Magen verderbe. War aber auch diese Kneipe zufällig besetzt, so befand sich der Fremde, welcher nicht nach Landessitte mit dem weichen Straßenkehricht als Lagerstätte vorlieb nehmen wollte, in einer sehr bedenklichen Situation. Es blieb ihm höchstens noch eine oder die andere Matrosenspelunke als Zufluchtsort übrig. Wir selbst waren nahe daran in unserer Rathlosigkeit beim Hereinbrechen der Nacht uns in einer solchen einzumiethen, als dem Wirthe, einem Amerikaner, die Bemerkung entschlüpfte, das benöthigte Zimmer würde erst in ungefähr einer Stunde für uns bereit sein. Schon im Weggehen, kehrten wir nochmals um, und kletterten eine schmale hölzerne Treppe hinauf, in der Absicht, das Zimmer doch noch vorher in Augenschein zu nehmen, in welchem man uns die erste Nacht in Port-au-Prince zubringen lassen wollte. Ein entsetzliches Schauspiel bot sich jetzt unsern Blicken. Ein paar schwarze Kerle waren damit beschäftigt, einen sterbenden Matrosen zu delogiren, um die bisherige Krankenstube für uns herzurichten. Wir sollten im nämlichen Raum, wahrscheinlich in demselben Bett die nächste Nacht zubringen, in welchem ein am gelben Fieber Erkrankter eben im Begriffe war, den letzten Athemzug zu thun! Ja, der spekulative Amerikaner ließ dem armen Teufel nicht einmal mehr Zeit dazu, aus Furcht es könnten ihm dadurch die blanken Dollars der neuangekommenen Fremden entgehen. Mit Grauen verließen wir die Stelle, und kehrten in die kleine Kaffeeschenke dicht am Hafen zurück, wo wir endlich in einer Art Dachstube nothdürftig untergebracht wurden.

Am Tage nach unserer Ankunft in Port-au-Prince — es war ein Sonnabend — stellten wir uns dem englischen General-Konsul vor, an den wir dringend empfohlen waren. Derselbe bemerkte uns im Laufe des Gespräches, daß eine persönliche Audienz bei dem Kaiser etwas schwer zu erlangen sei, und daß Seine Excellenz der Minister der auswärtigen Angelegenheiten, Herzog Salomon de Saint Louis zuvor schriftlich durch den Konsul in Kenntniß gesetzt werden müsse. Einstweilen suchte man uns mit der Hoffnung zu trösten, daß wir den Kaiser schon Tags darauf bei der großen Heerschau auf dem Marsfelde sehen könnten. Inzwischen wanderten wir nach dem kaiserlichen Palaste, um vielleicht aus den Fenstern Etwas von der Majestät Angesicht wahrzunehmen.

In dem großen Palasthofe, rings von Kasernen umgeben, herrschte ein bedeutender militärischer Spektakel. Soldaten exercirten, Trommler und Trompeter übten Fäuste und Kehlen. Patrouillen kamen und gingen. Zahlreiche Wachen marschirten klirrenden Schritts sowohl unter der Säulenhalle als vor den Thoren auf und nieder. Offiziere der Garde und der Linie standen einzeln oder gruppenweise umher. Alles zeugte von einem ächten Soldatenherrscher, der nicht nur auf die Muskeln seine Macht und sein Vertrauen baute, sondern auch militärischen Lärm aus alter Gewohnheit in seiner nächsten Umgebung liebte.

Das Schloß des Kaisers von Haiti war damals unnahbarer als die pariser Tuilerien unter Louis Napoleon und der königliche Palast in Neapel in den 50er Jahren unter Ferdinand II. Dort wird das Publikum wenigstens in den Vorhof zugelassen, und durfte unter Louis Philipp sogar das große Thor zwischen diesem Hof und dem Park passiren. Haiti'schen Unterthanen dagegen war die Bewunderung kaiserlicher Herrlichkeit nur aus einer noch ehrfurchtsvolleren Distanz gestattet.

Dem groben Rufe der Thorschildwache ungeachtet, wagten wir einen alten Negerobersten, welcher die Wache kommandirte, in den höflichsten Ausdrücken um die Erlaubniß zu bitten, den Vorhof des kaiserlichen Palastes mit unseren Sohlen berühren zu dürfen. Er antwortete uns in ganz verbindlichem Tone, daß nur an Audienztagen Fremden der Zutritt, und auch dann nur gegen Vorzeigung einer besonderen kaiserlichen Erlaubniß gestattet sei. Der schwarze Oberst fragte uns auch, woher wir kommen, und wie uns das Land und die Hauptstadt gefalle? Unsere Aeußerung, daß wir von allen bisherigen Erscheinungen, besonders aber vom Anblicke der militärischen Pracht höchlichst überrascht seien, schien ihn nur mäßig zu befriedigen. Er empfahl uns, die große Heerschau des nächsten Tages auf dem Marsfelde nicht zu versäumen, und entließ uns mit dem anmuthigsten Kopfnicken, das wir je von einem alten Neger gesehen.

Auf dem Heimwege vom Palaste nach unserer traurigen Kaffeekneipe über den großen Platz, welchen das Grabmal des berühmten Pethion, umgeben von Staub- und Schmutzhaufen, ziert, drängte sich uns unwillkürlich die Betrachtung auf, daß, wenn Kaiser Soulouque zu der Creation seines Adels, seiner Garde und der Ehrenlegion auch das nützliche Institut der Kothfeger hinzugefügt hätte, seinen getreuen Unterthanen damit sicher eine noch größere Wohlthat erwiesen worden wäre.

Afrikanische Nasen mochten für die in der schwarzen Kaiserresidenz vorherrschenden Gerüche weniger empfindlich sein, als die Geruchsnerven des Europäers. Vielleicht dünkte ihnen aromatisch, was uns zuwider war. In sanitätlicher Beziehung aber wäre jedenfalls die Entfernung des in den Straßen herrschenden Düngerüberflusses dringendst zu empfehlen gewesen, ganz abgesehen von dem Segen dieser fruchtbaren Substanz für Gärten und Felder. Was Hunde, Maulthiere, Schweine, Hühner und Aasgeier nach befriedigtem Hunger nicht aufräumen, das bleibt in den Straßen von Port-au-Prince ruhig liegen, bis es verwest. Die wachsende Humusdecke der Straßen und Plätze ändert nach den Jahreszeiten ihre Form. Sie ist pulverförmig im trockenen Winter und breiartig im nassen Sommer, immer aber den Füßen und der Nase unausstehlich und in Folge der großen Hitze doppelt ungesund.

Am folgenden Morgen, Schlag 7 Uhr, standen wir auf dem großen Marsfelde, wo die verschiedenen Bataillone der kaiserlichen Armee unter klingendem Spiel herangezogen kamen. Sie stellten sich in einem großen Viereck auf. Es war nur Infanterie; Artillerie und Kavallerie fehlten. Die kaiserliche Leibgarde, mit feuerroth gekleideten Trompetern an der Spitze, die Soldaten in blauen Fracks mit rothen Pantalons und Stahlhelmen, hatte den Ehrenplatz. Die Linie trug baufällige Czako's, blauroth garnirte Fracks, weiße Beinkleider und war fast zur Hälfte unbeschuht. In den Kompagnien sah man große breitbrustige und kleine schwächliche, ziemlich ausgehungerte Individuen bunt durcheinander. Schwarze Simsongestalten sind in Haiti überhaupt seltener als in der Louisiana und in den übrigen Sklavenstaaten von Nord-Amerika, wo für Züchtung kräftiger Afrikaner durch „Auslese“ im ökonomischen Interesse ihrer Besitzer gut gesorgt wird, und zu diesem „humanen“ Zwecke von den Planters auch kräftiges Pökelfleisch und tüchtige Maisrationen nicht gespart werden. In der schwarzen Armee von Haiti dagegen erinnerten nicht wenige Kriegergestalten an Sir John's berühmte Rekruten. Selbst in den Elite-Kompagnien figurirten manche schwarze „Schimmelich“ und sehr viele

„ruppige Warzen“. Die Grenadiere trugen rothe und die Voltigeurs grüne Epaulettes. Alle führten außer dem Bajonette auch lange Säbel an der Seite. Die Musketen hatten nur Steinfeuerschlösser und waren nicht frei von sehr vielen Rostflecken.

Ueberhaupt ging es der haiti'schen Armee wie den meisten großartigen Erscheinungen dieser Welt: sie war nicht ohne kleine Mängel, und man that besser, sich nicht in Details einzulassen. Die Stabsoffiziere, vom Kapitän aufwärts, hatten besser geflickte Röcke, als die armen Lieutenants, Fähndriche, Feldwebel und Gemeinen, deren Sold kaum zur Stillung des Hungers, geschweige zur Bezahlung eines theuern Schneiders hinreichte. Brigadiers und Generallieutenants waren nach älterem französischen Muster sogar mitunter glänzend montirt, und prangten in schweren goldenen Epaulettes besonders an den Sonntagsrevuen. Die reichsten unter diesen schwarzen Generalen ließen sich ihre Uniform aus Paris kommen, und scheuten überhaupt keine Ausgabe für eine würdige Ausrüstung. Der berittene Brigadier, der das große Quarré im Marsfelde zu Port-au-Prince formiren ließ, war ein Mulatte, ein schöner stattlicher Veteran. Der oberste Kommandant dieser bewaffneten Macht dagegen war ein Vollblut-Neger in den besten Jahren. Er ritt einen edlen, etwas magern Falben, dessen Racenverwandtschaft, wenn man ihn in Spanien gesehen, mit Don Quixotte's berühmter Rosinante Niemand bestritten haben würde. Hohe Reiterstiefel vermehrten die unglückliche Länge der Beine dieses schwarzen Generals und Herzogs, dessen

Sporen fast die Oberfläche des Marsfeldstaubes berührten. Ein weißer wallender Federbusch zierte seinen Generalshut, den er in Bonaparte'scher Weise nach der Quere aufgesetzt trug.

Um $8^1/_2$ Uhr verkündigte das Schmettern der Trompeten und das Blasen vieler Hörner die Ankunft des Kaisers auf dem Marsfelde. Voran ritt eine Abtheilung der kaiserlichen Garde mit rothen Trompetern, deren Stahlhelme prächtig in der Sonne blitzten; dann folgten Stabsoffiziere und höchste Hofbeamte, alle im brillantesten Kostüm. Der Kaiser ritt in angemessener Distanz von seinem Gefolge allein, auf einem ungeheuren Schimmel, den er mit vollkommener Meisterschaft dirigirte. Die Größe und die schneeweiße Farbe des Pferdes contrastirten seltsam zu dem kleinen, pechschwarzen Neger, der darauf saß. Der Anblick erinnerte uns einigermaßen an den Vers des Dichters:

„Ein kleiner Mann, ein großes Pferd,
's muß eins dem andern helfen."

Soulouque trug auf dem mächtigen, oben kahlen und nur zu beiden Seiten spärlich mit grauer Wolle besetztem Haupte einen Hut ohne Federbusch, mit weißer Garnirung, dessen Schnitt genau dem berühmten Hute des großen Napoleon Bonaparte entlehnt war. Sein blauer Uniformfrack zeichnete sich durch reichere Stickerei am Kragen und an den Hüften selbst vor den Uniformen des Großmarschalls aus. Er allein trug hellgraue Pantalons mit zwei breiten, goldenen Streifen, und enganschließende Reiterstiefeln bis an die Knie.

Etwa fünfzig Schritte hinter dem Kaiser ritt ein glänzender Generalstab, bestehend aus Marschällen, Admiralen, Divisionsgeneralen und Brigadiers, — Fürsten, Herzoge, Grafen und Barone — alle in reichgestickten blauen Uniformen nach altfranzösischem Schnitt. Dekorationen der Ehrenlegion und des St. Faustin-Ordens aller Grade glänzten auf ihrer Brust. Es befanden sich manche bejahrte Veteranen darunter, z. B. der Großmarschall Bobo, Fürst von Cap Haiti, der Marschall Lazare, Fürst von St. Yague, der Marschall Souffrant, Fürst von Jacmel, welcher Soulouque's Rival bei der letzten Präsidentenwahl war. Hinter ihnen glänzten die Generallieutenants François Bottex, Herzog von Barahoene, Cyprian Toni, Herzog von Du-trou, Charles Alerte, Herzog von der Limonade, Segret, Herzog von Trou-bonbon, die Grafen von Brutus und von Voltaire, die Barone von Spinat, von Marmelade und von Chocolade und noch viele andere Cavaliere mit seltsamen eß- und trinkbaren Namen. Man konnte uns nicht alle schwarzen und braunen Granden im Zuge namhaft machen, ihre Zahl war zu groß. Zuletzt kamen noch in Masse die Adjutanten mit wallenden Hahnenfederbüschen.

Es war ein merkwürdiger imposanter Anblick. Die Tambours schlugen auf ihre Trommeln mit einer Kraft, als wollten die schwarzen Fäuste Eisen dreschen, und die Trompeter bliesen, so viel es nur ihre Kehlen und Lungen vermochten, während der Kaiser an den verschiedenen Fronten des Vierecks hinabritt. Vor jedem Bataillone lüftete er sein Bonaparte-Hütchen, die getreuen Krieger und Thronstützen mit freundlicher Majestät grüßend. Dann trug ihn der gewaltige Schimmel auf die Westseite des Marsfeldes. Das Gefolge reihte sich nach dem militärischen Range an den Herrscher. Zuerst die Marschälle, dann die Divisionäre, Brigadiers und übrigen Stabsoffiziere in stattlicher Reihe, und nun defilirte die Armee vor ihnen mit klingendem Spiel. Auch wir Zuschauer suchten in möglichster Nähe von Sr. Majestät Posto zu fassen, und es gelang uns eine Position zu nehmen, von wo wir die ganze Gestalt des Kaisers von seinem kahlen Scheitel und Bonaparte-Hütchen bis zu den Stiefeln und Sporen herab in allen Details der Wäsche und der Garderobe mustern konnten.

Vom russischen Kaiser Nikolaus ist bekanntlich noch vor dem Krimkriege gesagt worden, daß er der schönste, größte und stattlichste Mann seines Heeres, vielleicht seines ganzen Reiches sei. Vom Kaiser Faustin I. mag man weniger schmeichelhaft aber noch richtiger sagen, daß er der schwärzeste, dickste und häßlichste Neger wenn nicht der ganzen Insel, doch sicher der ganzen haiti'schen Armee war. Wer damals irgend einer Heerschau in Port-au-Prince beigewohnt hat, wird uns bei Anwendung solcher Superlative weder der Uebertreibung noch der Schmeichelei beschuldigen. Der beste Tintenfabrikant von England dürfte sich glücklich schätzen, wenn er eine Flüssigkeit entdeckte, die an Schwärze dem Hautkolorit der haiti'schen Majestät gleichkäme. Die Stirn ist nicht zurückweichend wie bei vielen Negern, aber auch nicht wohlgestaltet. Die Nase ist zwar stumpf und häßlich, aber nach unten nicht so gar breit gequetscht wie bei andern Mustertypen der äthiopischen Race.

Die Augen sind röthlich-blutrünstig, die Backenknochen stehen aus den vollen Wangen weniger abstoßend hervor, wie aus mageren Negergesichtern; die Lippen aber sind ungemein wulstig aufgeworfen, und gleich den kurzen Wollhaaren und dem Teint ächt afrikanisch. Der Kopf steckt tief zwischen den mächtigen Schultern auf einem kurzen, sehr breiten Halse und über einem starkgewölbten Nacken. Als ein alter Herr von nahebei siebzig Jahren trug Soulouque den Kopf noch auffallend gerade, was aber mehr der plastischen Form seines Oberkörpers als seiner Rüstigkeit zuzuschreiben ist. Die Brust war gut gewölbt, der Rücken von gewaltiger Breite, der Bauch sehr respektabel. Die Beine waren schon von Natur gut wattirt, und bedurften so wenig als der übrige Körper zur Rundung irgend einer Nachhilfe des Schneiders. Zu Roß sah Soulouque noch besser aus, als zu Fuß. Seine Unförmlichkeit ist am augenfälligsten, wenn er steht oder geht. Mit seinem etwas watschelnden Gang machte er dann vollkommen den Eindruck eines Hampelmannes oder Nußknackers aus einer Spielwaarenfabrik der ehrsamen Stadt Nürnberg. Eine getreue Büste des Kaisers Faustin würde auch der schlechteste Antikenkenner nicht mit dem Apollo von Belvedere verwechseln, wäre auch letzterer aus schwarzem Marmor gemeißelt. Eher würde das plastische Modell eines Bacchus passen, dem man den Kopf eines Satyrs aufgesetzt hat. Der Gesichtswinkel gab jedoch, nach dem Camper'schen System gemessen, bei Soulouque ein etwas günstigeres Resultat, als beim Chimpanse oder dem Hottentotten. Ein Phrenolog konnte auf der Höhe des Scheitels die Ausbildung des religiösen Organs vermissen und damit vielleicht die äußerste Gemüthsruhe erklären, mit welcher Se. Majestät der Excommunication, die ihm vom heiligen Stuhle wegen schlechter Behandlung des von Rom gesandten Bischofs drohte, entgegen sah. Stark entwickelt bei dem Ex-Kaiser, der gegenwärtig (1863) auf der Insel St. Thomas als Verbannter lebt*), ist dagegen jener Theil des Schädels, wo nach der Ansicht der Phrenologen das Organ der Grausamkeit sich befinden soll. Hier aber scheint das Gall'sche System wieder einmal ganz unzuverlässig. Wenigstens behauptete ein europäischer Consul, welcher seit vielen Jahren Haiti bewohnt, Soulouque sei nicht grausam aus Neigung, wohl aber besitze er den „Instinkt der Selbsterhaltung." Bei den Hinrichtungen, welche Soulouque im Jahre 1848 in Masse vornehmen ließ, war er also wahrscheinlich nur diesem „Instinkte" gefolgt.

Aus der Gesichtsbildung des Negerkaisers würde der selige Lavater, der berühmteste Physiognomiker seiner Zeit, schwerlich Wichtigeres herausgelesen haben, als der Phrenolog aus dem Studium des Schädels. Soulouque hat selbst für einen Negerkenner ein nichtssagendes, schwer zu entzifferndes Gesicht, das bekanntlich die feinsten Staatsmänner unter den Mulatten irre geführt hat. Man entdeckt weder den Zug der Klugheit, noch den der Dummheit darin. Der Ausdruck

*) Wir sahen Soulouque noch im Juli 1859 auf der Insel St. Thomas am Ufer spazieren gehen, wo er jedoch weniger die Trostlosigkeit seines Schicksals zu betrauern, als vielmehr über die Mittel und Wege nachzudenken schien, wieder zur Herrschaft zu gelangen.

schwankt zwischen beiden. Jedenfalls aber liegt in seiner Physiognomie große Ruhe und etwas Verschlossenes.

Die Revue war zu Ende. Faustin und sein Gefolge galoppirten davon. Einzelne seiner hohen Stabsoffiziere hatten eine auffallend gute, militärische Haltung. Es gab nicht nur stattliche Gestalten unter ihnen, sondern sogar wahrhaft schöne Männer, besonders unter jenen, welche durch lichtere Hautfarbe eine Beimischung des weißen Blutes verriethen und zu den Mulatten zählten.

Man fragte mit einiger Verwunderung bei dem Anblicke der schwarzen und gelben Granden von Haiti: wie kam es, daß gerade der Unförmlichste und Häßlichste unter dieser epaulettirten Schaar das gewählte Oberhaupt geworden? Welche brillanten Eigenschaften und Verdienste hatten ihn der Gunst des Volkes empfohlen, das er mit Stock und Säbel regierte?

Wer die Zustände von San Domingo seit dem Befreiungskampfe kennt, weiß, daß der tiefste Haß zwischen der rein afrikanischen schwarzen und der gemischt farbigen Race, zwischen den Negern und Mulatten sich wie ein blutrother Faden durch die düstere Geschichte dieser schönen aber unglücklichen Insel zieht. Wer den Wahlbrauch eines römischen Conclave's kennt, weiß, daß nie der geniale oder charakterfeste unter den Kardinälen, sondern der harmloseste oder der verschlossenste — derjenige, welcher die wenigsten Feinde besitzt — meist die beste Aussicht für den Papststuhl hat. Aehnliche Umstände bewirkten in Haiti die Wahl Faustin Soulouque's. Als Präsident Richer starb, buhlten als Präsidentschaftskandidaten um seine Erbschaft, die Generale Souffrant und Paul, der erstere von den Negern, der letztere von den Mulatten unterstützt, und da keiner von Beiden die von der Verfassung geforderte Stimmenmehrheit im Senate erhielt, so schlug ein Senator den damaligen General Soulouque vor, an den zuvor kein Mensch gedacht zu haben schien.

Bei der Nennung dieses Namens konnten die Senatoren nur mit Mühe das Lachen unterdrücken. General Soulouque hatte zwar als eine Karrikatnr, als ein scheinbar äußerst harmloser Charakter eine gewisse Popularität beim Publikum sowohl als in der Armee. Man kannte ihn als einen stillen, inoffensiven Mann von beschränktem Geiste und als einen gutgeschulten Militär, der im Kasernendienste grau geworden war. Als Oberhaupt der Republik aber hatte er wohl selbst sich nicht einmal im Traume gedacht. Wunderbar schnell jedoch entschieden sich für ihn die Stimmen des Senats. Der dicke, wohlwollende Herr hatte ja keinen Feind! Man glaubte, daß er der passendste Mann zu einer Versöhnung der beiden Racen sei. Die Neger unterstützten ihn wegen seiner Farbe, als den Mann ihres Stammes; die Mulatten stimmten für ihn, weil sie ihn für sehr dumm und gutmüthig hielten, und als ihre Puppe behandeln und lenken zu können glaubten. So bestieg Faustin Soulouque den Präsidentenstuhl der Republik Haiti, und zog erst jetzt die allgemeine Aufmerksamkeit nicht nur in diesem Negerstaate, sondern auch in weiteren politischen Kreisen auf sich. Man fragte jetzt erst nach seiner Abkunft und seiner Vergangenheit.

Faustin Soulouque wurde im Jahre 1787 als Sklave zu Petit-Goave in der Plantage des Herrn Viallet, eines französischen Creolen geboren. Seine Eltern waren Sklaven derselben Pflanzung, Neger von unvermischter Race. Im Jahre 1793 erhielten sie mit ihrem Sohne die Freiheit in Folge eines Beschlusses der französischen Republik, welcher in sämmtlichen französischen Kolonien die Sklaverei aufhob. Herr Viallet lebte noch als einer der ältesten Creolen der Insel zur Zeit, als sein ehemaliger Sklave den Präsidentenstuhl bestieg und stattete dem neugewählten Staatsoberhaupte seinen Besuch ab. Soulouque soll ihm aus seinem Palaste entgegen gekommen sein, ihm die Hand geküßt und seinem alten Gebieter alle möglichen Beweise des Respekts und der Anhänglichkeit erzeigt haben.

Diese Episode wurde einmal in einem englischen Blatte, dem Anti-Sclavery-Reporter, erzählt. So wenig wahrscheinlich sie auch klingt, wurde uns doch ihre Richtigkeit in Haiti von Männern bestätigt, die ganz in der Lage waren, die genaueste Kunde von allen Palastereignissen zu erhalten. Die alten Neger sind überhaupt auf dieser Insel noch die höflichsten und manierlichsten Leute. Sie haben für die Weißen, als ihre ehemaligen Herren, einen gewissen Respekt bewahrt, während die jetzige Generation, d. h. die schwarze Jugend, von Jahr zu Jahr arroganter und insolenter gegen die weißen Fremden sich benimmt. Auch war Soulouque bei jenem Besuche des Herrn Viallet erst Präsident, nicht Kaiser; er hatte bescheidenere Ansprüche und Manieren als später. Vom Glücke noch nicht verwöhnt, waren die harten Zeiten, die er im früheren Leben erst als Sklavenkind, dann als Soldat durchgemacht, bei ihm noch in frischester Erinnerung.

In seinem siebzehnten Lebensjahre trat der junge Neger in Kriegsdienste und stand vier Jahre als gemeiner Soldat unter dem berüchtigten Dessalines. Im Jahre 1808 wurde er Infanterie-Lieutenant, und trat drei Jahre später in demselben Grade zur Kavallerie über, was ihm bei zunehmender Korpulenz nur erwünscht sein konnte. Im Jahre 1820 avancirte Soulouque zum Kapitän, in welchem Grade er volle zwanzig Jahre blieb. Präsident Boyer, der vielbekannte Mulatte, bediente sich seiner zu den verschiedensten Verrichtungen. Er fand in ihm eine ächte Kasernenfrucht, nie widersprechend, pünktlich im Dienste und gehorsam in allen Dingen. Hauptmann Soulouque war der incarnirte Korporalsstock, ein lebendiger Schießprügel, ein vollkommener Soldat, ebenso gut gedrillt, als nützlich zum Drillen.

Als Soulouque im Jahre 1840 Major und drei Jahre später Oberst wurde, fing sein Haupt schon an etwas kahl zu werden. Im Jahre 1846 war er Divisions-General und Platzkommandant von Port-au-Prince, und 1847 nach Richer's Tod der gewählte Präsident der Republik. Das berühmte Revolutionsjahr 1848, welches in Europa so gewaltige Freiheitsbewegungen hervorrief, wurde auf Haiti durch Soulouque's berühmten Staatsstreich vom 16. April, durch die Niedermetzlung vieler Mulatten, durch die Abschaffung der Republik und die Errichtung eines schwarzen Kaiserthums bezeichnet. Noch in demselben Jahre machte Soulouque seinen bekannten

Schreckenszug durch einen Theil der Insel. Hinrichtungen, Blutströme bezeichneten den Weg, den er genommen. Sein Versuch jedoch im Jahre 1849 auch den östlichen Theil der Insel wieder zu erobern, mißlang schmachvoll. Der Kaiser kam mit seiner Armee aus der Republik San Domingo, wo die Regierung aus Mulatten besteht, schneller zurück, als er dahin gegangen war. Er gewährte auch, wie nach ihm Louis Napoleon, eine sogenannte „freie Verfassung“, welche in Haiti ungefähr ebenso respektirt wurde, wie in Frankreich. Diese Constitution, welche dem Oberhaupte die erbliche Kaiserwürde verlieh, bestimmte für ihn auch eine Civilliste von 150,000 Gourds oder Piaster, was bei dem geringen Werthe der Papiermünze des Landes keine bedeutende Summe war. Der Kaiser reklamirte jedoch später auch den fünften Theil der sämmtlichen Kaffeeproduktion Haiti's, d. i. etwa 10 Millionen Pfund Kaffee. Die Verfassung sagte zwar Nichts davon, aber der Kaffee mußte eben so pünktlich abgeliefert werden, als wenn diese Bestimmung durch die heilige Schrift selbst sanktionirt gewesen wäre.

Faustin I. residirte verfassungsmäßig im kaiserlichen Palaste der Hauptstadt von Port-au-Prince, welcher noch aus der französischen Zeit datirt und einst das Wohnhaus des französischen Statthalters von San Domingo war. Es ist ein mehr seltsames als schönes Gebäude und imponirt dem Auge weder durch Größe noch durch äußere Pracht. Der Palast ist einstöckig, von Holz, aber, auf erhöhter steinerner Basis ruhend, mit einer Gallerie oder spanischen Verandah umgeben. Die

Lage ist die gesundeste und luftigste, an der höchsten Stelle der Hauptstadt. Das Gebäude hat verschiedene Nebenflügel und richtet seine Hauptfaçade gegen den Pethionplatz, dessen graue niedrige Dächer an die Häuser Konstantinopels erinnern. Hauptzierden der Façaden waren die gemalten Insignien des haiti'schen Kaiserreiches: Fahnen, Gewehre, Speere, Kanonen und ein Anker. Dieses heraldische Bild schien zu sagen: daß die militärischen Donnermaschinen den Noth- und Sicherheitsanker dieses schwarzen Staatsschiffs bilden.

Soulouque hatte den Bau eines neuen Palastes beschlossen, der besser der Würde eines erblichen Herrschers entsprechen sollte, und inzwischen der alten Baute einen Thronsaal beigefügt, welcher mit Sammt, Seide und Flittergold reich drapirt und mit den Bildnissen der verdientesten Helden und Veteranen des Reiches geschmückt war. Nur bei den feierlichsten Gelegenheiten, wie bei Hoffesten, öffentlichen Huldigungen und Audienzen wurde dieser Saal benützt. In den gewöhnlichen Wohnzimmern des Kaisers und der Kaiserin herrschte mehr Einfachheit als Luxus. Soulouque zog im Allgemeinen den Besitz dem Genusse vor. Sein Aufwand war nicht im Verhältniß zu seinem Einkommen. Bei dem großen Krönungsfeste auf dem Marsfelde im Jahre 1848 bediente er sich einer Krone von Pappendeckel mit Goldpapier überkleistert, weil die in Paris bestellte Krone von ächtem Golde noch nicht eingetroffen war, und der feierliche Akt gleichwohl nicht verschoben werden sollte. Abbé Sesan salbte die weiße Wolle des schwarzen Scheitels erst mit dem heiligen Oel, bevor er dieses improvisirte Herrschersymbol dem Kaiser feierlich auf das Haupt setzte. Ein Krönlein von dem gleichen Material wurde von Faustin's eigener Hand der Kaiserin Adeline auf ihr schwarzes Wollhaar gesetzt.

Einer der ersten kaiserlichen Acte war die Errichtung eines Erbadels und die Creirung von 4 Fürsten, 58 Herzogen und nahebei 500 Grafen, Baronen und Rittern. Auch der St. Faustinorden und die Ehrenlegion wurden eingeführt und ihre Sterne und Großcordons, ihre Offizier- und Ritterkreuze freigebigst vertheilt. Hofchargen wurden nach altfranzösischem Muster errichtet, und vor Allem ein Oberhofceremonienmeister, Kammerherren und Kammerjunker, Ehrendamen der Kaiserin und Hoffräuleins ernannt.

Sogar die kurzen Pantalons wurden zur allgemeinen Freude der haiti'schen Schneider als Hoftracht vom Kaiser Soulouque wieder eingeführt, und zwar vier Jahre früher, ehe die nämliche noble Institution durch Kaiser Louis Napoleon in den Tuilerien restaurirt wurde. Ueberhaupt sah man in Port-au-Prince auf strengste Etikette. Wenn der Kaiser und die Kaiserin öffentlich erschienen, mußten alle reitenden Dandies vom Pferde steigen und entblößten Hauptes stehen, bis Ihre Majestäten mit ihrem Gefolge vorüber waren. Die öffentliche Kniebeugung vor dem Kaiser war zwar nicht befohlen, doch wurde Keiner zurechtgewiesen oder bestraft, wenn er dem Kaiser Soulouque eine ähnliche göttliche Ehre erwies, wie die Russen einst ihrem Kaiser Paul, und die Griechen dem großen Alexander von Macedonien.

In den ersten Jahren seiner Regierung schien Kaiser Faustin auch ein Freund von glänzenden Hoffesten zu sein, und gab häufig Banquette und Bälle, besonders bei Gelegenheit der großen Nationalfeste des Reiches, welche die Verfassung zum Gedächtniß der größten historischen Ereignisse und der berühmtesten Männer von Haiti eingeführt hatte. Diese Feste sind: Das Unabhängigkeitsfest am 1. Januar, die Feier zum Gedächtniß von Jean Jacques Dessalines und Alexander Pethion, das Agrikulturfest am 1. Mai und die Gedächtnißfeier der Errichtung des Kaiserreichs am 26. August.

Elegante Kammerherren, schwarze Hofjunker und Stutzer flogen auf solchen Bällen mit schwarzen Hofdamen und Hoffräuleins, mit Herzoginnen und Prinzessinnen, mit Gräfinnen und Baronessen im Walzer, in der Polka und im Contretanz um die Wette. Die größte Grazie aber entwickelten Damen und Kavaliere in jenem altfranzösischen Kolonial-Tanz, den man hier le Carabinier nennt. Kaiser Soulouque hatte zwar zu einem gewandten Polkatänzer nicht mehr das Alter und die Leibesbeschaffenheit, bei einer langsamen Polonaise hingegen, sah man ihn oft an der Hand einer Generalkonsulin, Fürstin oder Herzogin mit edlem Anstande den Reigen führen. Die Kaiserin war viel jünger und kräftiger und nahm auch an den flinkeren Tänzen Theil. Prinzessin Olivie aber, die einzige Tochter des Kaisers, polkte, walzte und galoppirte mit den eleganten Hofkavalieren so gewandt, wie irgend eine Prinzessin der europäischen Dynastenhöfe.

Kaiserin Adeline war bei dem Volke der Hauptstadt eine

wohlbekannte Person. Sie verkaufte früher auf dem Marktplatze Bananen und Zwiebeln, Seife und Zuckerbrödchen in einer kleinen Krambude, bevor sie den Kapitän Soulouque heirathete. Obwohl sie von bescheidenster Herkunft war, soll sie sich doch etwas besonnen haben, als der stattliche Kavallerieoffizier ihr seine Liebe erklärte und um ihre Hand warb. Soulouque war nämlich volle 30 Jahre älter als sie, und Hauptmannsgage ist in Haiti. selbst für eine schwarze Haushaltung fast zu mager. Die Hauptmänninnen waschen hier an den öffentlichen Brunnen. Sie kochen selbst und führen stets eigenhändig die Nadel, besonders wenn es gilt, die Schäden an den Uniformen ihrer Männer auszubessern. Madame Soulouque setzte auch in der Ehe noch den kleinen Spezereihandel fort, bis ihr Gemahl avancirte und bessere Zahlung bekam. Als man ihr später ankündigte, daß sie Kaiserin geworden, soll sie darüber nicht mehr und nicht weniger verwundert gewesen sein, wie die Gattin Sancho Pansa's, als sie des Gemahls Botschaft erhielt, daß er vom Schildknappen zum Statthalter avancirt sei, und daß sie nächstens Gräfin werden solle.

Madame Soulouque fand sich in ihrer neuen Würde wunderbar schnell zurecht; Nadel und Kochlöffel wurden gegen Scepter und Krone vertauscht, und Perlenketten und Brillantschmuck, nebst den schönsten Kleidern von Sammt und Seide angeschafft. Bei der großen öffentlichen Aufwartung am Neujahrstage reichte die Kaiserin die Hand zum Kusse manchem Kavalier, der sich noch recht wohl erinnerte, wie die nämliche schwarze Hand ihm einst gegen geringe Scheidemünze Yamswurzeln und Knoblauch angeboten, oder ein Gläschen Taffia kredenzt hatte. Von dieser Vergangenheit wurde zwar mit Ihrer Majestät nicht mehr gesprochen, aber ein süßes Lächeln in den Zügen der erhabenen Frau deutete öfters auf alte Bekanntschaften und dunkle Erinnerungen. Huldvolles Nicken gab dies mehr als einem huldigenden Herzog zu verstehen, von welchem Kaiserin Adeline einst manchen „Escalin“ für Käse und Cigarren eingenommen. Mäßiger jedoch wurde diese Gunst den zum Handkusse zugelassenen Gräfinnen gespendet, die einst mit der Kaiserin am selben Brunnen gewaschen hatten.

Die Exkaiserin spricht nur den französischen Negerdialekt. Man wird sie nicht in Verdacht haben, daß sie die Romane Paul de Kock's gelesen, indem ihr alles Gedruckte, auch das französische, eben so unverständlich ist, wie die Hieroglyphen von Meroe. Sie erschien an den Nationalitätsfesten öffentlich mit ihren Hofdamen in einem prächtigen Galawagen und trug all ihren Schmuck und ihre besten Kleider zur Schau. Bei ganz außerordentlichen Gelegenheiten funkelte ein goldenes Krönlein auf ihrem edlen Haupte. Sonst hatte sie gewöhnlich, wie andere Frauen des Landes, ein weißseidenes Tuch in malerischen Falten um die Haare geschlungen. Diese Nationalmode kommt sowohl den schwarzen als den farbigen Damen Haiti's gut zu statten, denn die dickwolligen Haare sind der wenigst hübsche Theil, selbst an den Prinzessinnen und Herzoginnen. Nach unsern Schönheitsbegriffen würde man die Kaiserin Adeline nicht besonders reizend finden. Das äthiopische Ideal der Aphrodite aber schließt einen großen Mund, wulstige

Lippen und hervorstehende Backenknochen nicht aus, es fordert sogar einen recht dunkeln Kohlenteint und eine ansehnliche Breite der Nasenläppchen. Und so mag auch Kaiserin Adeline in einem Negerlande als eine recht hübsche Frau passiren. Selbst die raffinirtesten schwarzen Hofschmeichler, ja sogar die loyalen Hymnen der haïti'schen Schulkinder hatten dagegen die Schönheit der Prinzessin Olivie nie zu preisen gewagt.

Seitdem Soulouque Kaiser geworden war, trat in seinen täglichen Lebensgewohnheiten manche Veränderung ein. Er schlief länger und aß mehr als früher. Seine Korpulenz hatte noch zugenommen, und die Leibärzte waren deshalb nicht ohne Besorgniß. Die Tagesstunden, die er außerhalb des Bettes und fern von der Tafel zubrachte, waren theils den Regierungsgeschäften, theils den Angelegenheiten seiner Privatdomänen gewidmet. Soulouque konnte, ehe er zum Präsidenten der Republik gewählt wurde, nicht einmal seinen Namen schreiben. Seitdem hat er es gelernt. Aber außer der Unterzeichnung Faustin I., was er mit sehr großen Buchstaben schrieb, hatte er in der Kalligraphie wenig Fortschritte gemacht. Der Baron Emile von Nau, ein sehr gelehrter und liebenswürdiger Mulatte, versuchte es, dem Kaiser auch im Lesen Unterricht zu geben. Aber der Satz: „Man lernt nichts mehr in alten Tagen" bewährte sich gleichfalls an diesem Herrscher. Faustin hat es in der Lesekunst so wenig weit gebracht, daß er sich die Regierungsakte und Depeschen von seinen Ministern, fremde Zeitungsartikel aber vom Baron de Nau oder dem Baron von Mathieu, Redakteur des „Moniteur haitien" vorlesen zu lassen pflegte.

Seine geographischen Kenntnisse sind so wenig umfassend, als seine historischen und linguistischen Studien. Er kennt fast nur jene Staaten, die von ihm Kaffee kauften, und in Port-au-Prince Konsulate unterhielten, und selbst diese nur dem Namen nach. Für Frankreich und die Franzosen hatte er einige Sympathie, weil er ihre Sprache noch am besten verstand, und weil die dortigen Institutionen den seinigen am ähnlichsten waren. Die Engländer fürchtete er mehr, als er sie liebte, doch respektirte er sie ihrer Dreidecker und vielleicht mehr noch ihrer Pfunde wegen. Er wußte, daß die meisten haiti'schen Kaffeebohnen den Weg nach London nehmen, und hielt deshalb diese Stadt für die civilisirteste Europa's. Gegen die nordamerikanischen Freistaaten kam seine Antipathie fast seiner Angst vor ihnen gleich. So lange die Verhandlungen zu San Domingo wegen Abtretung des Hafens von Samana dauerten, war Soulouque stiller und nachdenkender als je.

Die einzige Erholungsstunde, welche dem schwarzen Kaiser von den Regierungsgeschäften und der Befriedigung des Magens übrig blieb, benützte er gewöhnlich zum Geldzählen. Für das Gepräge hatte Soulouque eine zunehmende Vorliebe, je mehr das baare Geld aus seinem Reiche verschwand, und das Papiergeld fast ausschließlich cirkulirte. Die Sternenschaar, deren Anblick auf der wehenden Flagge der amerikanischen Schiffe seinem Gesichte gar manchen ernsten und verdrossenen Ausdruck abgewann, sah er auf den Goldstücken der Union mit ungleich mehr Wohlwollen und Behagen. Aber auch für das Portrait der Königin Victoria auf den Guineen hegte er die wärmste Sympathie. Ueberhaupt zog er den Umgang und die Berührung mit fremden Potentaten und Nationen in dieser Form jeder andern vor.

Faustin soll in Port-au-Prince in seinem Palast bereits einen ansehnlichen Schatz aufgespeichert oder versteckt gehabt haben. Er theilte diese Vorliebe mit der früheren haiti'schen Dynastie. Auch Kaiser Dessalines hatte sie, und der schwarze König Christoph grausigen Andenkens. Als das Volk durch die Erpressungen dieses Wütherichs auf das Aeußerste gebracht, seinen Palast auf Cap Haiti erstürmte und die blutige Leiche aus den Fenstern warf, fand man in den dortigen Gewölben die ungeheure Baarsumme von 16 Millionen Piastern. Die Ersparnisse Soulouque's haben schwerlich eine solche Summe wie der Schatz des Königs Christoph erreicht. Ein großer Theil seines Privatvermögens bestand in liegenden Gütern, in Vorschüssen auf Häusern und Landgütern, in Kaffee- und Zuckerpflanzungen, in Taffia-Fabriken rc. Dieses kaiserliche Privatvermögen vergrößerte sich lawinenartig, während Armee und Beamte nur mit Papiergeld bezahlt wurden, wovon der Kaiser ohne Controle so viel fabriciren lassen mochte, als er Lust hatte. Doch war er selbst mit solchem Papiersolde etwas karg. Der größte Theil der Beamten und Offiziere waren auf Unterschleif und Betrug, die Soldaten aber auf Betteln oder Stehlen angewiesen.

Wenn bei kaiserlichen Audienzen weiße Fremde dem schwarzen Souverain vorgestellt wurden, so war außer dem Konsul der Nation, welcher der Fremde angehörte, auch der Ober-Hofceremonienmeister und der Minister der auswärtigen Angelegenheiten," Herzog Salomon de Saint Louis gegenwärtig. Soulouque empfing den Fremden sitzend auf einer Art von Thronsessel, und geruhte ihn majestätisch anzusehen, öffnete aber selten den Mund und ließ statt seiner die Minister reden. Es lag in dieser diplomatischen Zurückhaltung ein doppelter Grund. Faustin spricht das Französische etwas mangelhaft und drückt sich nur im Negerdialekt geläufig aus, wünscht aber nicht, daß der Fremde dies gewahr werde. Zugleich fürchtet er in jedem fremden Reisenden einen verkappten Schriftsteller, der blos nach Haiti gekommen, um den Kaiser Soulouque zu beschreiben und sich über Hof und Land lustig zu machen. Dieses Mißtrauen datirte schon seit der Veröffentlichung von Mackenzie's Werk über die Negerrepublik Haiti. Es hatte noch merklich zugenommen, seitdem der pariser „Charivari" seine boshaften Karrikaturen gegen Soulouque losgelassen. Die gewöhnliche Frage, welche Faustin an den Vorgestellten richtete, betraf das Land, von dem er kam, und die nächste war, wie ihm Haiti gefalle? Der Herzog Salomon pflegte dem Kaiser kurz vor dem Anfange der Audienz eine kleine geographische Lektion zu ertheilen, um dadurch zu verhindern, daß sich Se. Majestät im Gespräche Blößen gebe und z. B. Deutschland mit Rußland, oder Spanien mit der Türkei verwechsle. Um dem Kaiser zu gefallen, mußte man vor Allem seine Armee loben, und ihm sagen, daß ohne haiti'sche Kaffeebohnen die weiße Civilisation gar nicht bestehen könnte. Sein ganzes Wohlwollen gewann man jedoch erst, wenn man seine

Person und seine Thaten denen Napoleon's mindestens gleichstellte. Wir meinen natürlich Napoleon I., denn jeder Vergleich mit Louis Napoleon würde Soulouque nur irritirt haben. Franzosen, die ihm aufwarteten, sollen hie und da die Unvorsichtigkeit begangen haben, Faustin Glück zu wünschen, daß er ihrem Kaiser so erfolgreich nachgeahmt habe. Soulouque wurde dann sogar sarkastisch und verbat sich solche Komplimente. Er reklamirte nämlich in allen seinen Thaten und Einrichtungen die Priorität vor Louis Napoleon, und konnte dies auch chronologisch beweisen. Der Staatsstreich von Haiti, der Sturz der Republik und die Errichtung des Kaiserthums, die Kriegsgerichte und die standrechtlichen Hinrichtungen, die Verbannungen, sowie die wichtigsten Reformen zum Schutze des neuen Kaiserreiches, z. B. die Verschärfung der Polizei, die Bildung eines Senats aus persönlichen Günstlingen, ja selbst die Restauration der kurzen Hosen als feierliche Hoftracht, erfolgte auf Haiti zwei bis drei Jahre früher, als in Frankreich. Ebenso behauptete Soulouque, daß sein Staatsstreich vom 15. April mehr dem französischen 18. Brumaire, als dem 2. December glich, daß er seine Gegner nicht des Nachts im Bette überfallen ließ, daß seine Thaten überhaupt den hellen Tag niemals gescheut hätten.

Der gestürzte und flüchtende Kaiser hat die Insel Haiti in einem trostlosen Zustande verlassen. Finanzen, Justiz, Schulwesen und kirchliche Angelegenheiten befanden sich in vollständiger Zerrüttung und Auflösung. Mit der Landwirthschaft ging es nicht viel besser. Das schönste und fruchtbarste Eiland der Antillen, welches einst halb Europa mit seinen Zucker versorgte, mußte jetzt sogar den eigenen Zuckerbedarf aus der Fremde beziehen; das Volk deckte mit der Ernte alter, verwilderter, noch aus der französischen Zeit stammender Kaffeeplantagen mühsam seinen Verbrauch an europäischen Manufakturen und vermochte keinen andern Kultur- oder Industriezweig von civilisirten Staaten zu entlehnen, als die Fabrikation von Papiergeld, das immer tiefer im Werthe sank*).

Durch eine siegreiche Revolution, welche am 22. Dezember 1858 der zehnjährigen Schreckensherrschaft ein Ende machte, die Republik (constitutionelle et democratique) wieder als Regierungsform einführte und einen intelligenten, freisinnigen und humanen Mulatten, den General Nicolas Fabre Geffrard zum Präsidenten wählte, scheint zugleich für die seit Jahrhunderten von schweren Prüfungen heimgesuchte Insel eine neue Aera zu beginnen. In allen Zweigen der Organisation und Adminiſtation gibt sich ein neues, frisches Leben kund. Namentlich in Port-au-Prince, dem Sitze der Staatsgewalt und der Intelligenz, mit einer Bevölkerung von 25,000 Seelen, herrscht seit dem Abschütteln der Fesseln des Soulouque'schen Despotismus eine freudige, hoffnungsreiche Rührigkeit. Man will mit Riesenschritten nachholen, was in den letzten Decennien versäumt und vernachlässigt wurde. Der politischen, kommerziellen

*) Die spanische Dublone von 16 Piastern oder Pesos fuertos (22 Thlr. 12 Sgr.), welche in friedlichen Zeiten 20—25 haiti'sche Piaster oder Gourdes Werth hatte, stieg im Jahre 1850 auf 188 und im Jahre 1858 auf 289 Piaster (Papiergeld)!

und landwirthschaftlichen Entwickelung wird die anerkennenswertheste Sorgfalt zugewendet. Beim Sturz des Kaiserreichs bestanden 30 vom Staate subventionirte Schulen mit 1500 Schülern; die Republik hat dieselben auf 245 erhöht, welche von 15,755 Schülern beiderlei Geschlechts besucht werden. Der Unterricht ruht ausschließlich in den Händen des Staates, und ist, wie in allen Ländern, wo man sich redlich bemüht, der Freiheit dauernd eine Stätte zu gründen, vollkommen von der Kirche getrennt. Der öffentliche, unentgeltliche Unterricht soll noch bedeutend ausgedehnt und dadurch dem edlen Grundsatze des Mulatten Pethion: „l'education seule éleve l'homme à la dignité de son être," immer mehr Geltung verschafft werden.

Die Landwirthschaft und der Handel fangen unter einer freisinnigen Handelspolitik wieder an, zu gedeihen und nur der trostlose Zustand der Finanzen und die völlige Entwerthung des einheimischen Papiergeldes sind Ursache, daß diese erfreuliche Erscheinung auf den Wohlstand der Bevölkerung noch keine merklichere Wirkung hervorgebracht hat. Denn der Werth der Ausfuhr an Kaffee, Kampecheholz, Acajou, Cacao und Baumwolle, welcher in den letzten Jahren auf 90—100 Millionen einheimische Piaster oder Gourdes gestiegen*), beträgt in der

*) Im Jahre 1860 betrug die Ausfuhr an

Kaffee	60,414,800	Pfd.
Kampecheholz . .	104,321,200	„
Acajou	2,690,000	„
Cacao	1,397,364	„
Baumwolle . . .	938,000	„

That nur 10—12 Millionen spanische Piaster in Silber (14—16½ Millonen Thaler)*). Diesen zerrütteten Finanzen, über welche auch gar manche europäische Staaten zu klagen haben, soll durch die Aufnahme eines Anlehens in England und einer rationelleren und ehrlicheren Finanzwirthschaft abgeholfen werden**).

Ein so trostloses, unerfreuliches Bild die Insel Haiti unter der Despotenwirthschaft des schwarzen Kaisers darbot, eine ebenso hoffnungsreiche Zukunft scheint sich ihr und ihren Bewohnern unter der segenbringenden Aegide der dermaligen freisinnigen, rührigen Regierung zu erschließen. Ja, es wäre ein grausames Unrecht, wollte man nach den energischen Bestrebungen in den letzten Jahren bezweifeln, daß es der schwarzen Race Ernst sei, der Welt zu beweisen, daß sie, unterstützt von Ordnung und Gesetz, der Freiheit ebenso würdig als die weißen Ebenbilder Gottes, daß sie Fortschritt und Arbeit liebt und, einmal berechtigt, ihre Kräfte und Fähigkeiten unbeschränkt zur Geltung bringen zu dürfen, in der Entwickelung ihrer Kultur den gebildetsten weißen Nationen nachzukommen strebt. Daß ein solcher Versuch nur allmälig gelingen, daß

*) Der Werth der hauptsächlich aus Nord-Amerika, England und Frankreich jährlich eingeführten Produkte erreicht eine gleiche Summe.

**) Mit der freieren Bewegung und der Freiheit der Presse ist auch wieder die publicistische Thätigkeit erwacht. Eine sehr gediegene, in Port-au-Prince gedruckte Broschüre: Les ressources et les necessités financières de Haiti gibt einige beherzigenswerthe Rathschläge über die Herstellung der Valuta, und ein seit 1859 in der Hauptstadt erscheinender Almanach commercial du Port au Prince liefert schätzenswerthe Notizen, statistische Daten und volkswirthschaftliche Rathschläge.

die feste und glückliche Consolidirung der Republik von Haiti nur langsam von Statten gehen kann, daran ist nicht die Race, welche dieses herrliche Land bevölkert, sondern jene verabscheuungswürdige Institution der Sklaverei schuld, welche so viele der schönsten und reichsten Länder Amerika's bis in das innerste Mark angenagt und ihr furchtbares, schleichendes Gift einer ganzen Reihe von Generationen eingeimpft hat:

„Das ist der Fluch der bösen That,
„Daß sie fortzeugend Böses muß gebären!"

Es wäre höchst unbillig, zu fordern, daß befreite Sklaven, welche kaum erst die Ketten zerbrochen, sofort einen Musterstaat gründen sollten, der überall, wo er besteht, nur ein langsames Werk der Zeit, eine mühevolle Arbeit allmäligen Fortbaues gewesen. Der altbewährte Satz, „daß kein Individuum und kein Volk sich ganz von ihrer Vergangenheit loszumachen vermögen," findet namentlich auf die schwarzen Bevölkerer von Haiti seine volle Anwendung. Wie sollte man in der That besondere Liebe und freiwilligen Eifer zur Arbeit sowie große moralische Kraft von einem Volke erwarten, welches, durch die Revolution plötzlich frei geworden, die Arbeit zuvor nur hassen gelernt, welches nie die Frucht seines Fleißes genossen, nie an die Bedürfnisse und Genüsse einer höheren Bildungsstufe sich gewöhnt hatte. Selbst nach der Befreiung aus ihren Fesseln durch Toussaint L'Ouverture (welcher durch seinen Muth, seine Freiheitsliebe und seine Geistesfähigkeiten ein Recht hatte, eine Depesche an Napoleon I. mit den Worten zu beginnen: „Le premier des Noires au premier des Blancs"), war die Lage der unwissenden, indolenten, für Freiheit und Selbständigkeit nicht erzogenen Neger eine wenig erfreuliche und hoffnungseinflößende. Ihre ehemaligen französischen Herren hatten kein Interesse, sie anders zu erziehen und durch den geringsten Unterricht ihre geistigen Anlagen zu wecken. Je dümmer und thierischer die Neger waren, desto weniger glaubten die französischen Pflanzer rebellische Gelüste und Aufstandsversuche von ihnen fürchten zu müssen. Und als endlich das Morgenroth der Freiheit anbrach, da war die durch ihre weißen Unterdrücker absichtlich verthierte Menge nicht vorbereitet, nicht fähig, von dem höchsten Gute des irdischen Lebens einen würdigen, heilbringenden Gebrauch zu machen. Seitdem ist mehr als ein halbes Jahrhundert voll schwerer Prüfungen vorübergerauscht. Eine tüchtigere, fähigere, kenntnißreichere Generation hat den Schauplatz betreten. Ein zweiter Freiheitsmorgen ist angebrochen. Zahlreiche junge Neger aus wohlhabenden Familien, welche in England, Frankreich und Nord-Amerika eine gründliche Ausbildung genossen, kehrten nach ihrer Heimath zurück und haben die Ideen und Grundsätze moderner Civilisation in den verschiedenen Gesellschaftskreisen von Haiti verbreitet. Geffrard's Verwaltung ist vielversprechend. Und vielleicht ist Haiti, welches ein anderes farbiges Volk durch die Grausamkeit seiner spanischen Unterjocher spurlos verschwinden sah, gleichsam zur Sühne dazu berufen, die erste Stätte der Freiheit, Unabhängigkeit und gedeihlichen Entwickelung der s c h w a r z e n Race zu werden!

X.

Bunte Bilder aus Havana.

Palmenklima. — Das Grab des Christoph Columbus. — Bauart und Physiognomie der Stadt. — Wirbelsturm. — Die Frauen von Havana und ihre Lebensweise. — Politische Verhältnisse der Insel. — Einwirkung der ältern spanischen Geschichte auf die heutigen Zustände. — Fortdauer des Sklavenhandels. — Besuch des Gefängnisses. — Eine Hinrichtung. — Miliz und reguläres Militär. — Die Stützen der spanischen Herrschaft auf Cuba. — Gerechtfertigte Mißstimmung der Creolenbevölkerung. — Spanische Generalgouverneure. — Schlußbetrachtungen.

Das „Palmenklima“ der Havana wissen am besten Personen zu würdigen, welche die Winterfreuden in den mildesten Gegenden Europa's und Nord-Amerika's schon einmal gekostet haben. Wer zuvor nur am Hudson oder St. Lorenzstrom lebte, mag die Mississippi-Ufer bei Neu-Orleans selbst mit dem melancholischen Bilde ihrer Cypressen- und Tillandsienwälder im Monat Februar reizend finden. Wer von den entlaubten Ufern der Themse oder der Nordsee nach dem südlichen Europa zieht, mag, an der Mittagssonne des Weihnachtstages auf dem römischen Monte Pincio oder an den Gestaden Neapels spazierend, den blauen Himmel und die Luft Italiens segnen. Ein Bewohner der tropischen Zone dagegen würde die zuviel besungenen Winterreize jener klassischen Länder Europa's anders beurtheilen. Er würde nicht begreifen, wie man die Milde eines Klimas preisen könne, wo selbst der nordische Gast ohne wohlverschlossene Fenster und künstliche Wärme kaum existiren kann. Ein Bewohner der Antillen, welcher Rom besucht und die Ufer der Tiber und das Dach der Peterskirche unter einer soliden Schneedecke erblickt, oder der in Athen und Smyrna die schönen Griechinnen im Kreise um das Kohlenbecken kauernd belauscht, wie sie die zarten Händchen frierend unter der wollenen Tischdecke verstecken, könnte die Lobgesänge der Dichter über den „schönen Himmel" Italiens und Griechenlands leicht für Sarkasmen halten. Er würde die Bewohner jener Länder nach seiner Palmenheimath einladen, um die Genüsse und die Contraste eines lau-lieblichen Tropenwinters im Vergleich zu den fröstelnden December-gefühlen eines italienischen Aufenthaltes würdigen zu lernen.

Länder, in welchen abgeschlossene Luft und künstliche Erwärmung zum Komfort des Lebens unentbehrlich sind, können in der That nicht als Paradiese gelten. Schon Humboldt hebt unter den Vorzügen des Klimas von Havana den Umstand hervor, daß man hier selten Glasfenster habe und gleichwohl nicht das Verlangen nach einem Kaminfeuer spüre. Die Tagestemperatur zwischen der Frühe und der Mittagsstunde schwankt in den Monaten December, Januar und Februar bei vorherrschendem Nordwinde gewöhnlich zwischen 18 — 24 ° C. Der tiefste Stand des Thermometers, den wir während unsers dortigen Winteraufenthaltes beobachteten, war 14 °, der höchste 26 ° C. Die mittlere Temperatur war im Januar 19 °, im Februar $19^1/_2$ ° C. Die Schwankungen sind sehr gering. Die Hitze ist nur ausnahmsweise bei Südwinden in der Mittagsstunde des Winters drückend. Weder in den Vereinigten Staaten, noch auf dem europäischen Festlande findet sich ein Punkt, dessen Winterklima an Milde sich mit dem von Havana vergleichen ließe. Nur die Lufttemperatur der Insel Madeira und der Hochlande von Costa Rica, Guatemala und Mexiko zeigen ähnliche Resultate.

Für den Bewohner Nord-Amerika's, der in sechs Tagen von Newyork nach Havana dampft, muß es im Monat Januar ein eigenthümliches Gefühl sein, wenn er sich fast plötzlich von den Schneehaufen des Broadway unter den Schatten der Königspalmen des Paseo de Isabel Segunda versetzt sieht. Er wandelt in den Umgebungen von Havana unter Bäumen, die zwar kein ähnliches, jugendliches Grün, wie die nordischen Buchen im Monat Mai zeigen, dafür aber das ganze Jahr hindurch belaubt bleiben. Die Plaza de Armas, die schönste Stelle der innern Stadt, zeigt selbst im Januar reichen Blumenschmuck. Die Señoras der Havana fahren im offenen Wagen im leichtesten Sommerkleide und scheuen selbst nicht die Kühle der Abendstunden. Nichts Lieblicheres als eine klare Februarnacht der Havana, wo mit den Gestirnen des Nordens bereits viele Sternbilder des südlichen Himmels aus dem klaren, blauen Tropenäther leuchten!

Von dem Wintercharakter in Mexiko und Central-Amerika unterscheidet sich diese Jahreszeit auf Cuba durch ziemlich häufige Regengüsse. Sie erhalten der niedern Vegetation eine gewisse Frische, welche den Llanos am Stillen Ocean in derselben Jahreszeit fehlt. Der Naturcharakter der Landschaft von Havana ist nicht großartig und imponirend, wohl aber heiter und lieblich. Auf keiner andern Insel der Antillen und an keinem Punkte des tropischen Festlandes von Amerika dominiren die Palmen so sehr, als hier, und der edle Schmuck dieser schlanken Monokotyledonen bildet die reizendste Zierde aller Kalkhügel und Serpentinfelsen, welche sich rings um das Hafenbassin der Stadt und das Meergestade entlang bis tief in das Innere der Insel gruppiren. Die Cocospalme ist hier der zahlreichere, die Palma Real (Oreodoxa regia) aber der edlere dieser gekrönten Bäume. Jene hat einen rauhen Schaft und nur in der Jugend aufstrebende Blätter. Alte Cocospalmen tragen ihr gefiedertes Laub mehr horizontal oder traurig gesenkt und die gelbliche Tinte ihres Grüns erhöht nicht ihre Schönheit. Die Königspalme hat einen glattern, hellgrauen, oben lichtgrünen, überaus saubern Schaft, der nicht regelmäßig cylindrisch, sondern gegen die Mitte gewöhnlich dicker ist, als an den Enden. An einzelnen Bäumen ist die Basis des Stammes pyramidenförmig. Die in Trauben stehenden Blüthen bilden unter der dunkelgrünen Krone einen zierlichen Strauß. Die gefiederten Blätter sind symmetrisch gereiht, die höchsten bewahren auch im Alter ihre aufstrebende Haltung. Die übrigen stehen zum Theil horizontal, theils mit den Spitzen nach unten, und das Ganze bildet eine wunderschöne Sternform. Auf den Spaziergängen, zu dichten Gruppen gepflanzt, bleiben sie niedriger, als in der Landschaft, wo sie mehr isolirt stehen und der verstärkte Lichtreiz sie höher emportreibt. In den Urwäldern des Orinoco und am Amazonenstrom gibt es zwar höhere, stolzere und prachtvollere Palmenarten, aber keine, die zum Schmucke eines Parks oder

Promenadeplatzes sich freundlicher eignet, als die Oreodoxa regia.*)

Die Größe und Majestät der tropischen Flora des amerikanischen Festlandes darf man nicht auf den Antillen suchen. Hier empfängt das Auge des Reisenden kein Gemälde, welches jener primitiven Waldwildniß am Rio San Juan de Nicaragua oder am Montaguaflusse in Guatemala an Erhabenheit ähnlich wäre. Aber der Palmenreichthum, die verschiedenen Cacteen, welche bald buschförmig, bald baumartig auftreten, die Mangos und Anonen, die Orangen- und Limonenbäume, die Sapoten- und Brotfruchtbäume, die Granat- und Oleanderbüsche, welche hier im reichsten Blüthenschmuck prangen, sowie viele andere Kulturpflanzen der warmen Zone, welche theils einheimisch, theils aus der Fremde hier eingebürgert sind, geben der Umgebung von Havana einen bunten Schmuck, den man bei einem so milden Hauche der Atmosphäre um so höher zu schätzen weiß, wenn man kurz zuvor nordische Felder verlassen hat. Dazu denke man sich das herrliche blaugrüne und fischreiche Antillenmeer, dessen brandendes Wogenspiel am Campo de la Punta einen eben so lustigen als prächtigen Anblick

*) Wir haben die Oreodoxa regia nur noch an einem Orte in gleicher Pracht und Großartigkeit auftreten sehen, nämlich im botanischen Garten in Rio de Janeiro, wo sie in hundert schlanken himmelragenden Individuen wohl die imposanteste Baumallee auf der ganzen Erde bildet und für die unbeschreibliche Verwahrlosung einigermaßen entschädigt, in welcher sich der übrige Theil dieser Pflanzschule befindet. Vergl. Reise der österr. Fregatte Novara, beschreibender Theil von Dr. Karl v. Scherzer. 1. Bd. 1. Auflage p. 135.

gewährt; den herrlichen Hafen der Havana mit seinem schaukelnden Walde von Masten und bunten, lustig flatternden Flaggen, das große Häusergewirre, die Citadellen und Forts, welche alle Hügel in der Nähe des Hafens krönen, und darüber die tiefblaue Kuppel des Tropenhimmels, mit leichten Wölkchen drapirt, so wird man die Anmuth eines Bildes begreifen, das zwar nicht mit Rio de Janeiro oder Konstantinopel vergleichbar, doch ohne Zweifel die glänzendste aller Städteansichten Westindiens ist.

Das Innere der Stadt ist tief unter der Vorstellung. Die meisten Reisenden, welche aus Europa oder von den Vereinigten Staaten kommen und deren Augen an den Anblick hoher eleganter Häuser, stattlicher Kirchen und breiter Straßen gewöhnt sind, finden sich enttäuscht. Vielleicht ist keine Stadt der Welt von solcher Größe und solchem Reichthum dürftiger mit monumentalen Gebäuden ausgestattet. Nicht eine der Kirchen, selbst nicht die Kathedrale, kann sich von außen mit einem der mittleren Tempel europäischer Hauptstädte messen. Diese Vernachlässigung ist um so auffallender, als die Spanier in anderen Städten ihrer Kolonien für öffentliche Gebäude, namentlich für imposante Kirchenbauten das Geld keineswegs gespart haben. Mexiko, Lima, Quito sind bekanntlich reich an großartigen Gebäuden, besonders für religiöse Zwecke. Selbst die neue Stadt Guatemala, die noch kein Jahrhundert alt ist, und kaum den fünften Theil der Bevölkerung von Havana hat, gewährt durch die hervorragenden Kuppeln ihrer schönen Kirchen einen imponirenden

Anblick. Das gewöhnliche Baumaterial ist in Havana ein Korallenkalk, der wenig kompakt ist und leicht verwittert. Er gibt den Kirchen ein altes, baufälliges, ruinenhaftes Ansehen. Das Innere der Kathedrale, welche von den Jesuiten im Jahre 1724 erbaut worden, ist architektonisch ziemlich glücklich durchgeführt und gefällt durch seine Einfachheit und Symmetrie. Wer dem Andenken berühmter Männer gerne eine fromme Erinnerung widmet, der findet in dieser Kirche eine kleine Stelle, die er mit nicht weniger Ehrfurcht betreten wird, als irgend eine durch die größten Namen der Weltgeschichte geweihte Ruhestätte, es ist: das Grab des Christoph Columbus.

Schwarzer Undank gegen seine Helden befleckt leider nur zu oft die Geschichte vieler Länder. Auch das große Rom und das edle Griechenland haben dazu reiche Beiträge geliefert. Schmachvoller aber hat nie ein Land seinen größten Wohlthäter belohnt, wie Spanien den großen Colon, den es zum Dank für das Geschenk einer neuen Welt in Ketten warf. Ja, im Grabe selbst noch große Männer zu verfolgen, darin haben es die Spanier sogar den römischen Imperatoren zuvor gethan. Alba wollte Luthers Gebeine in Wittenberg verbrennen. An Colon's Grabstätte sollte dauernderer Schimpf haften. Der schlechteste Stümper von einem spanischen Skulptor hat einen magern Ritter von der traurigsten Gestalt mit steifer Halskrause über den Gruftstein gemeißelt und unter diese Fratze den Namen des Weltentdeckers geschrieben. Der schlechteste Knittelvers aber, der jemals in kastilianischer Sprache geschrieben worden, steht als grausame Musenfolter unter diesem Jammerbilde. Der trauernde Genius, welchen der Bildhauer neben Anker und Takelwerk angebracht hat, könnte die gequälte Muse selbst vorstellen, welche unter der Reimtortur jenes poetischen Stümpers ihr Ach und Weh schreit!

Wir haben die Kathedrale von Havana öfters besucht und immer mit einiger Spannung nach jener Stelle zur Linken des Hochaltars gesehen, unter deren Mauer die berühmte Asche liegt. Nie sahen wir einen Spanier oder Creolen dieser Stelle auch nur den flüchtigsten Blick gönnen. Der junge Seminarist, der uns nach der Stelle führte, schien fast verwundert über eine gewisse Emotion, die wir am Grabe des großen Mannes nicht ganz unterdrücken konnten. Er fragte uns, ob Colon vielleicht unser Landsmann oder gar Verwandter gewesen, und wußte nichts Näheres zu sagen, wann und wie diese Gebeine nach Cuba versetzt wurden, obwohl er darüber in jedem Geschichtbuche des spanischen Amerika das Nähere hätte lesen können.

Die meisten Bewohner von Havana wissen nicht einmal, daß Colon's Staub in ihrer Kathedrale liegt. Desto gründlicher kennen sie die Biographie des beliebten Juan Pastor, des ersten Stierfechters von Havana. Es herrschte allgemeine Theilnahme und Trauer, als man einmal das Leben dieses berühmten Mannes in Folge eines etwas unsanften Hornstoßes, den er im Circus der Stiere erhalten, gefährdet glaubte. Die Freude war unbändig, als man hörte, der Gefeierte sei mit einer kleinen Rippen-Contusion davon gekommen und werde schon am nächsten Feiertag, dem heiligen Christoph zu Ehren, wieder sechs Stieren mit der Espada den Garaus machen.

Unter den hübschesten Gebäuden verdient der Palast des General-Kapitäns Erwähnung, obwohl auch dieser kein architektonisches Meisterstück ist. Derselbe wurde an die Stelle der alten abgebrochenen Kathedrale erbaut, ist einstöckig, sehr massiv, in Viereckform, mit einer obersten Terrasse und mit einer Aussicht auf die Plaza de Armas und ihre Blumengärten. Er scheint solid genug, im Falle eines Volksaufstandes als Festung zu dienen; auch steht eine spanische Kaserne ganz nahe dabei. Der schönste Luxus des Innern ist die reiche Gasbeleuchtung.

Es läßt sich sonst überaus wenig von spanischen Kunstprodukten in Havana sagen. Man müßte denn dazu die Festungswerke rechnen, welche die Hügel der Stadt so imponirend krönen. Fast Alles, was die Skulptur zur Verschönerung der Plätze und Spaziergänge geleistet hat, ist im Geschmacke der Reliefbüste Christoph Colon's. Die Statuen Karls VI. auf dem Paseo, der zu dem Castillo del Principe führt, und Ferdinands VII. auf dem Plaza de Armas könnte man eher für Karrikaturen zur Verspottung jener Herrscher, als für Monumente zu ihrer Verherrlichung halten. Dem Tacon-Theater gegenüber, an der belebtesten Stelle der großen Promenade, steht die Erzstatue Isabella's II., in jenem Alter, wo sie noch die Unschuldige hieß. Das kleine eherne Krönlein scheint auf dem Haupte dieses königlichen Kindes zu schwanken. Die bronzene Inschrift, die von einem „dankbaren Havana“

spricht, wurde von boshaften Händen zertrümmert und die spanischen Behörden haben sich nicht bemüht, sie zu restauriren.

Havana ist durch die breiten Alleen seiner Paseos oder Promenaden in zwei große Hälften getheilt. Die äußere Stadt (extra muros) ist jünger und luftiger, hat breitere Straßen und bequemere Trottoirs. Die Stadt innerhalb der Mauern (intra muros) ist älter und belebter und concentrirt das merkantilische Leben. Der Mammon, der die Welt beherrscht, zeigt hier seine Macht. Ansehen, Einfluß und Lebenscomfort sind hier noch ausschließlicher wie anderswo an Reichthum gebunden. Man ist in Havana schon etwas genirt, wenn man kein eigenes bequemes Haus hat, denn die Hotels sind schlecht und theuer. Man leidet wirklich, wenn man nicht seine Volante besitzt, d. h. einen Wagen ohne Kutschbock mit zwei Rädern und einem gewandten Neger vorn auf dem Sattel des Pferdes. Die Trottoirs sind in der alten Stadt so schmal, daß zwei Personen sich nicht ohne geschicktes Drehen ausweichen können. Nie haben wir den Aal um seine Glätte und Geschmeidigkeit mehr beneidet, als in Havana intra muros. Die Volante-Fahrer sind unendlich besser daran. Hochsitzend und schnell vorwärts kommend, sehen sie auf die armen Fußgänger, die sich zu beiden Seiten drehen und wenden, mit einer wohlbegründeten Verachtung herunter. Damen von gutem Stande erscheinen öffentlich n u r fahrend, und manches zierliche Füßchen soll das Straßenpflaster n i e berührt haben. Nicht einmal in die Kaufbuden treten die Señoras ein, sondern blieben v o r denselben im Wagen sitzen und lassen sich Putzwaaren oder was sie sonst wünschen, aus den Stores zur Ansicht bringen. Unter diesen Stores spielen Modewaaren an Größe und Eleganz die größte und erste Rolle.

Was uns an der Physiognomie der Stadt im Allgemeinen als charakteristisch auffiel, ist der seltsame Wechsel von hohen und niedrigen, prächtigen und bescheidenen Häusern, die zum Theile Ziegeldächer, meist aber Terrassen haben. Sie folgen sich bunt und regellos, selbst in den belebtesten Straßen. Fragt man nach dem Grunde dieser Erscheinung und warum hier bei solcher Theuerung der Baustellen doch den meisten Häusern das obere Stockwerk mangelt, so heißt es: die huracanes und terremotos seien Schuld daran.

Die furchtbaren Stürme und Wirbelwinde der Antillen sind eine längst bekannte Naturerscheinung, welche schon Christoph Colon zum Verderben seiner Flotte an den Gestaden Cuba's erfahren hat. Ueber die meteorischen Ursachen dieses schrecklichen Phänomens von Westindien herrscht noch tiefes Dunkel, und die Hypothesen, die man darüber aufzustellen gewagt hat, beruhen auf einer sehr unsichern Basis. Wir kennen mit Sicherheit nur die begleitenden Symptome der verheerenden Erscheinungen.

Huracan nennt man auf Cuba die mächtigen Wirbelwinde, wenn sie ohne wolkenbruchähnliche Niederschläge fallen. In letzterem Falle heißt man sie terremotos. Beide Arten von Orkanen kommen am häufigsten und verheerendsten an der Nordwestseite der Insel vor und kündigen sich durch einen ungewöhnlich starken Fall des Barometers an. Eigenthümliche weißgraue Wölkchen sieht man unter der dunklen, gebirgsartigen Dunstform des Strato-Cumulus am Horizonte schweben. Dieselben scheinen sich beim Ausbruche des Orkans tief zu senken. September und October sind die Monate, in denen diese Stürme am meisten gefürchtet werden. Ende November ist die Gefahr vorüber. Sobald die eigentliche Jahreszeit der Nordwinde eintritt, wird das Meer zwar oft stark bewegt, aber die Winde haben einen regelmäßigen Charakter, während jene huracanes nur als Ausnahmserscheinungen, als meteorische Episoden auftreten, gewöhnlich von kurzer Dauer sind und sich selten öfters als zweimal in einem Jahrzehnt wiederholen.

Die Stärke dieser Stürme übertrifft Alles, was man in dieser Art auf dem amerikanischen Continent beobachtet hat. Die besten Häfen der Antillen, die solidesten Anker und Taue retten die Schiffe nicht vom Untergange. Desiderio Bucera hat eine historische Uebersicht dieser cubanischen huracanes und terremotos veröffentlicht, welche zu verschiedenen Zeiten die spanischen Flotten und Geschwader zu Grunde richteten. Dem Orkan von 1498, welcher der Armada von Christoph Colon so schrecklich zusetzte, folgte 29 Jahre später das Scheitern fast aller Kriegsschiffe der schönen Flotte, welche Panfilo de Narvaez im Hafen von Trinidad befehligte. Am 17. October 1780 zerstörte ein huracan das Geschwader von Galvez. Der furchtbarste aller erlebten Stürme scheint aber der letzte in der Nacht vom 10. auf den 11. October 1846 gewesen zu sein, welcher in und um der Hauptstadt Havana seine größte Stärke concentrirte.

Die Annäherung des Sturmes deutete ein beispielloses Sinken der Quecksilbersäule des Barometers an, welches während dessen Ausbruches fortdauerte und am 11. October um 10 Uhr Morgens die unerhörte Tiefe von 27,6 Zoll erreichte. Der Orkan kam von Ost-Nord-Ost, war von starken Regengüssen begleitet und wüthete mit der verheerendsten Kraft in einem Umfange von 14 Leguas. Es scheiterten im Hafen von Havana nicht weniger als 216 Schiffe, worunter mehrere französische Kriegsschiffe des westindischen Geschwaders. So wohlgeschlossen auch dieses Hafenbassin ist, die Gewalt des Windes wühlte hier doch Wellen bis 20 Fuß hoch auf. Es wurden 5051 Häuser theils zerstört, theils stark beschädigt und von 1872 andern Häusern die Ziegeldächer herabgeschleudert. Auch verloren 114 Personen unter den Trümmern ihr Leben.

Die verheerendsten Orkane, die man auf Jamaika, San Domingo, Guadeloupe und fast auf allen Inseln der Antillen beobachtet hat, haben doch nie einen solchen Grad von Stärke erreicht, wie jener von 1846. Zuweilen wüthen diese Herbststürme auf der ganzen Insel. Aber immer concentriren sie doch an gewissen Punkten ihre höchste Kraft. Santiago de Cuba, die zweite Stadt der Insel, an der Südostseite gelegen, ist niemals von einer ähnlichen meteorischen Zerstörungsscene heimgesucht worden, wie Havana. Dafür liegt Santiago in dem Erschütterungskreis der stärksten Erdbeben, während Havana wenigstens von diesem unheimlichen Phänomen bewahrt ist.

Wenden wir von diesen grauenvollen Naturscenen, die sich hier glücklicherweise nicht oft wiederholen, den Blick auf eine freundlichere Seite der Antillen-Perle, auf die Bewohner der reizenden Stadt, unter welchen, wie fast in allen kultivirten Ländern der Erde, die Frauen das reizendste und lieblichste Element bilden. Die Männer sind hier mehr oder minder den Neuspaniern des amerikanischen Festlandes in ihren Tugenden wie in ihren Fehlern ganz ähnlich. Die Señoras und Señoritas der Havana hingegen haben in ihrer äußern Erscheinung etwas Apartes und treten in einer Weise auf, die wir wenigstens in keiner von den Hauptstädten Central-Amerika's beobachtet haben.

Hübsche Häuser, glänzende Läden und Magazine, Equipagen, Spaziergänge und bewegtes Straßenleben trifft man in allen großen Städten der civilisirten Welt, aber eine so bunte und glänzende Blumenlese von geputzten Damen, wie man sie an Sonn- und Feiertagen auf den Paseos der Havana sieht, findet man nicht einmal in den ersten Hauptstädten Europa's. Diese Sonntagspromenade ist hier das große Rendezvous aller hübschen Damen der wohlhabenden Stände. Reichthum, Mode und Putzliebe entfalten hier die buntfarbigste Pracht der Toiletten. Die Lieblichkeit des Klimas gestattet auch im Winter unter freiem Himmel dieselbe leichte Form des Kleides, wie auf den Bällen des Nordens in wohlgeheizten Sälen. Fast alle Señoras der Havana sind, wenn sie öffentlich erscheinen, ganz ähnlich kostümirt, wie bei uns nur die jüngsten Damen, wenn sie zu Polka oder Walzer in den Reigen treten.

In unabsehbarer Doppelreihe fahren die Volantes. Die fußgehenden Caballeros bilden in den verschiedenen Alleen Spalier und betrachten die kutschirende Gesellschaft. Der leichte, malerische, aber durch seine Länge unbequeme Wagen blitzt in übersilberter Garnitur. Der Neger auf dem Pferdesattel hat seine schönste bunte Jacke mit reichen Gold- und Silberborten an. Seine hohen, enganschließenden, mit Silber beschlagenen Reiterstiefeln zeigen eine pittoreske Form, die noch aus der spanisch-mittelalterlichen Mode stammt. Die Damen sitzen im zurückgelegten offenen Wagen, gewöhnlich zu drei in pyramidaler Gruppirung. Die jüngste und hübscheste Señorita bildet die Spitze dieser Pyramide. Man hat zwar auch anderwärts Gelegenheit, die Schönen dieser Stadt im größern Vereine zu sehen, z. B. im Theater Tacon oder auf den Bällen des General-Kapitäns. Aber so günstig, großartig und eigenthümlich ist die Erscheinung der Creolinnen fast nirgends, wie bei der sonntäglichen Paseofahrt, wo an Schmuck und Geschmeide, an künstlichen Blumen und flatternden Bändern in den Haaren, an rauschenden Atlas- und Seidenkleidern in den hellsten und schimmerndsten Farben eine Toilettenpracht zur Schau gestellt wird, die selbst auf den Boulevards von Paris nicht ihres Gleichen hat. Da die Volantes des großen Wogengedränges wegen meist sehr langsam fahren und die Absicht, den vollen Anblick ihrer darinsitzenden Schönheiten und ihrer eleganten Toiletten dem ganzen spazierenden Publikum zu gönnen, von Niemandem verleugnet wird, so hat man hier eine wunderbare Gelegenheit, die ganze Crême des schönen und edlen Geschlechts von Havana wie die lebenden Bilder einer Theatervorstellung an sich vorüberziehen zu lassen.

Die Creolinnen dieser Stadt fallen den Fremden durch ihre Schönheit noch mehr auf, wenn derselbe von Mittel-Amerika kommt, wo die spanische Race durch Mischung mit Indianern mehr degenerirte. Sie haben meist sehr füllreiche, glänzend schwarze, prächtige Haare, schöne schwarze Augen, eine edle Stirn, einen feinen Mund und ein Kolorit, das unter der Beihilfe der Kunst meist blendend weiß erscheint. Wo durch Einfluß des Klimas der Teint eine gelbliche Farbe angenommen, da weiß ein feiner Stoff, die Cascarilla de Merida, Rath zu schaffen, welche hier in bedeutenden Quantitäten consumirt wird. Die Profile sind nicht immer tadellos, erinnern aber doch merklich an die edle kastilische und andalusische Abkunft. Der vorherrschende Zug der Ruhe in den Gesichtszügen erhöht die Schönheit, obschon er den Ausdruck von Geist und Anmuth etwas zurückdrängt. Was man bei rein künstlerischer Anschauung an den Creolinnen am meisten auszusetzen hat, ist eine Neigung zu allzu üppiger Körperfülle, welche eine natürliche Folge des Mangels an Bewegung ist und sich gewöhnlich schon vor dem dreißigsten Lebensjahre meldet.

Die Lebensgewohnheiten der Creolinnen sind von einer Einförmigkeit, die gegen den civilisirten Norden traurig contrastirt. Die jungen Mädchen erhalten hier nur die nothdürftigste Bildung. Häusliche Arbeiten werden einer wohlhabenden Dame für unwürdig gehalten und sind fast ausschließlich den schwarzen oder farbigen Sklaven und Dienerinnen überlassen. Man lernt dafür etwas lesen und unorthographisch schreiben, ein wenig Stickerei, ein wenig Musik, ein wenig Französisch. Die Erziehung der Damen geht nur selten so weit, um Liebe und Hang zu poetischer Lektüre, zu schönen Versen oder Romanen zu wecken. Lektüre ist vom Tageswerk der Frauen fast ausgeschlossen und Bücher werden in der Havana als der entbehrlichste Luxus betrachtet. Es kommen hier mindestens zweihundert wohlassortirte Modemagazine auf E i n e n ärmlich ausgestatteten Buchladen. Der Name Walter Scott, dessen Romane sonst das gebildete Publikum fast aller Nationen gelesen und die auch ins Spanische übersetzt worden, ist in Havana kaum bekannter als in Peking oder Japan. Die modernen Romane eines Eugen Sue und Alexander Dumas, die in Frankreich jede Grisette liest und die gleichfalls ins Spanische übergegangen sind, ziehen hier so wenig an, wie Calderon, Cervantes oder irgend ein Schriftsteller der klassischen Zeit.

Wo Geist und Phantasie keine Nahrung finden, kann auch die geistige Anmuth, selbst wenn die Natur sie verliehen hätte, nicht glänzen und beglücken. Eine gewisse ä u ß e r e Grazie vermißt man nicht bei dem schönen Geschlechte von Havana. Imposante Haltung, majestätischen Gang, Würde im Benehmen zeigen die Creolinnen überall, wo sie öffentlich erscheinen, gleichviel ob es in der Kirche oder im Theater, im Ballsaal oder im Circus der Stiergefechte ist. Doch hat diese creolische Grazie etwas Künstliches, Angelerntes, Studirtes. Man entdeckt in ihr nicht die f r e i e Würde, die edle und natürliche

Anmuth einer Römerin, wenn sie, zur Zeit des Karnevals, im Corso von allen Seiten Blumensträuße empfängt und wiedergibt; auch nicht die leichte Eleganz, mit der die Pariserin sich öffentlich oder im Salon bewegt. Grazie des Geistes ist den Creolinnen völlig fremd, und wo sie Gott gegeben, da erstickt sie der erschlaffende Einfluß der Erziehung, der Gewohnheit und der Umgebung.

Die Conversation der Havaneserinnen ist ebenso langweilig wie unter den Señoras der centro-amerikanischen Republiken, ebenso platt in der Form, als leer im Inhalte. Man spricht nur von Dingen des nächsten Gesichtskreises und des täglichen Lebens, z. B. von neuen Moden, vom Wetter, von der letzten Sonntagspromenade und vielleicht von der Verlobung oder Heirath irgend einer Freundin oder Bekannten. Thöricht wäre die Aufforderung, mit diesen Damen über Astronomie, deutsche Philosophie oder griechische Geschichte zu conversiren. Aber selbst jene leichte Grazie der Unterhaltung, welche in den alltäglichsten Dingen des Lebens feine Züge zu beobachten und den gewöhnlichsten Tageserscheinungen eine reizende Seite abzulauschen weiß, die nicht die Tiefe des Verstandes herausfordert, sondern mehr das heitere Spiel der frohen Laune offenbart — geistige Schmetterlinge, welche in ephemerer Pracht bei uns im Norden so oft durch die Conversation einer gebildeten, geistreichen und lebenslustigen Gesellschaft flattern — auch dieser moderne Genre von Unterhaltung fehlt in Havana gänzlich.

Wie man in so monotoner Weise, fast ohne andere ernste

Beschäftigung, als die der Toilette, der Tafel und einigem Piano-Geklimpers den langen Tag ohne quälender Langweile hinbringt, wäre unbegreiflich, wenn man nicht wüßte, welche versöhnende Macht die Gewohnheit übt. Auch stimmt das Klima Havana's so gut wie der beständige Frühling von Guatemala zum süßen Nichtsthun, zur gedankenlosen Träumerei, zu einer tiefen Apathie der Seele.

Es ist eine Eigenheit der Bauart der Häuser in der Havana, daß man das Leben und Treiben der meisten Familien auch von der Straße aus beobachten kann, beinahe beobachten muß. Man wohnt nämlich in Folge der häufigen Erdbeben ziemlich allgemein zu ebener Erde. Die großen vergitterten Fensterbalken reichen fast bis auf den Boden des Trottoirs, haben keine Glasscheiben und sind der frischen Luft wegen fast immer geöffnet. Wer nicht der Gefahr des Ueberfahrenwerdens Trotz bieten will, muß sich auf den schmalen Trottoirs dicht an den Häusern halten und kann bei aller Diskretion kaum hindern, einen Blick seitwärts durch die offenen Fenster in den erleuchteten Salon zu werfen, wo er ganze Familienbilder erblickt. Geputzte Señoras und Caballeros, mit den scharmantesten Kindern an der Seite, wiegen sich auf den rocking chairs und öffnen selten den Mund zur Rede. Die Frauen und Fräuleins sind auch in ihrem Hause Abends so ballmäßig gekleidet, wie auf der Promenade, und scheinen noch mehr Vergnügen zu finden, gesehen zu *werden*, als Andere zu sehen.

Der Contrast, der sich in den politischen Institutionen und im socialen Leben zwischen dem Hispano-Amerikanischen und dem Anglo-Amerikanischen zeigt, gibt sich am auffallendsten im Familienleben und im socialen Verhältnisse der Frauen kund. In Nord-Amerika will Niemand sein häusliches Leben und sein Familienglück der öffentlichen Schau preisgeben. Das Theuerste und Heiligste im Leben würde man dadurch entweiht glauben. Man liebt bei sich das Ungenirte und außer dem Hause die Freiheit ohne Etiquette und Modezwang. Sich in der eigenen Wohnstube ballmäßig zu putzen, blos dem vorüberspazierenden Straßenpublikum zu lieb, kommt in Nord-Amerika sicher Niemanden in den Sinn. Die Kavalierbegleitung ist nicht nöthig, der Lady den Respekt des Publikums zu sichern. Ueberall wird sie den Schutz finden, dessen sie bedarf. Das Schicksal und die Behandlung der Frauen ist vielleicht der sicherste Höhenmesser der verschiedenen Civilisationsstufen. Wer die politischen Institutionen Nord-Amerika's haßt, wer nicht die Größe dieser Republik in dem anerkennen will, was sie für *politische Freiheit*, *bürgerliche Gleichheit* und für die *praktische Lösung der socialen Association* gethan, der kann wenigstens die Thatsache nicht läugnen, daß noch *keine* Nation der Welt der bessern Hälfte des menschlichen Geschlechts mehr Freiheit gönnte, als die Nord-Amerikaner, daß keine es, wie sie, verstanden hat, die Frauen zu ehren.

Man stelle sich nicht etwa vor, daß die Damen auf Cuba oder in andern Theilen des spanischen Amerika von den Männern sklavisch unterdrückt oder roh behandelt werden. Der Creole, der selbst gegen seinen Neger ziemlich sanft und human ist, bezeugt den Damen jede chevalereske Artigkeit.

Aber Etiquette und Gewohnheit beschränken die freie Bewegung der Frauen, und die Sitte verlangt, daß sie zurückgezogen im Hause leben, öffentlich nur im Wagen erscheinen, ohne Begleitung nie ausgehen, in Gesellschaft wenig reden und durch starre Ruhe, Schweigen und studirte Kälte den sogenannten Anstand zeigen. Man würde es fast für unschicklich halten, wenn hier eine Dame über Politik spräche und selbst schöngeistige Literatur und Kunst ist ein seltener Redestoff. Die ganze creolische Erziehung ist darauf berechnet, den Flug der Phantasie niederzuhalten, den Geist an stumpfe Unthätigkeit zu gewöhnen und jedes warme, natürliche Gefühl des Herzens zu unterdrücken.

Das freie oder naive liebliche Wesen junger Fräuleins von anglo-sächsischem Stamme contrastirt auf das seltsamste neben spanisch redenden Señoritas von gleichem Lebensalter. Wenn jene in der Gesellschaft sich lebhaft und natürlich benehmen und nicht ängstlich bemüht sind, die Regungen des Gemüthes zu verbergen, so sind diese hingegen schon im ersten jungfränlichen Alter künstlich kalt, ernst und sattsam dressirt. Sie tragen die Jugend wohl in den Zügen, aber sie haben die Poesie der Jugend nie gekannt. Sie freuten sich nie lebhaft und natürlich wie nordische Kinder, sie kannten n i e die Begeisterung, sie scheinen auch n i e aus der Seele geliebt zu haben. Der eisige Zwang der Erziehung und der Etiquette erstarrt hier wohl manches edle Herz, das vielleicht in der Freiheit und in einer a n d e r n Umgebung für alle schönen und edlen Erscheinungen im Leben warm erglüht wäre und die Liebe und

Bewunderung aller Verehrer wahrer weiblicher Anmuth gewonnen hätte.

Wir wollen keine Parallele zwischen der Civilisation des spanisch-amerikanischen Stammes und jener der muhamedanischen Völker des Orients ziehen, wenn die Behandlung der Frauen als Maßstab unseres Urtheils dienen soll. Selbst in seiner entartetsten Gestalt hat das Christenthum vor den vorgeschrittensten Völkern des Islams viel, sehr viel voraus. Wenigstens sehen wir nicht, daß die romanischen Völker ihre Frauen in Harems sperren und ihnen das Vergnügen mißgönnen, gesehen zu werden, wie die islamitischen Orientalen.

Das christliche Mittelalter zeigte seinen Kulturfortschritt gegen die klassische Heidenzeit besonders in dem veränderten Verhältniß der Frauen. Die chevalereske Huldigung für die Damen, welche das Zeitalter der Ritter und Minnesänger charakterisirte, fehlte im alten Rom und im gebildeten Athen, wo die Ehefrauen in fast sklavischer Zurückgezogenheit lebten, und wo man Priesterin, Hethäre oder Zitherspielerin sein mußte, um als Weib gefeiert zu werden. Doch fanden selbst im Mittelalter nur die Rittersfrau und das Edelfräulein der Männer Huldigung, welche keineswegs dem weiblichen Geschlechte überhaupt galt. Erst die Reformation und die ungeheure Bewegung für Freiheit und Gleichheit, die darauf erfolgte, hat in den christlich-protestantischen Ländern des Nordens die Verehrung der Frauen zur Pflicht und Sitte aller gebildeten Völker erhoben.

Auf die Völker romanischen Stammes hat das Beispiel des protestantisch-germanischen Nordens zwar gewirkt, doch sind sie hinter diesen weit zurückgeblieben. Der Frauen Ideal in den romanischen Ländern ist noch immer die äußere Schönheit, die Eleganz der Manieren und eine künstliche Grazie. Man sagt, daß in den Ländern lateinischer Zunge der Liebhaber feuriger, der Ehemann aber frostiger sei, als bei den Völkern, welche germanische Idiome sprechen. Um dieses Frauenideal hat der Norden jene nicht zu beneiden. Er fordert Anderes von dem Weibe und stellt in seinem Ideal die Anmuth des Gemüthes noch über die äußere Form. Es sind andere und solidere Elemente des Glückes damit verschwistert, welche in romanischen Ländern nur als Ausnahme erscheinen: die wahre Weiblichkeit, das innige Familienleben und die dauernde Liebe! — —

In der Geschichte fast aller civilisirten Länder gab es gewisse großartige Episoden, welche durch eine außerordentliche Kraftentfaltung in gutem und schlimmen Sinne einen lange nachwirkenden Einfluß auf das Schicksal der Staaten und den Charakter der Völker übten, und die erst der Lauf der Jahrhunderte wieder zu einer gewissen Ausgleichung brachte oder bringt. Wir sehen den Einfluß solcher großen geschichtlichen Ereignisse z. B. auf dem klassischen Boden Europa's, im alten Griechenland und in Italien, bis auf die Gegenwart im traurigsten Sinne fortwirken. Der schöne hellenische Geist ist durch slawische und osmanische Invasionen vielleicht für immer zertreten und einer Wiedergeburt unfähig geworden. Italiens mittelalterliche Blüthe ist unter den verheerenden Kämpfen der

Guelphen und Ghibellinen untergegangen und nicht wiedergekehrt. Deutschland ist durch seine Religionskämpfe, besonders durch den fürchterlichen dreißigjährigen Krieg bis in die Gegenwart politisch ermattet, während Rußland es blos der riesenhaften Erscheinung des großen Peter und seiner reformatorischen Kraftregierung verdankt, daß es plötzlich wie ein kolossales Meteor in die Weltgeschichte trat. Das heutige Frankreich ist ein Kind der großen Revolution von 1789 mit all den zerstörenden und schaffenden Ideen und Eigenschaften, mit all den Keimen späterer Revolutionen und Reaktionen, die sie dem Geiste der französischen Nation eingeimpft hat. In der Geschichte Spaniens ist es die langjährige, schauerliche Einwirkung der Inquisition, die den spanischen Charakter vergiftet hat und welche dieses Land dermalen durch fortdauernde politische Zuckungen zu überwinden sucht, aber bis jetzt nicht überwinden konnte.

Um die heutigen Zustände Spaniens, seiner westindischen Kolonien und des spanischen Amerika's überhaupt zu begreifen, dazu ist einige Kenntniß des Wesens und der Wirkung nothwendig, welche die Inquisition in der spanischen Geschichte begleitete. Unter Philipp II. hatte dieses furchtbare geistliche Tribunal bekanntlich den Gipfel seiner Macht erreicht. Es herrschte bereits viel schwächer im achtzehnten Jahrhundert bis zum Anfange des unsrigen, spukte aber fort bis zur Napoleonischen Invasion. Es waren nicht die unglücklichen Opfer allein, die seine kalte Faust folterte oder nach dem Scheiterhaufen schleppte, nicht die zwanzigtausend sogenannten Ketzer, Freidenker oder

Zauberer, die es — nach der geringsten Berechnung eines unparteiischen französischen Historikers — lebendig verbrannt hat, sondern weit mehr noch der abscheuliche Einfluß, den seine Schreckensherrschaft auf jene Zeit und auf das spanische Volk übte, welcher dieses größte historische Scheusal zu einer für Spanien so lange nachwirkenden unheilvollen Erscheinung machte und es so eigenthümlich charakterisirt. Fanatismus und Blutdurst, Argwohn und Falschheit, Willkür und Bestechlichkeit haben die Regierenden in Spanien und in dessen Kolonien von dem alten Inquisitionsgeiste geerbt. Der Masse des spanischen Volks aber, welche die Spione dieses grauenhaften Gerichts einige Jahrhunderte lang belauert und vor dessen Martern erschreckt haben, blieb aus jener dumpfen Zeit die heuchlerische Verstellungskunst, das Mißtrauen, die kriechende Demuth gegen die Gewalthaber, die Vorliebe für rohe, blutige Schauspiele, welche einstmals Auto-de-fe's waren und jetzt noch Stiergefechte und gewöhnliche Hinrichtungen sind, endlich ein eigenthümlicher düsterer Zug, der durch ihr geselliges Leben sowie durch ihren ganzen Charakter geht.

Eine Folge der langen Herrschaft des Fanatismus und jenes Schauertribunals war natürlich das Zurückbleiben in Industrie, Handel, Wissenschaft, Literatur und Kunst. In einem Lande, wo der Geist geknebelt war, konnten keine großen Denker erstehen und mußte zuletzt der Fortschritt nur durch äußere Einflüsse, durch eine gewaltsame fremde Intervention erzwungen werden. Der Befreiungskrieg gegen Napoleon hat Spanien aufgerüttelt und einem Theile der Nation das Bewußtsein seiner geistigen Verkommenheit, seines politischen Elends gegeben. Wir sehen jetzt in dem politischen Treiben Spaniens einen natürlichen Drang, in Sprüngen, d. h. durch Revolutionen, so viel wie möglich nachzuholen, was andere Völker durch die Resultate ihrer Reformationen und Revolutionen, oder durch den langsamen Fortschritt ihrer innern organischen Entwicklung schon erreicht und vor den Spaniern bereits voraus haben. Es ist eine traurige Ueberzeugung, die vielleicht alle wahren Kenner der spanischen Verhältnisse theilen, daß das Verhängniß eine große Katastrophe auf der pyrenäischen Halbinsel selbst vorbereitet.

Die Nation ist in der Krise eines Kranken, hat wiederholte Convulsionen und bedarf derselben vielleicht, wenn sie vollständig genesen soll. Leider scheint nur eine gänzliche Umwälzung im Stande, die traurige Nachgeburt jenes Ungeheuers zu ersticken und die giftigen Elemente auszuscheiden, welche der Inquisitionsgeist dem spanischen Nationalcharakter beigemischt hat.

Die Kolonien zeigen diese Nachwehen weit stärker, als das Mutterland; denn der Geist der Freiheit, der wenigstens periodisch in Spanien waltete, trug aus begreiflichen Ursachen seine Segnungen nicht auf jene über. Man gestattete den Kolonien weder Volksrepräsentation noch Preßfreiheit. Der Bodensatz der spanischen Bureaukratie wurde zur Verwaltung der Kolonien verwandt; der schlechteste und verdorbenste Theil der spanischen Bevölkerung, meist Abenteurer und Intriguanten, wanderte vorzugsweise nach Cuba aus.

Jeder Fremde, dem nur einigermaßen die Gabe der Beobachtung eigen, wird auf Cuba, wie auf Porto Rico, gleich in den ersten Tagen seines Aufenthaltes den herrschenden Geist erkennen. Der vergiftende Einfluß der nämlichen trüben Quelle ist auch in den spanisch-amerikanischen Republiken noch deutlich bemerkbar. Der Contrast frappirt am stärksten diejenigen, welche aus den Vereinigten Staaten kommen.

Die großartigsten Bauwerke, die man in Havana wie in der Hauptstadt von Porto Rico erblickt, sind nicht etwa Kirchen, Spitäler, Fabriken, Hotels, sondern Festungen, Kasernen und Gefängnisse. Die ersten Physiognomien, welche dem Fremden hier begegnen, sind lauernde Polizeigesichter, die ersten Bekanntschaften, die er macht, Beamte der Douane und der Polizei, die ersten Sorgen und die ersten Ausgaben betreffen Pässe und Aufenthaltskarten. Die ersten Eindrücke, die er hier empfängt, sind Aerger und Verdrießlichkeiten durch Erfüllung verwickelter Formalitäten, durch widerliche und erbitternde Bureauplackereien aller Art, die keine andere Rechtfertigung haben, als daß sie altspanischer Polizeigebrauch sind, und keinen Zweck, als den Fremden zu brandschatzen. Die Bureauschreiber zeigen dem „estranjero" bei jedem Schritt ihre Wichtigkeit und Bedeutung und bringen ihn bald zu der Erkenntniß, daß er zahlen und wiederholt zahlen und viel zahlen muß, um durch gefällige Agenten sich nur etwas schneller aus den Klauen dieser Geier zu befreien. In den Kaffeehäusern von Havana liegen keine fremden Zeitungen, nicht einmal spanische, auf. Dieselben stehen unter der scharfen Aufsicht der Behörden, und ihr Eingang ist so hoch besteuert, daß nur wenige, sehr reiche Leute deren zu halten vermögen. Es gibt auch weder Lesekabinette, noch Kasinos, in denen man Journale finden könnte. Gespräche über Politik finden an öffentlichen Orten nicht statt. Man könnte nur dann wagen, politische Conversation zu führen, wenn man dem „Excellentissimo Señor Capitan General“ das lauteste Lob für seine treffliche Verwaltung spenden, die spanische Polizei für äußerst liebenswürdig erklären, oder zum allerwenigsten tüchtig auf die nordamerikanischen „filibustieros“ losziehen wollte. Die gedrückte politische Lage hat in Cuba allen geselligen Sinn erstickt. Die Creolen, d. h. die spanischen Abkömmlinge, kommen höchst selten in größern Gesellschaften zusammen und sprechen dann immer nur von den gleichgiltigsten, unschuldigsten Dingen. Die Conversationsgabe würde sich vielleicht bei den Spaniern ebenso ausgeprägt und entwickelt haben, wie bei den Franzosen oder wie in den gebildetsten Staaten Italiens; aber das Mißtrauen und die Spionage lähmte die Lust und die Gabe der Mittheilung und hielt das freie Wort ungesprochen im Munde zurück. So wurde zuletzt Gewohnheit und ein Zug des Volkscharakters, was anfangs wahrscheinlich nur eine Folge des Druckes und des Schreckens war. Man fügte sich, so wenig wie möglich zu denken und das flachste, alltäglichste Zeug zu reden, nur um persönlich sicher zu sein. Unter diesem tiefblauen cubanischen Himmel, in dieser linden Tropenluft, in dieser lieblichen Palmenlandschaft von Havana athmet man beengt und fühlt sich tief gedrückt. Man empfindet keine rechte

Freude an den Herrlichkeiten, welche die Natur diesem Eilande gab, und erkennt den Zug der Freude und des Glückes nicht einmal in den Zügen derer, welche hier Reichthum und Macht besitzen. Es kam uns immer vor, wie wenn aus dunkler Vergangenheit das alte historische Schauspiel in die Gegenwart hereindämmerte. Inmitten der tropischen Naturpracht schweben der Phantasie düstere Kerker und Folterinstrumente vor. Man wandert selten unter den lieblichen Königspalmen der Paseos, ohne das Kettengerassel von Gefangenen und Sträflingen zu hören, die von ihrem Zwinger kommen oder im Geleite ihrer Hüter dorthin zurückgebracht werden.

Wehe dem Fremden oder Eingeborenen, der hier in irgend eine Kollision mit der spanischen Polizei geräth oder in irgend einen Kriminalprozeß verwickelt wird! Wie in allen rein despotischen Ländern, steht auch hier die Polizei über dem Gesetz. Die spanische Justiz aber läßt, wie die russische, nicht gern ein Opfer los, das einmal in ihre Klauen gefallen ist. Sie läßt keinen Vorwand unbenützt, um sich in die Privatangelegenheiten der Pflanzer zu mischen. Sie weiß ja, daß diese auch reich genug sind, die Gerichtskosten zu bezahlen. Nicht Humanitätsrücksichten bestimmen sie, sich in vielen Fällen der Sklaven gegen ihre Herren anzunehmen, sondern vielfach nur der Wunsch, der hier alle Spanier, besonders Beamte und Richter, beseelt, den reichen Creolen die Bürde ihres Mammons etwas zu erleichtern. Der Pflanzer ist für alle Verbrechen verantwortlich, die seine Neger begehen. Bei jedem Kriminalfalle, in welchem ein Sklave figurirt, ist der Pflanzer in

Gefahr, für Prozeßkosten mehr bezahlen zu müssen, als der Sklave werth ist. Wie wenig es den spanischen Gewalthabern um eine Emancipation der Sklaven, von der man viel gesprochen hat, zu thun ist, beweist die fortdauernde, starke, heimliche Einfuhr von Negern aus Afrika. Kein Statthalter Cuba's hat den Sklavenhandel im Stillen mehr begünstigt, als Don José Gutierrez de la Concha, zur Zeit unseres Besuches General-Gouverneur von Cuba. Von der wiederholt persönlich gegen uns ausgesprochenen Ansicht ausgehend, daß ohne frische Sklaveneinfuhr die volkswirthschaftliche Entwicklung Cuba's ernsten Gefahren preisgegeben und wesentlich beeinträchtigt werden würde, ließ General Concha trotz der Proteste der englischen Regierung Sklavenschmuggel ungeahndet geschehen. —

Wehe dem Fremden oder Einheimischen, welchen spanischer Argwohn oder die Denunciation eines Spions, oder irgend ein Streit mit dem Militär oder der Polizei in den Kerker gebracht hat! Er wird ihn sobald nicht wieder verlassen, wenn er nicht reich ist oder mächtige Gönner und Freunde sich für ihn verwenden. Die spanischen Gefängnisse sind den Mausefallen zu vergleichen, in die man leicht hineingeräth, während man selten wieder herauskommt. Der persönlichen Güte des Generals Concha verdanken wir die belehrende Einsicht, welche uns von allen Einzelheiten dieses großartigsten Gebäudes von Havana, von all seinen Gewölben, Sälen, Gemächern, Zellen und Gängen zu nehmen gestattet wurde. Es ist nicht sowohl ein Gefängniß, als ein ganzes Labyrinth von Kerkern in verschiedenen Etagen. Wie viele ähnliche Gebäude und Anstalten wir auch in den Ländern der alten und neuen Welt gesehen, so gestehen wir doch, daß keines einen so trüben, niederschlagenden, grauenvollen Eindruck auf uns gemacht hat, nicht einmal die dunklen Inquisitionskerker von Venedig, aus denen die Bewohner einst über die Seufzerbrücke zu Grabe wanderten. Dem Gefängniß von Havana fehlt so wenig wie den Festungswerken ein gewisses Gepräge von imponirender Größe, die noch an die ältern Zeiten der spanischen Macht erinnert. Alles an diesem Gebäude ist fest, solid, großartig und zeugt von der besondern Sorge und Vorliebe, welche die spanischen Gewalthaber darauf verwandt haben. Es ist hier hinreichender Raum für Tausende von Bewohnern. Die Wände sind auch dermaßen dick, die eisernen Gitter massiv und die Schlösser solid genug, um allen gewaltsamen Befreiungsversuchen der Gefangenen zu trotzen. Der spanische Schließer, der uns all' die düstern Zellen öffnete und in Säle führte, wo Hunderte von bleichen Bewohnern mit hohlen Blicken uns anstierten, trug ein schweres Schlüsselbund. Es rasselte so dumpf, wenn er klirrend die eisernen Thüren schloß und die mächtigen Schlüssel umdrehte. Wir konnten eine Anwandlung des tiefsten Mitleids nicht bekämpfen, das wir für diese Unglücklichen fühlten, unter welchen Schuldige und Schuldlose, Mörder, Diebe und politisch Verdächtige ohne Unterschied durch einander gemischt waren.

Der Mammon, der die Welt beherrscht, verliert seinen Zauber nicht einmal in einem spanischen Kerker. Der reiche

Gefangene genießt hier eines gewissen Komforts. Er hat ein gutes Bett, einen bequemen Lehnstuhl, und kann von außen Speise und Getränk erhalten, so viel er will, wenn er nur mit dem Gefängnißdirektor und dem Schließer sich versteht, die für baar Geld immer mitleidig und gefällig sind. Mag er der schwersten Verbrechen angeklagt und der ärgste Gauner sein, gleichviel, er kommt in die besten Säle, sobald er mit Pesos zu klingeln weiß. Je ärmer der Gefangene, desto düsterer und schlechter ist der Zwinger, den er bewohnt, wenn ihn auch nur ein leichtes Vergehen, vielleicht eine Rauferei oder ein Streit mit den Polizeileuten in die Untersuchungshaft gebracht hat. Raum fehlt, wie gesagt, dem Kerker nicht, auch nicht die nothwendige Ventilation, wohl aber die Sauberkeit, die Ordnung und Sorgfalt, welche man in den Gefängnissen der Vereinigten Staaten bemerkt Nur Wenige sind in Einzelzellen abgesperrt. Die größern Säle beherbergen gewöhnlich vierzig, fünfzig und selbst mehr Individuen. Kost und Lagerstätte der mittellosen Gefangenen sind schlecht, und das gelbe Fieber richtet in diesem Gebäude alljährlich schauerliche Verwüstungen an.

Die bleichen Gesichter, die unheimlichen Blicke vieler dieser Kerkerbewohner scheinen auf beginnenden Irrsinn oder Verzweiflung zu deuten. Das Traurigste ist, daß hier so Manche in gänzlicher Vergessenheit schmachten. Die spanische Justiz gleicht dem Geier, der schnell im Haschen und langsam im Verzehren ist. Zwar macht eine gerichtliche Kommission und der Generalkapitän selbst zuweilen einen Besuch. Wer aber nicht der besondern Gunst und Gnade der Gefängnißwärter sich erfreut, der kommt hier nicht so leicht zu Wort. Neben der pomphaften Inskription, die über dem Thore dieses Kerkers die Ehre seines Ausbaues für den Generalkapitän Don José de la Concha in Anspruch nimmt, hätte man für die unglücklichen Bewohner die Dante'sche Höllenschrift beifügen können: „Lasciate ogni speranza!“

Der Gefängnißwärter führte uns zuletzt in ein dunkles, jedoch ziemlich bequem eingerichtetes Zimmer, in welchem ein großes Bett mit einem schwarzen Vorhang stand. Es ist die Wohnung des armen Sünders in den drei letzten Tagen, welche seiner Hinrichtung vorausgehen. Man gönnt ihm wenigstens in diesen letzten Lebensstunden noch eine bequemere Lagerstätte und einen Altar zum Gebet. Auch der bekannte Lopez und der alte Ramon Pinto, welcher am 22. März 1855 nicht in Folge von Beweisen, sondern des bloßen Verdachtes einer Conspiration wegen, verurtheilt und hingerichtet wurde, nahmen diese verhängnißvolle Stube ein. Sein Vorgänger war ein gemeiner Mörder, ein Neger, der seinen Herrn erschlagen, weil dieser ihm zu viel Peitschenhiebe und zu wenig zu essen gegeben hatte. Das Schaffot mit der Garotte wird nahe dem Gefängniß auf einem freien Platz am Meere errichtet. Der Todeskandidat sieht von dort herab auf das herrliche Antillenmeer, auf dem die Schiffe frei und lustig ein- und aussegeln, und sein letzter Blick gilt der schönen Ferne und der Freiheit. Gespensterartig vermummte Sträflinge in schwarzen Trauermänteln und schwarzen Mützen führen mit einer großen schwarzen Fahne den schauerlichen Zug an. Der Verurtheilte, in weißer Kleidung, schreitet, mit einem Strick am rechten Beine gebunden, dessen Ende der Henker festhält, zwischen zwei Reihen spanischer Soldaten, ein Priester und ein Mönch zu jeder Seite So geht er die düstern Stufen hinauf und setzt sich auf den eisernen, am obern Ende mit einer Schraube versehenen Stuhl, wo der Henker ihn festbindet und dann den schrecklichen Mechanismus in Bewegung setzt. Der Leichnam bleibt gewöhnlich einen vollen Tag auf dem Schaffot sitzen. So genießen ankommende Schiffe gleich bei der Einfahrt in den Hafen von Havana ein Bild spanischer Civilisation.

In den ersten Wochen unsers Aufenthaltes auf Cuba war keine Rede von politischen Verschwörungen oder von Landungsprojekten nord-amerikanischer Freischaaren. Es herrschte die tiefste Ruhe und dennoch waren die Polizeiplackereien gegen die Fremden ohne Milderung. Längst sind sie dort zu einem normalen Zustande geworden. Als später plötzlich Gerüchte von Verschwörungen und sogenannten Piratenunternehmungen auftauchten und der Belagerungszustand proklamirt wurde, nahm das gesellige Leben eine noch traurigere Physiognomie an. Concha gab der Sache eine übertriebene Wichtigkeit, man machte furchtbare Rüstungen, organisirte die Milizbataillone der spanischen Freiwilligen und formirte sogar Negerkompagnien. Man exercirte und manövrirte und es gab einen militärischen Lärm und eine Aufregung, als wäre Hannibal aus Nord-Amerika schon vor den Thoren.

Unter den lautesten spanischen Rodomontaden verbarg sich mühsam der Schrecken und das böse Gewissen.

Uebrigens ist das reguläre Militär auf Cuba gut organisirt und unter strenger Disciplin. Militärische Bildung soll jedoch den Offizieren mehr abgehen, als in den meisten Armeen Europa's. Was aber den spanischen Offizieren im Vergleich mit deutschen, französischen und englischen Kameraden an Kenntnissen und guter militärischer Schule fehlt, das haben sie an Ehrenkreuzen und Dekorationsluxus vor diesen wieder voraus. Die gemeinen Soldaten hingegen sind gut gedrillt, gewandt im Exerciren, unermüdlich im Marschiren, mäßig und genügsam. Man hat ihnen eine dem Klima ganz angemessene Uniform gegeben, deren Schnitt und Gradauszeichnung nach französischen Mustern kopirt sind. Weiße oder blaugestreifte leinene Uniformröcke und Pantalons von gleichem Stoffe, nebst Strohhüten, anstatt der schweren Czakos, bilden eine leichte, bequeme und dem Auge ziemlich angenehme militärische Tracht.

Die Hauptstärke der spanischen Armee auf Cuba besteht aus Infanteriebataillonen. Die leichte Kavallerie der Uhlanen ist nicht zahlreich, aber sehr gut beritten. Die Feldartillerie hat nur leichte Geschütze, die auf Maulthiere geladen werden. Alle Manöver und Exercitien, denen wir beiwohnten, zeigten uns ein gutgeschultes Heer. Der einzelne Mann aber hat etwas Steifes und Finsteres. Wir haben die spanischen Soldaten niemals fröhlich gesehen, selbst nicht auf der Plaza de Armas, wo jeden Abend Havana's schöne Welt beim hellen Schein der Gaslaternen um eine herrliche Palmengruppe spaziert und der Militärmusik zuhört. Dem Palaste des Generalkapitäns gegenüber stehen die militärischen Automaten in der starrsten Haltung, lebendige Ladestöcke, mit vorgehaltenem Gewehr und finstern Mienen, die annähernden Hörlustigen von dem Hauptzugange zurückscheuchend. Wir betrachteten sie nie, ohne uns an die Worte jenes Niederländers beim Anblick der Soldaten Alba's zu erinnern: „Es sind Maschinen, in denen der Teufel steckt.“

Die Besatzung hat auf Cuba vom gelben Fieber schwer zu leiden. Aerzte versicherten uns, daß jährlich an 2000 Mann dieser furchtbaren Seuche erliegen, also gegen zehn Prozent der auf der ganzen Insel stationirten Truppenmacht.

Heer und Polizei sind die einzigen Säulen der spanischen Herrschaft auf Cuba. Die weiße eingeborne Bevölkerung ist in Masse gegen sie. Auf eine Unterstützung der schwarzen Bevölkerung könnte sie nur durch eine Emanzipation der Sklaven rechnen. Die spanische Regierung weiß aber recht gut, daß Cuba zu Grunde gerichtet ist, sobald sie die Neger frei gibt, daß die Kolonie ohne die Sklaverei für Spanien werthlos wird. Ohne den fetten Ertrag, welchen die Zwangsarbeit der Neger einem so fruchtbaren, aber für weiße Kolonisten ungesunden Boden abgewinnt, würde selbst diese „Krone der Antillen“ zu einer Dornenkrone für den Besitzer, der große Opfer zu ihrer Behauptung bringen müßte, ohne Entschädigung dafür zu finden.

Die Priesterschaft ist für die spanische Regierung auf den

westindischen Kolonien keine Stütze. Die Mehrzahl ist ohne Bildung, sehr demoralisirt und ohne Einfluß auf die Bevölkerung. Vom spanischen Klerus zieht nur die Hefe nach den Kolonien. Die Mönchsorden bestehen noch auf Cuba, haben aber selbst bei den niedrigsten Volksklassen nie jene Popularität gewonnen, welche die Kapuziner-, Franziskaner- und andere Bettel-Orden in Spanien besaßen. Den Jesuiten, welche das Mutterland nicht duldet, hat man gleichwohl den Eintritt auf Cuba gestattet. Das liberale Spanien, welches die Jünger Loyola's gleich den andern geistlichen Orden ausgestoßen, glaubte sie in den Kolonien bestehen lassen zu müssen, in der Hoffnung, durch ihren religiösen Einfluß die weltliche Polizei zu stärken. Diese Absicht ist aber durchaus nicht erreicht worden. Die Jesuiten, welche General Concha begünstigt und denen er die große Kaserne Belén, eines der schönsten Gebäude von Havana, als Kloster eingeräumt hatte, klagen bitter über den weltlichen Sinn der Bevölkerung und daß sie hier keinen Einfluß auf die Gesellschaft gewinnen können. Ihr Kollegium ist jedoch stark besucht; sie haben, wie anderwärts, den Unterricht der Jugend übernommen, eine bessere Lehrmethode eingeführt und einige Kenntniß der alten Sprachen verbreitet.

Daß die Spanier Cuba durch alle Mittel der Gewalt und des Schreckens zu behaupten suchen, so lange sie können, darf in der That Niemanden wundern. Der Werth Cuba's für die spanischen Finanzen hat sich seit der Unabhängigkeit Haiti's und seit der Sklavenemancipation auf den französischen und englischen Kolonien wesentlich gehoben. Die fortdauernde starke heimliche Einfuhr der Neger aus Afrika trug gleichfalls wesentlich dazu bei, die Produktivität dieser Insel ungeachtet des unerhörten Abgabendruckes zu steigern. Der spanischen Schifffahrt und dem spanischen Handel bietet Cuba beinahe den letzten lukrativen Markt dar. Denn die fremden Schiffe und die fremden Produkte sind bekanntlich zu Gunsten der spanischen hoch besteuert. Starke Auflagen, hohe Zölle liefern Spanien die Mittel, seinen militärischen Aufwand für Cuba zu decken. In dem Heere von Beamten und Bureauschreibern, mit denen die Kolonie überschwemmt ist, finden viele Tausende von Subjekten, welche daheim nach Stellen hungern, Unterkommen und Brot. Endlich fällt auch der Antheil der nationalen Eitelkeit noch sehr stark ins Gewicht. Ist doch die Perle der Antillen das letzte werthvolle amerikanische Juwel in der kastilischen Krone! Gesunkene Nationen benehmen sich fast immer wie verarmte Edelleute. Diese opfern lieber den letzten Cent, um die verblichenen Farben ihres Adelswappens wieder aufzufrischen und sich mit den abgetragenen Herrlichkeiten ihres Standes zu drapiren, als daß sie durch bürgerlichen Fleiß und industrielle Thätigkeit den alten, blühenden ökonomischen Zustand wieder zu gewinnen suchten, welchen ihre Familie durch das eiserne Ahnenschwert errungen hatte und den die nivellirenden Stürme der Zeit zu Grunde richteten.

So begreiflich und natürlich aber auch das Treiben und Walten der Spanier auf Cuba, ihr militärischer Terrorismus, ihr Hochmuth und ihr Haß gegen jene Macht des Nordens ist, die ebenso groß und reich geworden, als die spanische politisch und ökonomisch gesunken, ebenso natürlich und begreiflich muß auch jeder unbefangene Beurtheiler den Wunsch der weißen Bevölkerung Cuba's finden, sich von diesem unerträglichen Joche zu befreien.

Die Creolen haben von der spanischen Herrschaft alle erdenklichen Kosten und Plagen, und nicht einen einzigen Vortheil, der sie mit ihr versöhnen könnte. Die übertriebene Besteuerung und die hohen Zölle schmälern nicht nur das Einkommen der Eingebornen, sondern hemmen auch jenen großartigen Aufschwung des Handels und der Produktion, welchen die Insel ohne diese Lasten nehmen würde. Die unerhörten Abgaben auf das nord-amerikanische Getreide, dessen Cuba doch zu seinem Lebensunterhalte bedarf, vertheuern das Brod und verschlimmern das Schicksal der Sklaven, die auf den Pflanzungen schlecht genährt, meist mit Bananen gefüttert werden, indem die Pflanzer die bedeutenden Kosten für Mais und Mehl scheuen. Die Produkte Cuba's und der Handel mit Nord-Amerika wären, nach der Ansicht gründlicher Kenner des Landes, einer mehr als dreifachen Vermehrung fähig, hätte die Insel nicht den ungeheuern Kriegsaufwand, welcher doch nur zu ihrer Knechtung dient, zu bestreiten. Alle Offiziers- und Beamtenstellen haben nur Spanier inne. Die Creolen sind zwar nicht durch das Gesetz, aber durch den Brauch von Aemtern und Würden ausgeschlossen. Die Spanier behandeln sie mit großem Mißtrauen und erblicken in den Aemtern nur ein ihnen rechtmäßig zukommendes Monopol.

24*

Dabei genießt Cuba weder einer Volksrepräsentation, noch eines Schattens von Preßfreiheit. Von allen Reformen, welche Spanien durch Revolutionen erzwungen, von allen Concessionen, welche die Madrider Regierung dem Mutterlande gemacht, blieben seine westindischen Kolonien ausgeschlossen! Das System des brutalsten Militärdespotismus lastet unverändert wie ein Alp auf der Insel, gleichviel ob ein liberales oder servile Ministerium in Madrid das Ruder führt. Die schmählichste Corruption der Beamten, die Verfolgungssucht der Polizei, die Käuflichkeit der Justiz, der Uebermuth der spanischen Gewalthaber und der Haß gegen die Creolen dauern hier in traurigster Einförmigkeit fort. Ist es unter solchen Umständen befremdend, wenn Verschwörungspläne auf Cuba, zwar nicht förmlich organisirt, wohl aber in den Gemüthern der Eingebornen bestehen; wenn Creolen gegen ihre spanischen Dränger einen stillen, dumpfen, aber tiefen, unauslöschlichen Haß nähren, wenn sie Rettung und Erlösung im Nothfalle selbst von den sogenannten Filibustieros wünschen?

Jede Kolonie, die zu einer gewissen Reife und einiger Kraft gelangt, strebt naturgemäß nach Selbstregierung und sinnt auf Abfall vom Mutterlande. Wir sahen diese Erscheinung in den Kolonien der freiesten, civilisirtesten Staaten. Um wie viel stärker und einmüthiger muß dieser natürliche Wunsch in Bevölkerungen keimen, denen das Stammvolk nicht den leisesten Hauch von Freiheit gönnt! Bis jetzt hat die creolische Bevölkerung sich nicht gegen die spanische förmlich empört. Der Schrecken und das Bewußtsein einer Schwäche, die bei jeder unterdrückten und waffenscheuen Bevölkerung besteht, hinderte eine innere Erhebung. Aber der unsichtbar waltende Geist der Gerechtigkeit lehnt sich gegen das spanische Joch auf und das böse Gewissen der Machthaber sieht unaufhörlich drohende Gespenster, die wie ferne Wolken über die Insel kreisen, aber noch keine Form angenommen haben.

Glaubt doch fast jeder spanische Statthalter von Cuba in seiner Amtsführung nur zwei Hauptpflichten zu haben: die Insel der spanischen Krone um jeden Preis und durch jedes Mittel zu erhalten, und für sich selbst seine kurze Herrlichkeit möglichst auszunutzen. Ein Generalkapitän, welcher nach dreijähriger Amtsführung weniger als eine halbe Million Piaster an „Ersparnissen" heimbringt, gilt gewöhnlich für einen ehrlichen Mann. Charaktere, wie der tugendhafte General Valdes, welcher Cuba während der dreijährigen Regentschaft Espartero's regierte und mitten unter den Reichthümern der Kolonie so arm blieb, daß man bei seiner Rückkehr nach Spanien eine Sammlung machen mußte, um ihm die Ueberfahrt zu bezahlen, sind seltene Ausnahmen. Nicht jeder Generalkapitän von Cuba hat, wie dieser moderne Spartaner, nur einen einzigen Diener und vertheilt am Ende eines jeden Monats an die Armen, was er von seinem Gehalte erübrigte. Vielmehr klagen selbst spanische Schriftsteller die Mehrzahl der Generalstatthalter von Cuba der Betheiligung beim Sklavenhandel an, und behaupten, daß die Verwaltung für jeden aus Afrika eingeschmuggelten Neger 50—100 Piaster empfangen, „bloß um ein Auge zuzudrücken und die Einfuhr nicht gewahr zu werden." Diese Anklage ist sehr hart, aber sie scheint nicht ganz unberechtigt, wenn man bedenkt, daß, entgegen dem Vertrage vom Jahre 1817, wodurch sich Spanien gegen England, Frankreich und Portugal verpflichtet, den Sklavenhandel nicht länger mehr zu dulden, seither jährlich zwischen 10—15,000 Negersklaven eingeführt und auf der Insel an Pflanzer verkauft wurden. Der britische Generalkonsul in Havana, Mr. Crawford, versicherte, über die Einfuhr von 26,000 Negersklaven im Jahre 1860 positiven Nachweis in Händen zu haben. Zur Zeit des Abschlusses jenes Vertrages gab es angeblich nur 20,000 Sklaven auf der Insel, während jetzt, nach dem Ausweis der Regierung, 400,000, in Wirklichkeit aber gegen 600,000 Negersklaven auf Cuba leben; wie erklärt sich ein solcher Zuwachs anders als durch Sklavenhandel? . .

Die Creolen, wenn auch ohne Patriotismus, ohne Opferfähigkeit, ohne Muth und mannhaften Sinn, Eigenschaften, welche bekanntlich nur ein freies Staatsleben entwickelt, — sind dennoch besser geartet, als die Spanier. Der Creole ist gastfrei, tolerant und freundlich gegen den Fremden, ziemlich mild gegen seine Sklaven, wenigstens in den Städten, nicht fanatisch und blutdürstig, wie der Spanier.

Dem vielbekannten, rohen und grausamen Schauspiele der Stiergefechte, einer echt kastilischen Nationalbelustigung, sieht man in Havana meist nur Spanier beiwohnen. Auch zu den Hinrichtungen, besonders politischen, drängen sie sich vorzugsweise. Der Anblick des Schaffots und der Unglücklichen, die man zu diesem schleppt, mildert nicht ihren Haß, weckt kein Mitleid in ihren Herzen. Man sah Spanier auf Cuba die unglücklichen Schlachtopfer noch beschimpfen und verhöhnen. Als die gefangenen Gefährten des Lopez, zum Theil geborne Nord-Amerikaner, in Masse erschossen wurden, stürzten sich, nach den Erzählungen von Augenzeugen, viele der nämlichen Männer, welche heute als Voluntarios in den Waffen stehen und das große Wort führen, auf die Leichname, verstümmelten sie und trugen als würdige Kannibalen die zerrissenen Glieder im Triumphe durch die Stadt! —

Aber selbst die Anhänger dieser Despotenwirthschaft fühlen, daß der gegenwärtige Zustand für die Dauer nicht fortbestehen könne. Das Unrecht, welches die spanischen Gewalthaber seit Jahrhunderten gegen die Bewohner der Insel Cuba geübt, macht sie ängstlich und befangen, aber keineswegs versöhnlicher und gerechter. Sie fürchten, durch liberale Zugeständnisse, obschon vom Geist der Civilisation wie der Gerechtigkeit gefordert, die Gefahr noch zu vergrößern und vielleicht gar den Verlust der Kolonie herbeizuführen. Kühne, kaltblütige, nicht patriotisch-sensitive Politiker glauben zwar, daß Spanien aus einem freiwilligen Aufgeben der Antillen nur Vortheil ziehen würde, gerade wie es durch den Verlust seiner süd-amerikanischen Besitzungen nur gewonnen hat, indem seine Handelsverbindungen mit Mexiko, Montevideo und Buenos Ayres dermalen weit bedeutender sind, als sie es zur Zeit der spanischen Herrschaft waren. Spanien, dessen fruchtbarer Boden nur zur Hälfte bevölkert ist, bildet selbst ein Amerika, welches benutzt zu werden verdient und geringern Gefahren ausgesetzt ist. Erst als der größte Theil der Kolonien verloren war, nahm in Spanien die Arbeit und mit ihr Bevölkerung und Reichthum einen Aufschwung *).

Diese Politik, deren Logik und Berechtigung wir durchaus nicht bestreiten wollen, dürfte aber nur wenige Spanier überzeugen, daß das Aufgeben der größten und reichsten Insel der Antillengruppe mit einer Bevölkerung von 1,200,000 Einwohner für das Mutterland von großen Vortheilen begleitet sein würde. Man entsagt nicht gern und freiwillig dem Besitze einer Kolonie von einem Flächenraum von 118,800 Quadratkilometer, welche jährlich auf 1365 Plantagen über 11 Millionen Centner Zucker im Werthe von 70 Millionen Thalern, und 610,000 Centner Tabak im Werthe von 25,000 Millionen Thalern producirt, deren Häfen jährlich von mehr als 4350 Schiffen besucht werden und welche nach Abschluß aller Verwaltungskosten dem Mutterland noch 6—8 Millionen preuß. Thaler einbringt!

Viel nützlicher und fruchtbarer scheint uns, die Frage zu untersuchen, ob es nicht ein Mittel gäbe, den socialen und politischen Zustand der Insel ohne Besitzveränderung zu heben und zu verbessern? Ob es nicht für die spanische Regierung ein Gebot weiser Vorsicht wäre, schon jetzt unter der Sklavenbevölkerung Cuba's eine Art Hörigkeitsverhältniß eintreten zu

*) Höchst beachtenswerth ist in dieser Beziehung ein von Fernando Garrido in spanischer Sprache geschriebenes, von Arnold Ruge ins Deutsche übersetztes Werk: Das heutige Spanien, seine geistige und äußerliche Entwickelung im 19. Jahrhundert. Leipzig, Kummer, 1863, welches durch das, was es schildert, der monarchischen Partei ebenso ungelegen kommen dürfte, als der demokratischen durch das, was es errathen läßt.

lassen, welches den Uebergang von der Sklaverei, die sich vor dem Geiste der Gerechtigkeit und des Christenthums nicht länger mehr halten kann, zur endlichen Freiheit bilden würde? Auf Großbritannien, welches bereits im August 1838 auf allen seinen überseeischen Kolonien die Sklaverei aufhob, folgten 1848 Frankreich, Holland, Dänemark und endlich Rußland, dessen Alleinherrscher am 3. März 1863 zwanzig Millionen Leibeigenen die Freiheit gab. Außer in den spanischen Kolonien ist die Sklaverei in civilisirten Ländern nur noch in den Südstaaten der nord-amerikanischen Republik gesetzlich erlaubt, und trägt endlich auch hier — wie wir wünschen und hoffen — die Idee der Menschlichkeit über engherzigen Egoismus den Sieg davon, so kann sich die Sklaverei auch auf den Antillen nicht länger mehr halten. Die spanische Verwaltung auf Cuba ist gegenwärtig von zwei ernsten Gefahren bedroht: von einer sich selbst befreienden Sklavenbevölkerung und von einem Annexionszug der Nord-Amerikaner. Durch eine freiwillige Emancipation würde sie sich die ganze Negerbevölkerung zur Dankbarkeit verpflichten und zugleich die Nord-Amerikaner fern halten, indem mit dem Aufhören der Sklaverei die Insel Cuba für die Südstaaten den größten Reiz verliert, während die Nordstaaten ungern ein neues Gebiet erwerben würden, dessen Bevölkerung zur größern Hälfte aus Schwarzen besteht. Uns scheint dies der einzige Ausweg für Spanien, um nicht auch die Perle der Antillen, gleich seinen andern amerikanischen Besitzungen unrettbar zu verlieren. Aber je länger man sich am Hofe zu Madrid auf diesen Schritt besinnt, je länger man säumt und zögert, desto trostloser und gefährlicher wird die Lage. Der traurige Ruhm, das fluchwürdige Institut der Sklaverei in Westindien zuletzt aufgehoben zu haben, dürfte Spanien theuer zu stehen kommen! Es könnte sich auf Cuba leicht jenes furchtbare Trauerspiel wiederholen, von welchem San Domingo zu Ende des vorigen Jahrhunderts der Schauplatz war, und eine sich selbst befreiende Sklavenmenge ihren zitternden Unterdrückern den Racheschrei ins Ohr donnern:

„Der Gott, der Eisen wachsen ließ,
Der wollte keine Knechte!“

Den Uebergang der Neger von der Sklaverei zur vollständigen Freiheit hat am nachahmungswürdigsten die dänische Regierung auf ihren westindischen Besitzungen vorbereitet und durchgeführt. Obschon bereits im Jahre 1848 auf St. Thomas und La Croix alle Negersklaven ihre Freiheit erhielten, so verbleiben sie doch noch eine Reihe von Jahren hindurch in einer Art von Hörigkeitsverhältniß. Die Regierung gewährt ihnen jedweden Schutz und sorgt auf das Väterlichste für die sittliche und geistige Hebung ihres Zustandes, aber sie verpflichtet sie zur regelmäßigen Arbeit, indem ihnen nicht erlaubt ist, ihren Arbeitsherrn, den sie selbst zu wählen das Recht haben, wieder zu verlassen, bevor sie bei Gericht nachzuweisen vermögen, daß sie bereits in einen andern Dienst aufgenommen worden sind. Nur in dem Falle, als ein Neger durch Fleiß und Sparsamkeit sich so viel Eigenthum erworben hat, um eine selbständige Existenz gründen zu können, endet das Hörigkeitsverhältniß noch vor Ablauf der festgesetzten Frist.

Das Bedenken, welches man zuweilen gegen das Aufhören der Sklaverei äußern hört, daß sich nämlich die Emancipation an verschiedenen Orten sowohl in Bezug auf das Fortkommen der Neger, als auch auf das Gedeihen des Landes von nachtheiligen Folgen erwiesen habe, verdient vom Standpunkte des Rechtes und der Humanität nur wenig Beachtung; denn der Umstand, daß sich die Neger bis jetzt einer höhern Entwicklung nicht besonders fähig gezeigt haben, berechtigt eine begabtere Race noch immer nicht zur Unterdrückung; vielmehr verpflichtet er sie zur Hebung und Erziehung jener unmündigen Geschöpfe. Dies würde selbst dann der Fall sein, wenn die Thatsache bereits wissenschaftlich festgestellt wäre (was die neuesten wichtigen anthropologischen, anatomischen und zoologischen Forschungen nachzuweisen sich bemühen), daß der Neger einer niedrigeren Menschenrace angehöre und dem Gorilla näher stehe, als dem Weißen. Der dermalige sociale und volkswirthschaftliche Zustand in Ländern mit einer emancipirten Negerbevölkerung ist durchaus nicht maßgebend. Man wird nicht dadurch frei, daß man die Kette zerbricht; der Neger, welcher als Sklave die Arbeit gehaßt, welchem bisher alle jene unzähligen Triebfedern des freien Arbeiters fehlen, muß erst zur Freiheit erzogen werden, er muß erst die Arbeit lieben, ihren Segen erkennen lernen, um seiner Hände Fleiß, welcher bis nun einen Andern bereicherte, auch für sich nutzbringend und vortheilhaft zu machen. Es ist nicht leicht einzusehen, warum ein Sklave, der gegenwärtig die schwersten, erschöpfendsten Arbeiten sein Lebenlang umsonst, ohne Entgelt, bloß zum Vortheil seines Herrn und Züchters, verrichten muß, im freien Zustande, der ihn zur Gründung einer Familie, eines eigenen Hauswesens, zum Empfang eines Lohnes für seine Thätigkeit berechtigt, plötzlich faul und träge werden und es auch dann noch bleiben soll, wenn er zur Erkenntniß gelangt, daß der Preis der Freiheit, die Hauptbedingung aller Kultur und alles Aufschwungs die Arbeit ist! Hat sich nicht auch bei uns der Zustand des deutschen Bauers wesentlich verändert und gebessert, seitdem jener Zwang, dem er in früheren Perioden unserer Geschichte unterworfen war, aufhörte und die Hörigkeit aus West-Europa verschwand? Der freie Neger wird, unterstützt durch Erziehung und liberale Gesetze, mit Riesenschritten nachholen, was der unwissende, verkommene Sklave versäumt hat.

Die Lincoln'sche Emancipationsakte hat der Sklaverei in allen civilisirten Ländern, wo sie noch besteht, wie z. B. auf Cuba, in Brasilien u. s. w., den Todesstoß versetzt. Und wohl vor Ablauf dieses, der Humanität und den Menschenrechten so glänzende Siege verheißenden Jahrhunderts wird die Freiheit, mit oder ohne Genehmigung der spanischen und anderer Regierungen, ihren Siegeszug durch die Welt vollenden und auch den armen Negersklaven jenes höchste Gut, jenes heiligste Naturrecht zurückgeben, welches ihm bisher in seiner Heimath durch grausame Sitten, in der Fremde durch schnöden Egoismus und rohe Gewalt in schmachvollster Weise vorenthalten wurde! —

CPSIA information can be obtained
at www.ICGtesting.com
Printed in the USA
LVHW040408200422
716646LV00005B/197

9 783752 596007